Juli 2011
Lohr / M.

GABRIELA JASKULLA

Annas Abschied von der romantischen Liebe

GABRIELA JASKULLA

Annas Abschied von der romantischen Liebe

Roman

DUMONT

Für Irmgard Born. Schön und gut.

Erste Auflage 2010

Umschlag: Zero, München
Gesetzt aus der Adobe Garamond
Gedruckt auf säurefreiem und chlorfrei gebleichtem Papier
Druck und Verarbeitung: CPI – Clausen & Bosse, Leck
Printed in Germany
ISBN 978-3-8321-9533-5

www.dumont-buchverlag.de

»Gib mir ein kleines bisschen Sicherheit
in einer Welt, in der nichts sicher scheint.
Gib mir in dieser schweren Zeit irgendwas, das bleibt.

Gib mir einfach nur ein bisschen Halt.
Und wieg mich einfach nur in Sicherheit.

Gib mir was … irgendwas, das bleibt.«
Silbermond

Anna

Ich wäre gern Witwe. Dann hätte ich alles hinter mir, auch meine Schuld. Denn es ist alles meine Schuld. Vielleicht hätte ich sie auch nicht hinter mir, die Schuld? Aber ich könnte trauern, richtig trauern, schön trauern. Es gäbe die passenden Kleider für mich, und es würde ja kein Mensch sehen, weshalb ich den Kopf in Wahrheit hängen lasse: aus Trauer – oder weil mir die Schuld den Kopf zu Boden zieht. Schuld. Ein unmodernes Wort. Verantwortung, sagen Politiker. Ich finde, Verantwortung klingt wie Umleitung. Klingt, als würde man damit fertig.

Schöne Kleider, schwarze Kleider würde ich tragen, wenn ich Witwe wäre, so einfach geschnitten, wie ich mir das Leben vorstelle. Ein kleiner runder Ausschnitt, halbe Ärmel und höchstens ein paar Streublümchen darauf. Die Streublümchen aber erst nach einem halben Jahr. Wenige Kleider, es macht nichts, wenn man sie nicht so oft wäscht und wenn sie trotz Achselschonern nach einer Weile zu riechen beginnen. Auch der Geruch gehört dazu. Gibt es einen Schuldgeruch? Einen Trauergeruch gibt es zweifellos. Einen Geruch des Abschieds. Die Leute halten sich zurück. Die Kollegen lachen eine Weile leiser. Stilvoll wäre das, würdig. Einen Sommer lang, einen Herbst lang hätte ich Ruhe. Ist das zu viel verlangt, ein halbes Jahr Schonung?

Wen sehe ich vor mir, wenn ich an das schwarze Kleid mit den Streublümchen denke, mit den Achselschonern, die sich unter dem dünnen Stoff abzeichnen? Eine entfernte Tante, die ich selten besuchte. Sie war der Inbegriff der Eleganz für mich, vor allem, seit sie trauerte. Ich war sieben Jahre alt und bewunderte sie. Ich habe ihr viel zu verdanken und ihretwegen viel verloren. Ich bewundere heute noch jeden, der seine Form gefunden hat. Meine ist mir abhanden gekommen. Meine Form, meine Fassung, meine Ehe mit William.

Ich darf aber nicht trauern, nicht so wie die entfernte Tante mit ihrer dunklen Eleganz. Ich habe kein Recht zu trauern, denn William ist nicht tot, er hat mich nicht einmal verlassen – ich bin es, die gegangen ist, und das verzeiht mir niemand. Gibt es eine Kleidung für den Zustand der Nichtverzeihung? Für den Zustand der Formlosigkeit? Ich bin die, die verlassen hat, sage ich mir. Du hast es so gewollt. Du hast diesen nichtsahnenden Mann von einem Tag auf den anderen – ja was? Umgebracht natürlich nicht. Und doch trauere ich um William wie um einen Toten. Oder trauere ich um einen Traum? Und wenn ja, um welchen? Um meinen Traum? Um Williams Traum? Um den Traum von der romantischen Liebe?

Früher gab es das, ein Trauerjahr für die Witwe. Ein Jahr der Stille und der Verhaltenheit. Bis sie kämen und wieder anfingen und darauf bestünden, dass auch ich wieder anfinge. Bis sie selbst mich, die Witwe, belästigten: Lass gut sein. Komm zurück. Das Leben geht weiter. Das Leben geht aber nicht weiter, obwohl ich keine Witwe bin und nicht schön trauern kann. Nein, ich darf nicht trauern, ich bin ja die Böse. Ich wollte auch die Böse sein. Ich wollte die Entscheidung treffen. Am Anfang fühlte es sich gut an. Und nun beklage ich mich. Oder ich klage mich an. Sie hören nicht auf, diese Stimmen. Zusammenkommen und sich trennen, zusammenkommen und sich trennen – das ist ganz normal, sagen die anderen. Was für eine Lüge! Eine dieser Lügen der Beschwichtigung. Achte darauf, wenn sie dich beschwichtigen wollen. Das ist das Schlimmste.

Die erste Meile

Die Schiffe liegen auf der Seite. Sie liegen auf der Seite wie alte Hunde, die in der Sonne hecheln. So viel Mühseligkeit liegt in dieser Landschaft. Es ist eine Gegend, die die Menschen der Natur abgetrotzt haben, vor Hunderten von Jahren. Eigentlich gehört diese Landschaft dem großen Fluss, der Elbe, die die Gegend von Osten nach Westen durchströmt mit ihrem grauen, gewaltigen Fließen. Der kleine Fluss hingegen, an dem sie steht, ist wie einer, den man vorausgeschickt hat. Der kleine Fluss ist der Bote des großen. Seine vielen kleinen, braunen Wellen sind Ankündigungen der wenigen großen, die zwei-, dreimal am Tag hier eindringen: Dann ist Hochwasser, und die Fluten der Elbe drücken sich in die Schlaufen der kleinen Lühe. Der Mann, der das Sperrwerk an der Mündung des kleinen Flusses bewacht, kann die Welle kommen sehen, kann verfolgen, wie sich ihr Kamm vorwärtsschiebt und allerlei Zweige, Blätter, einen toten Vogel zuweilen, mit sich führt. Zwei-, dreimal am Tag lässt sich der große Fluss hier blicken, dann geht ein Seufzen durch die Schiffe, die am Ufer festgemacht liegen, es geht ein Rucken durch die Landschaft, wenn die Schiffe sich langsam lösen vom Schlick, und dann richten sie sich auf, recken die Masten gegen den Himmel und sehen nicht mehr müde aus, sondern wie seetüchtige, stattliche Boote. Nach ein paar Stunden fließt das Wasser wieder ab, es kommt um die Biegung an der großen Holzbrücke, träge jetzt, die Schiffe sinken erneut tiefer an den schwimmenden Stegen, die Schlaufen ihrer Leinen rutschen an den Pfählen herab, und sie sinken und sinken, sie sinken wieder in den großen Schlaf. Nichts bleibt als ein gelegentliches Ächzen und Knarzen. Der große Schlaf bei Niedrigwasser.

Anna konnte sich gar nicht sattsehen an diesem Schauspiel, als William es ihr zum ersten Mal zeigte. William wusste alles über das Niedrigwasser und das Hochwasser, er korrigierte sie lachend, als sie von *Ebbe* und *Flut* sprach, wies mit der Hand hierhin und dorthin, und Anna hatte nur Augen für diese große, feste Hand, die so anders war als die anderen Hände von anderen Männern, die sie kannte, und achtete nicht so sehr auf das Lachen und das Korrigieren.

Da kannten sich die beiden erst ein paar Monate. Aber da hätte sie es womöglich schon wissen können.

Es sollte jedoch beinahe Jahre dauern, bis sie das, was sie hätte wissen können, aussprach, und noch länger, bis sie das, was sie dann aussprach, selbst hören konnte. Die Ohren sind empfindliche Organe. Sie leiden unter Wind und Kälte und lieblosen Worten. Anna hatte sich immer gefragt, warum Frauen sich Löcher in die Ohrläppchen stechen lassen, manche jüngere Frauen tragen zwei, drei auf jeder Seite. Die Durchbohrungen sind professionell gemacht, jeder Schmuckhändler im Bahnhof bringt das fertig, und doch sehen die kleinen Löcher aus wie Wunden. Es ist, als seien die Frauen stigmatisiert. William findet, dass die Ohren nicht stigmatisiert sind, du bist immer so katholisch, sagt er zu Anna, bei dir ist immer alles gleich blutig und tragisch, und er lacht. William hat ein Problem mit Annas Katholizismus, wie viele protestantische Männer findet er katholische Frauen anziehend, geheimnisvoll, aber er verachtet und fürchtet ihre Verlogenheit. Unsere Verlogenheit?, fragte Anna. Sie kannte den Vorwurf, wusste aber nie so recht, was damit gemeint sein könnte, auch bei William wusste sie es nicht. Die Katholiken erkannte man an den schiefgetretenen Absätzen, hatte es in der Schule geheißen, und an den schiefgetretenen Absätzen erkannte man ihre Verlogenheit. Das erzählte sie William, stockend, sich immer noch ein wenig schämend, wenn sie daran dachte, aber William lachte, er lachte laut und befreiend und herzlich und konnte sich gar nicht vorstellen, warum sie rot wurde, warum die Erinnerung sie noch immer quälte, und bückte sich herab, griff nach ihrem Knöchel, nach ihrem Schuh, hob ihr Bein ein wenig an und tat so, als untersuchte er es und lachte noch immer. Alles in Ordnung mit deinen Schuhen, sagte er dann. Nichts schief, nichts krumm! Verrückte Frau, sagte er auch noch und zog sie am Ohr: Rabbit!

Ihr Spitzname. Seit der Sache mit den Schuhen.

Seither, seit diesem Gespräch auf dem Deich, hieß sie so, *Rabbit*, und vielleicht hat sie den Spaziergang deshalb nicht vergessen und auch nicht das gute Gefühl, wenn William mit seinen großen Händen sanft an ihren Ohren zog. Er tat das zur Beruhigung, er wusste viele Gesten, die ruhig machen konnten oder sollten, aber er selbst sagte lachend, für Anna müssten neue erfunden werden, so unruhig sei sie, so unstet und immer auf dem Sprung. William hingegen war wie ein Baum, groß und aufrecht und sicher. Ihm glaubte Anna sogar, dass die jagdlustigen Wespen im Sommer es nicht absichtlich nur auf ihren Kuchenteller und ihre Hand abgesehen hatten, und sie duldete es, unterstützt von seinem steten Zureden, dass sich eines der verhassten Tiere auf ihrem Unterarm niederließ, wo es tatsächlich nur ein wenig hin- und hertrippelte, um dann wieder abzuheben. Anna war schweißnass, aber sie hatte es geschafft. Sie hatte es geschafft stillzuhalten.

Siehst du, Rabbit, sagte William zufrieden. Alles halb so schlimm.

Das stimmte. Es war alles halb so schlimm mit William. Es war weniger gefährlich, weniger verhängnisvoll. Das Leben wurde durchschaubar und etwas, das man schaffen konnte. Anna umarmte William, und er lachte und umarmte sie fester.

Na, so doll war das nun auch wieder nicht … Hör auf, mich

so anzuhimmeln – ich bin ein ganz normaler Mann, Rabbit, ganz normal …

Und dann war Anna tatsächlich glücklich, so glücklich, wie eine Frau wie Anna nur sein konnte. Und besonders glücklich war sie an Samstagen, wenn William sich ihre Schuhe vornahm – erst seine, dann ihre, immer in dieser Reihenfolge – und es sich nicht nehmen ließ, sie zu putzen. Erst den groben Schmutz mit der Bürste entfernen, dann mit dem feuchten Lappen nacharbeiten. Die Schuhe mit Zeitungspapier ausstopfen, damit sie nicht die Form verlieren, dann erst die Schuhcreme auftragen mit einem alten Socken und später, viel später, in aller Ruhe polieren. Zuletzt hielt er die Schuhe gegen das Licht, brummte zufrieden und sagte: Die halten noch eine Weile. Und Anna pflichtete ihm bei und dachte nicht einmal mehr an die schiefgetretenen Absätze und die Schlussfolgerungen, die früher daraus gezogen worden waren, und küsste Williams Hände mit dem Geruch nach Leder und Schuhcreme daran.

Das mit den Samstagen und den Schuhen hatte sich bereits eingebürgert, als Anna und William noch getrennt wohnten, ziemlich rasch hatte sich William der Schuhe von Anna angenommen, als sei es selbstverständlich, dass dies zu seinen Aufgaben gehörte. Schuhpflege, wie Wagenpflege, wie überhaupt vieles Praktische und Alltägliche. Anna ging das zu schnell – ich komm da nicht mit, sagte sie bisweilen –, aber natürlich war es auch eine Erleichterung und bestimmt auch ein Liebesbeweis, und deshalb fand sie sich rasch damit ab, dass wieder einmal einer nicht ihr Tempo hatte oder sie nicht seines.

Ich werde dich in mein Nachtgebet einschließen, hatte sie eines Tages zu William gesagt, als sie sich noch nicht lange kannten – nicht lange genug, um direkt zu sagen, dass man sich umeinander sorgte, aber doch lange genug, um Botschaften der Fürsorge vermitteln zu wollen, ein wenig versteckt eben, mit leichter Ironie. So wie die Sache mit den Schuhen.

Dein Nachtgebet? Darauf kann ich, glaube ich, verzichten, lachte William. Mir wäre es lieber, du würdest ein bisschen von mir träumen … Den Rosenkranz kannst du getrost beiseite lassen.

So war William. Er verstand nicht die Botschaft hinter der Botschaft. Oder er wollte sie nicht verstehen. Er wollte nur hören, was man sagte. Er wollte, dass man sagte, was man meinte.

Du bist doch auch von hier, sagte er. Du weißt doch, wir haben es hier oben gern klar und einfach. Mach nicht so viele Umwege, Rabbit. Komm zur Sache.

Das fühlte sich wie eine Befreiung an. Wie ein Aufatmen. Sagt man nicht, jemand *riskiert ein offenes Wort*? Das war es, was William wollte. Alles Drumherumreden, alles Suchen und Tasten, alles Taktieren und Rücksichtnehmen, ist *Gedöns*, Zeitverschwendung und auch zu verachten. Und als *Gedöns* sieht William die Religion. Er wird regelrecht unwirsch, wenn die Rede auf die Kirche, auf Gott oder den Glauben kommt.

Das ging so weit, dass er, als es dann so weit war, glaubte, Anna hätte sich Spanien absichtlich ausgesucht, um endlich zu reden. Dass Anna in Spanien zum Reden kam, hat aber nichts mit der Kirche zu tun. Ohnehin kam Anna Spanien immer gottlos vor, trotz der vielen Kirchen. Oder vielleicht nicht gottlos, sondern wie ein Land, das älter ist als das Christentum, zu rau und zu hart für die Botschaft der Versöhnung. Es ist doch eine Botschaft der Versöhnung, dieses Christentum, oder nicht? Manchmal ist Anna da nicht mehr so sicher, vor allem jetzt nicht, denn sie wüsste nicht, was das für sie bedeuten würde, Versöhnung. Zurückgehen zu William? Ihm die Hand reichen? Und wozu? Sagen, dass es nicht so gemeint war? Aber es war ja so gemeint, und diesmal würde sie ihr widerstehen, der Versuchung der Besänftigung.

Es war in Navarra, einer trockenen, stolzen Region, aus der jahrhundertelang die spanischen Könige kamen, hier schmückt sich die Natur mit Staub und mit allen Tönen in Gelb und Ocker und Rot. Eine dramatische Landschaft, grell, schroff, schreiend, so recht das Gegenteil von Deutschland, so recht das Gegenteil von Williams gemäßigter Gegend mit den zwei sich umkreisenden Flüssen. Anna reiste mit einer Freundin, war unterwegs zum Wandern, und jeden Abend kehrten sie hustend und mit brennenden Gesichtern in ein anderes Lokal in einem anderen Dorf ein und wunderten sich über die schweren Weine und die tollkühnen Menüs, die die Köche dort vorsetzten. Navarra war richtig. Navarra war richtig, um sich ein Herz zu fassen und endlich den entscheidenden Satz auszusprechen: Ich ziehe aus.

Der Satz hatte sich bei Anna langsam gebildet, ein Dreiwortsatz, nicht schwierig, denkt man, aber für Anna war es der schwierigste Satz überhaupt, ein Monstrum, ein unklares Gebilde zunächst, das sich irgendwo im Bauch formte, wuchs, zu einem Kloß wurde. Ein Satz war das, der sich bildete und allmählich aufquoll, bis sie zu ersticken drohte. Der Satz war auch eine Frechheit, wenn sie ihn ausspräche, würde er sie umbringen, auf der Stelle, er war wie ein böser Zauber. Wenn sie ihn einmal benutzte, würde nichts bleiben, wie es war. Es würde kein Zurück mehr geben. Aber Navarra war richtig dafür, das wusste sie. Sie rief William an und sagte den Satz. Sie rief den Satz ins Telefon und wartete, dass die Erde einstürzte oder der Himmel.

Das ist nun schon Monate her. Sie schaute sich um auf der Plaza Mayor von Los Arcos, wo jetzt, gegen Abend, die Jungen mit ihren Motorrollern kreisten wie aggressive Insekten. Sie sah die Alten, die sich zur Abendmesse schleppten, und sah den Obstverkäufer, wie er seine Paletten aufräumte und Trauben,

Feigen und ein paar Äpfel in seinen Laden trug. Es hatte etwas Beruhigendes, inmitten dieser Geschäftigkeit zu stehen und zu telefonieren. Anna wusste das. Sie hatte das gewusst, als sie sich kurz vor dem Dessert vom Tisch erhoben hatte und zu Carola sagte:

Gut, ich rufe ihn jetzt an!

Und Carola hatte entsetzt aufgesehen, sie wusste, was kommen würde, und sie angelte nach dem Hotelzimmerschlüssel in ihrer Handtasche, hielt Anna das Bund auffordernd hin und sagte:

Hier, du wirst Ruhe brauchen, ich bin da, wenn du zurückkommst – falls du zurückkommen magst!

So ist Carola. Voller Rücksicht und leicht zu erschrecken. Dünn wie der Stiel einer Gerbera und genauso goldgelb. Jedenfalls ist das die Farbe, die Anna zu Carola einfällt. William erscheint ihr weiß. Oder jedenfalls hell. So eine durch nichts zu erschütternde Grundfarbe, egal, ob er im Garten arbeitet, ob er Tennis spielt oder sich ärgert. Kein Schweißtropfen, keine Rötung. William war William, hochgewachsen, gerade, gelassen.

Das würde sich jetzt ändern. Anna wusste das. Durfte sie das?, fragte sie sich. Darf man mit einem einzigen Telefonat das Leben eines Menschen umstürzen? Es war ja nicht nur ihres.

Warte ab!, hatte Carola geraten. – Übereile nichts! Du bist jetzt erschöpft und gereizt.

Für Carola waren alle Menschen erschöpft und gereizt, weil sie selbst unter chronischer Erschöpfung litt und mit immer noch mehr Aktivität dagegen ankämpfte. Sie schloss von sich auf andere, und Anna war gut damit beraten, immer genau das Gegenteil von dem zu tun, was sie tat. So waren Anna und Carola beste Freundinnen geworden – eng verbunden, aber unabhängig voneinander. Sie hörten einander zu, ohne dass es schmerzte. Sie verblüfften einander. Sie stellten sich nie in Frage.

Anna nahm also den Schlüssel, eher mechanisch, wie man nach allem greift, was einem jemand hinhält, und drehte ihn dann in der rechten Hand, während sie mit der Linken das Mobiltelefon hielt. Annas Mobiltelefon hat einen Defekt, es erhitzt sich, wenn man länger spricht, aber auch das war ihr recht, sie dachte: Gleich wird es anfangen zu brennen, und dann fange auch ich Feuer, und die Hölle wird mich verschlingen.

Und unwillkürlich stemmte sie ihre Füße fester auf den Boden, als würde das helfen, und wunderte sich, dass ihr in diesem Augenblick ihre Schuhe wieder einfielen, die Schuhe mit den schiefgetretenen Absätzen. Sie verließ ihren Mann. Und sie dachte an ihre Schuhe. Die Schuhe mit den schiefgetretenen Absätzen. Die Merkmale der Verlogenheit. Sie schüttelte sich, um den unpassenden Gedanken loszuwerden.

William blieb ganz ruhig. Er hörte sich ihren Dreiwortsatz an und sagte schließlich:

Weißt du, ich versteh dich, Rabbit.

Damit hatte sie nicht gerechnet.

Es ist also okay?, fragte Anna dumm – und dann merkte sie was sie da redete. Sie holte die Erlaubnis ein. Die Absolution. Sie war dabei, William zu verlassen, und bat ihn, während sie auf schiefgetretenen Absätzen stand, um Erlaubnis. Sie holte sein Verständnis ein wie einen priesterlichen Segen.

Anna mochte Priester, seit der Kindheit. Sie sahen am Sonntag festlich aus in ihren roten, grünen und violetten Gewändern – und während der Woche schlüpften sie zurück in ihre schäbigen Anzüge und flatterten betriebsam umher wie Motten. Sie verpuppten sich, um dann umso herrlicher hervorzutreten. Vielleicht mochte Anna deshalb immer unansehnliche Männer. Anna dachte, sie seien verpuppt, und sie müsste sie erlösen. Anna dachte, nur sie sähe ihre Pracht. Sie dachte, sie würde sie schöner machen. In Annas Pfarrei gab es einen jungen Vikar, der sie faszinierte. Der Klang seiner Stimme brachte Anna mehr Glauben bei als der Inhalt seiner Rede. Anna hätte ihm stundenlang zuhören können, aber seine Predigten waren kurz. Er drohte nicht, er verhieß nichts. Der Mann verstand es, seine Autorität zu dosieren. Das hatte er mit William gemein. Auch William sagte selten mehr, als nötig ist. Das tat er selbst jetzt nicht, als Anna mit drei Worten ihr gemeinsames Leben beendete.

Er wolle, sagte er, erst einmal nachdenken. Nichts Übereiltes sagen. Nichts kaputt machen. Das verstehst du doch?

Anna nickte ins Mobiltelefon, aber William verstand das Schweigen richtig.

Und dann telefonieren wir morgen, ja? Rabbit? Und denk noch mal nach, ob du dir das alles richtig überlegt hast! Ach ja, und bevor ich es vergesse: *Okay* ist es natürlich nicht! Was für eine seltsame Wortwahl! Ungewöhnlich für dich! Das passt gar nicht zu dir.

Wieder nickte Anna blöde und stumm.

Also bis morgen, Kleines!

Ich hatte mich geirrt, dachte Anna noch. Kein Priester. Das entspricht William eigentlich auch nicht, der den lieben Gott für einen Mann hält, der nicht segnet, sondern absegnet. Weil er klug ist, dieser liebe Gott, segnet er alles ab, was William tut. William ist kein Priester, sondern eine Behörde, dachte sie. Eine Instanz. Er allein entscheidet über die richtige Wortwahl. Er entscheidet, was zu mir passt. Sogar, wenn wir uns trennen.

Immer schon hatte Anna Williams Souveränität bewundert, nun machte sie ihr Angst.

Immerhin hatte er sogar noch ihren Kosenamen ausgesprochen, ohne zu zögern. Immer sagte er *Rabbit* zu ihr. Anna hatte keinen Kosenamen für ihn. *Delfin* am Anfang, aber so kann man jemanden schlecht rufen. Und *Baum* erst recht nicht, obwohl Anna den Gedanken mochte, dass William ruhig und stabil war, sein Leben so gewachsen wie ein Baum. Esche, Erle, Birke, Buche. Alles keine Kosenamen. Aber ein gutes Gefühl. Und manchmal, wenn Anna weinte und wieder einmal untröstlich war über sich und die Welt – waren seine Arme dann nicht wie Äste, kräftig und gerade, und boten ihr Halt und Schutz? Und wünschte sie sich nicht, sie würden um sie herumwachsen und sie festhalten für immer? Aber irgendwann hatte sie aufgehört, an einen Baum zu denken, wenn sie an William dachte, und gar an einen Delfin. Dann dachte sie nicht einmal mehr an William, sondern an Heinrich-Wilhelm, wie ganz am Anfang.

Er war ihr ja als Heinrich-Wilhelm vorgestellt worden. Heinrich-Wilhelm Hartmann. Doktor Heinrich-Wilhelm Hartmann, und so hatte sie sich ihn gemerkt, den rotblonden Schlacks mit den trockenen Händen, der sie den ganzen Abend mit Häppchen und Getränken versorgt hatte. Zu vielen Häppchen, zu vielen Getränken. Und am Ende des Abends hatte er beim Abschied gesagt:

Dann machen Sie es mal gut – Sie Rabbit, Sie.

Da war es schon zum ersten Mal gefallen, das Kosewort, anlasslos, wie es schien, und seit der Sache mit den Schuhen auf dem Deich hatte es sich eingebürgert. Selbst jetzt noch nannte er sie so. Sekundenlang war Anna nicht sicher, dass er sie überhaupt richtig verstanden hatte, aber er hatte schon aufgelegt. Sie fragte sich, was noch passieren musste, damit sie nicht mehr Rabbit wäre, sein *Tierchen*, wie er manchmal auch sagte. Und sie fühlte sich seltsam betrogen.

Carola verstand nicht, als Anna ihr erzählte, was geschehen war.

Sei doch froh, dass es so glimpflich gelaufen ist!, sagte sie. – Und außerdem musst du einräumen: Der Mann hat Stil!

Carola, die Autoliebhaberin, spricht über Männer wie über

Modelle. William hat sie mal als einen echten Klassiker bezeichnet – ein bisschen aufwendig in der Pflege, wartungsintensiv – aber ein unverwechselbarer Typ. Englisch irgendwie. Tabak, Leder. Schmales Gesicht mit vornehmen Falten darin. Vielleicht ein wenig altmodisch, aber von Leuten, die sich auskannten, immer gefragt. Damit wollte sie sagen, dass sie ihn nicht attraktiv fand. Oder vielleicht spielte sie auf sein Einkommen an. Darauf reagierte Anna allergisch. Dabei war ihr die Tatsache, dass William vermögend war, überhaupt nicht gleichgültig. Sie hätte es nur nie zugegeben. Frauen wie Anna waren nicht so. Frauen, die Männer mit Geld suchten, waren blond, lasen Klatschzeitschriften und suchten Retter, die sie aus der Ödnis ihrer Kosmetiksalons befreiten. Irgendwann war Anna aufgefallen, dass solche Frauen immer üppig geschmückte Fingernägel hatten. Je bizarrer das Nagel-Make-up, desto verzweifelter die Frau, die es trägt. Carola und Anna trugen ihre Nägel kurz gefeilt und suchten keine Versorger, sondern Partner. Sagten sie sich. Sie suchten nicht einmal. Und doch beeindruckte Anna Williams gefülltes Bankkonto ebenso wie seine Sicherheit in den praktischen Dingen des Lebens. Vielleicht gehörte beides zusammen. Es zog sie an.

Anna war ein paar Mal ausgegangen mit Doktor Heinrich-Wilhelm Hartmann, hatte seine Höflichkeit genossen, seinen sicheren Umgang mit dem Personal in den Restaurants, die sie besuchten. Er war ihr fremder als all die Fremden, mit denen sie im Beruf dauernd zu tun hatte: unsichere Autoren, windige Produzenten, Kameraleute, die sich unterbezahlt, und Cutter, die sich unverstanden fühlten. Hartmann, wie sie ihn für sich eine ganze Weile nannte, war anders.

Wenn Hartmann sie in ihrer Wohnung abholte – worauf er nach der ersten Verabredung bestand –, dann hörte sie ihn schon unten an der Eingangstüre, so unverkennbar gewiss und schwer waren seine Schritte im Flur und auf der Treppe. Schon damals provozierte er sie manchmal, dieser Schritt, und sie bat ihn, leiser zu sein, wegen der Nachbarn und auch, um die Katze nicht zu erschrecken, die sich sofort unter das Bett verzog, wenn sie ihn kommen hörte. Hartmann zog erstaunt eine Augenbraue hoch, und zum ersten Mal sah Anna, dass er beleidigt sein konnte:

Ich gehe, wie ich gehe, sagte er, damit wirst du dich abfinden müssen!

Klare Ansage. Das wiederum beeindruckte Anna.

Sie gingen in gute, aber nicht zu teure Restaurants, die immer er aussuchte, genau wie den Wein, den sie tranken. Dass er von der Karte auswählte, stand von Anfang an fest, Anna ließ ihn gewähren, obwohl sie sich bei Weinen fraglos besser auskannte als er. Zu den Frauen mit den kurzgefeilten, aber gepflegten Fingernägeln gehört, dass sie sich mit Weinen auskennen, mit Risottoreis und mit Käse. Die alleinstehenden Frauen über dreißig entwickeln Spezialwissen, manche kennen sich aus in der Sushi-Zubereitung, andere verfügen über beeindruckende Sammlungen von Tee oder Kaffee. Eigentlich verhalten sich diese Frauen, die, anders als die Sonnenbrankgebräunten mit den dreifarbigen Nägeln, nicht auf Partnersuche und nicht einmal in Not sind, wie die *guten Partien* von früher, nur dass ihre Aussteuertruhen gefüllte Weinkeller oder Vorratskammern sind, aufwendige Hobby oder ansehnliche Sammlungen absolvierter Workshops. Und Anna kannte sich aus mit Weinen. Mit italienischen Weinen vor allem und spanischen auch, aber das behielt sie bald für sich, wenn sie mit William verabredet war. William reagierte so irritiert, wenn Anna nach der Weinkarte griff, sich einen Bordeaux oder Saint Emilion empfehlen ließ, dass Anna allmählich verstand, dass Weinkennerschaft einmal eine ureigene männliche

Domäne gewesen war; William ließ es zu, wenn sie sich einmischte, aber es schien ihn geradezu zu schmerzen.

Ich bin doch da, sagte William. – Lass mich das einfach machen.

Und Anna ließ ihn. Aber sie ließ ihn mit dem leisen Gefühl des Verzichts und dem Gedanken, dass sie es besser gekonnt hätte.

Wenn das Essen serviert wurde, ließ es sich William nicht nehmen, Anna die Speisen vorzulegen. Immer häufte er zu viel auf ihren Teller, aber er tat es mit einer solchen altmodischen Galanterie, durchsetzt mit ironischen Bemerkungen, dass Anna lachen musste und nur schwach protestierte. Meist tranken und aßen sie zu viel, und Anna fragte sich, was dieser gesetzte, sichere Mann von ihr wollte. Was einer wie er mit ihr anfangen konnte. Anfangen. War William denn ein Mann, mit dem man etwas anfing? Einer, um etwas zu beginnen? Anna betrachtete sein Gesicht genauer. Es war so nahe, es schwebte über der Tischdecke vor und zurück, so intensiv schaute er Anna beim Reden an, dass sie seinen Körper vergaß. Sie hätte in diesem Augenblick nicht sagen können, wie sein Körper beschaffen war – nur, dass er groß war, der Oberkörper lang und schmal, denn das Gesicht schwebte über dem ihren, sie musste ein wenig aufschauen zu ihm.

Er redete lebhaft, er strengte sich an, und Anna dachte, dass er sich ihretwegen solche Mühe gab, und das schmeichelte ihr. Das Weiße des Tischtuchs und sein Gesicht darüber, das ebenso hell leuchtete und auch etwas Fahles hatte. Die scharfen, groben Bügelkanten des Leintuchs und die zarten Falten in seinem Gesicht. Fadenfalten, wie in sehr feiner Seide. Seine Hände lagen auf dem Tischtuch, schmale Hände mit langen Fingern, die Nägel poliert, die rechte Hand umklammerte das Messer, spielte damit, während er redete. Das Messer verschwand beinahe in der großen Hand. Er merkte es nicht. Seine Manieren waren so ausgefeilt, dass er sie mühelos beiseite lassen konnte, wenn ihm danach war. Er kannte die Regeln, so wirkte er sicher. Er setzte sie gelegentlich außer Kraft, das ließ ihn lässig wirken und souverän. Anna konnte sich nicht sattsehen an diesen souveränen Händen, schon damals fing das an, dass sie ihren Gesprächen eher zuschaute, als dass sie hingehört hätte, und manchmal, wenn sie die Hände betrachtete, stiegen Bilder in ihr auf, Wünsche. Dann griff sie nach einer Hand, wollte ihm damit etwas sagen, aber meistens reagierte William nicht. Er ließ sich ungern stoppen in seinem Redefluss.

Lass mich das nur kurz zu Ende bringen, sagte er etwa.

William fühlte sich augenscheinlich wohl. Er fühlte sich wohl damit, dass er die Themen der Gespräche bestimmte. Er hatte keine Mühe damit, er suchte Themen aus, so wie Menschen, die lange in aufgeräumten Häusern leben, mit bestimmtem Griff die Schubladen einer Kommode öffnen und diesen oder jenen Gegenstand hervorholen, um ihn zu zeigen. Aufgeräumt, das war es. Hartmann präsentierte sich aufgeräumt wie ein gut gestaltetes Haus, in dem ein zufriedener Besitzer lebt. Allerdings: Je sicherer er wirkte, umso unsicherer fühlte sich Anna. Berufsalltag, Freizeit, Politik – das waren die großen Parzellen, in die Willam sein Lebensgrundstück eingeteilt hatte. Lustig fand Anna das, nachdem er ihr seine Gegend erklärt hatte: das Alte Land, mit seinen drei Meilen. Drei Abschnitte, die die Landschaft zwischen der Kleinstadt Stade und Hamburg bildeten.

Genauso sieht es in seinem Inneren aus, dachte Anna amüsiert: Drei Abschnitte. Drei Hauptthemen. Er verstand Anna nicht, als sie versuchte, die Parallele zu erklären. Überhaupt befremdete es ihn eher, wenn man beim Reden übers Reden sprach.

Wie meinst du das?

Wie soll ich das meinen! Wie geht es dir dabei?

Darum geht es doch nicht … Du hörst nicht richtig zu!

Das stimmte. Zu den drei Themen hatte Anna nicht allzu viel beizutragen. Oder sie sagte etwas, aber es kam ihr, schon während sie sprach, unwesentlich vor, unscharf, ungenau. Hartmann quittierte Annas Beitragsversuche mit nachsichtigem Lächeln.

Anna besaß nicht seine Souveränität, das war allzu offensichtlich: Ihren Beruf hatte sie eher zufällig gewählt und sie wusste oder glaubte zu wissen, dass sie nicht besonders gut darin war. Und weil das so war, nahm sie oft Arbeit mit nach Hause, rechnete lieber noch einmal nach oder traf sich mit Mike, ihrem Partner und Kollegen, um besonders schwierige Projekte wieder und wieder zu besprechen. Arbeit und Freizeit verschwammen, schon das Wort hätte Anna nie benutzt. Freizeit. Hobbys. Das waren Hartmann-Wörter, und als er Anna danach fragte, war sie regelrecht hilflos.

Keine Hobbys also?, fragte Hartmann bedauernd, und sie nickte unbestimmt, weil ihr das, was sie nun einmal gern tat, plötzlich läppisch vorkam gegen seine zielgerichteten Beschäftigungen. Das sagte er auch so:

Ich beschäftige mich zielgerichtet, denn Zeit ist ein knappes Gut. Das beginnt man in meinem Alter langsam zu begreifen. Du hast ja noch ein bisschen Zeit …

Er war fünfzehn Jahre älter. Anna kam sich vor wie eine Verschwenderin, mit ihrem Kinovergnügen, ihren Leseexzessen samstags im Bett, den Fragenbündeln, die sie mit sich herumtrug, ihren üppig verträumten freien Tagen.

Träumen? Das ist schön, sagte Hartmann lachend, das ist sympathisch – aber doch keine ausfüllende Beschäftigung!

Und wieder dieses souveräne Lächeln, diesmal gepaart mit einem leisen Kopfschütteln.

Anna wurde schon wieder unsicher, obwohl sie ihn keineswegs um eine Beurteilung gebeten hatte, und wenn Hartmann das merkte, wechselte er elegant das Thema, wich auf etwas aus, das er für unverbindlicher hielt. Unverbindlichkeit im Gespräch, das beherrschte er glänzend, dann drehte er mit geschliffenen Sätzen seine Pirouetten wie ein geübter Schlittschuhläufer auf dem Eis, damals, am Anfang. Als er noch redete. Anna wusste nicht, dass Hartmann nicht immer so mitteilsam war, sie wusste nicht, dass Hartmann ein Ritual einhielt, es war *die Balzphase*, bei keiner anderen Frau habe er das so lange durchgehalten wie bei ihr, sagte er später, und Anna fühlte sich seltsam gekränkt, wo es doch als Kompliment gemeint war, und bemerkte nicht seine schmerzliche Ironie.

Anna wunderte sich vielmehr, dass ihr schon damals solche Sätze zu ihm einfielen, Sätze wie der mit den Pirouetten, sie beobachtete ihn schärfer, als sie andere Menschen beobachtete, damals schon, es war, als müsste sie ihn dauernd einschätzen, sich dauernd mit ihm messen. Was sie spürte, war die Distanz. Die verringerte sich nur sehr allmählich, auch als sie sich näherkamen. Kamen sie sich denn näher? Oder gewöhnten sie sich aneinander? Gewöhnten sich an die Verschiedenheit, an das Fremde, daran, dass immer einer den Kopf schüttelte über den anderen?

Anna fühlte sich weit von ihm entfernt, wenn er über den *Quasiföderalismus* in den Vereinigten Staaten redete, die Konflikte im Irak analysierte oder sich über die Unfähigkeit deutscher Politiker erregte.

Sie waren dabei, etwas miteinander anzufangen, sagte sich Anna erneut, aber konnte sie etwas mit ihm anfangen? Wie ein Kind, dem man eine viel zu große Puppe geschenkt hat, so drehte und wendete sie diese Bekanntschaft in Gedanken hin und her. Es war seltsam. Es war alles andere als leidenschaftlich.

Anna zwang sich, an die erste gemeinsame Nacht zu denken. Sie musste sich zwingen, weil sie nicht gern daran dachte. Erste Nächte waren oft schwierig, das war ihr bewusst. Aber diese erste Nacht war irgendwie peinlich. Sie war – überflüssig gewesen. Es fühlte sich an wie eine Niederlage, die man sich selbst beibrachte. Und gleichzeitig war damit etwas entschieden, gegen das sie nichts mehr tun konnte. Obwohl es nicht gut gewesen war. Oder gerade deshalb?

Anna hatte es nicht eilig gehabt mit dem Sex. Sie konnte es sich einfach nicht vorstellen. Hartmann ohne seine Ironie, ohne seine Beherrschung – sie konnte ihn sich ja nicht einmal außer Atem vorstellen. Gleichzeitig reizte sie das. Wie würde das sein, wenn Hartmann die Kontrolle verlöre? Wenn er schwitzte, keuchte, sie an sich risse und küsste? Anna musste grinsen, wenn sie sich das vorstellte. Und manchmal dachte sie an seine Hände und musste nicht mehr grinsen. Sie war nicht sicher, was sie wollte. Ganz sicher war sie allerdings, dass er das nicht wollte: Verlust der Kontrolle. Das war etwas, was ihm unterliefe, dachte sie. Und hinterher wäre es ihm ein bisschen unangenehm. Sie aber würde großzügig sein und seine Skrupel zur Seite schieben, und dann würde es besser werden nach und nach, und er würde sie dafür bewundern. Wieder lächelte Anna.

Begehrte sie ihn – oder wollte sie bloß die Oberhand gewinnen? Anna schob den Gedanken beiseite. Sex hatte immer etwas mit Macht und Ohnmacht zu tun. Und außerdem lief alles darauf hinaus. Auch in Momenten, in denen sie nicht ihren Überlegenheitsfantasien nachhing. In denen sie sich vielmehr verwirrt fühlte und verunsichert, in denen sie mit Hartmann zusammensein wollte und sich gleichzeitig so fremd bei ihm fühlte wie eh und je.

Dann war es eher so, dass sie es hinter sich bringen wollte. Sie dachte: Vielleicht ist die Sache dann erledigt. Sie dachte: Dann wird er merken, dass ich nicht die Richtige für ihn bin. Zwar hatte Anna einen Ruf zu verlieren als gute Liebhaberin – auch vor sich selbst –, aber sie wusste natürlich auch, dass dieser Ruf, diese Annahme über sich selbst auf einem Trugbild beruhte. Eigentlich gehemmt und unsicher, musste sich Anna wie so viele andere Frauen mit ein paar Gläsern Sekt in Stimmung bringen, um diese gewisse Leichtigkeit zu erreichen, diesen trunkenen Leichtsinn, der auf Männer wirkt wie Leidenschaft oder wenigstens wie Begehren. Anna dachte, dass diese Strategie bei Hartmann nicht funktionieren würde, er würde es durchschauen, ihm würde etwas auffallen, er würde etwas merken, und dann flöge der ganze Passionsschwindel auf. Er würde über sie lachen, er hätte sie durchschaut. Trotz dieser Vorstellung machte Anna weiter. Sie überließ William die Entscheidung. Sie fand es klar, dass er es sein würde, der Ja sagen würde oder Nein. Unmerklich war sie in die Rolle der Passiven geschlüpft, hatte alle Verantwortung, alle Handlungsfähigkeit abgegeben.

Das lag auch daran, dass sie sich seltsam schläfrig in seiner Gegenwart fühlte, meistens endeten ihre Verabredungen früh, und er brachte sie nach Hause. Wohlig nannte Anna das Gefühl, und Hartmann sagte:

Nana, in ein paar Monaten nennst du es dann Langeweile … Sag nicht, ich hätte dich nicht gewarnt.

Und dann kam dieser Abend in der Kreisstadt, wo es Dorade im Salzmantel gab, dazu einen Sauvignon blanc, den Anna rasch geordert hatte, während William kurz telefonieren musste. Auch William schmeckte der Wein, es störte ihn nicht, dass ausnahmsweise Anna gewählt hatte, er prostete ihr zu, filettierte den Fisch mit wenigen geübten Schnitten und bestellte bald eine zweite Flasche. Auch Anna schenkte er unablässig nach.

Ohne Dessert wird es heute nicht gehen!

Als Anna ihn fragend anschaute, lachte er und sagte:

Ich trinke mir gerade Mut an! – Und warf Anna einen Blick zu.

Ja, er warf tatsächlich einen Blick, Anna hatte sehen können, wie er sich entschloss, wie er den Blick in sich suchte, aufhob, bündelte und ihr dann über den Tisch hinweg zuwarf. Wahrscheinlich strengte ihn das an. Er sah so aus, als hätte er sich etwas vorgenommen, und für einen Augenblick war Anna in Versuchung zu sagen: Komm, lass es uns lassen. Ich seh ja, dass es dich genauso anstrengt wie mich … Natürlich sagte sie das nicht. So etwas sagt man nicht in solchen Momenten. In solchen Augenblicken spielt man mit. Anna ermahnte sich. Sie dachte an eine Rouletterunde, in dem die Kugel, einmal ins Spiel gebracht, rotiert und rotiert. William lächelte.

Er ist nicht so, hatte Anna gesagt, wenn Carola fragte, ob er *es* denn schon mal versucht hätte. Oder ob sie? An diesem Abend mit der Dorade im Salzmantel, das war, wenn Anna es genau nahm, sein erster Flirtversuch, er hatte ihr bisher weder Komplimente gemacht noch über seine Haltung zu ihr gesprochen. Seine Haltung! Ein William-Wort – Anna hätte Gefühle gesagt, aber Gefühle gehörten zu den Anna-Wörtern, die William nur ironisch aussprach, wofür er sich dann, wiederum ironisch, entschuldigte. Manchmal wusste Anna überhaupt nicht, woran sie bei ihm war, und wenn sie sich darüber lachend beschwerte, fragte William mit hochgezogener Augenbraue:

Wieso? – erklärte aber nichts.

William also trank noch mehr als sonst und zwinkerte Anna zu und eröffnete ihr irgendwann, dass er in dem alten Hotel, in dem sie dieses Mal zu Abend aßen, ein Zimmer reserviert hatte. In der eigenen Gegend ein Hotelzimmer reservieren?

Anna war verblüfft, aber auch gerührt, als William meinte, so eine romantische Idee müsste ihr doch gefallen – und außerdem fürchtete er sich bei ihr zu Hause vor den vieldeutigen Blicken der allzu klugen Katze.

Dazu lachte er wieder laut und griff nach Annas Hand. Da spürte sie es zum ersten Mal: das Trockene, das Bestätigende dieser fremden Hand. Es war, als ob man eine Mauer anfasste, eine alte Mauer, man konnte den Mörtel spüren und die Sonnenwärme darauf. Solides Mauerwerk. Sie musste lächeln, William lächelte zurück.

Altes Haus!, sagte Anna.

Altes Haus?, fragte er. Soll das ein Kosename sein? Na danke!

Sie schauten sich nicht oft auf diese Weise in die Augen.

Als sie endlich im Zimmer standen, wussten beide nicht mehr weiter. Warum hat nie jemand ein Erbarmen mit den Betten in diesen Viersternehotels und breitet eine gnädige Decke über die viel zu weißen und viel zu großen Betten? Auffordernd sind diese Betten, obszön in ihrer Weiße, klaffend wie Fischmäuler. Anna widerstand der Versuchung, die vielen Prospekte auf dem kleinen Tisch aus ihrem Ständer zu ziehen. Sie waren auf eine aufreizende Weise arrangiert. Anna wagte nicht, die drapierten Vorhänge zu schließen. Sie stand unbeholfen herum. William groß und ungelenk vor ihr. Sie berührten sich halbherzig, zupften wechselseitig an ihrer Kleidung, wussten nicht, wohin mit sich, und auch Küsse fielen ihnen nun nicht mehr ein. Als hätten sie den Code vergessen. Anna wollte zur Minibar gehen, ein Bier herausholen, irgendetwas tun, ein bisschen Unordnung anrichten, aber William hielt sie am Arm fest:

Das ist jetzt genug.

Und für einen Augenblick hörte Anna die alte Sicherheit aus seiner schwankenden Stimme. Das beruhigte sie. Er würde schon weiterwissen. Es würde alles gut werden. Sie sollte aufhören zu beobachten. William sah sie nicht an, er schaute irgendwohin, als dächte er nach. Irgendjemand muss den Anfang machen, sagte eine Stimme in Anna. Sie zog sich also aus und legte sich nackt rücklings aufs Bett. Eine ratlose Frau Mitte dreißig, der die Ideen ausgingen, dachte sie. Die zu viel Wein getrunken hatte. Oder zu wenig. Also lag sie nackt da. Es war nicht kokett, es war schon gar nicht verführerisch, es gab einfach nichts anderes mehr zu tun in diesem plötzlich entsetzlich stillen und weißen Hotelzimmer. Anna fröstelte, war aber zu träge, die Decke hervorzuziehen und sich zuzudecken. Da war sie wieder, diese unwiderstehliche Mattigkeit. Und gleichzeitig hoffte Anna, ohne zu wissen, worauf. William zog sich nun auch aus, systematisch, wenn auch leicht schwankend, ohne große Eile, er legte seine Sachen auf einen Stuhl und stand dann, unbekleidet, mitten im Zimmer. Anna traute sich, offen hinzuschauen. Und dann war sie verblüfft: An dem großen, schlanken Mann baumelte ein so klägliches, pummeliges Geschlecht, dass es unwillkürlich zum Lachen reizte. Was wollte er damit? Was wollte er mit ihr? Offensichtlich war auch er kein bisschen erregt. Und das, obwohl sie vor ihm lag, ausgebreitet, offen. Für einen Augenblick kehrte Annas alter Stolz zurück, ihre Verwegenheit. Am liebsten hätte sie mit dem Finger auf das arme, weißliche Anhängsel gezeigt und gekichert, sie hätte gern gesagt: Ach, du liebes bisschen – wie so oft, wenn etwas zugleich lächerlich und unheimlich war!

Aber natürlich beherrschte sich Anna. Natürlich ging das Spiel weiter. William wusste wahrscheinlich, dass er so keinen großen Eindruck machen konnte. Er legte sich ungeschickt zu ihr, und wieder gab es einen Moment der Irritation, als er seufzte – ein angestrengtes, irgendwie ergebenes Seufzen, und wieder wollte Anna sagen: Ach komm, lass es uns lassen – aber da küsste er sie schon eilig, küsste sein eigenes Seufzen weg, und plötzlich tat er ihr leid. Er war so groß, und er war so klein. Er kam nun umweglos zur Sache, als hätten sie sich gerade auf ein Spiel geeinigt, das jeder kannte, Halma oder Mühle oder ein Kartenspiel. William kannte sich aus, das war es, was er zeigen wollte. William wusste, wie es geht. Er bemühte sich, ein guter Liebhaber zu sein, er küsste und streichelte, er leckte und lockte, er zog, dachte Anna bald erschöpft, alle Register des erfahrenen Mannes, wie sollte sie da kaltherzig und abweisend sein? Und doch blieb alles leer und mühevoll und führte zu nichts. Als Anna ihn endlich, nach mühevollen Versuchen, in sich untergebracht hatte, musste sie unwillkürlich an ungeschickte Autofahrer denken, denen man beim Einparken hilft, und wieder packte sie die Lachlust, aber sie beruhigte sich und dachte: Bald ist es geschafft, dann hast du es mit Anstand überstanden – aber dann entdeckte sie, dass sie höllisch aufpassen musste, ihn nicht zu verlieren, eine Tatsache, die er offenbar nicht bemerkte oder die er für normal hielt, und anscheinend war es an ihr, dafür zu sorgen, dass alles ordentlich zu Ende ging, also umarmte sie ihn und hielt ihn und kam doch noch ins Schwitzen und war froh, als es plötzlich einfach vorbei war.

Entschuldige, sagte William, das war nicht so doll, und Anna erwiderte, wie in solchen Fällen vorgesehen, dass sie nicht wisse, wovon er rede.

Ist vielleicht ja auch nicht so wichtig?, fragte William, und Anna sah in seinem Gesicht eine Erleichterung, die sie beunruhigte. Sie löschte das Licht, um keine Antwort geben zu müssen.

Am nächsten Morgen fühlte sie sich, als hätte sie viel zu viel getrunken, und betrachtete den Hinterkopf neben sich, mit den daran klebenden, jetzt dunkelblonden Haaren, und dachte, dass der erwachsene Mann plötzlich aussah wie ein Vogel, der gerade aus dem Ei geschlüpft war, feucht und struppig und ein wenig hilflos, so im Schlaf. Sie streichelte seine spitze, nackte Schulter, aber er wachte nicht auf. Sie hatte es eilig, nach Hause zu kommen.

Warum rief Anna noch am selben Morgen bei Carola an? Wollte sie mit ihr lachen? Wollte sie weinen? Sie wollte jedenfalls nicht innehalten, keinen Augenblick. Anna stotterte belangloses Zeug in den Hörer, und Carola merkte sofort, dass etwas anders war, und sagte:

Hartmann, ja? Tatsächlich der? Habt ihr es endlich geschafft? Na, bravo! Wunderbar! Hast du ihn geknebelt und gefesselt, oder hat er sich doch noch erinnert, dass es mehr gibt auf Gottes Erdboden als Flugzeuge und amerikanische Außenpolitik?

Und vielleicht, weil sie den Ton vorgab, hörte Anna sich etwas erzählen von großer Erschöpfung und dass sie die ganze Nacht kein Auge zugetan und William sich ungeheure Mühe als Liebhaber gegeben hätte, und Carola verstand sie so falsch, wie sie sollte und wie es die Spielregeln vorgaben, und gratulierte ihr, während sie sich schämte, für William schämte, und dachte: Das kann ich unmöglich erzählen.

Anna verteidigte William, obwohl ihn niemand angegriffen hatte. Doch: Sie verteidigte ihn vor sich selbst. Sie merkte, wie sie bei jedem Satz sicherer wurde und überzeugter und geschickt zu solchen Halbwahrheiten griff: So einen hatte ich noch nie. Und: Es fühlt sich ganz anders an als sonst! Und irgendwann war Carola ernsthaft beeindruckt und meinte am Ende, na, da hätte sie ja doch endlich den Richtigen gefunden, und das müssten sie feiern.

Ciao, bella! Und übt schön!

Sie verbrachten ihren ersten gemeinsamen Urlaub, an einem Ort, den Anna schnell vergessen hat. Es ist erstaunlich, dass sie nicht einmal mehr weiß, ob ihre Erinnerung in Norwegen spielt oder in Italien, zwei Orte, die nichts miteinander zu tun haben, aber Anna schafft es nicht, ihrer Erinnerung einen Ort zu geben, das geht ihr oft so, wenn sie an Erlebnisse mit William denkt, alles verschwimmt, und nur einzelne Sätze oder Gesten ragen plötzlich aus diesem Gedächtnismeer hervor wie die Rückenflossen eilig schwimmender, großer Fische und verschwinden dann wieder. Es war nichts Besonderes, was von diesem Urlaub geblieben ist, es war nur ein Telefonat an einem See. Vielleicht war es auch ein Fjord. Der See oder Fjord war eisig blau, fast violett in der Kälte. William und Anna gingen spazieren, sie hielten Händchen, und Anna fand es schön, wie ihre kleine Hand in Williams riesiger untergebracht war, ganz sicher, ganz warm. William trug ihre Hand eher, als dass er sie festhielt, er war verliebt und behutsam und ging so vorsichtig mit ihr, als hätte er Angst, etwas zu zertreten. Dazu legte er sein Gesicht in Falten, wahrscheinlich weil es ihn anstrengte, seine Schritte den ihren anzupassen. Er war wirklich sehr groß, dieser Mann, dachte Anna, wenn er sich in einen Sessel setzte, hatte sie den Eindruck, er faltete sich zusammen, und dann standen seine Oberschenkel nach oben, sodass die Knie fast auf der Höhe des Kinns waren. Spitze Knie, spitzes Kinn. Alles an dem Mann irgendwie hochfahrend, knochig. Bleich, aber ungemein solide. Plötzlich konnte sie sich nicht mehr vorstellen, wie es war, ihn zu umarmen. Also ihn wirklich zu umarmen, so, dass man keine Rücksicht mehr nimmt auf niemanden, so, dass alles versinkt. Aber so umarmten sie sich ja auch nicht, fiel Anna ein. Immer noch nicht. Und allmählich verlor sich auch Annas Vorstellung davon. Sie kam ihr unpassend vor. Es war eben anders mit William, ganz anders. Sie würde sich daran gewöhnen. Alle Frauen gewöhnten sich an irgendetwas.

Das Mobiltelefon blieb bei William immer eingeschaltet, und er zögerte auch nicht, sich jetzt zu melden, als es klingelte.

Die Norton Bank?, rief er in den kleinen Apparat – und Anna erschrak.

Anrufe von Banken gab es in ihrer Familie nur, wenn sich wieder einmal eine Katastrophe anbahnte. Banken brachten Annas Mutter zum Weinen und machten ihren Vater nervös. Banken waren nach *den Ämtern* so ziemlich das Schlimmste, was passieren konnte. William brummte eine Weile ins Telefon, machte *mhm* und *neinnein* und sagte schließlich:

Na gut, wenn Sie meinen ..., und Anna schlug das Herz bis zum Hals, das Blut rauschte in ihren Ohren, ohne dass sie überhaupt ahnte, was da geredet wurde. William hatte ihre Hand losgelassen, während er telefonierte, er gestikulierte mit der einen Hand, während die andere das Telefon hielt. Er telefonierte genauso, wie er sonst auch sprach: mit Worten, die wohlgesetzt waren, und zur Unterstreichung machte er einige knappe, gezielte Bewegungen mit der freien Hand. Schön redete er oder doch präzise. Wenn er sprach, entwickelte William eine gewisse Eleganz, seine schlaksige Größe bekam etwas Geschmeidiges, fast hätte man ihn sich mit einem weißen Schal vorstellen können, so wie Pierre Richard, der französische Komiker, dem William auch sonst ähnlich sah. Nur dass Williams Haar, blond wie Richards, noch voll war – und natürlich kurz geschnitten, fast getrimmt. Er fuhr sich gemächlich mit der Hand durch dieses gepflegte, blonde Haar, die Gelassenheit in Person. Für einen Augenblick ärgerte sich Anna. Spielte er die Gelassenheit? Wollte er sie beeindrucken? Es sah nicht so aus. Er redete weiter. Anna versuchte, seine freie Hand zu erhaschen, denn vielleicht brauchte er ja doch Trost. Anna brauchte ihn jedenfalls, aber William schlug ihre Hand ungeduldig weg, schaute sie strafend an, und sein Blick sagte: Ich muss mich jetzt konzentrieren!

Anna fühlte sich wie ein lästiges, kleines Insekt, das abgeschüttelt wird. Mit seiner Geldwelt hatte sie nichts zu tun. Die Geldwelt war ihr immer fremd geblieben, trotz ihres Berufs, nein, sie war ihr nicht einfach fremd, sie machte ihr Angst, panische Angst, denn das ganze Unglück kommt daher, dachte Anna, und das habe ich erlebt.

Annas Eltern waren Kaufleute, biedere kleine Bankangestellte, obwohl ihr Vater mit einigem Stolz erwähnte, dass er es bis zum Revisor gebracht hatte und ihre Mutter vom Schalterdienst erzählte, als seien die Stunden hinter der Panzerglasscheibe große Bühnenauftritte gewesen. Sie hätten so weitermachen können bis zur Pensionierung, bis *das Kind* endlich groß gewesen wäre. Dann aber verfiel Annas Mutter auf die Idee mit dem Haus. Sie saß und träumte. Sie sprach mit vernünftigen Worten auf ihren Vater ein, und schließlich begann sie zu zeichnen. Ihr Traumhaus. Das Wort hörte man damals oft. Sonntags wurde es im Fernsehen angepriesen und sah stattlich aus, und nun wollte ihre Mutter auch eines haben: Flachgeschossig, mit mindestens zwei Bädern! Die Bäder mit einem speziellen Teppichboden ausgelegt, dem die Badezimmerfeuchtigkeit nichts ausmachte, und mit besonderen, weichen, heizbaren Toilettensitzen. Viel Zeit wurde auf dieses Badezimmer verwendet. Das Zentrum des Bungalows. Annas Vater seufzte und rechnete. Und dann zogen sie tatsächlich um. Annas Vater hatte Annas Mutter ein Traumhaus gebaut. Mit weichen Toilettensitzen und Teppichböden überall. Mit einem großen Esszimmer samt Durchreiche zur Küche. Mit einem Wäschezimmer für die Mutter und einer Werkstatt für den Vater. So erzählten es die beiden abwechselnd, und eine Zeitlang sah es so aus, als sei Ruhe eingekehrt. Anna spielte begeistert im noch unbestellten Garten, fing Mäuse und versuchte die Hasen anzulocken, die abends in der Dämmerung am Waldrand spielten. Anna hatte mehr mit dem Wald als mit dem Haus zu tun, sie war ein wildes Kind, das den ganzen Tag im Freien spielte und mit einer Trillerpfeife nach Hause gerufen werden musste, sonst hörte sie nicht. Auch von den ersten Schuljahren erinnert sich Anna eigentlich nur an die Stunden nach dem Unterricht – und vielleicht noch, wie sie sangen und malten mit einem gütigen Lehrer, der jeden Morgen Mundharmonika spielte für die Kinder: *Die güldne So-honne, voll Freud' und Wo-honne …* Anna sang den Tieren dieses Lied vor, auch andere Lieder, denn in der Kirche am Sonntag hatte sie vom Heiligen Franz gehört, der den Tieren predigte, und so wie dieser Franz wollte Anna auch sein: ein Zauberkünstler.

Annas Mutter ließ sie gewähren, sie war nicht wie andere Mütter, die ihren Töchtern verboten, sich schmutzig zu machen. Sie lachte, wenn Anna mit lehmbeschmierten Hosen nach Hause kam, und ermahnte sie nur, nicht Kühe und Bullen zu verwechseln, wenn sie wieder einmal versuchte, wilde Tiere zu zähmen. Sie hörte sich abends Annas aufgeregte Geschichten an, aber irgendwann merkte Anna, dass sie nicht richtig bei der Sache war.

Die Mutter sah sie nicht an, wenn sie redete. Sie fuhr sich mit den Fingern durch ihr braunes Haar, in das sie, wie alle Frauen im Dorf, die keine Bauersfrauen waren, einige leuchtend gelbe Strähnen gefärbt hatte. Blond, nicht gelb!, sagte die Mutter, aber Anna mochte die Farbe trotzdem nicht, sie mochte keine gesträhnten Mütter, nur gesträhnte Pferdemähnen und getigerte Katzen. Die getigerte Mutter stand jetzt abends oft am Fenster und rauchte. Sie machte kein Licht im Wohnzimmer, stand am Fenster und starrte hinunter ins Tal, wo die Kreisstraße eine Kurve machte, bevor sie im Wald verschwand. Wenn sie Anna kommen hörte, schaute sie nicht nach ihr, sondern legte höchstens eine Hand auf ihren Kopf, und wenn unten mal ein Auto vorbeifuhr, wies sie mit der Zigarette in der Hand dorthin und sagte glücklich:

Schau mal, ein Auto!

Anna fand, dass die Zigarette stank, und verstand nicht, was an einem Auto, das in einen Wald fährt und wieder hinaus, gut oder schön sein sollte, nickte aber oder echote: Ja, ein Auto! Weil Anna merkte, dass es ihr wichtig war. Anna fiel auf, dass man den Rauch, der von der Zigarette wegwehte, selbst jetzt, im Dunklen, sehen konnte, es waren Fäden, weiße Fäden, die die Mutter mit der Hand in die Luft zeichnete. Die Fäden wurden mehr, überall im Haus standen Aschenbecher herum, zu denen Anna ein zwiespältiges Verhältnis hatte: Sie mochte es, wenn die Erwachsenen erlaubten, die Asche mit einem schnellen Druck auf den senkrecht stehenden Griff nach unten in das kleine Behältnis zu schleudern, woraufhin sich geheimnisvoll sofort wieder ein Deckel darüber schloss, mit einem hübschen, schnarrenden Geräusch, aber ihre Hände stanken nach dem Spiel mit dem Zigarettensarg, und sie hatte es eilig, sie zu waschen, oder noch besser, nach draußen zu kommen. Das Geräusch der Aschenbecher und das Schnippen der Feuerzeuge und der darauf folgende Benzingeruch wehten jetzt häufiger durch die Räume, vor allem sonntags, wenn Annas Vater den ganzen Tag zu Hause war und beide rauchten – und bald legte Annas Mutter die Zigarette auch beim Kochen nicht mehr aus der Hand, und Anna wartete, dass sie einmal in die Suppe aschen würde, so geistesabwesend wirkte sie in letzter Zeit. Sonntags gab es Brathähnchen mit Pommes Frites, dann rauchte die Mutter nicht, sie musste sich konzentrieren, sie hantierte mit der schweren Fritteuse, das gute Geschirr kam auf den Tisch. Festtage erkannte man an den Knochentellern, die auf dem Tisch standen.

Manchmal kamen die Nachbarn zu Besuch, der Mann war der Geschäftspartner des Vaters, wie die Mutter erklärte, und Anna überlegte, was das sein könnte. Es gab nur ein Geschäft im Dorf, dort wurden Lebensmittel verkauft, die Zeitung und eine Menge Bonbons, aber Annas Vater und sein Freund arbeiteten in keinem Laden, sie arbeiteten in einem Büro, und Annas Mutter erklärte, zusammen hätten sie *das alles hier* aufgebaut.

In den Gesprächen ging es immer öfter um alles. Alles, das war die Siedlung, in der sie wohnten. Annas Vater, der doch Bankangestellter war, Revisor, wie er immer gleich korrigierte, hatte sich zu einem Unternehmer machen lassen. Gemeinsam mit seinem Freund hatte er ein Baugeschäft gegründet, und alles um sie herum, die kleinen, winkelförmigen Bungalows und die nach Art der Gegend holzvertäfelten Häuser waren ihr Werk, das *Sonnenviertel.* Anna war stolz darauf, dass ihr Vater baute. Als ihr eigenes Haus wuchs, war Anna ein paar Mal mit auf der Baustelle gewesen, ein geduldiger Polier hatte der Sechsjährigen erklärt, was ein Fundament ist und was Hohlraumsteine sind, und abends im Bett hatte sich Anna vorgestellt, wie der Polier mit einem riesigen weichen Lappen die Häuser blankrieb, wenn alles andere fertig war. Nun standen die meisten Häuser, Leute wie Anna und ihre Eltern wohnten darin, aber irgendetwas war schiefgegangen, denn der Ton zwischen den Männern veränderte sich, die Frau blieb weg, die Mutter sprang bei den Gesprächen auf und rauchte in der Küche, und einmal sah Anna sie weinen, stumm und zornig.

Ein paar Tage später sagte sie zu Anna: Wir haben alles verloren! Und sagte, dass sie jetzt tapfer sein müsste und dass sie in die Stadt zögen.

Alles verloren? Der Satz hallte in Anna nach, und erst allmählich begriff Anna, dass sie nicht sterben müssten, sondern nur umziehen würden, weit weg, dahin, wo *die Leute* nichts wüssten von ihrem Elend. Das Elend war ein Konkurs, der Partner hatte sich abgesetzt, und ein paar Wochen später kamen fremde Menschen und wollten mit dem Haus auch die antiken Vitrinen der Mutter übernehmen und das Sauerkrautfass aus der Vorratskammer. Anna hielt das Sauerkrautfass ganz fest, sie klammerte sich daran, als wollten es die Fremden gleich mit forttragen, dabei war es ja anders: Sie würden kommen und bei den Möbeln bleiben, nur sie, sie würden fortgehen, und Anna wusste nicht, wohin und wie man überleben sollte ohne Vorräte und vor allem ohne Sauerkraut im Fass.

Was ihr Entsetzen noch steigerte, war, dass ihre Eltern offenbar auch nicht wussten, wohin. Sie riefen sich Städtenamen zu und beugten sich über Karten, und wieder ein paar Monate später zogen sie tatsächlich um, in die Stadt, und wenn ihre Mutter geglaubt hatte, nun kehre irgendwann wieder Ruhe ein, so hatte sie sich getäuscht. Der einen, ersten Wohnung in der Stadt, gelegen in einer ruhigen Altbaugegend, folgte bald die zweite, schon einfachere, und schließlich die dritte, eine dunkle Dreizimmerwohnung mit einer Abstellkammer ohne Fenster, in der Annas Vater gelegentlich übernachtete. Die Wohnung hatte Öfen, keine Zentralheizung, und mit diesen Öfen kam Annas Mutter nicht zurecht. Sie schaufelte und stopfte und brach sich ihre langen Fingernägel ab, aber der Ofen rußte nur und wärmte nicht, und einmal saßen Anna und ihre Mutter im Winter am Nachmittag zusammen im Bett, die Mutter mit ihrem Pelzmantel und Anna mit zwei Pullovern, und während die Mutter rauchte und so tat, als läse sie eine Zeitschrift, die ihr die Nachbarin geliehen hatte, erledigte Anna die Hausaufgaben. Die Bücher lagen neben dem Bett auf dem Sauerkrautfass, das Anna gerettet hatte und das nun, umgedreht, als Nachttisch diente. Es war Annas wertvollster Besitz.

Anna hasste die neue Schule, ein altes Gebäude mit einer hohen Backsteinmauer darum, und sie hasste ihren neuen Klassenlehrer, der nie Musik machte und beim Malen befahl, ordentlich zu sein, aber sie war eine gute Schülerin, fleißig, dadurch unangreifbar, innerlich aber glühend vor Zorn. Anna war zornig auf die Schule, zornig auf die Stadt, die übel roch und in der es niemals richtig dunkel war, sie hasste das Haus, in dem sie wohnten und in dem sie immerzu still sein musste. Besonders hasste sie die lichtlose Kammer, in die der Vater gelegentlich verschwand, und die Öfen hasste sie und das Dämmerlicht und die Enge, und sie hasste das Geld, das ihnen fehlte und das sie beherrschte und das sie auf geheimnisvolle Art dahin gebracht hatte, wo sie nun waren. Am Ende.

Und nun telefonierte William mit seiner Bank, als plauderte er mit einem alten Bekannten. Es stellte sich heraus, dass der Vergleich gar nicht so falsch war. Eine Angestellte der Bank hatte angerufen, um William bei einem Aktiengespräch zu beraten, und solche Gespräche bereiteten William Vergnügen. Auch im Urlaub las er täglich die Börsennachrichten, er informierte sich eben gern, sagte er – und verstand nicht, dass Anna abwehrend reagierte, wenn er ihr den Wirtschaftsteil der Zeitung beim Frühstück über den Tisch reichte.

Da! Ist auch interessant für dich!

Er wedelte auffordernd.

Nein, danke, das verdirbt mir den Appetit!

Ich versteh dich nicht …

Wie sollte er auch verstehen, hatte Anna in ihrem Beruf doch täglich mit Zahlen und mit Geld zu tun. Aber es war nicht ihr Geld, es waren nicht ihre Zahlen. Und Anna war nicht besonders gut in ihrem Job. Ein Job war das, kein Beruf, und ohne Mike wäre sie verloren gewesen. Immer dachte Anna: Irgendwann merken sie, dass ich keine Ahnung habe. Dann entlarven sie mich als Hochstaplerin, und ich fliege achtkantig raus. Das hatte Anna immer schon gedacht, und die Jahre, die vergingen, ohne dass ihr Schwindel aufflog, machten es nicht besser, weil sie glaubte, dass der Zeitpunkt der Entblößung unaufhaltsam näherrückte. Der Tag, an dem ihr Lebensschwindel aufflöge. Man sagt, dass Leute gelassener werden mit den Jahren – mit Annas Erfahrung wuchsen nur Sorge und Selbstzweifel.

Anna war in diesen Job hineingerutscht, wie einem das vor zehn, fünfzehn Jahren noch gelingen konnte. Einer baute etwas auf, einer stieg ein.

Du hast doch eine Banklehre!, sagte Mike, als er ihr zum ersten Mal seine Firma zeigte.

Na klar, hatte sie! Anna und Mike waren auf dieselbe Schule gegangen für eine Weile, das reichte, um eine dauerhafte Verbindung zu stiften, obwohl Mike dann zu den Anthroposophen gewechselt war und Anna ihn jahrelang aus den Augen verloren hatte. Aber dann hatten sie sich wiedergesehen, bei irgendeiner Party von irgendeinem Bekannten, und Mike war der Star des Abends gewesen, weil er als Einziger etwas aufgebaut hatte, etwas neu gegründet hatte. Er hatte etwas erfunden, *Stade-TV*, sich. In seinem kleinen Büro am Salztor tranken sie Tage später Kaffee und saßen ein wenig verkrampft auf pendelnden Hockern. Die Hocker hatten leuchtende Farben, und Anna achtete so sehr darauf, das Gleichgewicht zu halten, dass sie nicht alles mitbekam von dem, was Mike enthusiastisch erzählte. Anna warf einen Blick aus dem Fenster und sah den alten Kran, den die Stadt als historisches Denkmal erhielt. Sein Holz war so schwarz und massiv, dass ihr das jahrhundertealte Stück wie eine Drohung vorkam, wie ein Symbol des Niedergangs und nicht, wie es in den bunten Prospekten der kleinen Stadt immer wieder hieß, des Fortschritts. Trotzdem war der Anblick schön: der alte Hafen, in dem einige *Traditionsschiffe* lagen, die windschiefen Fachwerkhäuser, die ruhig schwappende Schwinge, die vor dem Schwedenspeicher einen Bogen machte.

Sie wandte sich wieder Mike zu. Seine Geschäftsidee war einfach: Er produzierte Touristen-Videos mit Touristen. Und Tourismus-Videos für die Stadt. Und den Landkreis. Und den Landschaftsverband. Und für Gott und die Welt. Er drehte von Hamburg bis Cuxhaven. Die Geest gehörte noch dazu, wenn gewünscht, auch das Waldgebiet der Harburger Berge, das Hamburger Umland. Das war's. Während andere, ehrgeizige junge Filmemacher sich mit Dreharbeiten in Timbuktu übernahmen, hatte Mike die Kunst der Beschränkung gelernt. Und die Kunst der Wiederverwertung. Die Bilder, mit denen er heute Besucher aus dem Schwarzwald entzückte, konnten morgen als Grundlage für einen Zehnminüter über den Wirtschaftsraum Elbe herhalten, den er für die Handelskammer vorbereitete. Alles kein Problem. Einer von Mikes Lieblingssätzen, wie Anna bald merken würde. Mike war zuversichtlich. Nur rechnen musste es einer gescheit. Dieses System, das funktionierte wie ein Bauklötzchenturm. Also rechnete Anna. Und ordnete das Archiv, das auf gefährliche Weise zu wachsen begonnen hatte. Die Rechnerei war nicht besonders schwierig, und das Sortieren des Archivs machte Spaß. Immer wieder schob Anna neue Kassetten in den Schacht des Schnittplatzes und drehte vergnügt an dem dicken, schwarzen Knopf, mit dem man die Filme vor- und zurückspulte. Das war nicht jedes Mal notwendig, aber es gab so ein gewisses Geräusch, ein Sirren und Sausen. Es war der Ton der Firma, die Schwung aufnahm.

Wenn Anna einmal nicht weiterwusste, half Mike, später seine Frau, und weil das von Anfang an so war, blieben die Grenzen zwischen den verschiedenen Arbeitsbereichen fließend, fiel es nicht auf, dass Anna häufig überfordert war, länger brauchte als andere, drei mal kontrollieren musste, was sie kalkuliert hatte. Sie kamen durch. Sie kamen sogar gut durch. Das genügte Mike.

Es waren ein paar Jahre vergangen, seit Anna begonnen hatte, bei *Stade-TV* zu arbeiten. Sie saß über die Zahlen gebeugt und versuchte, den Etat für ein größeres Projekt zu berechnen. Eigentlich musste sie gar nicht wirklich rechnen, das übernahmen die Excel-Tabellen. Es ging nur darum, diese zu füttern. Die Excel-Tabellen waren willig, aber man musste in die richtigen Spalten die richtigen Daten eintragen und drei, vier Befehle beherrschen, einfache Tastenkombinationen, die die Verbindung der virtuellen Synapsen auslösten. Dann entstand auf dem Bildschirm inmitten der Tabelle ein kleiner Wirbel – und das Ergebnis stand da. Anna fand es faszinierend, aber sie erkannte auch die Gefahr. Man durchschaute ja nicht wirklich, was man da tat. Man fütterte eine Maschine, man diente einem System, man wurde geradezu abhängig von den kleinen Rechenwirbeln, und Anna glaubte zu spüren, wie das eigene Gehirn träger wurde. Trotzdem war es immer wieder befriedigend, am Ende komplexe Kalkulationen in der Hand zu haben, sie für Mike und die Autoren auszudrucken und zu sagen:

Geht. Oder: Geht nicht.

Ein berauschendes Gefühl von Macht, ein kleiner Triumph. Nicht über die anderen. Nicht über die Autoren, die bald beinahe täglich ins Haus kamen mit ihren Vorschlägen und auf Aufträge hofften. Es war ein Triumph über die Zahl.

Anna erinnert sich, wie sich wieder einmal die Zahlen drehten, als sie rechnete, und wie sie wartete, welche Kolonne sich da vor ihren Augen aufbaute, und sie sagte leise zu sich selbst: Abrakadabra – mir macht ihr nichts mehr vor! Mich legt ihr nicht mehr rein!

Ihr traten damals die Tränen in die Augen. Sie war die Produktionsleiterin von *Stade-TV*. Sie war ihnen allen entkommen. Nachts wachte sie bisweilen immer noch auf, verschwitzt, voller Angst, weil sie dachte: Sie kommen. Sie werden meine wahre Kläglichkeit entdecken – aber diese Nächte wurden seltener.

Mike lächelte, als Anna quadratische Schilder aus Plexiglas kaufte, auf die sie ihre Namen und Funktionen schrieb: Anna Weber, Produktionsleitung. Mike Dede, Geschäftsführung. Das mit der Geschäftsführung fand Mike unwichtig, er versuchte, den Schriftzug wegzuwischen und hatte danach eine Schriftwolke unter seinem Namen und einen lesbaren, blassen Rest von *Geschäft*. Das gefiel ihm besser. Vielleicht dachte er auch an die Bonbongläser, die Lakritzstangen und das Esspapier, mit dem sie groß geworden waren.

Anna aber schraubte ihr Schild voller Stolz neben dem Türrahmen an. Eine ganze Weile ging das gut. Die Firma wuchs keineswegs stürmisch, aber sie war auch niemals in Gefahr. Sie ließen, wie Mikes Vater sagte, die Bäume nicht in den Himmel wachsen. Keine Kunst, keine Gefahr, sagte Mike, wenn er wieder einmal die hochfahrenden Pläne eines ehrgeizigen jungen Filmemachers ablehnte. Kunst, das waren Dokumentarfilme. Filme, die zu weit ab von ihrem Revier spielten. Sie begnügten sich mit dem, was sie beherrschten. Sie waren Spezialisten der Enge. Sie waren eine TV-Firma, die kein TV produzierte. Sie arbeiteten, wie ein Kollege aus Hamburg verächtlich sagte, im semiprofessionellen Bereich. Das machte ihnen nichts aus.

Da gehören wir hin!, sagte Mike und lachte. Da ist auch viel Platz.

Anna beruhigte es, am Anfang jedenfalls. Anna beruhigte auch sein Lachen. Nach ein paar Jahren wuchs die Firma. Ronny kam dazu, als ständiger Autor. Und Tine, eine Cutterin aus Bremerhaven, die bald so viel zu tun hatte, dass sie hierherzog und gelegentlich ihr Kind mit ins Studio brachte, wo sie es mit Keksen und Saft stillfütterte. Manchmal machte sich Anna wieder Sorgen. Aus den kleinen Clips wurden Filme. Aus den Kassetten Datenträger. Aus Episodenfilmchen wurden Reihen. Das Fernsehen kam als gelegentlicher Kunde dazu. Bald konnten sie nicht mehr abends telefonieren und beschließen, am nächsten Tag einfach zu Hause zu bleiben. Schon lange waren sie nicht mehr im Sommer mit Mikes Boot hinüber nach Schleswig-Holstein gefahren, wo am Elbestrand Sand aufgeschüttet worden war für die ersten mutigen Schwimmer seit Jahrzehnten und wo man planschte und lachte und Bier aus Dosen trank unter dem steten Sirren der riesigen Hochspannungsmasten, die hier die Elbe überquerten.

Sie wurden eine richtige Firma. Sie brauchten Wirtschaftspläne, Quartalsberichte, Businessmodelle. Wann würde Anna den Überblick verlieren? Immer öfter blieb sie länger in der Firma, nahm sich belegte Brote mit, winkte Mike hinterher, wenn er abends um sieben oder acht Uhr verschwand. Sie hatte noch zu tun. Immer hatte sie noch zu tun. Irgendwann merkte sie, dass die Arbeit niemals beendet war. Sie nahm Unterlagen mit nach Hause. Sie hätte sich dringend fortbilden müssen, hätte neue Programme zur Kalkulation, zur Ablage lernen müssen, aber dazu fehlte die Zeit.

Irgendwann war es so weit: Anna bestimmte nicht mehr, wie die verschiedenen Programme für sie arbeiteten, sie erfüllte sie nur noch. Sie wurde getrieben. Nachts lag sie wach und grübelte. Auch Mike veränderte sich. Er trug jetzt das Geld lose in der Hosentasche und sprach lauter als früher. Und Ronny, der nun öfter mit feinen Anzügen zur Arbeit kam, kehrte an Markttagen mittags beim teuersten Italiener ein, trank Campari-Soda und wollte die Rechnung bei Mike einreichen, woraufhin sich die beiden stritten und anschrieen und Tine die Tür zum Schneideraum nachdrücklich schloss.

Und dann kam William. Heinrich-Wilhelm. Das Essen, die Weine, die erste Nacht. Und das Gefühl, dass sich alles ändern würde. Dass alles gut würde. Es musste doch alles gut werden, irgendwann? Wenn sie sich nur genug anstrengte?

Natürlich kannte Anna die Gegend, in der er wohnte. Es war ja nicht weit weg von Stade, eine Viertelstunde mit dem Auto – falls einen nicht wieder einer der vielen Obsttrecker zwang, kilometerlang Schritttempo zu fahren. Mike hasste die Obsttrecker, und oft lästerten sie gemeinsam über die mangelnde Infrastruktur, über eine Gegend, die sich dauernd selbst lahmlegte:

Erst produzieren sie wie verrückt – und dann blockieren sie die Straßen! Als wollten sie ihre verdammten Äpfel am Ende doch nicht hergeben.

Wenn sie zusammen unterwegs waren, fuhr Mike mit seinem Audi so dicht auf, dass Anna befürchtete, die Äpfel auf der Ladefläche kämen irgendwann ins Rutschen und sie würden unter *Cox Orange* und *Elstar* begraben. In Wahrheit wären sie natürlich unter Kisten begraben worden. Im Alten Land wird alles in Kisten verpackt. Erst in Kisten, dann in Containern. Das größte Obstanbaugebiet Norddeutschlands. Bedeutete das eigentlich wirklich etwas? Waren sie wirklich »groß«? Und wenn ja – im Vergleich zu wem? Die Leute hier hinterfragten so etwas nicht. Ihr Selbstvertrauen war durch nichts zu erschüttern. Sie erinnerte sich an Mike, der auf dem Lenkrad trommelte, bis er, aus Versehen scheinbar, hupte.

Das hier, sagte er, das hier wird uns noch umbringen! Diese Langsamkeit, diese Sturheit!

Anna lachte, als sie daran dachte. Mutwillig drückte auch sie auf die Hupe, obwohl sie kein Obsttransporter behinderte.

Sie hatte Mike nicht erzählt, dass sie eine Verabredung hatte, obwohl sie sonst wenig voreinander verbargen. Es war ihr unangenehm gewesen, sie wusste nicht recht, warum. Sie erzählte nicht gern von William – oder wenigstens erzählte sie nicht gern spontan von ihm. Sie überlegte sich lieber ihre Sätze, anders als sonst plapperte sie nicht einfach drauflos, wenn sie jemand nach ihrem Liebsten fragte. Ihr Liebster! Das war er doch? Einstweilen wusste auch niemand von der neuen Verbindung – niemand, außer Carola. Und die wischte ihre Bedenken mit ein, zwei Sprüchen weg.

Ist doch normal, dass man am Anfang erst einmal umeinander herumtastet! Ist doch normal, dass alles ein bisschen krampfig ist. Keep cool, entspann dich.

Wahrscheinlich hatte sie recht.

Mit William hatte Anna am Abend telefoniert, scheinbar, um sich den Weg erklären zu lassen, in Wirklichkeit aber, damit er die Verabredung noch einmal bekräftigte. Sie brauchte das, eine Bekräftigung. Es fühlte sich schwach an, undeutlich. William aber hatte wenig Zeit gehabt, die Besorgnis in Annas Stimme überhörte er. Er hatte zu tun. Er hatte Holzpaneele in seiner Küche zu erneuern.

Wunderbares Birkenholz!, sagte William, und Anna fand, dass er sich die Worte geradezu auf der Zunge zergehen ließ. Birkenholz! Sie stellte sich vor, wie er mit der Hand über das feste Holz strich, wieder und wieder. William war ein Mann, der gern handwerklich arbeitete. Der an seinem Haus alles selbst instand hielt. Das hatte er nicht ohne Stolz erzählt, und Anna stellte sich eines der prächtigen Altländer Bauernhäuser vor, vielleicht besaß er sogar eines mit weißen Prunksäulen davor, oder eines mit einem der verspielten Giebel, die Anna so mochte. Vielleicht hatte er aber auch eine der alten Obstscheunen umgebaut, die waren kleiner als die Wohnhäuser, hatten aber oft perfekte Proportionen. Viele Städter hatten solche Scheunen gekauft und liebevoll restauriert. In den niedrigen Gebäuden musste man sich bescheiden, anders als die Höfe hatten sie niedrige Decken und kaum Verzierungen, aber Anna liebte sie, weil sie einem das Gefühl für das Notwendige gaben. Man musste sich genau überlegen, was man in so einem Haus unterbrachte, aber dann war man darin wunderbar geborgen. Die alten Obstscheunenhäuser beruhigten. Sie rückten die Maßstäbe zurecht.

Nach einer halben Stunde hatte Anna ihr Ziel erreicht. Sie bog in eine Seitenstraße ein, in der rechts und links moderne

Siedlungshäuser standen. Gewiss würde sich Williams Haus deutlich unterscheiden. Sie konnte sich nicht vorstellen, dass er in einem dieser seelenlosen Kästen hauste. Doch.

Da stand William in der Einfahrt und winkte sie auf den Hof. Das Haus, das er bewohnte, war groß und gelb und klobig, weder zeitgemäß noch alt. Im Vorbeifahren sah sie spiegelnde Fenster, Sprossenfenster, aber solche mit Kunststoffrahmen. William winkte und winkte: Sie sollte eine kleine Böschung hinab in seinen Carport fahren, einen Doppelcarport, in der ein Platz frei war. Anna zögerte, wäre lieber erst einmal ausgestiegen, hätte Hallo gesagt, folgte Williams aufforderndem Winken dann aber doch. William kam hinter ihr her, klopfte aufs Autodach:

Da bist du ja! Siehst du, doch gefunden. War also gar nicht so schwierig.

Er war vergnügt. Er trug eine Barbourweste über dem Hemd, einen Hut auf dem Kopf, blaue Clogs an den Füßen: Er hatte im Garten gearbeitet. Erst einmal durch den Kellereingang in die Waschküche, die Erde von den Fingern waschen! Er schubste die Schuhe in eine Ecke und ging auf Socken voran, zeigte im Vorbeigehen die Vorratskammer mit der großen Gefriertruhe, den Weinkeller, er stieg vor Anna die dunkle Kellertreppe hinauf, sie betraten sein Haus von hinten. Es roch ein wenig feucht.

Im Parterre des Hauses blieb Anna die Luft weg. Es war warm hier. Und voll. Anna betrat das Haus eines Mannes, der sein Leben schon gelebt hatte. Möbel, die irgendwann einmal gekauft worden waren, bedrängten den freien Raum. Lampen baumelten, Regale klemmten, Bilder stapelten sich. Auf den Regalen, auf Simsen, Mauervorsprüngen, in Winkeln: Reiseandenken. Indonesische Puppen und peruanische Holzfiguren, schwarz lackierte andalusische Stiere und Brüsseler Pissmännchen. Auf Schränken, Vitrinen und Hockern: Bunzlauer Geschirr, Vasen mit Zwiebelmuster, Töpferwaren in Naturtönen und Becher aus

Zinn. William winkte Anna in die Küche, und ein Traumfänger streifte ihren Kopf. Sie schlug unwillkürlich mit der Hand nach ihm, und das fedrige Etwas fiel zu Boden. Es roch nach Holzbeize: William hatte die Holzpaneele, die eine Wand der Küche in Hüfthöhe abschlossen, dunkel gestrichen. Anna hatte sich die Küche hell vorgestellt, offen, eine Landhausküche mit bäuerlich geschwungenen Regalen hatte sie vor sich gesehen, aber Williams Küche war in dunklen Holztönen gehalten, die Möbel schwer und wuchtig. Eine Eckbank war zur Seite gerückt; sie würde, wenn das Holz getrocknet wäre, vor die Paneele geschoben. William bückte sich und legte ihr den Traumfänger in die ausgestreckte Hand.

Entschuldige!, sagte Anna. – Ich bin ungeschickt.

Macht nichts!, sagte er großzügig. Schau dich ruhig um!

Anna hielt den abgestürzten Traumfänger fest, wusste aber nicht, wohin mit ihm. Zwei Sektgläser warteten auf einer Anrichte, William schenkte ein. Anna übersah das angebotene Glas.

Sie nahm den Traumfänger mit bei ihrem kleinen Rundgang. William ließ sie gewähren.

Verlauf dich nicht!, rief er nur hinter ihr her.

Überall lagerten Gegenstände: geschnitzte Figuren, Medaillons, alte Ladenschilder aus Emaille. Vorsichtig bewegte sie sich vorwärts. Ein solches Sammelsurium hätte sie William niemals zugetraut. Sie öffnete eine Tür, und William in der Küche rief:

Nur zu!

Er werkelte weiter. Ein quadratischer Flur. Im nächsten Raum hatte er sich ein Arbeitszimmer eingerichtet. Alles englische Möbel. Teak, grünes Leder. Ein schwerer Sessel. Es roch nach Zigarren. An den Wänden Fotos in einfachen Glasträgern: Das alte Land aus der Luft, Hamburg, und das hier war wohl Glückstadt. William erschien im Türrahmen:

Das habe ich dir noch gar nicht erzählt – mein Hobby!

Fotografieren?, fragte Anna blöde.

Auch!, sagte William. Aber vor allem: fliegen.

Er besaß eine Piper Cherokee und verbrachte viel freie Zeit auf dem kleinen Sportflugplatz in Freiburg an der Elbe.

Es ist ja immer etwas zu tun!, sagte er. – Du glaubst nicht, wie viel Arbeit so eine Maschine macht.

Das mit dem Flugzeug beeindruckte Anna. Sie kannte keine Männer, die flogen. Segler kannte sie, Reiter, ein paar Verrückte spielten Polo – aber fliegen!

Du kannst ja mal mitkommen!, rief William, nun wieder aus der Küche. – Ich zeig dir das gern. Zweimotorig. Viersitzig. Passen aber auch sechs Schlanke rein – zur Not.

Das Schlafzimmer. Ein riesiges Doppelbett beherrschte den Raum. Ein gestepptes Plaid darauf, vor den Fenstern schwere Vorhänge mit grünem Schottenkaro. Auf dem Nachttisch eine Schachtel mit Papiertaschentüchern, auch im Schottenmuster. Der Nachttisch ebenfalls aus Teakholz. Eine kleine Vitrine mit Whiskeyflaschen, darauf eine staubige Karaffe. Anna bemerkte so etwas wie Gediegenheit – und etwas Abgestandenes, etwas Unfrisches. Sie ertappte sich bei dem Gedanken, hier zu liegen, immer hier zu liegen, Nacht für Nacht. Wie in einem Sarg!, dachte sie und erschrak. Es gab noch ein Wohnzimmer, mehrere kleine Zimmer, deren Funktion nicht ganz klar war, eine Terrasse und die Küche, in der William jetzt vor sich hin pfiff. Die Küche war neu, sie war perfekt eingepasst, in der Mitte des großen Raumes vereinte ein Küchenblock Herd und Arbeitsplatten. Die Paneele lehnten an der Wand. Von der Arbeitsplatte hatte William erzählt. Anna schaute genauer hin, da sagte William eilfertig:

Habe ich selbst eingebaut!

Hatte er vergessen, dass er das schon erzählt hatte?

Ich weiß, sagte Anna hastig, davon hast du mir schon erzählt.

Und?, fragte William, ein wenig ungehalten, – gefällt es dir nicht?

Wenn sie ehrlich war, gefiel es ihr nicht. Genauso wenig wie das ganze, vollgestellte Haus, in dem kein Platz für eine neue Person schien, ein Haus, in dem alles fertig war, alles entschieden. Aber so etwas sagt man nicht.

Doch, hübsch!, sagte sie also anerkennend, und William schien zufrieden.

War auch 'ne Menge Arbeit!

Anna war irritiert. William schien so selbstbewusst, ein ganzer Kerl, der genau wusste, was er tat – und trotzdem holte er sich ein kleines Lob ab, ja, er drängte geradezu darauf, dass man ihn lobte. Dabei verstand Anna wenig von handwerklichen Arbeiten, oder vielmehr: Sie waren ihr gleichgültig. Für Anna war wichtig, dass die Dinge funktionierten. Sie machte kein Aufhebens von ihnen, und sie mochte Dinge nicht, die allzu viel Aufmerksamkeit erzwangen, wie komplizierte Designermöbel oder heikle Antiquitäten. Das Erste, was Anna bei *Stade-TV* ausgemustert hatte, waren die unbequem schwingenden Hocker gewesen. Sie hielten die Hocker jetzt nur noch bereit für allzu unangenehme Kunden, deren Besuch möglichst kurz gehalten werden sollte. Dann schütteten sie sich hinterher aus vor Lachen, wie sich diese Leute gequält hatten mit den Hockern und versucht hatten, einen lässigen Eindruck zu machen. Mike und Anna lachten immer noch gern zusammen. Gern und laut, manchmal lachten sie all die Anspannung weg, die die wachsende Firma mit sich brachte. Manchmal kopierte Mike einen wirklich dämlichen amerikanischen Animationsfilm, und den guckten sie nach Feierabend – Mike, eine seiner neuen Freundinnen, Tine und Anna und das verblüfft brabbelnde Kind – und sie lachten so sehr, dass ihnen die Seiten wehtaten.

Anna lächelte. Sie dachte an ihre lächelnde Firma. Das oberste Gebot war, nicht zu klagen. Nicht über die Arbeit und schon gar nicht über die Menge der Arbeit. Das war obszön, fand Anna. Es gab so viele Leute, die leidenschaftlich gern ihre Arbeit oder überhaupt einen Job, irgendeinen Job gemacht hätten – sich darüber zu beklagen wäre in Annas Augen unangemessen gewesen, unsympathisch. Nur Ignoranten beklagten sich. Solche, die nicht wussten, wie es war, ohne Arbeit dazustehen. Die das Anstehen bei Ämtern nicht kannten. Das Grübeln über Formularen. Die Angst vor den fremden, undurchschaubaren Maßstäben. Die Angst vor den gewundenen Gängen in den Ämtern. Finanzamt! Einwohnermeldeamt! Sozialamt! Das Drohwort ihrer Kindheit – damals, als sich ihre Eltern gerade getrennt hatten. Nach dem Verlust des Hauses. Nach dem Umzug und noch einem Umzug und noch einem.

Wenn es so weitergeht, hatte ihre Mutter gesagt, als sie ganz verzweifelt waren, wenn es so weitergeht, müssen wir zum Sozialamt.

Anna hatte keine Ahnung, was das sein könnte, aber schlimm musste es sein, bedrohlich war es, und Anna beschloss, dass sie alles tun würden, um dort nicht erscheinen zu müssen. Die Gefahr bestand durchaus, denn Annas Mutter, die endlich Annas Vater verlassen hatte, hatte keine Arbeit.

Ich kann doch nicht arbeiten!, rief sie vorwurfsvoll.

Der Grund dafür waren chronische gesundheitliche Probleme, die den Ärzten, zu denen sie regelmäßig gingen, jedoch nur ein verächtliches Pfeifen entlockten. Warum besuchten sie immer gemeinsam diese Ärzte? Warum holten sie immer gemeinsam ihre Kontoauszüge ab? Die Überweisungen von Annas Vater kamen pünktlich, aber das Geld reichte *hinten und vorne* nicht. Wenn Anna ihren Vater besuchte, sollte sie ihm das ausrichten. Anna schwieg jedoch, wenn sie einmal in der Woche bei ihm saß, und fühlte sich schuldig.

Ich sollte ihm etwas sagen, dachte Anna, während er erzählte, und weil sie die ganze Zeit daran dachte, dass sie eigentlich einen Auftrag hatte, hörte sie ihm nicht richtig zu, und irgendwann schaute der Vater auf und sagte traurig:

Anna, wo bist du denn mit deinen Gedanken?

Und fuhr ihr mit der Hand über den Kopf.

Und dann schämte sie sich noch mehr.

Irgendwann gab Annas Mutter auf und suchte dann doch eine Arbeit. Dass sie das tun musste, nahm sie dem Vater übel. Die anderen Frauen, die ihre Kinder allein großzogen, hatten wenigstens diesen Vorteil: dass für sie gesorgt wurde. So nannte man das. Für Anna und ihre Mutter wurde nicht gesorgt. Das war eine neue Demütigung.

Anna war froh, als ihre Mutter Arbeit als Sekretärin in einem Büro fand. Die Arztbesuche wurden seltener, und Anna musste ihre Mutter nicht mehr zu den Ämtern begleiten. Arbeit, dachte Anna, ist etwas Gutes. Die Menschen kehren zu bestimmten Zeiten nach Hause zurück und gehen wieder zu genauso bestimmten Zeiten. Sie kaufen ein, und sie kochen. Es hat seine Ordnung, es ist verlässlich.

Anna fand es komisch, dass Arbeit offensichtlich anstrengte, die Leute aber gleichzeitig zufrieden machte. Vorher war ihre Mutter nicht zufrieden gewesen. Auch nicht, als ihr Vater noch bei ihnen gelebt hatte. Die Mutter hatte das offenbar selbst gespürt und sogar halbherzige Versuche unternommen zu arbeiten. Sie hatte Kurse belegt, Fremdsprachenkorrespondentin wollte sie werden, dann Heilpraktikerin. Sie richtete sich einen Schreibtisch im Schlafzimmer ein und büffelte wochenlang. Stolz kehrte sie von Ausflügen in eine weit entfernte Stadt zurück, um zu berichten, dass sie bei ihren Zwischenprüfungen als Beste abgeschnitten hatte. Aber die Prüfungsgebühren! Und das Kursgeld! Und das teure Material!

Der Vater zog eine Augenbraue hoch, aber er sagte nichts. Später lernte Anna, dass es viele Männer gab, die nichts sagten. Die ihren Frauen eher noch einen weiteren sinnlosen Kurs finanzierten und weitere Workshops bezahlten, als dass sie es auf einen Konflikt hätten ankommen lassen. Sie wirkten großzügig und waren doch nur resigniert. Sie kauften sich los. Ihre Frauen betrachteten sie kritisch. Es waren Frauen mit zu vielen Ansprüchen und Männer mit zu vielen Möglichkeiten.

Jetzt hatte die Mutter Arbeit in einem Steuerberaterbüro. Sie kam erschöpft und vor sich hin summend nach Hause und füllte den Kühlschrank mit Cervelatwurst und kleinen Gurken. Lange Zeit bedeutete für Anna Arbeit haben vor allem dies: Cervelatwurst und Gurken kaufen können, ohne zu überlegen. Anna wurde nervös, wenn diese beiden Dinge im Kühlschrank fehlten, Gurken und Wurst, Wurst und Gurken.

Mike lachte, als Anna ihm einmal, während sie den Kühlschrank im Büro nach ein paar Portionsdosen Kaffeesahne durchsuchten, von ihrer Gurkenbesessenheit erzählte. Für Mike war Arbeit nicht das Beste. Er liebte seine Firma, aber nicht die Arbeit an sich. Mike fand es bloß *uncool*, sich zu beklagen. Selbst wenn ihm die Arbeit alle Wochenenden stahl und er wieder einen Kurzurlaub mit irgendeiner Britta, Lucy oder Stine streichen musste, kam es ihm nicht in den Sinn zu jammern. Jammern war schwach. Jammern war etwas für Verlierer. Wenn Mike diese Glaubenssätze seiner Jugend von sich gab, hatte er eine Hand in der Hosentasche und klapperte mit den Münzen. Dann sah er aus wie ein großer Junge, trotz seiner mittlerweile bald vierzig Jahre. Eigentlich waren fast alle Männer, die Anna kannte, große Jungen. Alle, außer William.

William war vernünftig. Ein richtiges *Mannsbild*, hätte man früher gesagt. Einer, der Bescheid wusste. Immer noch standen sie in seiner Küche herum und betrachteten die Arbeitsplatte und die Paneele, für die William gelobt werden wollte. Anna wollte etwas Versöhnliches sagen, etwas Nettes, Beiläufiges. Es konnte doch nicht sein, dass die handwerklichen Arbeiten für William nur lästig waren? Hatte er nicht vom Birkenholz geschwärmt, und hatte sie sich ihn nicht bei der Arbeit vorgestellt, kundig, gelassen und gut gelaunt? Anna nahm den Gesprächsfaden wieder auf:

… Aber es macht dir doch auch Spaß?

Spaß?

Sein Gesicht sprach Bände. Als hätte er in einen faulen Apfel gebissen. Nein, er war regelrecht entrüstet, so als hätte Anna ihn verdächtigt, einer seltsamen sexuellen Neigung nachzuhängen.

Spaß?

Anna lachte. Sie fand, dass er sich zu wichtig nahm. William sagte:

Das ist nicht zum Lachen!

Ach, William!, sagte Anna.

Dieser Ernst, das lernte Anna später, kam aus seiner Kindheit. Anna fragte sie in den nächsten Wochen mühsam aus ihm heraus. William sprach nicht gern von seiner Kindheit, überhaupt schwieg er lieber über seine Vergangenheit, sodass Anna am Anfang fantasierte, es belastete ihn irgendein Trauma, er sei sehr unglücklich gewesen, vernachlässigt oder gar misshandelt. Seine Mutter war erst wenige Jahre zuvor gestorben, und vielleicht machte ihn auch die Trauer sprachlos? Nichts von alledem, beteuerte William, es mache nur keinen Sinn, immerzu am Vergangenen zu hängen, so komme man nicht weiter, und das wollten sie doch, gemeinsam weiterkommen?

Trotzdem erzählte er irgendwann, kramte, wie es alle Verliebten tun, ein Fotoalbum heraus und stellte seine Familie im Album vor. Seine Eltern waren beide Beamte bei der Bahn gewesen. Sein Vater hatte Fahrpläne gemacht, was damals noch ein anstrengender Beruf gewesen war, weil keine Software die Berechnung der Fahrzeiten und die Disposition der Züge unterstützte. Seine Mutter hatte zunächst Fahrkarten verkauft und war später in den Schaffnerdienst gewechselt.

Einfache Leute? Einerseits schon. Andererseits hatten sie ihre Träume gehabt. Anna betrachtete ein Foto mit gezacktem weißem Rand. Es zeigte einen kräftigen Mann, der vor einem kleinen Flugzeug stand, eine Hand auf einem der Flügel. Das Lachen signalisierte Stolz, Freude.

Mein Vater, sagte William und tippte mit dem Finger auf das Bild. – Der ist auch schon geflogen. Natürlich noch ganz andere Maschinen damals.

Anna war gerührt. William hatte das Hobby seines Vaters übernommen.

Wie schön!, rief Anna. – Dann führst du ja eine Art Familientradition weiter!

Nicht direkt, sagte William kurz. – Er hat mich nie mitgenommen.

William klappte das Album zu. Es gab ein trockenes Geräusch, aber Anna hätte es nicht gewundert, wenn ein Schloss eingeschnappt wäre. Sie hatte irgendeinen Fehler begangen, wusste aber nicht, welchen. Also fügte sie noch hinzu:

Wahrscheinlich hat er Angst um dich gehabt!

Bestimmt, sagte William ironisch, ganz sicher hatte er Angst um mich. Deshalb war er ja auch so oft verschwunden.

Es dauerte eine ganze Weile, bis Anna begriff, dass William keineswegs stolz auf seinen Vater war, sondern sich nur von ihm verlassen gefühlt hatte. Wenn er zu seinen Reisen aufbrach, hatte William nicht verstanden, wann er wiederkommen würde. So unberechenbar wie seine Aufbrüche, so unerwartet waren seine Ankünfte. Und eigentlich hatte der kleine Junge recht mit seiner Sorge: Irgendwann blieb der Vater tatsächlich verschwunden. Es dauerte Tage, bis man die Maschine in der Nordsee ortete, und noch länger, bis man sie bergen konnte. Der Vater wurde nie gefunden. Abgestürzt. Ertrunken. Aber vielleicht auch weg. Abgehauen. Hatte irgendwo ein neues Leben begonnen, mit einer neuen Frau. William hatte sich alles Mögliche vorgestellt, jahrelang. Dann hatte er aufgehört mit diesen Gedanken. Einfach so. Von einem Tag auf den anderen. Und hatte aufgehört, sich mit der Vergangenheit zu beschäftigen.

Anna verstand nicht, wie William nach dieser Vorgeschichte ebenfalls zum Flieger werden konnte, aber er zuckte nur die Achseln, als sie ihn danach fragte.

Warum nicht, sagte William. Die Maschinen können ja nichts dafür.

Die Maschinen. Die Dinge. Die Umstände. Von allem, was außerhalb seiner selbst lag, sprach William lieber als von sich selbst. Anna verstand, dass er sich schützte. Nur: Wer griff ihn an? Auch dazu schwieg William. Das Schweigen verwirrte Anna. Sie hielt es nicht lange aus. Darin war sie noch nie gut gewesen. Immer vermutete sie mehr dahinter, etwas Unausgesprochenes, etwas Unaussprechliches, ja etwas Schreckliches. Also fragte sie weiter. Immer schon war Anna eine gute Fragerin gewesen, wie die meisten Frauen, die das Schweigen nicht ertragen. Also lernte sie auch bei William, nach Dingen zu fragen, die er gern erzählte. Denn wichtig für Anna war nicht, was er erzählte, sondern, dass er es überhaupt tat. Wichtig war, dass das Schweigen gebrochen wurde, dass ein Redestrom floss, der Anna ruhig machte und ihr sagte, dass nichts Unvorhergesehenes, also nichts Schlimmes passieren konnte. Deshalb hörte Anna nicht immer wirklich zu, war in ihren Gedanken sogar gelegentlich abwesend, genoss nur das Fließen der Rede, genoss die Gesellschaft. Solange William redete, war sie sicher. Sie gewöhnte sich das unverbindliche Fragen an, sie stellte Fragen, die ihm gefielen,

Fragen, die sein Wissen und seinen Sachverstand herausforderten, Anna stellte bald Fragen, auch wenn sie keine hatte oder sich die Antwort denken konnte. William bemerkte das manchmal, fand Anna abwechselnd neugierig und seltsam unbedarft, oder er tadelte ihre mangelnde Konzentration, aber immerhin: Er redete.

Nach dem Tod seines Vaters hatte die Mutter allein für sich und den kleinen William sorgen müssen, einen blassen, hoch aufgeschossenen Jungen, der, so sah es auf den Schwarz-Weiß-Fotos aus, sich gern allein beschäftigte, bastelte und natürlich regelmäßig seine Spielzeugeisenbahn wartete. William klärte Anna über die verschiedenen Spurbreiten der Modelleisenbahnen auf, ihre Besonderheiten, über das, was er ihre *Wertigkeit* nannte. Die Mutter arbeitete mehr als früher. Die Witwenrente hätte eigentlich gereicht, sie war keine, die arbeiten musste, aber die Mutter hatte zunehmend Freude gehabt bei ihrer Arbeit. Als Schaffnerin war sie herumgekommen, und sie nutzte die Angebote der Bahn, um günstig, ja sogar kostenlos zu verreisen. Das Allgäu, der Schwarzwald, Oberbayern, alles eroberte die Mutter per Bahn, und in den Ferien begleitete sie der bald ebenfalls reiselustige Sohn.

Und während der Schulzeit?, fragte Anna.

Da hatte es gutmütige Nachbarn gegeben, die darauf achteten, dass der Junge regelmäßig aß. Zur Schule treiben musste man William nicht; er war ein guter Schüler gewesen, und bei einem Jahr als Austauschschüler in England hatte er seine Liebe zu England entdeckt. War da aus Heinrich-Wilhelm bereits William geworden?

Nein, sagte William, das war erst später, im Studium, Ingenieure kommen ja viel rum, und versuch mal, einem Holländer oder Franzosen beizubringen, wie man Heinrich-Wilhelm ausspricht!

Das war glaubwürdig. Und auch wieder nicht. Natürlich mochte das logische Argument eine Rolle spielen – aber es war ebenso offensichtlich, dass ihm das Britische gefiel, dass er seinen anglisierten Namen schicker fand.

Nein, nein, sagte William, das ist Unsinn. Es ist einfach praktischer, objektiv gesehen.

Anna verstand nicht, wieso er auf den objektiven Ursachen beharrte, wo es doch keinen Grund gab, seine Vorlieben zu verstecken. William besaß ja auch andere schicke Dinge: die kleinen Seidentücher, die die Brusttaschen seiner Jackets zierten und die, wie er bereitwillig erklärte, *Poussiertücher* hießen. Die Krawattennadeln, mit denen er seiner Liebe zu Flugzeugen seine Referenz erwies. Der silberne Zigarrenabschneider. Aber für William schien nur das wirklich einen Wert zu besitzen, das einen objektiven Nutzen hatte: die Tatsachen. Das Faktische. Die Arbeit. Die Pflicht. So hätten Anna und William beinahe ihren ersten Streit gehabt: weil Anna auf dem Schönen beharrte und William auf dem Nützlichen. Weil Anna das Schöne auch bei William entdecken wollte und William das andere bei Anna vermisste.

Das heißt: Eigentlich hätte dieser erste Streit schon viel früher ausbrechen können, bei einem von Annas ersten Besuchen in Williams Haus. Das Haus barg Risiken, das spürte Anna schnell, hier war so viel von Williams Vergangenheit gelagert, dass sie das Gefühl hatte, keinen Fuß vor den anderen setzen zu können – jedenfalls nicht, ohne irgendwo anzustoßen, dabei etwas Wertvolles zu zerbrechen oder auf andere Weise ihr Ungeschick unter Beweis zu stellen.

Trotzdem hatte Anna vorgeschlagen, gemeinsam zu kochen. War nicht allgemein bekannt, dass das entspannte? Gab es nicht eine ganze Fachliteratur für Verliebte, und zeigten die Cover einschlägiger Magazine nicht innig einander zugewandte Paare, die

Kochlöffel, Rührbesen und Bratenwender beinahe ebenso liebevoll festhielten wie den Partner (attraktiv, im Hintergrund), der ihnen mit einem Ausdruck des Stolzes, aber auch des Begehrens über die Schulter, in die dampfenden Schüsseln blickte? Das Leben, so suggerierten diese Zeitschriften, war ein einziger gelingender Braten.

Tafelspitz!, hatte William vorgeschlagen, und Anna hatte zugestimmt. Ihre vegetarische Phase lag schon einige Jahre zurück. Sie kochte wieder gern. Sie konnte auch mit Braten umgehen. Nicht besonders gut, also hielt sie sich immer an die Anweisungen in den Kochbüchern, die sie hin und wieder kaufte, und eigentlich hielt sie Fleischgerichte auch immer noch für ein wenig ordinär. Was war selbst ein Tafelspitz gegen ein raffiniertes Curry! Außerdem mochte Anna es, wenn die Kochbücher gut geschrieben waren, sie liebte die ästhetischen Fotos, setzte ihren Ehrgeiz darin, dass ihre Gerichte am Ende den Abbildungen ähnelten. Und das war bei Gemüsecurrys leichter als bei Fleischgerichten, die, so fand Anna, am Ende, wenn die Fleischstücke in ihren sämigen Soßen auf Grund gingen und die Beilagen die fettige Flüssigkeit rasch aufsogen, doch immer ein wenig nach einem Verkehrsunfall aussahen. Aber William wollte sie den Gefallen schon tun. Die Zutaten hatte sie mitgebracht und stand nun an Williams Herd und wartete darauf, dass das Wasser für die Spätzle kochen sollte. William hatte Wein aus dem Keller geholt und war leise hinter sie getreten, sodass sie ein wenig erschrak, als er sie von hinten, wie es schien, umarmte. Aber er umarmte sie gar nicht, er griff vielmehr an ihr vorbei und schob den Topf mit dem Wasser auf eine der beiden vorderen Herdplatten. Anna drehte sich um und sah ihn fragend an.

Das ist praktischer, sagte William. Die Platte passt besser unter den Topf.

Anna schob den Topf wieder nach hinten. Sie traute ihren

Augen nicht, als William wieder an ihr vorbeilangte, um den Topf erneut zu verschieben.

Schau doch mal, sagte er und bückte sich, sodass seine Augen auf der Höhe der Herdplatte waren:

Diese Flamme hier schließt genau mit dem Topfrand ab, das spart eine Menge Energie!

Anna schob den Topf wieder nach hinten. Sie schaute William an. Er schüttelte den Kopf – und griff tatsächlich erneut an Anna vorbei und positionierte den Topf exakt auf der vorderen Flamme.

Glaub es mir, sagte William, es ist besser so.

Er wandte sich ab.

Was passiert hier?, fragte sich Anna. Warum riskierte sie eine Auseinandersetzung über etwas, das, für sich genommen, vollkommen lächerlich und unbedeutend war? Warum konnte sie es nicht ertragen, dass er in einer praktischen Sache einfach recht hatte, sondern empfand seine Argumentation als persönlichen Angriff? Warum musste er auf seinem Recht beharren, statt einfach verliebt und großmütig zu sein? Warum schossen ihr die Tränen in die Augen? Was hatte das mit den Fotos aus den Kochzeitschriften zu tun? Und schließlich: Wer kochte hier?

Gesagt hat Anna das alles damals nicht. Weil Wut und Verwirrung nicht die einzigen Gefühle waren. Es gab noch ein anderes: Scham. Anna hatte sich, obwohl sie für William und sich selbst kochte, obwohl sie sich in einer fremden Küche mühte, wieder einmal als unzureichend erwiesen. Wenn sie an einer so elementaren Stelle versagte – am Herd –, wie sollte William sie dann lieben? Noch dazu, wenn sie seine Kritik nicht souverän ertrug, sondern sich verhielt wie ein kleines Kind, das man mit der Nase auf das angerichtete Malheur stupste? Die Scham und die Wut bildeten einen merkwürdigen Gefühlsknoten, der Anna stumm machte. Am schlimmsten aber war die Verwirrung. Zwar spürte Anna, dass das, was hier passierte, etwas mit Macht zu tun hatte – aber gleichzeitig kam sie nicht umhin zuzugeben, dass William recht hatte. Und recht haben, so begriff sie, entschied die Auseinandersetzungen mit William. Es kam nicht darauf an, sich wohlzufühlen oder es dem anderen möglichst behaglich zu machen, was zählte, war, einzig und allein möglichst rasch und zwingend zu beweisen, dass man im Recht war.

Während Anna noch grübelte, kramte William neben ihr schon nach dem Besteck.

Siehst du!, sagte er zufrieden, weil Anna sich mit seinem Topfarrangement abgefunden hatte.

An das Essen selbst hat Anna keine Erinnerung, seltsam ist das. War es gelungen oder nicht? Hatten sie Salat dazu oder nicht? Anna weiß nicht mehr, ob sie Rotwein tranken oder Weißen. Das ist eine Eigenart der Beschämungen: Hinterher blendet sich die Erinnerung für ein paar Stunden oder ein paar Tage aus. Sie macht nicht mehr mit. Aber vielleicht erinnert sie sich auch aus anderen Gründen nicht.

Anna hat oft darüber nachgedacht, warum ihr alles, was sie mit William erlebt hat, so vage erscheint. Eine Ehe, Jahre des Zusammenseins – und blasser in der Erinnerung als eine Affäre. Spricht man nicht von *flüchtigen Affären*? Bei Anna war es eine flüchtige Ehe. Eine Oberflächenehe. Vielleicht nur ein Schemen, ein Bild, ein Wunsch, ja, eine Wunschehe. Genauso gefährdet und belastet mit Erwartungen wie ein Wunschkind.

An viele Essen aus der Anfangszeit mit William erinnert sich Anna nicht, so wenig wie an die späteren Urlaube, obwohl sie schön waren, sie einander näherbrachten. William konnte die verschiedenen Menüs aufzählen, die Anna kochte, die Weine, die sie dazu tranken, an die gemeinsamen Urlaube erinnerte er sich präzise und wusste die Namen der Hotels und Pensionen, ja selbst die der Badebuchten und kleinen Orte, er merkte sich die Mautgebühren in Frankreich und die Preise der türkischen Fähren ebenso wie ihre Namen; noch Jahre später, selbst dann noch, als es längst keine gemeinsamen Reisen mehr gab, zählte er die Namen auf, als hielte er mit ihnen auch die Erinnerung fest. William ist gut im Festhalten. Anna hingegen sieht Bilder von William vor sich. William in seinem Audi-Cabrio, den Wind und die Sonne im Gesicht, William lachend, William singend. Im Urlaub war William ein anderer, obwohl er niemals braun wurde und sein blondes Haar so ausbleichte, dass er noch blasser wirkte als in der Stadt. Aber er entspannte sich. Er krempelte die Ärmel seiner Leinenhemden hoch bis zum Ellenbogen und ebenso die Beine seiner Hosen, sodass er ein wenig aussah wie die Sperrholzpuppen aus Annas Kindheit, deren Arme und Beine man mittels einer kleinen Schnur in die Höhe ziehen konnte. Lange, schlenkernde Arme und Beine und dazwischen ein flatterndes Hemd, ein lachendes Gesicht, das war William im Urlaub, so leicht, als könnte er jederzeit abheben und fliegen. Er ließ seine Sorgen, seinen Dreithemenalltag hinter sich, er packte immer nur ein paar alte Hemden und ein wenig Wäsche ein und war stolz darauf, dass sie zu zweit mit dem winzigen Kofferraum des *TT* zurechtkamen. Der *TT* war das Sommerauto, er wurde im Mai aus dem Unterstand im Nachbardorf geholt, gewaschen und poliert, und von da an richtete sich William auf den Sommer ein. Wenn es so weit war, brausten sie los, an den Gardasee, ins Veneto, nach Katalonien. Oder sie nahmen die Fähre nach Norwegen, erkundeten Schweden, verbrachten das Weihnachtsfest in einem finnischen Holzhaus, wo sie Fische grillten und tagelang nicht die warme Stube verließen, so scharf blies der Ostwind. Im Urlaub liebte es William, neue Dinge zu lernen, er war ein guter Skifahrer und ein passabler Golfer, und er verstand es nicht, dass Anna lieber an einem See saß und nichts tat außer den Libellen zuzuschauen, die im Sonnenlicht über das Wasser taumelten. William jedoch, unruhig und gut gelaunt, mietete einen Jeep oder ein Motorrad, damit sich die Reisen auch lohnten, und die Ausflüge mit ihm dauerten lange, denn William machte es nichts aus, ohne Pause vier oder fünf Stunden zu fahren, und er verstand nicht, wenn Anna als Sozia auf dem Motorrad auffordernd auf seinen Helm klopfte oder im Auto die Hand auf seinen Oberschenkel legte.

Es ist genug, wirklich!

Seine Enttäuschung dann. Sein Unverständnis. Er war überhaupt immerzu verwundert, wie wenig Anna schaffte, was für eine kurze Zeit sie nur durchhielt und wie gering ihre Kräfte waren. Anna hatte sich bislang immer für durchschnittlich stark und ebenso ausdauernd gehalten, aber schon nach ein paar Monaten mit William begann sie an sich zu zweifeln. War sie wirklich so schwach? Oder waren die Frauen, mit denen William bisher zusammen gewesen war, so viel stärker gewesen? Das konnte sie sich nicht vorstellen, William mochte eher zarte, kleine Frauen, solche mit Stupsnasen und den Gesichtern junger Seehunde, und Anna fragte sich sowieso, was er mit einer eher mittelgroßen, mittelschlanken Frau wie ihr anfangen wollte, die eine Kartoffelnase hatte und krumme Beine. Williams erste Frau war Vietnamesin gewesen, eine Kinderbuchillustratorin, und es dauerte eine Weile, bis Anna auffiel, dass es im ganzen Haus keine Zeichnung von ihr gab, kein Blatt, kein Foto, kein Andenken, nichts. Sosehr William auch sonst Dinge sammelte und bewahrte – diese Kim war spurlos aus Williams Leben verschwunden, hatte wieder geheiratet und lebte nun, wie William widerwillig erzählte, in der Nähe von München, näher bei ihrem Verlag.

Warum hast du gar nichts von Kim aufgehoben?, wagte Anna zu fragen, als sie ein paar Monate zusammen waren.

Wozu?, fragte William zurück.

Weil es doch sicher eine wichtige Phase in deinem Leben war, sagte Anna.

Wichtig … grübelte William. – Kann eine Ehe wichtig sein, wenn es keine Kinder gibt?

Anna fühlte sich getroffen. Waren Kinder für William so entscheidend? Hing von ihnen das Gelingen einer Ehe ab? Gaben sie ihr womöglich erst eine Berechtigung? Anna wollte keine Kinder, oder besser: Sie hatte schon mit Mitte dreißig die Gedanken daran hinter sich. Es war offenbar, so hatte sie sich gesagt, im Fahrplan ihres Lebens nicht vorgesehen. Und für William, der etliche Jahre älter war als sie, waren Kinder gewiss auch kein Thema – so hatte sie bisher stillschweigend vorausgesetzt.

William, sagte sie so behutsam wie möglich – möchtest du denn Kinder? Jetzt noch?

Er lachte und schüttelte den Kopf:

Nun mach mal nicht so ein panisches Gesicht! Wenn Kim und ich Kinder gewollt hätten, hätten wir welche bekommen, da kannst du ganz sicher sein. Und wenn ich jetzt Kinder wollte, dann würde ich mich wohl kaum mit so einer alten Frau wie dir zusammentun.

Hey, nun lach doch mal – das war ein Scherz! … Nein, ich frage mich nur, was eine Ehe bedeuten kann, wenn es keine Kinder gibt. Ich meine: Wirklich bedeuten? – Hey, Rabbit, schau nicht so streng! Da kriegt man ja richtig Angst.

Er fuhr ihr aufmunternd durch die Haare. Sie versuchte mitzulachen. Schließlich wollte sie ihn ja auch nicht heiraten. Sagte sie sich. Damit war das Thema erledigt. Dachte sie jedenfalls.

Trotzdem veränderte sich etwas. Williams Sätze hatten sich eingebrannt. Wozu waren sie zusammen? War es ein schlechtes Zeichen, dass sie keine Kinder wollten? Wollte er wirklich nicht – oder nahm er nur Rücksicht auf ihre Unsicherheit? Und wenn er, der er Kinder und Ehe so eng miteinander verknüpfte, keine Kinder mit ihr wollte, wollte er sie dann auch nicht heiraten? Anna wusste noch immer nicht, ob sie William heiraten wollte – aber sie wollte, dass er es wollte. Ganz plötzlich, ganz unverhofft.

Klar, sagte Carola dazu. – Ist doch ganz logisch. Wir wollen gewollt werden. Und dafür gibt es nach wie vor keinen besseren Beweis als eine Heirat. Oder jedenfalls einen Heiratsantrag. Und wenn dann einer sagt: Hey, ich will ein Kind von dir – wow! Ich meine: Mehr kannst du vom Leben wirklich nicht erwarten. Dann ist das Glückspaket wirklich komplett! Albern natürlich, unvernünftig – aber was soll man machen, wenn es sonst keine Sicherheit gibt?

Kinder oder nicht. Die Frage war wie ein Virus, der seine Wirkung allmählich entfaltete. Vielleicht war es auch dieser Virus, der Annas Sicht auf ihren Körper allmählich veränderte. Es ging nicht um Williams taktlosen Witz über Annas Alter, es ging um etwas Grundsätzlicheres. Annas kinderloser Körper fühlte sich plötzlich – älter an und auf eine merkwürdige Art abstrakt. Nutzlos. Und durch die Nutzlosigkeit seltsam hohl und schlaff. Irritiert sah Anna an sich herunter: Brüste, Bauch, Hüften – nie hatte sie sich angeschaut und dabei daran gedacht, dass ihr Körper zu etwas hätte dienen können, es aber nicht tat. Ein Kind auszutragen, es zu nähren. Hieß keine Kinder zu haben seinen Körper auf eine gewisse Weise zu ignorieren? War es gut und richtig, zu etwas nützlich zu sein? Beruhte Williams Beharren auf Nützlichkeit und Objektivität womöglich auf einer alten Weisheit, von der sie nichts hatte wissen wollen, weil es ihr Lebenskonzept durcheinandergebracht hätte und weil es ihr Angst machte? William hatte so eine Gewissheit im Leben, die sie anzog und gleichzeitig tief verunsicherte. Nun war sie auch unsicher, was ihren Körper betraf.

Das war früher anders gewesen. Anna hatte es nie an Verehrern gefehlt, die sie ablenkten und bestätigten. Anna erschrak, als sie dachte, dass das womöglich auch der Grund für einige Beziehungen gewesen war: Anerkennung und Ablenkung. Sie schob den Gedanken beiseite. Zu ihrer Unsicherheit trug sicher auch ihr eigentümliches Liebesleben mit William bei.

Liebesleben, das sagt man so. Als ob es ein Leben der Liebe neben dem anderen, dem eigentlichen Leben, gebe. So, wie man das Arbeitsleben sorgsam vom Rest trennt. Dieses Trennen, das lernte Anna mit William, erst mit ihm fanden sich diese Begriffe. Aber was hätte Anna sonst sagen sollen – Sex? Das traf es nicht. Anna könnte sagen: Ich hatte keinen Sex mit William – und würde nicht lügen. Denn Sex ist etwas Direktes, Schmutziges, Umwegloses. Sex ist wie Steak oder Durst oder ein Ja oder Nein. Wenn Anna jedoch mit William schlief, war es niemals einfach, niemals direkt und schon gar nicht schmutzig. Vielleicht war es unbefriedigend, weil die Unsicherheit sich auch in ihrem Körper breitmachte, nicht nur in ihrem Kopf. Anna schlief ja nicht mit William, weil sie ihn begehrte, weil sie Hunger nach ihm hatte. Sex, Steak, Durst, ja, nein. Anna schlief mit ihm, weil sie seine Bestätigung suchte. Es war wie ihr stetes Fragen: Sie wollte ihn hören, sie wollte sich vergewissern. Anna wollte hören, dass sie genug war, sie wollte sich vergewissern, dass sie ausreichte. Anna wollte diese Entfernung zwischen sich und William überwinden, wenigstens für eine halbe Stunde. Aber schon nach den ersten ungeschickten Versuchen ahnte sie: Sie erreichte ihn nicht – und sie selbst reichte nicht aus. Auch im Bett reichte sie offenbar nicht aus.

Ach Unsinn, sagte Carola, als Anna einmal vorsichtig ihre Probleme andeutete. – Das ist am Anfang doch immer so. Wir tun immer nur so, als hätten wir uns den absoluten Traummann gefangen. Dabei ist es ein ganz schönes Gezappel, bis man sich endlich versteht.

Carola riet zu *Spielzeugen*, zu erotischen Massagen, sie redete über Sex wie über den Schmuck, den sie sich gelegentlich kaufte: Man gönnte sich etwas, man konnte dafür sorgen, dass es angenehm war und bequem.

Carola hasst alles Dramatische, alles, was ihr zu ernst erscheint oder bedeutungsvoll, und Anna hörte ihren Beschwichtigungen zu und war innerlich weit von ihr entfernt. Was sie erzählte, klang in sich logisch, klang beruhigend, aber es hatte nichts mit ihr zu tun. Mit ihrer Not. Mit ihrer Bedürftigkeit.

Und Annas Freude an William, an seinen langen, irgendwie vornehmen Gliedern, an den eckigen Knien, mit denen er auszuweichen suchte, an seiner schmalen Brust, die sie mühelos umarmen konnte, ließ nach. Nie verlor er die Fassung, nie hatte Anna das Gefühl, dass sie außer Rand und Band gerieten. William blieb wach und besonnen, seine Haut rötete sich nicht, seine blonden Haare waren kaum einmal verschwitzt. Ihre Liebesversuche fanden am Morgen statt, es war ein Ritual, so selbstverständlich wie das Frühstücksei. Anna mochte beides nicht: das Frühstücksei nicht und die Anstrengung davor noch weniger, und irgendwie verschwimmt beides in ihrer Erinnerung, oder es verschwabbelt, denn William liebte sein Frühstücksei flüssig, er zog mit seinem Eierlöffel genüsslich die Eiweißschnüre aus der Schale und lachte, wenn Anna sich ein wenig ekelte.

Das war schon vom ersten Tag an so. Genau genommen ging das schon am ersten Morgen los, den Anna in seinem Haus erlebte: die Sache mit dem Frühstück. Und die Sache mit dem Ei. Das Frühstück bereitete immer er vor – auch wenn Anna nicht am Abend zuvor gekocht hatte. Das fand Anna wunderbar. Genau wie die Tasse Earl Grey, die er mit Kellnermanier ans Bett brachte:

Madam, Ihr Morgentee! Darf ich ein wenig lüften?

Das Ei zum Frühstück kochte immer er. Es gab auch immer ein Ei. William besaß einen Eierkochautomaten, ein Modell, das Anna bei ihrem ersten Besuch bestaunte: ein Gerät, das sicher schon zwanzig Jahre alt oder noch älter war, ein klobiges, orange-weiß gemustertes Gehäuse mit einem durchsichtigen Kunststoffdeckel darüber. Unter dem Deckel schäumte und brodelte das Wasser, vom Eiweiß geplatzter Eier durchzogen. Anna lachte:

Igitt, was für ein furchtbares Ding!

Und William schob sie sanft zur Seite, nicht ohne bei dieser Gelegenheit in ihren Morgenmantel und an ihre Brust zu greifen.

Sehr schnell wurde das zur Gewohntheit: das tägliche Frühstück, für das William zuständig war und das immer aus denselben Zutaten bestand, die mit denselben Handgriffen bearbeitet wurden. Immer, wenn Anna bei William war, servierte er den Tee am Bett, immer hörte sie ihn wenig später den Eierkocher vorbereiten, den Wasserkocher erneut füllen, den Speck braten, den Porridge umrühren.

Ein Ehegefühl, dachte sie, dabei sind wir noch gar nicht verheiratet. Frühstücksbräuche, Liebesroutine.

Wenn William ihr jetzt in den Morgenmantel griff, war sie schon nicht mehr überrascht.

Später, als Anna und William tatsächlich verheiratet waren, hasste Anna den Eierkocher längst, nicht nur, weil sie ihn unberechenbar fand und es ihr niemals gelang, die Eier so zu kochen, wie William es gewöhnt war, sondern auch, weil das Gerät am Ende der zuvor eingestellten Minutenzahl einen hässlichen Alarmton von sich gab, ein durchdringendes Schnarren, das sie jedesmal zusammenfahren ließ und das so lange immer lauter wurde, bis man endlich den kleinen weißen Knopf zum Ausschalten gefunden hatte. William schüttelte den Kopf über Annas Ungeschicklichkeit; er konnte nicht begreifen, dass eine erwachsene Frau solche Schwierigkeiten bei einer einfachen Küchentätigkeit haben konnte, und nahm ihr das Gestell mit den dampfenden Eiern darin aus der Hand, um es unter kaltem Wasser abzuschrecken:

Lass mal, du verbrennst dich nur!

Das Schnarren des Eierkochers gehörte zu einem ganzen Orchester lästiger Geräusche, die jeden Morgen Williams Frühstücksvorbereitungen untermalten: Die Teeuhr gab ein wiederholtes elektronisches Ping von sich, der Eierkocher schlug Alarm, und die Mikrowelle meldete piepend, dass der Porridge erhitzt war. Als Anna sich einmal beklagte, schaltete William das Radio ein:

Dann hörst du's nicht mehr!

Da hatten sie schon ein paar schwierige Monate hinter sich, und William war froh über die Gelegenheit, morgens seinen Deutschlandfunk wieder hören zu können. Eine Weile hatte er es gelassen, Anna zuliebe, aber nun fand er, dass die Stimmen der Moderatoren die unvermeidlichen Küchengeräusche auf angenehme Weise übertönten, oder nicht? Und außerdem war er endlich wieder auf dem Laufenden. Das waren die Kompromisse, die William schloss. Anna war nicht in der Lage zu protestieren. Warum eigentlich nicht? Warum saß sie in stummer Auflehnung jeden Morgen ihres Zusammenlebens mit William am Küchentisch, der jeden Abend auf die gleiche Weise mit demselben Porzellan gedeckt worden war, sah William zu, der jeden Morgen das Gleiche aß, den gleichen Radiosender hörte, und wartete auf die immer gleichen Geräusche der Geräte, die sie, obwohl sie sie doch schon erwartete, jedes Mal zusammenzucken ließen? Und entnervt wartete sie jeden Morgen auf das immer gleiche Signal, das ihr Frühstück beendete: William rammte dann seinen Eierlöffel in die leere Eihülle, die Eihülle splitterte, und der Frühstückstisch war aufgehoben.

Muss das sein?, fragte Anna irgendwann griesgrämig.

Was?, fragte William zurück.

Dass du den Löffel immer so in dein Ei rammst?

Das ist praktisch!, erwiderte William gut gelaunt. Sonst weiß ich nicht, wohin mit dem Löffel.

Anna hätte sagen können: Auf den Teller. Auf die Untertasse. Oder steck ihn dir sonstwohin! Aber sie sagte nichts. Sie gab auf. Gegen Williams Sachlichkeit kam Anna nicht an. Er hatte eine Art, einen ins Unrecht zu setzen und damit zufrieden zu sein.

Also akzeptierte Anna – zunächst lachend und ungläubig, dann zunehmend passiv, wütend und stumm – dass William jeden Abend den Frühstückstisch für den nächsten Morgen deckte, jeden Abend um dieselbe Uhrzeit mit denselben, oft geübten Handgriffen: das rot gemusterte Geschirr von *Burleigh*, dazu die beiden Eierbecher mit den aufgemalten Tieren, die er ihr am ersten Morgen lächelnd vorgestellt hatte: Roger Rabbit! Mit dem frühstückte er seit seiner Kindheit.

Daher also ihr Kosename.

Das silberne Besteck: Messer, Löffel für den Porridge, Teelöffel und die unvermeidlichen Gabeln. Wenn Anna das Besteck aus der Schublade nehmen durfte, suchte sie aufmerksam nach Gabeln, deren Zacken in etwa gleich lang waren, dann musste sie sich nicht vorstellen, dass schon Generationen von Hartmanns diese Gabeln zum Mund geführt hatten. Von Zeit zu Zeit ließ Anna die Gabeln einfach weg, aber das merkte William sofort, denn nach seinem lauwarmen Porridge aß er jeden Morgen ein Brötchen, und dieses Brötchen aß er mit Messer und Gabel. Auch darüber lachte Anna nur beim ersten Mal. Noch nie hatte sie einen Menschen gesehen, der sein Frühstücksbrötchen derart feierlich mit Messer und Gabel aß.

Irgendwann fasst du mich auch mit Messer und Gabel an!, witzelte Anna, aber William lachte nicht mit.

Er erklärte Anna, dass sein Verhalten rein vernünftige Gründe habe: Hatte sie schon einmal versucht, eine Scheibe Schinken, die auf einem Brötchen lag, ordentlich abzubeißen? Hatte sie nicht, es hatte ihr auch nicht gefehlt, aber zweifellos hatte William recht.

Anna erzählte irgendwann Tine davon.

Meine Güte, sagte Tine – andere Leute frühstücken einfach zusammen, bei euch sind das mehr so Diskurse! Diskurse über Praktikabilität! Fände ich echt anstrengend. Kannst du ihn nicht einfach lassen? Oder er dich?

Sie schob ihrem Kind einen Löffel mit Brei in den Mund.

Anstrengend fand Anna es auch. Aber lassen konnte sie es auch nicht. Sie konnte es nicht lassen, ihn zu beobachten. Sie konnte es nicht lassen, jeden Morgen darauf zu warten, dass er dieses oder jenes tat – und wenn er es dann tat, ärgerte sie sich trotzdem, fühlte sich aber irgendwann auf eine seltsame, finstere Art bestätigt. An dieses Ritual gewöhnte sie sich. Sie gewöhnte sich an die böse Erwartung und ihre Erfüllung, wie sie sich an den Anblick dieser äußerst präzise zerteilten Brötchen gewöhnte, auf denen allerdings kein kompliziert zu teilender Schinken lag, sondern *Cheddar*, mit ein paar Spritzern *Worcester Sauce* oder, an manchen Tagen, *Sambal Oelek*. Dann wusste sie, William hatte einen schweren Tag vor sich. Darüber reden wollte er nicht:

Noch bin ich zu Hause!, sagte er dann. Quäl mich nicht!

Manchmal machte er eine bissige Bemerkung über *die Franzosen* oder den unfähigen *Controller aus der A4D*, aber das war es auch schon. Und Anna fragte nicht nach. Sie hätte sich konzentrieren müssen. Sie sah stattdessen zu, wie er seinen Käse würzte.

An solchen angespannten Tagen schnitt William heftiger als

sonst auf den Brötchen herum, überhaupt kostete es einige Anstrengung, die Brötchen zu zerschneiden, denn die silbernen Messer waren schon lange nicht mehr geschliffen worden, und Anna dachte: Das geschieht dir recht, was stellst du dich auch so an! – Aber William störte die Mühsal nicht, und als Anna einmal nach einem Messerschleifer fragte, meinte er, sie hätte zu wenig Kraft und sollte ihre Hände trainieren.

Das wäre sowieso gut für dich, Rabbit!

Er schob sich ein Stück Brötchen mit der Gabel in den Mund.

Anna ließ sich von William Hanteln zum Geburtstag schenken und achtete mehr auf ihre Hände und die Messer und die Gabeln und auch auf die beiden Eier: das eine, das William aß, und das andere, das für sie bestimmt war und das er jeden Morgen kochte, obwohl Anna jeden Morgen sagte:

Nein, danke!

Aber kein Ei zu kochen wäre William unhöflich vorgekommen, und so schaute Anna das Ei, das zweite Ei, ihr Ei in dem dunkelbraunen Plastikgestell des Eierkochers an und hasste es. Und hasste das ganze Gerät und überlegte doch jeden Tag ruhig und vernünftig, was man mit einem halbflüssigen Ei anstellen könnte, um es abends nicht wegwerfen zu müssen. Das Nicht-Wegwerfen hatte Anna ebenfalls von William übernommen. Er hatte ja recht: Anna war ein Freak gewesen, in ihrer Wohnung war immer nur das im Kühlschrank, was sie absehbar brauchte, aber oft verschätzte sie sich trotzdem, weil sie an zwei Abenden hintereinander bei Carola war oder Mike einlud oder weil sie einfach herumbummelte und nur einen Crêpe aß – dann schimmelte das Brot, oder der Salat wurde welk, und schließlich schmiss Anna das Zeug weg und hatte ein paar Minuten lang ein schlechtes Gewissen. Als William einmal einen Blumenkohl, der schon mit weißem Pelz überzogen war, aus dem Gemüsefach des Kühlschranks zog, war er entsetzt:

Das geht doch nicht!

Er hielt ihr den Blumenkohl vor die Nase. Anna fühlte sich schuldig. Und fing bald an, ihn einkaufen zu lassen. Am Anfang ging sie noch mit, sie hatten ja getrennte Haushalte. Aber als die Grenzen verschwammen und sie mehr bei ihm als bei sich zu Hause war, ließ sie es sein, mit ihm zu den großen Supermärkten am Stadtrand zu fahren. Es verwirrte sie. Es überforderte sie. William war ein äußerst systematischer Einkäufer. Einmal im Monat zog er los, belud einen riesigen Einkaufswagen mit Lebensmitteln – und hatte den Rest des Monats seine Ruhe. Brot? Backte er selbst, das war billiger. Brötchen? Wurden eingefroren und jeden Morgen in der Mikrowelle erhitzt. Milch? Er nahm H-Sahne für seinen kräftigen Assam, dessen Blätter jeden Morgen den Abfluss in der Spüle verstopften und von Hand herausgefischt wurden. Anna bewunderte die Schnelligkeit, mit der er den Wagen an den Regalen vorbeilenkte, wie er blitzschnell nach unten griff – immer nach unten, da sind die preiswerteren Sachen! – und Joghurt, Würstchen, Ketchup, Käse, Wurst in den Wagen schaufelte. Es ging so schnell, dass Anna nicht einmal die Aufkleber auf den Waren lesen konnte. Aber er wollte ja auch nicht lesen! Er wusste Bescheid! William verstand die Leute nicht, die über dreißig waren und immer noch nicht sicher waren, was ihnen schmeckte. Anna schämte sich. Sie hatte bis dahin genau zu diesen Leuten gehört.

Bisschen spießig ist das schon, sagte Carola, als Anna ihr von den Einkaufstorturen erzählte. Und sofort verteidigte Anna ihn:

Er ist halt ein ganz normaler Mann! Genau so etwas habe ich gesucht.

Ach ja?, fragte Carola, ehrlich verwundert. – Gut.

Das wurde eine Art Refrain, der Satz vom ganz normalen Mann. Und Carolas Erstaunen gehörte auch dazu. Und Annas Verteidigung von William. Vor Carola – und vor sich selbst.

Anna fertigte vor ihren Einkaufstouren zu Hause eine Liste an, weil sie sonst garantiert die Hälfte vergaß. William amüsierte sich über die Zettel, die er im Einkaufskorb fand oder in den Plastiktüten, die sich Anna überflüssigerweise an den Kassen aushändigen ließ. Er fischte die Zettel aus Jackentaschen und klaubte sie vom Fußboden. Anhand der Kassenbons konnte er rekonstruieren, wo Anna einkaufte, und schüttelte den Kopf dazu. Einmal hatte er stumm einen Kassenbon, den Anna mitgebracht hatte, neben einen aus dem *Hypermarkt* gelegt, der sein bevorzugtes Einkaufsziel war. Es war klar, wie der Vergleich ausging, Anna musste gar nicht hinschauen.

Anna kaufte niemals in derart großen Supermärkten ein wie William, weil sie deren Überangebot verwirrte. Es machte ihr keinen Spaß, die prallen Wurstpakete, die übergroßen Käse und die lieblos unter Folie zusammengepressten Salatköpfe zu kaufen. Anna probierte gern aus. Sie verglich. Sie las stundenlang die Inhaltsstoffe. Und Frisches kaufte sie zweimal in der Woche auf dem Markt, wo sie mit der Frau am Käsestand schwatzte, die Mike in einem seiner Filme hatte auftreten lassen. Sie fachsimpelte mit dem Gemüsemann, kaufte ein paar Saucen, die sie nicht brauchte, bei dem netten Franzosen – und am Ende stellte sie fest, dass sie wieder einmal mehr Geld ausgegeben hatte als gedacht. Das kleine Unbehagen war aber schnell vertrieben: Wenn Anna dann den zarten Roche-Baron-Käse auf eine Scheibe Nussbrot legte und dazu eine Tomate aß, fielen ihr die beiden wieder ein – die Käseverkäuferin und der Gemüsemann, und sie aß sozusagen mit ihnen in Eintracht, Anna war, wenn sie in so ein Käsebrot biss, im Einklang mit sich und der Welt.

Das konnte sie William unmöglich erklären. Er redete durchaus auch mit den Kassiererinnen und mit dem Türken, der ausgerechnet am Eingang des Parkhauses seine undefinierbaren Pasten verkaufte, die mit ihrem starken Knoblauchgeruch gegen die

Autoabgase anstanken und wie zum Trost mit Sesamkörnern bestreut waren. William plauderte mit dem Mann und ließ sich von den Wagen nicht irritieren, die eng an ihm vorbeifuhren. William war nicht arrogant. Er wusste nur zu unterscheiden.

Anna durchschaute Williams System nicht. Sie mutmaßte jedoch, dass er im Gegensatz zu ihr tatsächlich einem System folgte. Und manchmal war sie eifersüchtig darauf: auf seine Sicherheit, auf seine gelassene Zuneigung zu sich selbst. Denn wenn Anna ehrlich war, war sie ja keineswegs nur die nette, ein wenig harmlose Hedonistin, als die sie sich gern sah.

Gewiss, sie redete gern mit der Käsefrau und hörte sich die Geschichten der anderen Marktfrauen an. Aber sie kaufte meistens tatsächlich mehr, als sie brauchte, und oft kaufte sie auch ein, wenn sie gar nichts brauchte. Anna kaufte, weil sie das *Kauferlebnis* brauchte, weil sie es brauchte, etwas zu geben und dafür einen Gegenwert zu erhalten. Als Anna noch ein Kind gewesen war, war sie, wie die meisten Kinder, oft beiseite gedrängt worden von den eiligen Erwachsenen. Verkäufer ignorierten sie oder behandelten sie von oben herab, und etwas von der leisen Besorgnis hatte sich erhalten, wenn Anna heute ein Geschäft betrat. Noch immer fühlte sie sich geehrt wie eine Vierzehnjährige, wenn ihr eine Verkäuferin ungeteilte Aufmerksamkeit schenkte – ja, Anna fühlte sich beschenkt, weil sie das Gefühl hatte, diese geschäftsmäßige Aufmerksamkeit nicht zu verdienen, und deshalb war sie sofort bereit, für dieses Geschenk zu bezahlen – teuer zu bezahlen, weil es mehr mit Wertschätzung als mit Waren zu tun hatte. Manchmal allerdings hatte sie auch das Gefühl, der Gegenwert sei eigentlich zu niedrig, das Brot zu schnell gegessen. Manchmal redete sie sich sogar ein, sie müsse einkaufen. Sie habe schließlich eine verlässliche Stammkundin zu sein, denn nur so brächte man ihr die Achtung entgegen, die sie brauchte, und nur so fügte sie sich in das soziale System der Kleinstadt ein.

Frau Harms wartete ja schon, am Käsestand, jeden Freitag, sagte sie sich. In Wirklichkeit wartete Anna. Sie wartete darauf loszuziehen, das Geld sehr lose in der Tasche, weil sie angesprochen werden wollte, weil sie gemeint sein wollte.

Natürlich spielten auch die Waren eine Rolle. Wie oft hatte Anna teure importierte Früchte, einzeln in kleine Körbchen verpackt, gekauft, Meeresfrüchte, deren Zubereitung ihr ein Rätsel war, *Balsamico*, gehandelt wie alter Wein – einfach nur, damit die Besonderheit der Ware auf sie überginge, ihre Verheißung, ihr Trost. Mit William allerdings, dem Besonnenen, der sein Leben so eindeutig im Griff hatte, wurde das nicht etwa besser, im Gegenteil. Je länger Anna mit William zusammen war, desto mehr kaufte Anna. Heimlich natürlich. Denn eigentlich hatte sie ja von ihm gelernt. Auch Anna besaß nach ein paar Monaten eine goldene Kundenkarte vom *Hypermarkt* am Stadtrand, auch sie lud einmal im Monat den Einkaufswagen randvoll und schleppte die Sachen ins Haus, und wenn sie es besonders gut gemacht hatte, lobte William sie und sagte:

Nein, diesen Käse haben die jetzt auch? Ist doch großartig! Habe ihn letzte Woche noch bei Karstadt für zwei Euro mehr gesehen.

Und vorwurfslos fischte er die Ein-Euro-Stücke, die Anna regelmäßig in ihren Hosentaschen vergaß, aus der Waschmaschine und legte sie auf ihren Schreibtisch. Anna räumte sie eilig beiseite, suchte aber beim nächsten Großeinkauf wieder nach den Münzen. Ihre wirklichen, die anderen Einkäufe erledigte Anna aber weiterhin – ohne William. Denn die Discounterberge lösten bei ihr kein Gefühl aus. Sie brachten Anna ins Schwitzen, aber nicht zur Ruhe. Also nutzte Anna die Mittagspausen oder die Sonnabende, an denen William zum Fliegen ging, und kaufte ein. Annas Annehmlichkeiten. Schokolade, die sie mit Portwein zu sich nehmen wollte, Riegel für Riegel, die sie aber schon vor der Haustür aufbrach und hastig in sich hineinstopfte. Exquisite Pestos für Gäste, die nie kamen. Zauberhafte, gepaspelte Tücher, die sie in einem Winkel des Kleiderschranks verbarg, bis sie bei einer günstigen Gelegenheit als Schnäppchen vorgezeigt werden konnten. Schnäppchen waren in Ordnung, Trost war es nicht. Gleichzeitig wurde Anna bei diesen Streifzügen immer bitterer, denn sie ahnte, dass sie etwas mit William und ihr selbst zu tun hatten. Immer schon war sie anfällig gewesen für diese Anfälle von Kaufsucht, mit William aber, mit dem sie doch alles hatte, steigerten sie sich bis zur wirklichen, bis zur gefährlich werdenden Unvernunft. Kleider kaufte Anna, viele Kleider. Kostbare Strümpfe, Wäsche. Das schien natürlich, denn wollte nicht jede Frau ihrem Mann gefallen? Das war die große Falle: Es schien alles so normal und war es doch nicht.

Carola half, Anna zu beschwichtigen.

Kein Mann findet Shopping gut, sagte sie. – Du musst ihm ja nicht alles erzählen.

Tu ich auch nicht, sagte Anna.

Siehst du, sagte Carola. – Führ mir einfach die schönen Klamotten vor – ich versteh wenigstens was davon!

Sie lachten beide.

Ich werd mich schon gewöhnen, sagte Anna – verlass dich drauf.

Na klar, sagte Carola begütigend, und dann legten sie auf.

Anna und William waren wieder einmal zusammen verreist, auf Rügen diesmal, und Anna war aufgeregt wie ein Kind, denn sie waren geflogen. Selbst geflogen – das heißt, natürlich war es William, der am Steuer saß, Anna war nicht einmal eine taugliche Co-Pilotin, denn William rückte nicht recht heraus mit den Geheimnissen des Fliegens. Anfänglich hatte er wohl versprochen, es ihr beizubringen, ihr einen Kurs herauszusuchen, und tatsächlich hatte Anna auch ein paar Stunden besucht – heimlich, um ihn am Ende mit einem ersten Zertifikat zu überraschen. Aber als sie William von ihren neuen Kenntnissen berichtete, war er skeptisch wie immer, weil er den Fluglehrer nicht kannte – und auch, weil er fand, dass der, der Anna unterrichtete, mit dem Unwichtigsten anfing, nämlich mit dem Flugzeug-an-sich, der Maschine. Anna interessierte das durchaus, es war so handfest, so zum Greifen, aber William winkte ab und sagte, ohne die Grundlagen von Navigation und Wetterkunde sei das alles nichts … Also verlor Anna rasch die Lust an den Stunden, dabei hatte sie William eigentlich als angehende Pilotin beeindrucken wollen, aber so versickerte ihr Enthusiasmus. William schien das nichts auszumachen, sie hatte ihn sogar im Verdacht, lieber allein zu fliegen, aber nun waren sie tatsächlich gemeinsam unterwegs. Nach Rügen.

William war aufgeräumt und gesprächig, er zeigte Anna die wichtigsten Landmarken tief unter ihnen – die Straßen, die auch für Flieger von Bedeutung waren, größere Siedlungen natürlich mit ihren markanten Kirchtürmen oder großen Landsitzen und endlich, nach Stunden, das Meer. Bloß war es nur ein Zipfel, sie sprangen mit der kleinen *Piper* vom Festland zur Insel hinüber, und nur zu gern hätte sie William gebeten, noch ein paar Schleifen zu drehen, ließ es aber, weil sich William nun aufgeregt auf den Landeanflug freute. Eine halbe Stunde später wusste Anna, warum William so aufgeregt war. Kaum war die Maschine auf dem kleinen Flugfeld ausgerollt und gestoppt, näherte sich von der Seite ein Fahrzeug.

Hast du deinen Führerschein dabei?, witzelte Anna, und William grinste – aber nicht über den müden Scherz. Der Wagen gehörte zum Flugplatz, aber der Mann, der mit einem großen Korb aus dem Fond kletterte, trug eine Schürze, auf der *Das Ostseebuffet* geschrieben stand: Ein örtlicher Caterer, den William hierherbestellt hatte. Natürlich passte es, auf die Minute genau. Sie stiegen aus, direkt neben der *Piper* wurde ein Tischchen aufgestellt, ein Imbiss aufgebaut, und schließlich entkorkte der Caterer noch eine Magnum Champagnerflasche, bevor er sich dezent zurückzog. Anna war, als wäre sie da und wäre doch nicht da, und als William sich räusperte und eine feierliche Haltung einnahm, wusste Anna nicht, ob sie lachen oder fortlaufen sollte. Das war nun der Heiratsantrag, auf den es seit Wochen hinausgelaufen war. Es war perfekt, es war auch rührend, denn William, dem alles bis hierher glänzend gelungen war, merkte nicht, dass er noch den Lappen über der Schulter trug, mit dem er immer sofort nach der Landung die Scheiben der *Piper* wischte. Diesmal hatte er das Wischritual sehr kurz gehalten, aber dennoch glänzten ungewohnte Schweißtropfen auf seiner Stirn. Anna sagte rasch ja, einfach weil es sie sehr verlegen machte, sie sagte ja, damit es aufhörte, damit William wieder William sein konnte, William, der Selbstsichere, William, der wusste, wo es langging, denn dieser andere William, der ausssah, als ob ihm gleich die Tränen kamen, war ihr fast unheimlich. Sie sagte hastig ja, damit auch ihr Gefühl nicht immer größer wurde und überhand nahm und sie schließlich überwältigen würde: das Gefühl, dass unmöglich sie hier gemeint sein konnte, sie, Anna, denn sie hatte so etwas auf keinen Fall verdient, und das würde man ihr ansehen, alle wussten das, nur William nicht, noch nicht, aber er würde schon noch dahinterkommen. Anna küsste William also hastig und ein wenig zu heftig, und William sagte:

Schöner Kuss – aber besonders begeistert siehst du nicht aus!

Anna lachte die Beklommenheit fort, so wie sie sie immer fortgelacht hatte. Und dann feierten sie mit den Leuten vom Flugplatz und ließen sich abends zu einem kleinen Hotel chauffieren. Einträchtig schliefen sie nebeneinander ein.

Nachts wurde Anna wach. Von der Stille? Von der ungewohnten Umgebung? Sie wusste es nicht, war aber seltsam unruhig. Sie stand auf und schob die Vorhänge ein wenig zur Seite. Am Ringfinger der linken Hand glitzerte ein kleiner Brillant. Er war dezent und prachtvoll zugleich, und sein leises Funkeln hatte etwas Tröstliches in der Nacht. Plötzlich musste Anna weinen. Was war sie für ein undankbares, heikles Geschöpf! Da war ein Mann, der sie offenbar aufrichtig liebte, der vertrauenswürdig war, ein, wie Carola sagte, *gestandener Mann*, der wusste, was er wollte, und der Werte und Ziele besaß. Carola hatte nicht gesagt *Nicht so ein Luftikus wie …*, aber das musste sie nicht, auch ohne ihre Hinweise wusste Anna, dass sie Vergleiche zog zu Annas früheren Freunden. Depressiv, allesamt. Schwach, allesamt. Carolas Analyse war schonungslos. Große Jungen ohne rechten Ehrgeiz. Zärtliche Liebhaber, aber unstet und unwillig, sich zu binden. Anna hatte gelitten, hatte gewartet, hatte sie zum Teufel gejagt und wieder hereingelassen, und irgendwann war sie es leid gewesen. Und dann kam William. Ihr ganz normaler Mann, der ihr aber eine romantische Überraschung bereitet hatte, wie Anna sie sich nie erträumt hatte. William, der verlässlich war und aufrichtig. Der nun hier neben ihr lag, schutzlos, offen, der sein ganzes, geordnetes Leben vor ihr auszubreiten schien. Er war so redlich, so durchschaubar. Eine tiefe Rührung ergriff Anna, und sie nahm sich vor, ihm eine gute Ehefrau zu sein. Ob sie das schaffen würde, wusste sie nicht. Sie wusste ja nicht einmal genau, was das war, eine gute Ehefrau, aber offensichtlich war es etwas anderes, als eine Freundin zu sein, und erst recht als eine Geliebte. William schlief, auf dem Rücken liegend, einen Arm unter den Kopf geschoben. Seine Schultern waren schmal, sein Brustkorb war nicht der Rede wert, und doch strömte der ganze Mann Sicherheit aus, Stärke. Anna hätte ihn gern umarmt oder sich, noch besser, in seinen Arm geschoben, den Kopf in die

Schulterbeuge gebettet, das war ihr Lieblingsplatz bei William. Ganz am Anfang, als sie sich kennengelernt hatten, nach den ersten Küssen und Zärtlichkeiten, fand sie ihn immer noch seltsam reserviert, förmlich im Umgang. Und da hatte sie ihm einmal mit dem Zeigefinger auf die Brust getippt, genau dahin, wo sie sein Herz vermutete, und hatte gesagt:

Ich will da rein!

Stattdessen hatte sie ihren Platz an seiner Schulter gefunden, auch gut, dachte Anna entschlossen. Und sagte lautlos zu sich selbst: Und jetzt schlafen!

Aber: Es gelang ihr nicht. Unruhig wälzte sie sich hin und her. Gern hätte sie William geweckt, aber sie wagte es nicht. Anna hielt sich zurück. Es war ein perfekter Tag gewesen – zu perfekt, um außer Kontrolle zu geraten. Anna wagte nicht, sich William zu zeigen, wie sie jetzt war: Verheult, mit zerzausten Haaren, unsicher, verzagt. Natürlich: Sie wollte ihn nicht wecken, aber mehr noch war da ein Gefühl der Scham – weil sie weinte, und auch, weil sie spürte, dass sie diesen Mann nicht verdiente. Sie war es nicht wert, und er wusste das nicht oder übersah es. Anna weinte noch mehr.

Sie schob die Klamotten zur Seite, die sie abends auf den einzigen Sessel im Zimmer geworfen hatte, setzte sich, zog die Beine an die Brust, und dann, sie wusste selbst nicht warum, begann sie, sich hin und her zu wiegen und leise, sehr leise zu singen. Sie sang Kinderlieder: *Fuchs, du hast die Gans gestohlen* und *Guter Mond, du gehst so stille* und schließlich *An meiner Ziege hab ich Freude, ist ein wunderbares Tier.* Dieses Lied hatte sie früher besonders gemocht, nun flüsterte sie den Refrain beinahe: *Meck-meck-meck-meck, meck-meck-meck-meck.* Dieses Lied hatte Anna, als sie noch ein Kind war, an den Sonntagnachmittagen getröstet, an denen sie nicht mit den anderen Kindern spielen durfte, weil es eben Sonntag war. Sie hatte dann ihre Märchenplatten gehört und sich aufgeheitert mit den Liedern darauf. Die Lieder trösteten sie auch jetzt.

Schon am nächsten Tag, als sie von ihrer Reise zurückgekehrt waren, ging Anna *die Sache* an. Aufgeregt, wie ein kleines Mädchen, das ein neues Spiel spielt. Und wenn ein kleines Mädchen eine neue Puppe hat, kauft sie ihr erst einmal etwas zum Anziehen. Also wurde die Suche nach dem richtigen Hochzeitskleid zu einer Obsession. Dabei hatte William noch gar nichts von einem Hochzeitstermin gesagt, es gab keinen Grund zur Eile. Aber William sollte sehen, dass auch Anna es ernst meinte, dass er sich auf sie verlassen konnte, dass sie bei seinem *Projekt Heirat* dabei war. So hatte er es im Scherz genannt, und vielleicht hatte diese Bemerkung zu ihrem Fauxpax geführt, den sie jetzt so sehr bereute. Jedenfalls behauptete William, dass es ein Fauxpax gewesen war. Angeblich hatte Anna nicht einfach *ja* gesagt oder *ja, gern* oder *ja, Schatz* – sie hatte vielmehr etwas von sich gegeben, das laut William klang wie *na ja* … Lustlos langgezogen und eher zögernd. William machte sich darüber lustig, er sagte:

Mal schauen, wie lange du es bei mir aushältst! Das fängt ja gut an!

Also galt es, ihm ihre Entschlossenheit zu beweisen. Dass sie seines Vertrauens würdig war. Das Hochzeitskleid wurde zum Symbol dafür. Es sollte das passende sein. Das richtige für William, das richtige für diesen Anlass. Anna hatte schon lange nicht mehr daran geglaubt, dass sie einmal heiraten würde. Die Männer waren nicht danach. Keine, mit denen eine Heirat irgendetwas geändert hätte, keine, die auch nur den Wunsch erweckt hätten zu heiraten, keine, die als Väter vorstellbar waren. Muss denn eine Heirat bedeuten, dass man sich Kinder wünscht? Muss eine Heirat etwas ändern? Vor ein paar Jahren war Anna sich noch ganz sicher gewesen. Sie stellte sich eine Heirat vor wie ein Bekenntnis: Schau, was wir für möglich halten. Schau, was ich mir mit dir alles vorstellen kann. Eine Heirat, dachte Anna, sei eine Vertiefung. Man hat sich die ganze Zeit damit begnügt, in einem Teich zu tauchen, und versucht es jetzt mit dem Ozean. Man traut sich gegenseitig größere Tiefen und größere Weiten zu … So hatten Carola und Anna einmal darüber philosophiert, aber Carola, die Nüchterne, mochte Annas Traum nicht folgen und sagte:

Anna, sei mal ein bisschen realistisch! Eine Ehe ist auch eine Versicherung!

Wahrscheinlich hat Anna damals nur ironisch eine Augenbraue hochgezogen.

Eine Versicherung? Ich kann ganz gut für mich selbst sorgen!

Klar, erwiderte Carola lässig, aber wenn du dich mit einem Typen so einlässt, dass du seine Socken irgendwann nur noch mit Mühe von deinen unterscheiden kannst, begibst du dich in eine Abhängigkeit. Mach dir nichts vor! Und dann ist es einfach besser, wenn der Typ nicht mal eben so abhauen kann.

Scheidungen sind heutzutage ganz einfach, entgegnete Anna skeptisch.

Klar, sagte Carola wieder, aber es ist immer noch schwerer, als sich als unverheiratetes Paar zu trennen. Es gibt schließlich einen Vertrag. Der sichert dich schon ab. Ich fände es gut, mich ein bisschen verlassen zu können – nur ein bisschen, das ist doch nicht zu viel verlangt.

Das war nicht besonders gewagt, was Carola da sagte, aber es klang ein wenig anders als die Reden, die sie sonst auf die totale Unabhängigkeit sang. Vielleicht lag es daran, dass bei Carolas Schwester Dörtje Krebs entdeckt worden war. Nicht tödlich, nicht unheilbar, aber kaum war die Brustkrebsdiagnose gestellt und Dörtje in die Maschinerie der großen Krankenhäuser eingespeist wie Material, das man braucht, um weiterzuarbeiten – kaum war Dörtje, wie Carola das ausdrückte, *in Behandlung*, hatte sich Dörtjes Freund davongemacht. Als Anna Carola nach den Gründen gefragt und ungläubig hinzugefügt hatte: Aber doch nicht wegen dem Krebs …, da hatte Carola nur eine wegwerfende Handbewegung gemacht:

Gründe gibt es immer! Und klar ist es der Krebs. Nur kann man das nicht so offen sagen. Nicht mal Jan, dieser Oberarsch. Also schwafelt er was von Überforderung und dem Ganzen nicht gerecht werden können …

Dörtje hatte Jans Entscheidung überraschend gefasst getragen, vielleicht konzentrierte sie sich instinktiv auf die Bewältigung der Krankheit – aber Carola hatte die Sache schwer erschüttert. Und verunsichert. Es war also klar, dass sie Anna zu ihrem Heiratsentschluss beglückwünschte. Gemeinsam lachten sie über den Traum, den Anna immer schon geträumt hatte – und wahrscheinlich mit den meisten anderen Menschen teilte: Anna sah sich und *ihren Mann* hochbetagt auf einer Gartenbank sitzen und Händchen halten, während hinten über der Wiese die Sonne unterging. Der Mann rauchte ein Pfeifchen, und Anna sagte gelegentlich jaja, jaja …

Und nun konnte das alles Wirklichkeit werden! Die Voraussetzungen jedenfalls waren günstig. Also wollte Anna keinen Fehler machen.

Anna studierte Kataloge. Sie recherchierte im Internet und kaufte sogar Brautzeitschriften. Verblüffend, wie viele verschiedene es davon gab. Allerdings fühlte sie sich seltsam dabei: Sie griff nach *Brides* wie ein anderer nach einem Porno greifen mag – hastig, als täte sie etwas, das ihr nicht zustand. So war es ja auch. Aus dem klassischen Bräutealter war sie mit ihren achtunddreißig schon deutlich heraus. Aber sie glaubte, dass William so etwas von ihr erwartete: die klassische Braut zu spielen. Mit langem Kleid und womöglich einer Schleppe und einem Hut, der den altmodischen Schleier ersetzen würde. Aber Anna fand nichts in diesen Zeitschriften. Womöglich überforderte sie das Überangebot an Hochzeitsausstattungen in den Katalogen ebenso, wie sie das Überangebot im Supermarkt überforderte. Oder sie hing noch zu sehr an ihrer alten Vorstellung von einer Hochzeit: Damals hatte sie immer davon geträumt, in einem Zirkus zu heiraten. Die Gäste säßen rund um die Manege, in der ein kleines Programm stattfände, sie feierten ein großes, spaßiges Fest, und am Ende säßen alle mitten in den Sägespänen in der Manege und tafelten mit den Künstlern. Es sollten mindestens so viele Zirkusleute wie Gäste da sein, und wenn Anna ein wenig betrunken war, wünschte sie sich, dass der Tigerdompteur sie traute. Anna hätte ein feuerrotes Kleid getragen, mit einem großen Hut, und den hätte ihr einer der dressierten Affen sofort vom Kopf gerissen, das Obst darauf verspeist und mit dem Stoff gespielt. Natürlich wäre Anna danach noch schöner gewesen, mit wilden, offenen Haaren, sie hätte selbst eines der Pferde geritten, und der Mann hätte eine Elefantendressur hingelegt zum Vergnügen ihrer Gäste. Ja, früher – da hatte Anna gedacht: Eine Heirat ist etwas so Verrücktes, es ist so verrückt, sich zu trauen – dann muss das Fest entsprechend sein.

Das klingt, als wäre es ein Spiel!, sagte William, als Anna ihm endlich ihren alten Traum gestand. – In einem Zirkus besuchst du eine Vorstellung, dir werden Illusionen verkauft, und danach kehrst du in deinen Alltag zurück. Ich finde, das ist eher ein bedenkliches Symbol! Bist du dir sicher, dass es das ist, was du dir wünschst?

Bis dahin war Anna sich sicher gewesen. William aber war sehr ernst, als er darüber sprach, und Anna erschrak, denn schon wieder hatte sie sich, ohne es zu wollen, als leichtfertiges Ding gezeigt, das mit dem Ernst der Sache nicht angemessen umging, wieder hatte sie sich verraten. Sie nahm sich vor, noch besser aufzupassen.

Leider war eine kirchliche Trauung nicht möglich, denn William war nicht getauft und stolz darauf, ein unabhängiger Geist zu sein. Anna wusste nicht recht, was das bedeutete, und schon gar nicht, was es bezogen auf eine Hochzeit bedeutete. Es hieß wahrscheinlich: nicht in Weiß und kein Schleier, kein Pfarrer und kein Orgelspiel. William wusste natürlich, dass Anna katholisch war, aber er wusste nicht, dass ihr der Glaube immer noch etwas bedeutete. Der Glaube war unbestimmt, und sie pflegte ihn nicht, verband aber noch immer eine vage Hoffnung damit. Der katholische Glaube war ihr der liebste, bot er doch mit seiner Marienverehrung, all den Engeln und Heiligen jede Menge Unterstützung für das Leben auf der Erde. Und ein bisschen Unterstützung wäre ihr sehr recht gewesen, die bevorstehende Heirat mit William machte Anna auf eine seltsame Weise bange. Anna fürchtete, seinen Ansprüchen nicht zu genügen. Hilf mir!, sagte sie abends im Bett stumm zu einem Gott, den sie noch immer irgendwo da oben, über der Zimmerdecke, in einem Himmel vermutete. Hilf mir!

Anna betete selten, und wenn, dann nur kurz. Und manchmal, wenn sie heimlich betete, schob sich das Bild des jungen Lehrers mit der Mundharmonika vor ihr inneres Auge oder das des ebenso jungen Vikars, der den Dorfkindern die ersten Choräle, die sieben Todsünden und *das Geheimnis des Sakraments* beigebracht hatte. Mit wie viel Erwartung Anna zur Erstkommunion gegangen war! Und da war er, da war der Schlüssel, dachte Anna beglückt: Bei ihrer Erstkommunion hatte sie, anders als die anderen Mädchen, ein kurzes, cremefarbenes Kleid getragen und, weil es am *Weißen Sonntag* 1979 winterlich kalt war, ein weißes Pelzjäckchen darüber, das ihre Mutter irgendwo aufgetrieben hatte. Es war kein echter Pelz gewesen, aber die feinen Härchen am Kragen hatten ihr Gesicht gekitzelt, und Anna hatte es geliebt. Auf allen Fotos der Feier sieht man ein kleines

Mädchen mit schiefgelegtem Kopf – schiefgelegt, damit sie mit dem Kinn oder der Wange die feinen Härchen berühren konnte.

Ein Pelzjäckchen musste also her. Überhaupt: Ein Kostüm und ein Pelz. Seriöser ging es nicht. Außerdem würde man die Sachen auch hinterher tragen können – ein wichtiges Argument für William, der *das ganze Brimborium* inzwischen eher sarkastisch verfolgte – allerdings nicht, ohne gelegentlich anzudeuten, dass Anna die schönste Braut der Welt zu sein hätte. Und damit war auch klar, wann sie heiraten würden: im Winter. William liebte ohnehin den Winter. Er war ja ein guter Skiläufer, und er versäumte es nie, nach Schweden oder Norwegen zu reisen, um, wie er sagte, die Langlaufsaison zu eröffnen. Sie würden dort oben heiraten, sie würden eine Hütte haben und in die Sauna gehen, und alles würde so behaglich sein wie bei zwei Bären, die ein Quartier beziehen. Sie würden vor der Hütte getraut werden, die an einem See läge – oder noch besser, auf dem See, und alle Gäste kämen auf Schlittschuhen. Hinterher tränken sie Glühwein an einem Stand, der eigens für die Hochzeitsgesellschaft aufgebaut würde.

Annas Fantasie ging wieder mit ihr durch. Kopfschüttelnd hörte sich William an, was sie sich vorstellte. Norwegen fand er gut. Die Idee mit der Hütte und dem See natürlich nicht. Seen gab es außerdem eher in Schweden, das musste Anna doch wissen! Ansonsten sei ihre Idee durchaus romantisch – romantisch wie du halt bist, Rabbit – aber leider undurchführbar. Er lachte.

Und so heirateten sie am Ende auf beinahe ganz gewöhnliche Weise, auf die Weise eines ganz normalen Mannes, der seine leicht verrückte Frau liebt. So sagte es William, so wollte es Anna auch sehen. William buchte sie in einem Hotel in Oslo ein, das spezielle Arrangements für Paare bot, mehr verriet er nicht. Sie ließen sich in einer Stabholzkirche, die längst nicht mehr als Kirche diente, von einem Mann trauen, der eine Art

Friedensrichter zu sein schien. Anna traute der Autorität, die sie nicht verstand, fand es aber seltsam, so verheiratet zu werden, so unkundig, so vollkommen sprachlos. Jedenfalls, was Anna betraf. William, dem es Spaß machte, Sprachen zu lernen, hatte die Reise derart gründlich vorbereitet, dass er mit dem Mann ein paar Sätze auf Norwegisch wechseln konnte. Auch den Trauspruch, den der Mann vorsagte, wiederholte William für Anna ein zweites Mal, und sein Norwegisch klang fast genau so wie das des Friedensrichters. Gäste hatten sie natürlich keine – keine außer den Trauzeugen, denn William fand es unzumutbar, Freunde und Bekannte zu einer so weiten Reise zu ermuntern, die sie ihnen nicht hätten bezahlen können. Da hatte er natürlich recht, aber als Anna sich in der leeren Kirche umschaute, hätte sie sie schon gern alle dabeigehabt: Mike und Ronny, ja, auch Williams Verwandte, von denen sie nichts wusste, außer dass es sie gab. Als William vorschlug, Annas Mutter einzuladen, hatte sie nur knapp gesagt:

Kommt nicht in Frage!

Und William hatte sich zu ihrer Enttäuschung mit dieser Antwort zufrieden gegeben. Seit Jahren bemühte Anna sich, ein Gleichgewicht herzustellen. Annas Mutter lebte in einer Wohngemeinschaft, einem Modellprojekt für betreutes Wohnen, und natürlich hatte sie, obwohl mittlerweile alt und gebrechlich, dafür gesorgt, dass ihre Wohngemeinschaft nicht nur modellhaft, sondern absolut vorbildlich funktionierte. Da war kein Platz für Spielereien, da war keine Zeit zu verplempern! Wenn Anna sie anrief und sie treffen wollte, musste ihre Mutter erst einmal ihren Terminkalender zücken, den sie dann, wegen ihrer starken Kurzsichtigkeit, Termin für Termin langsam vorlas, bis sie irgendwann zu dem Datum gelangte, dass Anna vorgeschlagen hatte – nur, um dann festzustellen:

Nein, Kind, das passt leider gar nicht!

Und Anna gab wieder einmal auf, erschöpft von der Vergeblichkeit, erschöpft von der Halbherzigkeit ihrer Versuche, denn in Wahrheit hatte sie sich vornehmen müssen, ihre Mutter anzurufen, in Wahrheit hatte sie ein Gefühl der Verpflichtung getrieben und nicht die Sehnsucht nach einem warmen Muttertier. Oder doch. Aber warme Muttertiere gab es nicht in Annas Familie. Annas Mutter also nicht. Sie hatten ihr zwar eine schriftliche Einladung geschickt, die prompte telefonische Absage überraschte Anna aber nicht:

Kind, wie du dir das vorstellst … Ich kann doch nicht einfach ohne Weiteres reisen! Müsst ihr denn in Norwegen …

Und so weiter. Auf die Idee, die Tante einzuladen, die Vorbildliche mit den feinen Schuhen, war Anna erst am Hochzeitstag gekommen, als ihr auffiel, dass die Stiefel, die sie zu ihrem feinen Kostüm trug, passten, wie Stiefel eben zu einem Kostüm zu passen hatten – aber eben auch nicht mehr. Bei den Füßen hatte Anna aufgehört zu planen, bis dahin hatte sie es geschafft, *the perfect bride* zu spielen. William lachte, als Anna klagte:

Die Schuhe sind nicht ideal!

Du und dein Perfektionismus!, sagte er. Lass mal locker!

William tat, als fände er den Aufwand übertrieben. Dabei wusste Anna genau, wie gern er stolz auf sie war. Das war eine Erwartung, die Anna kannte. Sie hatte immerhin *das* Kostüm gefunden, und William hatte keine Ahnung, dass es doch wieder etwas mit Zirkus zu tun hatte, ein bisschen jedenfalls. Anna hatte das Modell in einem Geschäft für Theaterkostüme entdeckt, in dem man aber nur leihen, nicht kaufen konnte. Der Gedanke, etwas Gebrauchtes bei ihrer Hochzeit zu tragen, missfiel ihr – obwohl es einen entsprechenden Aberglauben gab, der Glück verhieß. Also nahm Anna das gute Stück für ein paar Tage mit und brachte es zu einer Maßschneiderei, damit dort eine perfekte Kopie angefertigt würde. Vier Wochen hatte es gedauert, dann war das Ensemble aus langem Bleistiftrock, Schößchenjacke und darüber zu tragendem Pelzcape fertig – Jacke und Rock aus anthrazitfarbenem Kaschmir, das Pelzcape aus echtem Nerz.

Das Ensemble im Fünfzigerjahrestil hatte ein Vermögen gekostet, aber Anna betrachtete es als *Investition in die Zukunft*. Das war jedenfalls der Begriff, den William sie gelehrt hatte und der ihr schon erstaunlich geläufig über die Zunge ging. Eigentlich, glaubte Anna, war es egal, ob das Kostüm in Zukunft getragen werden konnte oder nicht. Sein praktischer Nutzen war ihr vollkommen gleichgültig, er machte es nur einfacher, die übergroße Ausgabe zu rechtfertigen. Alle übergroßen Ausgaben, die Anna machte, hatten eine solche Seite. In Wahrheit wollte Anna nur eines: An diesem Tag, bei ihrer Hochzeit, heute, sollte alles richtig sein, darauf kam es an. Dafür war sie bereit, ihr gesamtes Vermögen zu geben, und wenn es sein musste, noch mehr. Darauf arbeitete Anna hin, dafür war keine Mühe zu groß. Anna spürte ihre Verbissenheit, sie spürte es geradezu körperlich – als einen kleinen Krampf im Kiefer – und versuchte, sie vor William zu verbergen, so gut es ging. Verbissenheit passte nicht zum *schönsten Tag in ihrem Leben*. Und Anna hoffte, dass dann, am Ende, alles gut sein würde. Immer hoffte sie das. Immer war ihre Hoffnung die Feindin der Einsicht. Immer war ihre Hoffnung Trotz gegen besseres Wissen. Ein später Aufstand gegen das Erwachsensein. Aber das merkte Anna erst später. Jetzt, vor ihrer Hochzeit, hoffte Anna wieder einmal. Sie hoffte mit aller Kraft. Sie hoffte, dass sie nur noch dies oder das tun müsste, dass nur noch dies oder jenes eintreten müsste, dass nur noch dies oder das gesagt werden müsste – dann würde sich alles zum Guten wenden. Deswegen hatte sie als Kind das Hüpfspiel *Himmel und Hölle* geliebt, bei dem es darauf ankam, dass am Ende die Schritte passten, deshalb liebte sie auch noch als Erwachsene den abschließenden Segen im Gottesdienst. Er schien ihr die Verheißung zu enthalten, dass er gelingen könnte, dieser Tag – wenn nicht sogar: das Leben. Der Priester in seinen festlichen Gewändern kam ihr wie ein Magier vor, der seine zauberkräftigen Hände am Ende des Gottesdienstes erhob und mit einer rätselhaften Geste alles veränderte, sein Kreuzzeichen war eine Art Abrakadabra, an das Anna lange kindlich glaubte. Dass sie bei der Trauung mit William auf den Segen der Kirche verzichten musste, machte sie ein wenig traurig, aber nicht lange, denn mit ihrem Glauben war es nicht mehr weit her. Er war längst brüchig, unsicher geworden. Ohne Kirche, Zauber und Segen musste eben alles andere umso perfekter sein! Dann würde alles gut!

Manchmal kam es Anna vor, als sei sie ihr ganzes Leben lang hinter diesem Satz hergejagt, oder besser, hinter seiner Erfüllung. *Irgendwann wird alles gut* – das hatte sie so oft tröstend zu ihrer Mutter gesagt, dass es ihr in Fleisch und Blut übergegangen war. Sie hatte vergessen, wann die Beschwörung zum ersten Mal aus ihr herausgekommen war und warum die Mutter getröstet werden musste, Anna weiß nur, dass sie immerzu Sorgen hatte, dass sie das Geld im Portemonnaie wieder und wieder zählte und dass dann wieder diese Gänge auf sie zukamen: der Gang zum Arbeitsamt, der Gang zum Sozialamt. Und dann weinte die Mutter, und Anna sagte ihren Satz, der auf ihre Mutter eine enorme Wirkung hatte. Anna war verblüfft: Hatte sie denn magische Kräfte? Abrakadabra? Wie der Pfarrer in der Kirche? Aber ihre Mutter glaubte ihr. Sie lächelte, wischte sich die Tränen ab und streichelte Anna über den Kopf.

Eigentlich gab es zwei Sätze. Der zweite lautete: Irgendwann geht alles vorüber. Das sagte Anna mehr zu sich selbst. Sie versicherte es ihren Plüschtieren, die sie jeden Abend um ihr Bett aufbaute wie eine Leibgarde aus windelweichen Soldaten. Sie sagte es zu Lotte, ihrer Lieblingspuppe, die als Einzige das Kissen mit ihr teilen durfte, und sie versicherte es auch dem gipsernen Heiland, der, eine rote und goldene Kopie der berühmten brasilianischen Jesus-Figur, die ihre Arme über Rio de Janeiro ausbreitet, ihren Nachttisch zu bewachen hatte.

Dieser zweite Satz hatte, wenn man es recht betrachtete, etwas Beunruhigendes, auch findet Anna es im Nachhinein sonderbar, dass sie sich schon als Fünfjährige mit der Vergänglichkeit aufheitern konnte – aber damals, sie erinnert sich genau, half es tatsächlich, sich das ganze Leben als einen Zug mit unendlich vielen Waggons vorzustellen, die langsam, langsam an ihr vorbeifuhren. Es waren viele, sie waren beeindruckend – aber irgendwann wären sie vorbeigezogen. Nie sah Anna sich in diesem Zug, nie fuhr sie mit, nie sah sie sich ein- oder aussteigen. Sie sah den vorbeifahrenden Waggons zu, und das hatte etwas Beängstigendes, aber vor allem etwas Befreiendes. Nichts blieb, wie es war. Vielleicht lernte Anna schon damals, dass Abschied nehmen leichter ist als bleiben?

Auch dieser zweite Satz verfehlte seine Wirkung nicht. Annas Mutter hörte auf zu weinen, sie lobte Annas Klugheit, putzte sich die Nase und Anna dann auch. Weil sie gerade dabei war. Weil Mütter so etwas tun. Kein Streicheln diesmal, der Satz war ja auch viel kühler als der erste Trostsatz, jedenfalls für andere. Anna merkte sich das und versuchte, immer klug zu sein und immer die richtige Bemerkung zu machen, und wenn Annas Mutter doch wieder weinte, wusste Anna, dass es an ihr lag. Nicht klug genug. Nicht fix genug im Kopf.

Jetzt fiel ihr seltsamerweise dieser zweite Satz wieder ein: Irgendwann geht alles vorüber – und wieder wärmte dieser Satz und machte gelassen. Anna wusste ja nicht, sagte sie sich, wie lange sie das alles durchhalten würde. Vor diesem Satz erschrak sie. Was hieß das: durchhalten? Eine Ehe durchhalten? Sie beruhigte sich, sie sei eben zu alt, um nicht zu wissen, dass mehr als die Hälfte aller Ehen wieder geschieden wird, dass die Wahrscheinlichkeit also weder für sie noch gegen sie war, aber sie spürte, dass es nicht das war. Tief innen lauerte etwas, ein Schmerz, ein Wissen oder beides. Und eine Furcht. Weil vielleicht doch kein Abrakadabra zur Verfügung stand.

Dann aber sah sie Carolas Gesicht, Carola stand nicht weit entfernt von Anna, und ihr Gesicht sagte, was Anna so dringend hören musste. Carolas Lippen bildeten tatsächlich stumm diesen Satz. Die Lippen sagten, dass alles gut war.

Carola gehörte zu diesem ersten Satz, und Anna riss sich zusammen und war wieder hier, in der norwegischen Kirche, die keine mehr war, mit dem Friedensrichter, der in einer fremden Sprache freundlich näselte und der ihr nun die Hand schüttelte und lächelte, und dann zogen sie ins Hotel und feierten: Carola, William, Williams alter Fliegerfreund Tim und Anna. Und dort, beim Essen, als sie zum Licht der vielen Kerzen, die in silbernen Kandelabern steckten, ein köstlich-kühles Lachstartar genossen – dort war es, dass William den Vorschlag mit Annas Namen machte. William fand, dass er jetzt mehr Verantwortung für Annas Leben übernehmen konnte, bis jetzt hatte er sich weitgehend herausgehalten, aber nun, sagte er, sei es an der Zeit. Jetzt, da sie ordentlich verheiratet seien, würde Anna ihm diesen Platz ja wohl auch einräumen?! Und er fackelte nicht lange, sondern finge gleich damit an, jawohl!

Bei dem *Jawohl* hatte er seine Stimme erhoben in einer scherzhaften Drohung, und Anna versuchte, ihre leichte Beunruhigung zu überspielen, indem sie kokett übertrieb:

Oh, da fürchte ich mich aber!

Das solltest du auch, erwiderte William, schließlich bist du jetzt mit mir verheiratet!

Und er überreichte ihr mit einer galanten Geste eine kleine

Schatulle, mit dunkelblauem Samt bezogen, sodass Carola verzückt in die Hände klatschte und rief:

Noch ein Geschenk?!

Als sei sie gemeint.

Anna war eigentlich schon ganz erschöpft von den vielen Präsenten. William hatte ihr sein eigentliches Geschenk – einen schweren Ring aus Rotgold und Platin, in den man an jedem Hochzeitstag einen neuen Brillanten einlassen konnte – schon am Morgen gegeben, von Carola hatte Anna erstaunliche Dessous bekommen, mit einem verschwörerischen Seitenblick, und Tim hatte beide mit dem Gutschein für ein Tandem überrascht.

William rückte einen der Kandelaber näher heran, damit Anna besser sehen konnte. Vorsichtig öffnete sie die Schatulle. Ein goldenes Medaillon lag darin, auf ein winziges Seidenkissen gebettet. Das Medaillon war apart, mit einer Rosenranke auf dem Deckel, auf der sich zwei winzige Vögel niedergelassen hatten, eher Schwalben als Tauben. Als Anna den Deckel vorsichtig öffnete, schaute sie auf zwei Fotos, unter denen ihre Namen eingraviert waren: William, lachend, neben seiner Piper, die in dieser Verkleinerung eher zu ahnen als zu erkennen war, und Anna, ebenfalls lachend, vor einem blühenden Rosenbusch. *Ana* stand darunter. *Ana* – nicht Anna. Sie schaute William fragend an; unmöglich, dass ihm so etwas unterliefe!

Du hast ganz recht, sagte William, als er ihren zweifelnden Blick auffing. Das ist Absicht!

Und dann erklärte er, dass ihr Name ja einerseits ganz schön sei, klassisch – und überall auf der Welt verständlich. Aber eben auch – ein bisschen bieder, ein bisschen wie Maria und Martha und das ganze alte deutsche Bildungs- und Bibelgut.

Deshalb fand er, müsse man den Namen *aufpeppen* und ihn gleichzeitig – sozusagen – internationalisieren.

Ana, schloss William, Ana mit einem N, das ist Ana wie in

Osteuropa und in Nahost, und außerdem gibt es nichts Schlüssigeres als Dreibuchstabenbegriffe, ein Name mit drei Buchstaben, das ist kein Name, das ist eine Marke!

Und mit Hinweisen auf WMF, den DFB und das DRK schloss er seine Rede, prostete ihr zu und küsste sie.

Ein Hoch auf Ana! Prost, Ana.

Tim und Carola hatten nach der ersten Verblüffung applaudiert, und Tim sagte nun rasch, er habe seinen eigenen Allerweltsnamen noch nie so erklärt bekommen, künftig werde er als Dreibuchstabenmann ganz anders in die Welt schauen, und Carola sagte langsam, Ana, ja, das sei gut, auch wenn sie sich erst daran gewöhnen müsse. Wie er, William, denn darauf gekommen sei?

William geriet in Fahrt. Ja ja, Carola habe recht mit ihrer Frage. Eigentlich gehe es um mehr als die Eliminierung eines Buchstabens. Er sagte tatsächlich *Eliminierung*. William sagte, er habe schon lange überlegt, dass etwas passieren müsse – mit Ana.

Entschuldige, Schatz, sagte er, vielleicht nicht ganz der richtige Rahmen für so etwas, aber ein Anfang ist immerhin ein Anfang, dann können wir beide das ja ruhig auch richtig ernst nehmen, nicht wahr? Und außerdem bin ich fünfzehn Jahre älter als du, streng genommen bin ich ein alter Mann und habe nicht mehr viel Zeit zu verlieren, auch wenn du das netterweise immer ignorierst ...

Er lachte, ein wenig gequält. Sein Alter machte ihm tatsächlich zu schaffen, aber Anna hatte keine Zeit, darüber nachzudenken, warum ihn das gerade heute, an ihrem Hochzeitstag, beschäftigte, denn nun fing William an, davon zu reden, dass ihr kleiner Betrieb, diese unsichere Filmgesellschaft in Stade – *in der Weltstadt Stade*, sagte er ironisch – auf Dauer keine Lösung sein könne. Das sei ihr insgeheim auch sicher schon bewusst. Keine

Herausforderung für einen Menschen, der noch nicht die Vierzig erreicht habe. Neue Aufgaben warteten – aber sie warteten eben nicht ewig. Man müsse die Gelegenheiten erkennen und dann zugreifen! Wer wisse das besser als er!, sagte William und packte sie spielerisch im Nacken.

Aber wie kämen die besten Gelegenheiten zu einem? Wie finde man sie? William machte eine Kunstpause und sagte dann:

Du brauchst ein Profil. Das ist quasi unverzichtbar. Du musst dich unverwechselbar machen mit eigener Homepage, Karriereplanung, Coach. Ich bin sicher, dass du in drei, vier Jahren an einem ganz anderen Ort viel verantwortungsvolleren Aufgaben nachgehst, dass du noch einmal ganz woanders landest! Bei *Stade-TV* wird jemand wie du gewiss nicht versauern.

Und mit fester Stimme fügte er hinzu: Ich jedenfalls werde mein Bestes dafür tun!

Und damit schenkte er allen nach und erhob sein Glas auf die Zukunft.

Auf die Zukunft!, sagte Carola.

Prösterchen!, sagte Tim. – Wusste immer schon, dass du einer bist, der Bescheid weiß. Lässt nix anbrennen, alter Junge, was?

Er beugte sich vor, kam ihnen über den Tisch entgegen und klopfte William auf die Schulter.

Anna starrte auf das immer noch geöffnete Medaillon in ihrer Hand. Was erwartete William von ihr? Wessen waren sich die anderen so sicher, und worauf eigentlich hatten sie angestoßen? Wurde hier gerade ihre Zukunft verhandelt? Es klang so, als sei eigentlich alles schon beschlossene Sache, als sei alles klar, nur sie selbst hätte es noch nicht begriffen. Nicht klug genug? Nicht fix genug im Kopf? Ihr war schwindelig, trotzdem griff sie, ohne hinzuschauen, nach dem Weinglas und nahm einen großen Schluck.

Wunderbarer Sancerre!, schnalzte William anerkennend.

Anna hätte nicht sagen können, ob es Rotwein oder Weißwein war, was sie da trank.

Sie betrachtete das Medaillon. Sie kannte es. Es war von Williams Großmutter, einer aus der Bukowina stammenden Frau, die als Archäologin gearbeitet hatte, und Anna wusste, es war eine große Ehre, das Medaillon tragen zu dürfen, denn William pflegte den Nachlass sehr. Den Familienschmuck hatte er in einer Schatulle mit einem gläsernen Deckel auf blauem Samt drapiert, und gelegentlich sah Anna ihn, wie er die Schatulle vorsichtig in beide Hände nahm und lange durch das Glas auf die Broschen, Ringe und Ketten schaute. Als nähme er Kontakt zur Vergangenheit auf über Dinge. Anna hatte William ein paar Mal so stehen sehen, und immer war sie möglichst leise davongeschlichen – es war ein Akt der Intimität, dieses Betrachten des Schmucks, und es wäre ihr indiskret vorgekommen. Nun schenkte er ihr das Medaillon, er hatte es sogar für sie verändern lassen. Aber warum hatte er seine Großmutter nicht einmal erwähnt? Weil ihm das zu nahe gegangen wäre? Gab es das? Etwas, das einem an der eigenen Hochzeit zu nahe ging? Ging es dabei nicht eigentlich um Nähe, um die größtmögliche Nähe und Verbindlichkeit, und deutete das Medaillon nicht genau dies an? Wieder tauchte kurz die Frage in ihrem Kopf auf, warum sie eigentlich heirateten, warum William heiratete. Gerade hatte er die Zukunft beschrieben, so klar, als sei sie ein Produkt, das er bestellt hätte, ein Formular, das es nur auszufüllen galt. Er war so sicher. Er wusste so genau, wie alles ging. Aber woher nahm er diese Selbstgewissheit? Anna spürte plötzlich eine leise Wut. Woher nahm er das Recht, so über sie zu verfügen? Woher nahm er das Recht, ihre Firma schlechtzumachen? Gut, Mike und Ronny würden niemals auf einem Festival den Preis abräumen – sie fuhren ja nicht einmal hin, weil sie zu faul waren oder zu viel zu tun hatten oder vielleicht beides, aber sie waren hart arbeitende Profis, und Anna fühlte sich ausgelastet, wenn sie Tag für Tag versuchte, ihre Filme zu ermöglichen, indem sie ihre Finanzierung sicherte. Sie fühlte sich, als hätte sie Mike und Ronny durch ihr Schweigen verraten – und gleichzeitig vermisste sie sie plötzlich sehr. Sie vermisste sogar Mikes neue Großspurigkeit, das angeberische Klingeln der Münzen in seiner Hosentasche, vermisste die Geste, mit der Ronny manchmal – aber eben nur manchmal – seine verspiegelte Sonnenbrille nach oben schob, wenn man ihn auf der Straße traf, sie vermisste ihre forderungslose Freundlichkeit und ja, auch, ihre Weigerung, bis zum Letzten an der Erwachsenenwelt teilzunehmen. Diese endgültige Erwachsenenwelt, das war Williams Welt. Die Regelwelt. Die Welt der Bescheidwisser und Abwäger. Der Halbtoten, dachte Anna. Die lieber bei ihrer eigenen Hochzeit einen Anzug trugen, der an Ellenbogen und Knien bereits glänzte, als *eine unnötige Ausgabe* zu machen.

Noch nie hatte sie so über William gedacht, und sie erschrak darüber. Das Medaillon schien schwerer geworden in ihrer Hand.

Das ist Rotgold, sagte William. – Das wurde im östlichen Europa sehr gern verarbeitet. Ich nehme an, es ist so um 1890 gemacht worden.

Anna schloss das Medaillon wieder und ließ es in die kleine Schatulle zurückgleiten.

Legst du es gar nicht um?, fragte William, ein wenig enttäuscht. Naja, ist vielleicht auch besser so, schusselig wie du bist …

William!, rief Carola strafend und schlug ihm leicht auf den Arm, lachte aber. – Du bist ein ganz schlimmer Professor!

Nach dem Hauptgang brachte Tim einen Trinkspruch auf alle Dreibuchstabennamen aus, erwähnte ungefähr dreißig und begann zu lallen. Trotzdem tranken sie noch eine Flasche Rotwein und dann noch eine zum Schluss, und Anna murmelte leise vor sich hin: Anna – Ana, Ana – Anna. Man hörte keinen Unterschied, was sie aus irgendeinem Grund lustig fand. Der Alkohol machte sie diesmal gleichgültig, und Gleichgültigkeit war das Beste, was ihr jetzt passieren konnte. Gleichgültigkeit ist nah an Gelassenheit, und Gelassenheit ist das Äußerste, was man erreichen kann, wenn Zuversicht nicht zur Verfügung steht. Dieser Satz bildete sich plötzlich klar in Annas Kopf, trotz des Alkohols, und sie dachte noch: Vielleicht ist das jetzt dein Schicksal, lauter kluge Sachen zu denken, nur um dich selbst zu beruhigen! Und: Sind solche Gedanken wirklich klug? Oder Beschwichtigungsformeln? Kleinmütige Zaubersprüche. Sie würde später darüber nachdenken.

Und dann, als William sie zum Fahrstuhl führte – oder eher: sie ihn –, da geschah etwas Unerwartetes. Plötzlich erkannte Anna den Ort wieder. Sie war schon einmal hier gewesen. Vor etlichen Jahren. Damals jedoch war die Lobby des Hotels übervoll gewesen, waren überall Kabel verlegt und die seinerzeit noch unförmigen Laptops aufgeklappt; der Speisesaal, in dem sie gerade getafelt hatten, war ein Sitzungsraum gewesen, und ständig hatte jemand in ein Telefon gerufen. Plötzlich sah Anna es wieder vor sich: Friedensgespräche zwischen Israelis und Palästinensern hatten sich plötzlich ausgerechnet im abgelegenen Norwegen weiterentwickelt, und diese Entwicklung kam derart unerwartet, dass wirklich jeder Kameramann und jeder Cutter rekrutiert wurde, den die Fernsehsender erwischen konnten, um nach Oslo zu reisen und dabei zu sein. Mike hatte Anna, als ein Nachrichtensender verzweifelt anrief, gleich mitvermietet, als Disponentin und Producerin, und so saß sie mit den anderen in diesem gediegenen Hotel und wartete wie die anderen auf Statements des norwegischen Außenministers, auf eine Erklärung der Israelis, auf eine Nachricht, irgendeine. Sie waren müde, sie waren überreizt, im Hotel war es viel zu warm, und sie wurden allzu gut versorgt mit Kaffee und kleinen, belegten Brötchen. Eine Mischung aus Sättigung, Ungeduld und Anspannung machte sich breit, dazu der Konkurrenzdruck, wer das Rennen machen würde, wer als Erster eine *Breaking News* auf seinen Sender schicken könnte … *Sie* würden nicht dabei sein, so viel stand fest, sie waren zu klein, zu unbedeutend, aber das spielte keine Rolle, auch ihre Nerven waren zum Zerreißen gespannt. Sie sahen, sie hörten alles.

Und mitten in dieser aufgeladenen Atmosphäre hatte Anna den Kollegen vom französischen Fernsehen gesehen, einen Kameramann, klein, elegant, der sich mit der Kamera auf seiner Schulter bewegte wie ein Tänzer und dabei noch seinen Assistenten und die junge Redakteurin vor sich dirigierte. Anna fand ihn schön, sie fand ihn souverän, und am schönsten fand sie die hellen Augen unter sehr dichtem, dunklem Haar. Er merkte, obwohl er gerade drehte, dass ihn jemand beobachtete, veränderte unmerklich seine Position, suchte den Beobachter, fand ihn, fand Anna und nickte knapp herüber.

Sie redeten nicht viel. Es gab nicht viel zu reden. Annas Französisch war miserabel, sein Englisch kaum verständlich, und sie hatten viel zu tun. Aber dafür reichte es: Er hieß Pierre, er kam aus Marseille, er liebte Jazz, und er war verheiratet. Mit Irène, der jungen Redakteurin, die ihn begleitete.

Anna fing an, ihm auszuweichen, aber das war an einem solchen Ort kaum möglich. Sie liefen sich beim Frühstücksbuffet über den Weg, als sie gleichzeitig nach den Croissants griffen, bei den Pressekonferenzen, wenn sie beide den Assistenten halfen, die Kabel zu verlegen, vor den Waschräumen, wenn sie die nassen Hände in der Luft schüttelten, damit sie trockneten. Die Wassertropfen flogen durch die Luft, vermischten sich –

Hello Pierre!

Hello Anna!

Mike sah alles, sagte aber nichts.

Und dann, am letzten Abend, waren Pierre und Anna plötzlich allein gewesen. Allein vor genau diesem Fahrstuhl, an dem sie jetzt mit William stand und den Nach-unten-Knopf drückte. Anna weiß nicht mehr, wohin sich die ganze Pressemeute plötzlich verzogen hatte. Es war jedenfalls niemand da. Und es war plötzlich ruhig. Als hätte jemand den Ton ausgeblendet. Fadeout des Reporterrumors. Stille. Sie warteten gemeinsam auf den Fahrstuhl und wagten nicht, sich zu rühren. Haben sie etwas gesagt? Etwas außer:

Hello Pierre!

Hello Anna!

Eher nein. Pierre hat Anna wahrscheinlich vorgehen lassen, er war höflich, und Anna versuchte wie immer, besonders aufrecht zu gehen, wenn sie an ihm vorbei musste. Pierre stieg ebenfalls zu, und der Fahrstuhl setzte sich in Bewegung. Erster Stock, zweiter Stock. Anna wohnte im sechsten, Pierre im neunten, das hatte Anna herausgefunden. Sie schauten sich noch immer nicht an, Anna wagte kaum zu atmen, dann hielt der Lift mit einem kleinen Ruck.

Adieu, Pierre!

Ciao, Anna!

Er wedelte mit einer Hand leicht in der Luft, als wollte er Nässe abschütteln, lächelte aber nicht dabei. Und war weg.

Als Anna damals in ihrem Hotelzimmer angekommen war, hatte sie sich auf das Bett geworfen und geweint. Sie hatte die Kissen an sich gepresst, die Decke zerwühlt und später einen Becher gegen die Wand geworfen in ihrem Schmerz. Dann machte sie die Minibar fertig. Gin, Rum, Rotwein, nichts reichte, um sie zu betäuben. Nachts war sie irgendwann wieder zu sich gekommen, mit einem üblen Geschmack im Mund und hämmernden Kopfschmerzen: Sie war vor einem Pay-TV-Kanal eingeschlafen, schon stundenlang hatten die wechselnden Darsteller wechselnder Pornos auf sie eingestöhnt. Als sie Pierre am nächsten Morgen traf, waren seine Augen rotgerändert, so wie ihre. Sie wussten, so dachte Anna, alles voneinander.

Und nun stand sie hier mit William. Der ritterlich ihren Ellbogen umfasste, obwohl er sich kaum aufrecht halten konnte, und, als sich die Fahrstuhltür vor uns öffnete, leichthin sagte:

Mylady …

In der Tür stießen sie zusammen, lachten, berappelten sich. Nie konnten sie sich einigen, wer voranging und wann! Sie stiegen gemeinsam aus, im fünften Stock. William kramte nach seinem Schlüssel. Anna wusste, dass sie wegen William niemals so weinen würde, wie sie wegen Pierre geweint hatte. Das war ein Grund gewesen, William zu heiraten: nie mehr auf diese Weise weinen zu müssen. Anna wollte jetzt nicht an Pierre denken, all die Jahre hatte sie nicht mehr an ihn gedacht, außer wenn jemand, der aus einem Waschraum kam, die Hände trockenschüttelte, also warum jetzt, an ihrem Hochzeitstag! Anna nahm William den Schlüssel aus der Hand und schob ihn ins Zimmer.

Hey, hey!, sagte William anerkennend, als sie ihn küsste.

Anna lag noch lange wach und drehte das Medaillon in ihrer Hand. Sie klappte es auf und wieder zu. Auf und zu. Sie war jetzt Ana. Sie war jetzt Williams Frau. Es musste alles gut werden.

Die zweite Meile

Es wird herrlich sein, eines Tages wieder schmerzfrei zu sein. Nicht auf das Gesundwerden oder Gesundsein hoffte Anna – nur auf einen Zustand, in dem sie keine Schmerzen empfindet. Ist schmerzfrei nicht sogar das Gegenteil von gesund?

Über so etwas grübelte Anna nach. Dafür hatte sie Zeit. Sie hatte sogar Zeit, es aufzuschreiben. Einige Monate nach der Hochzeit hatten die Beschwerden begonnen: kleine Kopfschmerzattacken, die sich mit ein paar Aspirin ganz gut bekämpfen ließen, Verspannungen im Nacken und in der Schulter, das Übliche, was Frauen befällt, wenn sie, wie William sagte, *auf die vierzig zugehen*. Nichts Dramatisches. Kein Grund zur Beunruhigung. Anna beunruhigte es trotzdem, hatte sie sich doch auf ihre Rossnatur immer einiges zugute gehalten, und jetzt fehlte sie hin und wieder in der Firma, auch wenn sie sich immer die wichtigsten Unterlagen nach Hause bringen ließ. Nach Hause! Immer noch buchstabierte sie Tine oder Mike den Weg, und immer lachten sie:

Wir wissen, wo du jetzt wohnst! Wir haben uns daran gewöhnt, Ana, wir sind lernfähig! Du hast geheiratet! Und jetzt schwächelst du!

Anna fragte sich, ob sie, wenn sie so riefen, *Anna* mit zwei *Ns* dachten oder *Ana* mit einem. Sie waren nicht einmal sauer, dass Anna sie nicht eingeladen hatte.

Eine Rossnatur. Jetzt dachte sie selbst über diesen Begriff nach und fragte sich, woher er stammte. Anna kannte sich mit Pferden nicht gut aus. In ihrer Gegend gibt es nicht viele. Zu viele Zäune, keine Gegend zum Ausreiten, die Hobbyreiter halten sich näher an Hamburg, an die Harburger Berge, oder sie weichen in die Südheide aus. Hier bleiben auf Dauer nur Schafe und Vögel. Die Schafe finden sich mit allem ab, solange man sie nur beisammen bleiben lässt, sie nicht beunruhigt und ihnen genug zu fressen gibt, den Vögeln sind die Zäune egal, sie fliegen darüber hin oder nisten in einer vergessenen Rolle Maschendraht. Pferde aber, so viel wusste Anna, sind sensibel. Sie brauchen intakte Räume, Landschaften, die sie überblicken können, oder solche, die in einem uralten Gedächtnis gespeichert sind. Pferde, so heißt es, mögen Wald, sie mögen Wiesen. Und sie merken es sogar, wenn sich eine Fliege auf ihrem Rücken niederlässt.

So kam Anna sich auch vor. Wie das Pferd mit der Fliege auf dem Rücken. Auch eine Art Rossnatur. Die Kopfschmerzen hatte sie im Griff, aber jetzt begann ihre Haut zu jucken. Erst auf dem Kopf, dann auf dem Rücken, den Schienbeinen. Anna versuchte, nicht zu kratzen, aber die Beschwerden wurden schlimmer. Als es Mai wurde, trug Anna nur lange Hosen, um die aufgekratzten Beine zu verbergen.

William vermutete eine Allergie, schickte sie zum Arzt, dann zu noch einem. Er kannte die Ärzte in der Gegend, er kannte sich aus. Die Beschwerden gingen von allein zurück, und Anna stellte das Grübeln und das Notieren ein. Sie stürzte sich in die Arbeit, in der Firma und zu Hause. Sie hatte viel versäumt, es gab eine Menge nachzuholen. Den halben Sommer hatte sie schon mit ihrer Kränklichkeit vertrödelt, jetzt wollte sie endlich beweisen, dass sie auch mit dem neuen Haushalt fertig wurde.

Sie erinnerte sich daran, wie sie sich am Anfang hier gefühlt hatte. Williams Haus hatte ihr Angst gemacht bei ihren ersten Besuchen, daran erinnerte sie sich noch. Es war so massiv, es war so beladen mit Vergangenheit. Wo sollte hier ein Platz für sie sein? Ein Unterschlupf allenfalls, aber ein Zuhause? William jedoch, dem sie ihre Bedenken gestanden hatte, hatte abgewunken:

Eine Kleinigkeit für mich! Ein, zwei Wochenenden ...

Und tatsächlich: Er hatte geschuftet. Er hatte geräumt. Er hatte sogar eine Wand eingerissen, damit Anna ein größeres Zimmer hätte mit einem Schreibtisch darin. Der Schreibtisch war neu und hatte eine Glasplatte.

Dann kannst du bei der Arbeit deine Beine sehen, sagte William. Eigentlich wollte Anna zu Hause keinen Schreibtisch, sie wollte zu Hause zu Hause sein und arbeiten, wenn sie in der Firma war. Aber nun war sie ganz froh über das Möbelstück, das William ihr geschenkt hatte, denn immer öfter saß sie auch zu Hause über Kalkulationen und Bilanzen.

William murrte. So hatte er sich das nicht vorgestellt. Er wollte, dass seine Frau ihren Ehrgeiz entdeckte, dass sie fleißig war und Karriere machte. Aber doch nicht bei diesem Krauter! In den Monaten nach der Hochzeit setzte er seine subtilen Angriffe gegen *Stade-TV* fort. Und er hatte ja recht: Die Firma expandierte – und gleichzeitig blieb sie auf diesem halb familiären, halb unprofessionellen Niveau. Sie wurden oft nicht fertig mit der vielen Arbeit – dann telefonierten sie sich am Wochenende zusammen, besprachen sich, sannen über Externe nach, die sie beschäftigen konnten, grübelten, wie sie das eine oder andere Projekt retten konnten, indem sie Drittmittel einwarben. *Drittmittel!* Das Wort wurde geradezu zu einem Albtraum für Anna. Anna ist nicht gut im Überzeugen. Noch nie gewesen. Anna überzeugt ja nicht einmal sich selbst. Aber nun war es offenbar an ihr, Fördergelder des Landes und des Bundes für ihre kleine Firma einzuwerben, und stillschweigend gingen Mike und Ronny davon aus, dass sie auch die entsprechenden Konzepte aufschrieb. Anna quälte sich. In so etwas war sie nicht gut, das wusste sie genau. Und William, der mit Leichtigkeit Anträge ausfüllte, für den Bürokratie ein Sport war, William mochte sie nicht fragen, wenn sie sonnabends schon wieder an ihrem

Schreibtisch saß, während er im Garten das Unkraut jätete. Er jätete immer Unkraut, so schien es Anna. Er wanderte mit der Schubkarre ums Haus, die Schaufel und die Hacke darauf gekreuzt wie übergroße Bestecke. William schob die Karre um die Hausecke, nach einigen Minuten tauchte er wieder auf. William, der Wanderer, dachte Anna. Je länger sie zusammen waren, desto mehr wanderte er. Aber immer nur ums eigene Haus.

Und wenn sie dann zu ihm ging, endlich auch die Gartenklamotten anzog, die Handschuhe überstreifte und fragte, was es zu tun gebe, antwortete er jedes Mal: Arbeit! Das siehst du doch!

Und zog mit der vollgeladenen Schubkarre an ihr vorbei, zum Komposthaufen, den sie sich mit den Nachbarn teilten. Anna kam sich wie ein Schulmädchen vor, stand unschlüssig herum, wusste nicht, wo anfangen, und schielte nach dem Liegestuhl, der auf der Terrasse stand. Sich jedoch einfach so darauf setzen, sich einfach so ausruhen – das ging nicht. Das war eine Dreistigkeit, die William mit verblüfftem Schweigen beantwortete, mit einem Schweigen, das dröhnender war, als es jeder Streit gewesen wäre. Einfach so da sein, das kam in Williams Welt nicht vor. Da sitzen, Tee trinken, in die Landschaft schauen und die Schafe zählen – das musste hart erarbeitet werden. Jedes Vergnügen setzte harte Arbeit voraus. Alles andere war anmaßend, dekadent, im besten Falle: schwach. Und wann war es genug mit der Arbeit?

Anna stellte die Frage nur einmal. Denn wieder schaute William sie mit ehrlicher Verwunderung an.

Wann es genug ist?

Ja, William. Wann ist es genug?

Wenn sie fertig ist, die Arbeit! Wann denn sonst?!

Aber die Arbeit war nie fertig. Der Garten narrte sie und spuckte das Unkraut, das sie gestern noch vernichtet hatten, morgen wieder aus. Die Dachrinne, die sie an einem Wochenende zu zweit gesäubert hatten, war eine Woche später nach einem Dauerregen von vier Nächten genauso verstopft wie vorher. Maulwürfe buddelten, Mäuse rannten umher, Schnecken fraßen den Salat, und Raupen bedrohten die Rosen, die wiederum lange, wilde Triebe bildeten, die feindselig in die Luft ragten. Der Efeu überwucherte alles. Es war nicht zu schaffen, es gab kein Ankommen gegen dieses Haus. Das Haus wurde für Anna allmählich zum Gegner. Sie fing an, es zu bekämpfen. Sie begann, selbst die Hortensien und Nusssträucher mit feindseligen Augen zu betrachten.

Dabei war Anna mit großem Elan hier angekommen. Ja, es hatte, obwohl sie schon vor der Hochzeit immer öfter bei William war, einen feierlichen Anfang gegeben. Das war, als Anna in ihrem Zuhause gründlich ausgemistet und dann einen Umzugswagen bestellt hatte. Anna wollte William nicht mit *altem Krempel* belasten. Vielleicht wollte sie ihn auch anstecken, wollte, dass er ebenso wie sie begönne, Schubladen zu leeren, Schränke auszuräumen, Luft und Platz zu schaffen für sie beide. Kiste um Kiste trug Anna auf die Straße, bis endlich der bestellte Container kam und sie alles hineinwarf, was ihr überflüssig erschien – oder was ihren Kriterien für ein Leben mit William nicht standhielt. Es sollte ja alles schön sein. Schön hieß: angemessen, ihm angemessen. Also warf Anna nicht nur weg, sondern schaffte auch an. In den kommenden Monaten – kurz vor der Hochzeit und danach – entwickelte Anna einen ernsten Eifer. Sie studierte Einrichtungskataloge und die Prospekte von Möbelhäusern. Anna kaufte nicht sehr viel, aber, wie sie fand, nur Erlesenes. Mal zahlte sie, mal überwies William das Geld.

Nach der Hochzeit wurde das schwieriger, denn für ihre Ausstaffierung und die Reise nach Norwegen – William bestand darauf, dass sie sich die Kosten teilten – hatte Anna bereits ihr Konto überzogen, aber genau in dieser Phase bekam sie eine neue Kreditkarte mit einem großzügigen Überziehungsrahmen, und das reichte fürs Erste. Ein Geschenk des Himmels! Anna kaufte also die vier englischen Stühle, die ein guter Kompromiss zwischen Williams Geschmack und dem ihren waren und die ihn hoffentlich veranlassen würden, die wackeligen Möbel zu entsorgen, die er vierteljährlich geduldig und vergeblich neu leimte. Sie kaufte für das eher beengte Wohnzimmer einen orientalischen Tisch samt dazugehörigem Butlertisch. Die Platte des Teakholztisches ließ sich wie ein Tablett abnehmen, und darunter verborgen war ein Humedor für Williams Zigarren, den man sogar temperieren konnte. William schüttelte den Kopf über Annas Verschwendung, aber gefallen ließ er es sich doch. Anna kaufte Tischdecken aus echtem Leinen. Sie kaufte neue Handtücher und neue Vorleger fürs Bad, denn Anna machte der Gedanke beklommen, dass schon etliche andere Frauen ihre nassen Körper in die Tücher gewickelt haben könnten. Etliche? Anna wusste es nicht. Anna wusste nur, dass einige andere versucht hatten, hier einzuziehen. William war so ein Mann. Ein Mann zum Einziehen. Ein Mann, mit dem man ein Nest baute. Ein Mann, der erst im Alltag Vertrauen fassen konnte. Hoffte Anna. Und war glücklich, wenn sie abends in ihrem Wohnzimmer saßen und er sich eine Montecristo anzündete. Nie hatte Anna William weicher gesehen, entspannter, als in den Augenblicken, wenn er das kleine Ritual des Rauchens begann. Dann duldete er sogar Annas Katze, die sich mit dem Umzug hierher schwertat, obwohl sie zum ersten Mal in ihrem Leben Mäuse jagen und nach Lust und Laune draußen herumtollen konnte. Die Katze aber blieb lieber drinnen, schlief den ganzen Tag, was William manchmal so ungeduldig machte, dass er sie einfach packte und vor die Tür setzte:

Ein Tier ist ein Tier, das geht doch so nicht! Du verzärtelst sie total.

Das stimmte. Die Katze war es gewöhnt, in einem alten Korbsessel zu schlafen, gegen Morgen aber war sie regelmäßig zu Anna ins Bett gesprungen und hatte mit unmissverständlichem Schnurren gefordert, dass man sich um sie kümmerte. In den ersten beiden Monaten bei William hatte sie das auch noch versucht, aber William hatte es ihr rasch ausgetrieben, indem er die Schlafzimmertür schloss. Wenn sie sich dann vor der Tür bemerkbar machte, mauzte oder versuchte, an die Klinke zu gelangen, stand William irgendwann so leise wie möglich auf, schlich zur Tür – und riss sie brüllend mit einem gewaltigen Ruck auf, sodass die Katze erschrocken das Weite suchte. Eine Zeitlang ging das gut, aber irgendwann war die Katze in ihr altes Verhalten zurückgefallen. Hatte sich auch vom Brüllen und Türenaufreißen nicht dauerhaft abschrecken lassen. Dann war William verschwunden, war zurückgekommen, und plötzlich war es ganz still geworden.

Was hast du mit der Katze gemacht?, fragte Anna nach einer ganzen Weile, mit einer piepsigen Kleinmädchenstimme, die sie nicht an sich kannte.

Gar nichts, brummte William und warf sich auf die Seite. – Schlaf weiter!

Natürlich schlief Anna nicht weiter. Sie wartete, bis die Atemzüge neben ihr regelmäßig wurden und in ein Schnarchen übergingen. Dann erhob sie sich, zog vorsichtig den Bademantel vom Sessel und öffnete so leise wie möglich die Tür. Anna suchte die Katze. Hatte er sie in den Garten gelassen? Aber als Anna ihren Namen rief und sie lockte, kam sie nicht. Ungewöhnlich. Ein Verdacht stieg in Anna auf. Sie suchte und suchte. Endlich, als sie in den Keller hinabstieg, hörte sie ein Miauen. William hatte die Katze in den Weinkeller gesperrt. Der war feucht und kalt. Als Anna die Tür öffnete, jagte die Katze mit gesträubtem Fell an ihr vorbei.

Danach brauchte es Wochen, bis die Katze dazu bereit war, sich im selben Raum wie William aufzuhalten. Tage nach dem Vorfall im Keller hatte Anna die Ursache für ihr seltsames Verhalten herausgefunden: Die Katze hatte eine kleine, aber sehr tiefe Wunde auf dem Kopf, wahrscheinlich eine Bissverletzung von einem rivalisierenden Kater, und diese Wunde hatte sich entzündet. William ließ es sich nicht nehmen, mit der Katze zum Tierarzt zu fahren, und er übernahm es auch, die Wunde täglich zu reinigen. Die Katze wehrte sich nicht, aber sobald William sie losließ, rannte sie davon und ließ sich stundenlang nicht blicken.

Verrücktes Tier, sagte William. – Na, wird sich schon wieder beruhigen.

Dieses Ereignis lag nun schon wieder Monate zurück, und auch wenn die Katze in Williams Gegenwart niemals schnurrte, sich niemals auf Annas Schoß zusammenrollte oder anfing, imaginäre Mäuse zu jagen – sie kam doch und blieb, sobald William mit seiner Zigarre anfing. Und auch Anna fühlte sich angelockt von Williams Ritual.

Wenn William sich in den Sessel fallen ließ, den Anna ihm gekauft hatte, seine Utensilien um sich herum aufbaute, lange überlegte, welche Zigarre er heute wählen sollte, und schließlich begann, sie in großer Ruhe noch einmal in der Hand zu wiegen, sie zu rollen und prüfend gegen das Licht zu halten, bis er schließlich eines der langen Streichhölzer aus der bunten Holzschachtel nahm, es entzündete, die Flamme an der Spitze der Zigarre züngeln ließ, in aller Ruhe, atmete, prüfte, schmauchte, die Zigarre wohl auch wieder aus dem Mund nahm, auf die Glut schaute, zufrieden lächelte, um schließlich, endlich, nur noch zu rauchen – dann wurde alles gut. Dann vergaßen Anna und William, was vorher gewesen war. Nach ein paar Zügen verschwand alles in einem weichen, gelblich-weißen Nebel. Manchmal setzte sich Anna dann auf Williams Sessellehne, und er streichelte mit einer Hand ihren Rücken, während er mit der anderen Hand seine Zigarre hielt:

Ach, Kleines, wir haben es doch gut!

Das sagte Anna sich auch. Aber die zuversichtliche Ruhe hielt kaum länger an, als es brauchte, eine Zigarre zu rauchen. Unbehaglich fühlte sich Anna zunehmend. Wurde unruhig, kribbelig, wie Carola sagte.

Vielleicht liegt es doch an der Firma, sagte Carola. Du bist gleichzeitig überfordert – und unterfordert. – Ich hab dich noch nie so unzufrieden erlebt.

Unzufrieden, ja, das war Anna. Unzufrieden mit sich. Nur Carola hatte Anna gebeichtet, dass sie mit den neuen Entwicklungen von *Stade-TV* keineswegs so souverän zurechtkam, wie es schien. William hätte ihr das nicht geglaubt. Er hielt Anna für eine Karrierefrau. Das sagte er auch. Karrierefrau. Ohne Anführungszeichen. Anna kannte niemanden, der ein so ungebrochenes Verhältnis zur Arbeit hatte wie William. Er meinte, dass sie es sich in den vergangenen Jahren zu bequem gemacht hatte. Sie habe sich eingerichtet, sagte er, und er wolle ihr da heraushelfen, bevor es zu spät sei.

Allmählich kam Anna seine verliebte Überschätzung ihrer Fähigkeiten ganz recht. Ihr schwammen die Felle davon. Um den Überblick bei der wachsenden Zahl von Aufträgen zu behalten, hätte sie neue Ordnungssysteme einführen, neue Abwicklungs- und Produktionspläne kennen und besorgen müssen. Aber Anna war nicht auf dem neuesten Stand, schon gar nicht, was die IT betraf. Und es fehlte die Zeit, sich zu informieren. Also schlug sie sich innerlich auf Williams Seite: Er hatte recht. Es war eine kleine Klitsche, dieses *Stade-TV*, und es wurde Zeit, etwas zu verändern. Wenn Anna einmal doch vage andeutete, dass sie sich vor den neuen Herausforderungen, die William beschwor, fürchtete, tat William das als Koketterie ab. Er konnte sich nicht vorstellen, dass Menschen sich überfordert fühlten. Und wenn, dass sie sich mit dem Gefühl aufhielten, statt nach einer Lösung zu suchen. Es war eine Frage der Perspektive. Man konnte Überforderung auch einfach Herausforderung nennen, wie es die Amerikaner taten – und schon sah die Sache anders aus. Anna wollte ihm gern glauben. Hinzu kam das finanzielle Problem. Über das redete sie nicht, schon gar nicht mit William. Mit ihm hatte es ja angefangen, oder besser: Durch das Zusammensein mit William war das ein Problem geworden, was Anna schon immer als Last mit sich getragen hatte. Nur war ihr das nicht bewusst. Sie schaute ihre Kontoauszüge an und verstand die Welt nicht mehr: Wo war ihr Geld geblieben? Sie verdiente doch genauso viel wie vorher – und jetzt teilten sie sich den Haushalt zu zweit! Eines stand fest: Anna brauchte mehr Geld. Das war nicht so einfach. Schon vor Jahren hatten Mike und Anna abgemacht, dass sie Überstunden – soweit sie sie überhaupt merkten – in Freizeit ausgleichen würden und nicht in Geld. Jetzt hätte Anna zwar wochenlang zu Hause bleiben können, aber daran war natürlich nicht zu denken. Und: Sie hätte das Geld gebraucht. Immer dringender brauchte sie es. Carola verstand ihre Sorgen nicht.

Der Knabe hat doch genug!, sagte sie. Warum lädt er dich nicht öfter ein? Kann es sein, dass du das nicht geschickt genug anstellst, mein Schatz? Männer wollen gebraucht werden.

Das war es ja nicht. Sicher stellte Anna sich nicht geschickt an. Aber weit schlimmer noch: Sie stellte es gar nicht an. Sie redete mit William nicht über Geld, so wie sie zu Hause nie über Geld gesprochen hatten – oder erst dann, wenn es zu spät war. Dann wurde geklagt und gejammert, und Anna hatte das Gefühl, das mit dem Geld sei wie ein großes Unglück, das einen träfe aus heiterem Himmel. Am besten, man redete nicht darüber. Wenn man darüber redete, beschwor man es erst recht herauf. Beherrschbar war es ohnehin nicht. Man konnte damit nur Glück haben oder nicht. Und Anna hatte keines. Außerdem lag es auch nicht an den Restaurantbesuchen, an deren Ende William, durchaus der klassische Gentleman, seine Brieftasche zücken und alles bezahlen konnte – nicht ohne die Rechnung noch einmal auf Heller und Pfennig zu prüfen. Aber diese Ausflüge zum Italiener oder zum Spanier waren es nicht, was Anna allmählich in Bedrängnis brachte. Es war vielmehr der Alltag. Das Bedürfnis mitzuhalten. Und natürlich auch das Bedürfnis, wiedergutzumachen, zu versöhnen, untadelig dazustehen. Darin war Anna gut. Sie wusste es, und sie liebte es. Anna liebte es zu schenken und Menschen zu überraschen. Anna nannte es *das Ruder herumreißen*.

Annas Mutter hatte das auch gekonnt. Sie hatte sie dafür bewundert, in den Jahren, in denen sie allein zurechtkommen mussten, als sich Annas Mutter endlich eine Arbeit suchte, die aber zu wenig einbrachte, weil sie nur halbe Tage arbeitete, um genug Zeit für ihre Tochter zu haben, ihre Tochter, ihr *Ein und Alles*. Anna war nicht wohl, wenn sie das sagte, eigentlich hatte sie es besser gefunden, als ihr Vater noch bei ihnen war und sich die Zuneigung der Mutter verteilt hatte – ihre Zuneigung und ihre nie versiegende Sorge. Ihre Sorgenbereitschaft war vielleicht das herausragende Merkmal. Als sie aber allein waren und die Sorgen tatsächlich groß waren, praktische Sorgen, alltägliche Sorgen, fand Annas Mutter ihren ganz eigenen Weg aus dem Sorgendickicht.

Anna erinnert sich, wie es war, wenn eine Klassenreise anstand, für die natürlich kein Geld da war. Sie erinnert sich an die teuren Schulatlanten, angeblich Anschaffungen fürs Leben – bis dann wieder irgendwelche Staaten auf der Welt ihre Grenzen änderten und neue Atlanten her mussten. Wie Anna diese Veränderungen in der Welt hasste, diese Aufstände, Unabhängigkeitskämpfe, Kriege, die wechselnden Unionen. Konnte denn nichts so bleiben, wie es war?

Wenn aber wieder ein Atlas besorgt, neue Turnschuhe angeschafft, ein ganz bestimmter Schwimmanzug mit dem Schulwappen gekauft werden musste, dann kam es zwar vor, dass Annas Mutter einige Stunden wie gelähmt wirkte – aber dann erhellte sich plötzlich ihr Gesicht, der Körper straffte sich und sie sagte:

Wenn dir das Wasser bis zum Halse steht, mein Kind, dann darfst du den Kopf nicht hängen lassen!

Und lachte schallend über den schalen Witz, kramte in ihrem Geldbeutel, zählte die Münzen und ließ dann Anna entscheiden, was sie damit anfingen. Zwei Mark zwanzig hatten sie einmal noch, daran erinnert sich Anna genau, auch daran, dass es ein Sonnabend war, heiß, und zwei Mark zwanzig reichten damals noch, um zum Kiosk zu radeln und Eis zu kaufen. Sie lachten und bestellten *Malaga-Eis*, weil Rosinen drin waren und weil es so hieß wie eine Stadt in Spanien, die sie sich schön vorstellten, und sie genossen den Tag *wie zwei Spanier*. Morgen, morgen würden sie überlegen, wie sie das Geld für die Klassenfahrt oder die Turnschuhe oder den Atlas doch noch auftrieben oder auch nicht. Sie konnten sich total vergessen in diesen armseligen kleinen Exzessen, es war, als fühlten sie sich wohler ganz ohne Geld als mit den kümmerlichen kleinen Ersparnissen, die ihnen sonst geblieben wären, und tatsächlich hatte Anna mit Ersparnissen ja auch keine guten Erfahrungen gemacht, aber daran dachte sie nicht gern.

Sie erinnerte sich jedoch an den kleinen Rausch mit ihrer Mutter, an das glückliche Vergessen. Für einen Augenblick konnte Anna vergessen, dass sie es war, die ununterbrochen Kosten verursachte und Sorgen und die im Grunde genommen nichts als eine Last für ihre Mutter bedeutete – und diesen kleinen Vergessensrausch fühlte sie auch jetzt:

Wenn sie William einen neuen Hausmantel schenkte, den er verwundert annahm und in dessen Taschen sie Trüffelpralinen versteckt hatte und zwei seidene Taschentücher. Wenn sie Mikes Vater, als er achtzig Jahre alt wurde, mit einem Pullunder aus Kaschmirwolle überraschte, der genau die Farbe seiner Augen hatte.

Trotzdem wuchs Annas Sorge, dass man es ihr anmerken könnte. Es. Den Makel. Mit Geschenken allein konnte sie das nagende Gefühl nicht betäuben. Die anderen würden es ihr dennoch ansehen. Sie würden begreifen, dass Anna in Not war. Dass sie nicht sicher war. Sie würden über Anna lachen, wie die Kinder in der Schule gelacht hatten: über ihre billigen Mäntel, über den unmodernen Haarschnitt. Jedenfalls glaubte Anna, dass sie gelacht hatten. Untadelig dastehen!

In einer Boutique, die Anna sonst nie betreten hätte, kaufte sie einen dunkelblauen Nadelstreifenanzug. Der war sogar im Preis herabgesetzt. Die dazugehörende Weste allerdings nicht. Und die weiße Seidenbluse erst recht nicht. Aber nun war es auch egal, und Annas Erfolg bei William schien ihr recht zu geben: Zu ihrer Überraschung war William begeistert. Er hatte Anna in der Tür abgefangen, als sie nach Hause kam, sodass sie die großen Einkaufstüten nicht vor ihm verbergen konnte, und hatte, nach einem Blick hinein, darauf bestanden, dass sie die Sachen auf der Stelle vorführte. Und als Anna, verlegen, schuldbewusst, vor William trat und dabei spürte, wie das noch nicht entfernte Preisschild der Bluse im Nacken piekte, da hatte William applaudiert und gerufen:

Na, bravo – großartig! Aus dir wird ja noch eine richtige Lady. Wie gut dir das steht … Du siehst aus wie eine Frau aus dem Vorstand.

Und er hatte Anna an den Schultern gepackt und umgedreht und den Sitz des Sakkos fachmännisch begutachtet und gemeint, damit könne sie sich überall bewerben, sie sähe hervorragend aus – elegant, ja doch – und auch ganz schön sexy.

Und er begann, an den Perlmuttknöpfen der Bluse zu nesteln.

Was schaust du so verblüfft, Rabbit?, fragte er. – Ihr Frauen habt keine Ahnung, was wir sexy finden, hab ich recht? Weiße Blusen, zum Beispiel. Weiße Blusen sind das größte. Kannst du jeden Mann fragen.

Er lachte.

Anna hielt still.

Später fiel ihr ein Satz von William wieder ein: Damit kannst du dich überall bewerben. Sie hatte gar nicht vor, sich zu bewerben, aber der Satz blieb ihr im Gedächtnis. Ein Gedanke, eine Möglichkeit, eine Flucht.

Annas Lage wurde immer unbehaglicher. Der Druck auf der Arbeit unmerklich steigend, das Minus auf dem Konto zunehmend. Anna verlor den Überblick, verlor die Zuversicht. Eine Lösung musste her, Geld musste her. William war keine Hilfe. Anna gestand sich ein, dass sie auf Hilfe von William gehofft hatte, ja dass dies vielleicht sogar ein Grund gewesen war, so schnell bei ihm einzuziehen, so schnell in eine Ehe einzuwilligen. Natürlich hatte Anna nicht vorgehabt, William von ihren Problemen zu berichten, nicht nur, weil sich so etwas in einer beginnenden Beziehung nicht empfahl, sondern auch, weil sie sich nicht vorstellen konnte, überhaupt mit irgendjemandem darüber zu reden. Es war peinlich. Und es war ein Tabu. Vor allem unter Frauen. Selbst mit Carola sprach sie nicht darüber, nicht ernsthaft jedenfalls, und falls sie es doch einmal versucht hatte – benebelt von zu viel Wein und selbstmitleidig, weil sie wieder einmal hundert Euro *auf den Kopf gehauen* hatten, dann sagte Carola:

Du bist eben großzügig, Anna! Und deswegen liebe ich dich! Und küsste Anna auf den Kopf wie ein Kind.

Anna wollte nicht reden übers Geld, auch nicht mit William, erst recht nicht mit William, aber sie hatte gehofft, dass durch das bloße Zusammensein mit ihm, der so geschickt in finanziellen Dingen war, ihr Ungeschick aufhörte. Anna hatte gehofft, dass sein Glück ansteckend war, so wie vorher das Unglück ihrer Eltern ansteckend gewesen war.

William ahnte nichts von Annas magischen Wünschen, er ahnte überhaupt nichts. Verzweifelt hoffte Anna, dass er wenigstens aufhörte, sie zu drängen, er sollte aufhören, mehr in ihr zu sehen, als sie war. Der Nadelstreifenanzug entwickelte sich unversehens zum Symbol dafür. Auffordernd holte William ihn aus dem Schrank, bürstete ihn aus, hielt ihn Anna hin.

Hier, Ana, das bist du.

Dann war Anna stumm, oder sie schüttelte den Kopf oder sie sprach wieder mit der Kleinmädchenstimme, die sie an sich zu hassen begann:

Meinst du?

Und sie verstand, dass William dann ärgerlich wurde; er hatte eine erwachsene Frau heiraten wollen.

Manchmal versuchte Anna trotzdem, über ihre Ängste zu sprechen. Dann saßen sie im Wohnzimmer, er in seinem Sessel, Anna auf dem Sofa, und Anna lockte ihn zu sich und legte ihren Kopf an die tiefe Kuhle in seiner schmalen Schulter und gestand ihm, dass sie keineswegs so souverän war, wie er annahm, dass sie vielmehr Sorgen hatte, schlimme Sorgen, die ihr den Schlaf raubten, sie sagte, dass sie seinen Rat brauchte. Aber William winkte ab:

Kleines, das schaffst du schon! Du hast schon ganz andere Sachen geschafft! Ich weiß gar nicht, warum du so ein geringes Selbstvertrauen hast.

Und dann zupfte er sie leicht am Ohr, und Anna glaubte ihm wieder für einen Augenblick, wollte ihm glauben, aber die Zuversicht hielt nur so lange, wie sie beieinander saßen, sie mit ihrem Kopf an seiner Schulter, er mit seiner ruhigen Zuversicht. Es genügte, dass er aufstand, um sich einen Kaffee zu holen oder die Zeitung – schon sprangen Anna die Zweifel wieder an. Das sagte sie ihm nicht. Sie fragte nur:

Kommst du gleich wieder, William?

Und William schüttelte lächelnd den Kopf über so viel kindliche Anhänglichkeit.

Toll, wenn du einen Mann hast, der an dich glaubt!, sagte Carola.

Eine Zeitlang dachte Anna das auch. Sie hielt sich daran fest. Es konnte doch sein, dass er recht hatte?

Anna redete sich zu, dass William tatsächlich zu ihr stand, wie noch nie jemand zu ihr gestanden hätte, dass er ihr keinen Gefallen getan hätte, wenn er ihre Zweifel noch unterstützt hätte, ja sie erwog, dass er sie besser kannte, als sie sich selbst zu kennen glaubte – das sagte er gelegentlich, amüsiert über ihre mangelnde Fähigkeit zur Analyse. Aber irgendwann kam Anna darauf, dass hinter Williams liebevoller Zuversicht noch etwas anderes steckte: Er hatte ein Bild von Anna. Und dieses Bild wollte er sich nicht nehmen lassen. Wenn Anna das Bild zum Einstürzen brachte, würde seine gesamte Welt ins Wanken geraten. Auch William hasste Veränderungen. Auch seine Sicherheit beruhte darauf, dass alles so blieb, wie es war. Anna hatte sich zu ihm gesellt, das hatte er so gewollt, und das mochte er. Mehr verlangte er nicht – und mehr duldete er nicht. Das war ein beunruhigender Gedanke, nicht nur, weil sich Annas Lage zuspitzte. Wenn William überhaupt keine Veränderungen zuließ – wo würden sie dann in ein paar Jahren sein? Wie würden sie miteinander leben? Wie würden sie sein? Wie würde sie sein dürfen? Anna und William. William und Ana. Anna. Ana. Sie freundete sich nicht mit dem neuen Namen an, obwohl er nur auffiel, wenn sie ihn schrieb. Aber wenn sie ihn schrieb, fehlte ihr etwas. Ein Buchstabe, ein einfaches N. Manchmal unterschrieb sie heimlich in der alten Form: Anna. Sie konnte ja behaupten, dass es ihr unterlaufen war. So besaß Anna eine Kundenkarte vom Drogeriemarkt mit der alten Anna. Eine weitere Karte zum Punktesammeln im Parkhaus. Und als William und Anna einen Urlaub nach Vietnam buchten, war sie froh über den Reisepass mit dem alten Doppel-N.

Es ist eine Kleinigkeit, sich den Vornamen auch amtlich kürzen zu lassen, hatte William gesagt, als er das scheinbare Malheur bemerkte.

Wirklich? Anna stellte sich so beflissen dümmer, als sie war, dass sie nach ein paar Wochen selbst nicht mehr wusste, ob ihr die Sache passiert war oder nicht. Anna hinterging William. Sie hinterging ihn durch vorgestellte Einfalt. Aber weil sie sich nicht vorstellen konnte, William zu überlisten, stellte sie sich lieber vor, dass sie wirklich simpel war, unpraktisch jedenfalls, ungeschickt mit dem Leben.

Ein Wunder, dass ich bisher ohne dich überlebt habe!, sagte Anna einmal, immer noch ironisch, im Streit.

Ja, ein Wunder, erwiderte William, vollkommen ernst.

Er schaute sie dabei nicht an, er schaute irgendwo hin, an ihr vorbei oder über ihre Schulter hinweg, und Anna starrte auf den Krawattenknoten, der sein Hemd schloss, die Brust verriegelte mit einem geschlungenen kleinen, aparten Dreieck aus Stoff. Der klassische Knoten natürlich, der Windsorknoten. Es gelang Anna nicht, sich auf die Krawatte zu konzentrieren und die Art, wie William sie gebunden hatte, die Worte klangen vielmehr in ihr nach und ihr fiel auf, wie lange er sie schon nicht mehr anschaute beim Reden. Ihr fiel auf, wie oft sie auf seine Krawattenknoten starrte bei ihren Gesprächen, sie redeten also im Stehen, im Vorbeigehen, oder sie standen einander gegenüber, in gebührender Entfernung, dachte Anna, und deshalb wusste sie mittlerweile auch, wie man ihn band, diesen Knoten. Nur vom Hinschauen wusste sie es. Sie hätte auch die Farben und Muster seiner Krawatten aufzählen können und an welchen Tagen er welche bevorzugte. Das wechselte gelegentlich, was sich aber nicht mehr veränderte, war dieser Blick an ihr vorbei, über sie hinweg, und Anna dachte: Was soll er mich auch anschauen, was würde er denn sehen, jedenfalls kein Gegenüber, keine Partnerin, die ihm etwas entgegenzusetzen hat, sondern eine trotzige, ausweichende Frau, die sich manchmal verhält wie ein entlaufener Hund, der ängstlich zu seinem Herrn zurückkriecht. Wenn Anna Schutz suchte bei William, dann wurde er in letzter Zeit immer öfter zornig, wenn sie um Zärtlichkeit bettelte, dann reagierte er unwirsch. Er durchschaute sie wahrscheinlich. Dass sie gar nicht ihn wollte, sondern nur das, was er zu geben hatte. Eine Frau mit zu vielen Ansprüchen und ein Mann mit zu vielen Möglichkeiten. Wahrscheinlich war das von Anfang an das Problem gewesen, dachte Anna. Die Frage war nur: Gab es einen Ausweg? Gab es einen Weg zurück, einen Weg zueinander? So schnell konnte man, durfte man doch nicht aufgeben? Anna versuchte, sich zu erinnern. Sich an William zu erinnern. Schließlich hatte es auch andere Männer gegeben, solche mit Krawattenknoten und ohne, solche, die bereitwilliger gaben, und solche, die mit schöner Ungeniertheit nahmen. Es musste also einen Grund gegeben haben für sie und William. Einen guten Grund für einen guten Mann. Daran hielt Anna fest.

Der Schlüssel musste doch zu finden sein! Vielleicht war es gut, sich daran zu erinnern, was sie eigentlich miteinander gewollt hatten? Sie wollten doch irgendwo hin? Sie hatten doch ein Ziel? Anna versuchte, sich an die Gespräche vom Anfang zu erinnern. Waren die nicht besonders bedeutsam? So sagte man jedenfalls. Anna hatte ihre Beziehung als eine Art Reise begriffen. Sie waren von unterschiedlichen Punkten aus aufgebrochen und näherten sich einander an. Dann würden sie gemeinsam weiterreisen, wohin, das wusste Anna nicht, aber das würde sich ergeben. Sie würden es gemeinsam entdecken. Einen Plan. Einen Ort. Ein Kind ja wohl nicht. Das war Annas Vorstellung gewesen. Anna fand es aufregend, dass zwei Menschen, die sich schon in der Mitte des Lebens befanden, solch einen Schritt wagten. Denn das war es doch – ein Wagnis? Vielleicht das letzte Wagnis, das zur Verfügung stand, wenn sie es früher schon, mit anderen Partnern, nicht riskiert hatten, richtige Familien zu gründen, Familien mit Kindern, mit allen Unwägbarkeiten, die das mit sich bringt. Sie hatten, so schien es Anna, über Jahr und Tag ihre Unabhängigkeit unter Beweis gestellt. Die Gesellschaft sagte: ihren Egoismus. Anna sagte: ihre Zaghaftigkeit. Nun hatten sie sich aber zusammengetan mit Trauschein und allem Drum und Dran. Sie war zu William gezogen, in seinem Leben hatte sie sich eingenistet, und das konnte doch nur heißen, dass sie es noch einmal wissen wollten! Dass sie alles allzu Vertraute losließen und noch einmal begannen. Miteinander. Von vorn, ja. Neu. Herrgott – neu! Anna fiel das Kirchenlied ein, in dem von der Gemeinde als Schiff die Rede war: *Ein Schiff, das sich Gemeinde nennt, fährt durch den Sturm der Zeit …*

Und so in etwa stellte sie sich das Zusammenleben mit William vor, ihre Ehe. Eine Reise. Seltsam nur, dass das Kirchenlied so eine todtraurige Melodie hatte. Wenn Anna es früher in der Kirche gesungen hatte, schien es ihr immer, als schleppte sich die Gemeinde durch dieses Lied, als fühlten sie eine Last, die zu schwer für sie wäre. Und sie und William? Auch das fühlte sich schwer und lastend an. Anna nahm wahr, wie bedrückt William in den letzten Monaten war, wie sehr ihm alles Jungenhafte,

Schwungvolle seines schlaksigen Körpers, der sie einmal angezogen hatte, abhanden kam. Dabei war William groß und Anna klein. Wenn sie noch ein Kind wäre, dachte Anna, und sich und William zeichnen sollte, dann wäre William ein Riese – und sie? Eine Blume. Ganz hübsch und klein, aber vollkommen nutzlos und vom Riesen gewiss übersehen. Oder er wäre ein Riese und sie ein Telefon. Ein kleines Telefon, das fortwährend schrillte und schrillte und Aufmerksamkeit verlangte – so lange, bis man es einfach aus dem Fenster warf. Woher kam es, dass sie so klein geworden war? Anna dachte wieder an sich und die Blume. Und wie konnte sie sich aufrichten? Wenn sie sich nicht aufrichtete, dachte Anna, würde William sie nicht ansehen. Nie mehr ansehen. Der Riese würde seiner Wege trampeln, und sie würde vertrocknen.

Es war einer ihrer Sonnabende, William wollte erst am nächsten Tag zum Fliegen gehen und hatte sich im Wohnzimmer mit einer Dialeinwand und seinen Flugkarten gemütlich eingerichtet.

Heute keine Gartenarbeit!

Der Riese hat gute Laune, dachte Anna. Die Terrassentür stand offen, sie hörten die Stare in den Kirschbäumen krakeelen. Im Keller rumorte die Waschmaschine, und Anna wusste, die Katze würde stundenlang vor dem Bullauge der Maschine sitzen, als böte sie ihr ein besonderes Fernsehprogramm. Anna hatte einen Tee gekocht, das Sahnekännchen und Williams geliebte Trüffel in eine Schale gefüllt und stellte das Tablett vor ihm ab. William rauchte Zigarre und schaute nicht auf. Sein Laptop war eingeschaltet, und Anna sah, dass er Satellitenbilder von Schleswig-Holstein auf die Leinwand projizierte.

Wohin geht die Reise morgen?, fragte Anna, um etwas zu fragen.

Das siehst du doch!, antwortete William.

Wie sie das verabscheute: Wenn er Fragen nicht beantwortete, sondern sie zurückschlug wie einen Tennisball: Frage taugt nichts, Antwort abgelehnt. Anna versuchte es noch einmal, sie wollte keinen Streit:

Ich sehe, dass das Schleswig-Holstein ist, aber …

Na bitte!

William!

Was denn?

Und in diesem Augenblick wurde Anna klar, dass sie nicht weiterhin so tun konnte, als ob es ihr um die dumme Karte ging, nicht darum, sich von William die wahrscheinliche Flugroute erörtern zu lassen – ja nicht einmal darum, dass er Fragen immer häufiger mit Gegenfragen beantwortete oder die Antwort verweigerte wie eben gerade – Anna wollte einfach, dass er mit ihr redete, und sie wollte nicht, dass er redete, um ihr von seinen Unternehmungen zu erzählen, seinen Zerstreuungen und Plänen. Sie wollte, dass er redete, damit er Kontakt zu ihr aufnähme. Es ging dabei nicht um ihn. Es ging um sie selbst. Anna wollte gemeint sein. Sie wollte angesprochen werden. Sie wollte, dass er redete, weil Anna in ihren Sorgen und Ängsten erstickte. In Sorgen und Ängsten – und in einer unbestimmten Sehnsucht, die sich als Unruhe äußerte, als ständiges Hin- und Hergehen, als Kratzen an den Beinen, als Wälzen im Schlaf. Nimm mich wahr. Richte mich auf. Das wusste Anna damals natürlich noch nicht. Sie spürte nur diese Sehnsucht und hielt sie bereitwillig für Liebe.

Brauchst du wieder Unterhaltung?, fragte William zwischendurch. – Komm halt her!

Er klopfte auf einen Sessel neben dem seinen, wartete aber nicht ab, was Anna tun würde. Er wechselte vielmehr das Bild, schaute konzentriert hin, machte sich ein paar Notizen. Dann betrachtete er kritisch die Glut seiner Zigarre, brummte leise und griff nach den Streichhölzern. Anna entspannte sich ein wenig, wie immer, wenn sie das Reiben der Hölzer an der Zündfläche hörte, das leise Zischeln, wenn die Flamme emporschoss, das Knistern des Feuers am Tabak der Zigarre, wenn sie die ersten kleinen Rauchkringel sah, unstet noch, verwischt. Anna mochte die langen, tiefen Atemzüge von William, wenn er rauchte. Sie mochte, wie er die schmalen Wangen einzog, wie sich die Falten darauf zusammenzogen zu einem großen Flusslauf des Alterns. Fünfzehn Jahre trennten sie, auch das fiel ihr ein in diesem Moment. Sie war bei der Entstehung der allerersten Falten nicht dabei gewesen. Sie kannte William nicht als jungen Mann. Sie hatte nicht erlebt, wie er zur Schule gegangen war, wie er studiert hatte, sie wusste nicht, ob die Krähenfüße da rechts und links an den Augen einer unglücklichen Liebe geschuldet waren, dem Gin Tonic in den Studentenbars oder dem Brüten über Bildschirmen bei seinem Flugzeugbauer. Sie wusste nicht, wo er herkam. Sie wusste so vieles nicht. Konnte man jemanden lieben, dessen Geschichte man nicht kannte? Konnte man sich lieben ohne eine gemeinsame Geschichte? Und wann war der Zeitpunkt für eine solche Geschichte endgültig verpasst?

Anna riss sich zusammen. Herrgott, sie hatte eigentlich nur Williams Falten betrachtet, während er eine Zigarre rauchte. Es war ein ganz normales Wochenende mit ihrem ganz normalen Mann, der allerdings einem extravaganten Hobby nachging. Sie lebte jetzt. Und jetzt lebten sie ihr gemeinsames Leben. Und sie setzte es aufs Spiel. Mit ihren dauernden Zweifeln, ihrer Unruhe, ihrem Grübeln nur über sich selbst. Was für eine Ruhe William verströmte. Was für eine Gelassenheit. Wenn er sich mit dem Fliegen beschäftigte, war er wie ein Kind, das in sein Spiel vertieft ist und die Welt um sich herum vollkommen vergisst. Selbst wenn er Karten studierte oder sich mit Meteorologie beschäftigte. Anna empfand einen gewissen Neid.

William rauchte. Selbst der dicke Rauch, den er mit seiner Zigarre im Zimmer verteilte, schien Zuversicht zu verströmen. Schwere, dichte Zuversicht – und Zufriedenheit. Selbstzufriedenheit. Warum war das eigentlich ein negatives Wort? Anna beneidete William auch darum.

Schön, wenn du rauchst!, sagte Anna. – Ich mag das.

Du bist schon eine komische, kleine Person, erwiderte William freundlich. Er lächelte ihr kurz zu, bemerkte, dass sie immer noch stand, und klopfte erneut auffordernd auf seine Sessellehne. Dann machte er weiter. Das gereizte Aneinander-Vorbeireden hatte er schon vergessen.

Anna zögerte noch immer neben dem Tisch, auf dem der Laptop stand, während William rauchte und konzentriert Bild um Bild auf der Leinwand anschaute.

Man kann sich, wenn es darauf ankommt, in Blitzesschnelle ausziehen. Anna wusste hinterher selbst nicht mehr, wie sie auf diese Idee gekommen war, aber im Nu war sie aus Rock und Bluse und Unterwäsche geschlüpft und stellte sich nun nackt vor die Leinwand. Sie breitete sogar die Arme aus und stellte ein Bein ein wenig schräg vor das andere, wie eine Varietétänzerin. Aber vielleicht stand sie auch nur einfach so da. Nackt. Die Wiesen und Bäche, die kleinen Kanäle und die Straßen Schleswig-Holsteins waren nun auf ihren Körper projiziert, grüne Kanäle, braune Felder, bleiche Wiesen und graue Straßen. Auf ihrem Bauch sah sie ein Muster, das sich bewegte, wenn sie atmete. Das gefiel ihr. Ein seltsam abstraktes Muster. Eine Schlangenhaut aus Licht und Farben. Anna drehte sich ein bisschen. Die Flüsse wurden breiter, zogen sich zusammen. Anna lächelte zu William herüber, obwohl sie der Lichtstrahl des Beamers blendete. Anna streckte sich und deutete ein paar gleitende Bewegungen an. Sah sie nicht wirklich aus wie ein seltsames, grünes Reptil? War sie nicht schön? War sie nicht ein bisschen gefährlich?

Komm her, Liebling! Ich brauche Unterhaltung – aber du vielleicht auch?!

Ana!, sagte William – was zum Teufel machst du da?

Ich zeige mich, sagte Anna und fragte sich, warum ihre Stimme zitterte. – Und zur Abwechslung biete ich dir mal Unterhaltung an!

William stand auf, lachte leise und kam zu ihr:

Du bist ein total verrücktes Haus! Was machst du für Sachen? Komm, zieh dir was an, du wirst dich noch verkühlen!

Er legte ihr einen Arm um die Schulter.

Schau, du hast ja schon eine kleine Gänsehaut …

Das ist mir egal, sagte Anna, und nun kamen ihr plötzlich die Tränen.

Das ist mir so was von egal, ob ich mich jetzt erkälte! William! Schau mich doch wenigstens mal an! Ich brauche dich!

Na, na, na, sagte William begütigend und nahm sie in den Arm. – Das wird schon wieder … Verrückter kleiner Rabbit! Da hab ich mir ja was Schönes ins Haus geholt! Komm, zieh dich an und beruhige dich – nachher mach ich uns was Feines zu essen.

Er lachte leise, gab ihr einen aufmunternden Klaps und einen Kuss auf die Stirn.

Das war's, Ende der Vorstellung. Das Publikum blieb nicht einmal bis zur Pause. Anna zog ab, sie schämte mich. Von wegen Schlange. Von wegen schön und gefährlich. Wieder hatte sie es nicht geschafft. Sie hatte es nicht geschafft zu reden. Sie hatte es nicht einmal geschafft, seine Aufmerksamkeit zu erregen. *Erregen.* Kein Wort passte weniger zu ihnen. Hatte sie nicht von einem erotischen Überfall geträumt, davon, dass sie auf dem Teppich landeten oder es einmal im Sessel versuchten, im Angesicht von Schleswig-Holstein? Wo war ihre Sinnlichkeit geblieben? Gut, Anna war immer ein wenig unsicher gewesen, und William fand Sex nicht so wichtig – aber zusammen, hatte Anna gedacht, würden sie schon etwas daraus machen: Er würde seinen Körper entdecken und sie würde ihren vergessen können. Sie würden Zeit brauchen, mehr nicht. Das sagten alle. Die Geschichten von den Leuten, die gleich bei der ersten Verabredung im Fahrstuhl übereinander herfielen, stammten aus der Fernsehwerbung. Sie hatten etwas Besseres als Champagner und den richtigen Streichkäse. Sie wussten, dass sie zusammenbleiben wollten. Das entspannte. Das sollte entspannen. Genau wie die Umstände, in denen sie lebten. War das nicht einer ihrer Vorteile – ein unabhängiges Paar in den mittleren Jahren, ohne Zwänge, ohne Kinder, die jederzeit um die Ecke kommen und ihre Rechte einfordern konnten? Sie konnten immer machen, was sie wollten. Und genau das führte dazu, dass sie nichts machten. Anna aus Unsicherheit, William, weil er Angst hatte, etwas zu verlieren. Das wurde Anna nun klar. Die Möglichkeiten überforderten sie. Die endlose Offenheit, die eigentlich Ziellosigkeit war. Der Möglichkeitsterror führte dazu, dass sie zu zweit genauso beherrscht waren wie an ihren Arbeitsplätzen, dass es immer weniger Nähe gab und immer mehr Kontrolle. Sie hatten viel zu verlieren, glaubten sie. Also hielten sie fest.

Anna stand, längst wieder in Bluse und Rock, in der Küche, die Arme auf den Rand der Spüle gestützt – und machte gar nichts. Sie sollte das Abendessen vorbereiten, sagte sie sich, bewegte sich aber nicht. Die Beine juckten wieder. Sie streichelte mit der rechten Hand ihren linken Oberarm. Dann mit der anderen Hand den anderen Oberarm. Quiche mit Brokkoli. Das würde zu schaffen sein. Sie machte sich an die Arbeit, seufzend, unfroh, schwer.

William überging ihre Befangenheit. Er beschwerte sich nicht einmal, dass er doch eigentlich hatte kochen wollen. Er deckte den Tisch. Er fütterte die Katze. Er plauderte. Er lobte den Salat.

Er freute sich auf seinen Ausflug mit Tim. Für William schien alles in Ordnung.

Nachts lauschte sie auf seinen gleichmäßigen, schweren Atem.

Irgendwann ging Mike Annas dauernde *Nörgelei*, wie er das nannte, so auf die Nerven, dass er sie zum Steakessen einlud.

Nörgelnde Frauen sind das Letzte!, sagte er. – Könntet ihr nicht mal auf andere Weise mitteilen, dass ihr zu wenig Sex und zu viel Zeit zum Grübeln habt? Geht's vielleicht mal ein bisschen direkter?

Sie reservierten einen Tisch im Amerikanischen Grillhaus am Marktplatz. Nötig war die Reservierung nicht, aber sie zeigten sich damit, dass es eine besondere Verabredung war. Steakessen gehen, das war gleichbedeutend mit Krisengespräch, und so etwas führten sie auch. Und dann lief alles falsch und trotzdem so, wie Anna es erhofft hatte:

Anna wusste nicht, wo beginnen. Sie wusste nicht, wie sie Mike sagen sollte, dass er sich nicht mehr auf sie verlassen konnte, dass sie seit geraumer Zeit Fehler machte, die irgendwann gefährlich werden würden, sie wusste nicht, wie anfangen, ohne gleich in Tränen auszubrechen. Anna rückte nicht recht heraus mit der Sprache, und als Mike, der es ihr leichtmachen wollte, mutmaßte, mit dem anspruchsvollen Mann und dem Haus *und alledem* hätte sie wohl keinen rechten Sinn mehr für *Stade-TV* und sei ja auch nicht mehr auf ihn angewiesen – da war Anna ganz froh über das Missverständnis und nickte bloß und sagte, es sei ihr alles ein bisschen peinlich. Mike nahm es sportlich, er versuchte sachlich zu bleiben, auch wenn es ein paar gute Jahre gewesen waren, verdammt gute Jahre, und das würde sie ja auch nicht vergessen, oder?

Nein, würde sie nicht, antwortete Anna hastig und hatte noch die Stirn hinzuzufügen, dass sie natürlich schon einen Job brauchte, einfach so. Ohne Arbeit wollte sie denn doch nicht sein und William auf der Tasche liegen schon gar nicht. Das verstand Mike erst recht, fand es gut, fand es sogar *echt gut*, was das höchste Lob bei ihm war, und Anna wusste, er machte sich seinerseits Sorgen wegen Danja, der Freundin, die vor allem eines von ihm erwartete, nämlich noch ein Kind, am besten mehrere, und zum ersten Mal hatte auch Mike Zukunftsangst.

Weißt ja nie, wie lange das gutgeht in der Branche! Ach, diese Scheißverantwortung! Glaub ja nicht, dass mir das manchmal nicht auch stinkt!

Sie trennten sich an diesem Abend als gute Freunde, die bald keine Geschäftspartner mehr sein würden, Mike umarmte Anna, nachdem er die zwei Gläser Chardonnay für Anna und die zwei mal zwei Biere für sich selbst gezahlt hatte, und als sie sich trennten, gab er Anna einen Kuss, dabei würden sie sich ja noch für ein paar Wochen sehen, es war kein sofortiger Abschied. Anna fuhr nach Hause, zu schnell, und drehte das Radio auf, so laut es eben ging, bog mit scheppernden Rocksongs in die Einfahrt, fuhr auf das dunkle Haus zu. Erschrocken hielt sie inne: William brauchte seinen Schlaf. Das sagte er immer wieder, und immer wieder vergaß Anna es. Sie schaltete den Motor aus und ließ den Wagen vor dem Carport ausrollen, schlich ins Haus, ins Bett, an Williams Seite. Sie konnte nicht einschlafen. Sie hätte zufrieden sein sollen, William wäre zufrieden gewesen, denn sie hatte den entscheidenden Schritt getan, stattdessen breitete sich das Gefühl aus, etwas kaputtgemacht zu haben. Mike hatte blass ausgesehen, seine Witze waren müder gewesen, er hatte Anna keinen Vorwurf gemacht, und wenn sie ehrlich war, hatte sie keine Ahnung, was er wirklich dachte. Sein *Wenn du meinst, Anna,* war ihr wie eine Warnung vorgekommen, ein unguter Refrain, vier, fünf Mal hatte er es gesagt: Wenn du meinst, Anna …

Du hast etwas zerstört, ganz ohne Grund, sagte eine leise innere Stimme, und Anna schmiegte sich an William, an seinen schmalen Echsenrücken, und legte ihm die rechte Hand auf den Bauch.

Na, Rabbit – hast du's geschafft?, fragte er im Halbschlaf, und, ohne ihre Antwort abzuwarten: Gut gemacht!

Wenig später fand Anna einen neuen Job, das heißt, nicht sie fand ihn, sondern William. Einer seiner Arbeitskollegen hatte einen Cousin, Geschäftsführer in einer TV-Firma nördlich von Hamburg, und dort suchte man eine Produktionsleitung. Man suchte, ohne zu inserieren, denn *es sollte passen*. Diese Manie der Menschen, immer etwas zu suchen, das passt!, dachte Anna. William stimmte ihr zu.

Da findet eine richtige Verwechslung statt, sagte er. – Komisch, dass das keiner merkt!

Sie saßen beim Abendessen. Diesmal hatte er gekocht, es gab kalten Braten und dazu geröstete Kartoffeln mit Rosmarin und Anna zuliebe einen Salat, und sie hielten Kriegsrat darüber, wie Anna bei der neuen Firma auftreten sollte, damit sie sie nähmen. William hatte natürlich keinen Zweifel, dass sie das tun würden, aber eine kleine Strategie konnte nicht schaden. William hatte eine Flasche Zweigelt geöffnet.

Den Nadelstreifenanzug! Den ziehst du an. Und lieber nicht die weiße Bluse, sonst bringst du die Jungs noch auf falsche Gedanken, sagte William. – Nein, Quatsch, natürlich ziehst du auch die weiße Bluse an.

Dann kamen sie auf die Sache mit dem passenden Mitarbeiter.

Komisch, nicht wahr?, fragte Anna. – Immer muss alles passend sein. Perfekt passend. Dabei könnte es doch auch ganz gut sein, jemanden zu engagieren, der eben nicht perfekt passt, der sich also am ersten Tag einfügt und von da an nie wieder auffällt.

Und ich weiß gar nicht, was schlimmer ist, ergänzte William. Ich meine: An einen Mitarbeiter stellst du bestimmte Anforderungen, es gibt objektive Kriterien, die er erfüllen muss, und dann lädst du ihn ein, um ihn dir genauer anzuschauen. Und allenfalls, wenn es mehrere Bewerber gibt, die alle mehr oder weniger gleich qualifiziert sind, allenfalls dann kann es darum gehen, ob *es passt*, oder?!

Er spuckte das Wort *passen* geradezu aus, so zuwider war es ihm.

Es ist ein Wort, sagte Anna, das in diesen Zusammenhang wirklich nicht so richtig passt!

Sie lachte.

Genau!, sagte William. – Und es ist nicht überprüfbar. Wenn du einem Mitarbeiter oder einem Kandidaten sagst, dass er oder es nicht *passt*, hat er keine Chance. Ein Totschlagargument. Passend sein, das kann man auch nicht lernen. Man sagt einem Kandidaten also damit, dass er keine Chance hat, aber nicht, woran es in Wirklichkeit liegt. Das ist nicht fair!

Er trennte die Champignonscheiben, die in der Salatsoße kleine Haufen bildeten, sorgfältig, vermischte sie mit dem Blattsalat und nahm reichlich.

… Und schließlich ist das ein Begriff, der eher zu privaten Beziehungen gehört. Da *ist* es ein Kriterium, ob etwas oder jemand passt. Da geht es schließlich darum zusammenzufügen, was von Natur aus nicht unbedingt zusammengehört.

Du glaubst wohl nicht an die Sache mit dem Topf und dem Deckel, oder?, witzelte Anna, obwohl sie die Antwort schon kannte.

Nein, nicht wirklich. Außerdem: Selbst gute Töpfe klappern, wenn das Wasser heftig genug kocht … Aber man kann sehen, ob es einigermaßen passt, nicht gleich vielleicht, aber doch nach einer Weile. Und dann kann man schauen, sich arrangieren –

ohne sich natürlich selbst zu verleugnen. Manche Eigenschaften werden nie zusammen passen, damit muss man sich abfinden und die nötigen Konsequenzen ziehen. Menschen sind nun einmal sehr eigen, das siehst du ja an mir … Aber das hat nichts mit der Entscheidung für oder gegen eine Firma, für oder gegen einen Mitarbeiter zu tun! Das darf es nicht! Nur dass mir immer öfter auffällt, dass Firmen ihre Mitarbeiter wie Liebespartner aussuchen und Menschen ihre Partner auswählen, als wären es zukünftige Angestellte. Hast du mal bei *Parship* und so weiter im Netz geschaut?

William redete sich in Rage. War das jetzt eine Fangfrage? Wieso sollte sie, eine verheiratete Frau, sich mit den Partnerseiten im Internet beschäftigen? Das hatte Anna aber auch vor William nicht getan. Nicht einmal zusammen mit Carola, die ihre Seiten regelmäßig *checkte*, angeblich nur, um sich über die offensichtlichen Macken oder die dreisten Lügengeschichten der Bewerber zu amüsieren.

Ich schon, sagte William, der Annas Schweigen richtig deutete. – Da passiert doch etwas ganz Erstaunliches – nämlich, dass die Maschine dir jemanden sucht, der am meisten mit deinen Vorstellungen und Zielen übereinstimmt. Klar, auch mit der Herkunft und so weiter. Aber am meisten geht es um Einstellungen und Ziele. Es könnte glatt der Fragebogen eines Unternehmens sein, was du da ausfüllst. Aber es geht um Liebe! Um Gefühle! Und der Nebeneffekt ist, dass sich immer mehr Paare finden, die sich immer ähnlicher sind. Was selbst bei einer Firma nicht immer empfehlenswert wäre – nämlich Mitarbeiter, die gleich qualifiziert und gleich ausgebildet sind, die gleich ticken, sodass wirklich so etwas wie ein reibungslos funktionierendes Uhrwerk entsteht, oder, wenn du's sportlicher nimmst, eine Mannschaft – das muss doch in einer Beziehung die totale Ödnis sein: alles gleich getaktet, alles gleich sortiert …

So philosophierte er weiter. Und Anna wunderte sich. Wunderte sich über die Leidenschaft, mit der William sprach. Und fragte sich damals nicht nach der Botschaft dahinter. Anna war bloß beeindruckt von Williams Urteilsvermögen, von seinen klaren Ansichten. Anna mochte an diesem Abend, wie er redete, sie dachte: Wenn William jetzt mit einem Kollegen in einem Restaurant säße und diesem Kollegen seine Argumentation präsentierte und ich am Nebentisch eine unbekannte Person wäre – ich würde William sympathisch finden. Ich würde denken: Was für ein netter Mann! Sogar: Was für ein beeindruckender Mann. – Aber ich käme nie auf die Idee, ihn anzusprechen oder ihn kennenlernen zu wollen.

William lud nicht dazu ein, den Abstand zu verringern. Auch jetzt tat er das nicht, dabei war Anna keine Fremde oder bloße Bekannte, die ihm da gegenübersaß, sondern seine Frau. Aber auch Anna hatte damals keine Ahnung, was der Monolog, den William hielt, mit ihm selbst zu tun hatte, oder was die Gedanken, die er über moderne Paare äußerte, für sie beide bedeuten könnten. Seine Rede kam Anna vielmehr vor wie ein dicht gewebter Vorhang: schön anzusehen, aber keine Chance hindurchzuschauen. Allerdings: Sie versuchte es auch nicht. Sie hielt sich in sicherer Distanz, sie war froh, dass der Abend friedlich verlief, glimpflich. Schon allein dadurch fühlte sie eine gewisse Nähe.

Wusste gar nicht, dass du dich als Paartherapeut ehrenhalber versuchen willst!, scherzte sie stattdessen, und William grinste, lachbereit wie meistens.

So redeten sie die Ratlosigkeit fort. Dann wuschen sie die Gläser ab – Gläser niemals in die Spülmaschine! – William deckte den Frühstückstisch, und sie ließen einander den Vortritt im Bad.

Und dann kippte die Stimmung. Denn das Bad war ein heikles Thema – nein: nicht das Bad. Die Nacht war es. Die Nächte waren heikler geworden. Die Erwartungen, die unwillkürlich damit verknüpft sind, wenn ein Paar ins Bett geht. Wenn nichts mehr zu tun bleibt außer ein paar Handgriffen im Haushalt und danach der oberflächlichen Reinigung im Bad. Wenn es stiller wird und nichts mehr ablenkt vom eigenen Körper, von seinen Bedürfnissen, seinen Sehnsüchten, seinen Grenzen. Vielleicht schlafen Leute deswegen umso schlechter ein, je älter sie werden? Aber das war Anna und William nicht klar, Anna jedenfalls nicht, es ging ihr nicht einmal durch den Kopf, damals. Anna hatte sich schnell von ihren Vorstellungen verabschiedet, dass das Bad auch ein intimer Ort sein konnte, dass man sich womöglich überraschte beim Duschen, dass man sich – halb therapeutisch, halb zärtlich – in der Badewanne gegenseitig den Rücken schrubbte und sich zuschaute: er ihr beim Schminken, sie ihm beim Rasieren. William war nicht so. William war einer, der die Tür schloss. Er wollte sich konzentrieren beim Waschen, sagte er. Er erledigte Körperpflege ähnlich wie die Wagenwäsche: knapp, gründlich, organisiert. Er war stolz darauf, in wie kurzer Zeit er alles fertigbrachte. William und das Bad, das war eine hermetische Angelegenheit. Und Anna konnte viel falsch machen. Schon die Frage, wer zuerst an der Reihe war, barg, bei aller behaupteten Gelassenheit, Risiken: War William vor ihr an der Reihe, ärgerte sie sich über das blankgeriebene Waschbecken – wusste er doch genau, dass Anna es anschließend benutzen würde. War Anna hingegen als Erste an der Reihe, verbrachte sie viel Zeit damit, Becken und Armaturen zu trocknen und zu polieren, aber meistens vergaß sie doch irgendetwas, und William, nur mit einem Handtuch um die Hüften, kam aus dem Bad mit vorgerecktem Kinn, und dann wusste Anna: Der abendliche Tadel war unvermeidlich. Bald war das eins für sie: Der Mann mit dem Handtuch um die Hüften – und der abendliche Rüffel. Den bekam sie so sicher ab wie ein ungeschickter Hund seinen

Nasenstüber. Es war nicht schlimm. Es gehörte dazu, sagte sie sich. Er war eben ein ganz normaler Mann, ein Mann mit Prinzipien in den berühmten mittleren Jahren, der auch begann, seine kleinen Sonderbarkeiten zu pflegen. Hatte er dazu nicht ein Recht? Konnte sie darüber nicht humorvoll und souverän hinwegsehen? Das wiederholte sie unablässig wie ein Mantra. Anna aber war nicht souverän, und ihr Humor ätzte:

Schatz, wenn du das brauchst …

Oder sie war verzagt und kleinmütig und sagte leise: Ja ja, du hast ja recht … Und lief an William vorbei ins Bad, um noch einmal nachzuwischen, und verstand nicht, dass er sie dann aufzuhalten versuchte und sagte, dass es ihm nicht darum gehe, nicht darum. Ja, worum denn dann?

Dass jedoch derselbe Mann eine Stunde später, wenn er seinen aktuellen Thriller zur Seite gelegt, und, mit einem letzten Blick auf seine Frau, das Licht gelöscht hatte, entschlossen herübergriff, das wollte Anna erst recht nicht in den Kopf. Er schmiegte sich an ihren Rücken, um unter ihrem Arm hindurch nach ihren Brüsten zu greifen, ohne viel Federlesens, einfach so. Das begriff Anna nicht. Dieses *Andocken* führte ja auch zu nichts. Es war nur ein Vergewissern, dass alles noch an seinem Platz war: die Brüste und die Frau.

Anfänglich hatte es Anna amüsiert, dann irritierte es sie, irgendwann machte es sie so wütend, dass sie die Arme eng an den Körper presste, sich ganz starr und fest machte, sobald William sich halb aufrichtete und mit dem linken Arm nach dem Schalter der Nachttischlampe angelte. Aber es nützte nichts: William bestand auf dieser Schlafposition, und aus der spielerischen Annäherung wurde mit der Zeit ein Kampf: Stumm, verbissen beharrte er auf seinem Recht des Einschlafrituals, während Anna, genauso verbissen, darum kämpfte, nicht berührt zu werden. Nicht so. Nicht jeden Abend. Nicht für nichts. Manchmal verspürte Anna Lust, ihn zu schlagen, manchmal fasste er so fest zu, dass sie leise aufschrie, manchmal gab er auf und warf sich abrupt auf die andere Seite. Das Bett schaukelte, dann rührten sie sich beide nicht mehr in einer feindseligen, scharfen Stille.

Die guten Morgen waren die, an denen sie das alles vergessen konnten. Anna jedenfalls. Das waren die Morgen, an denen Anna davon wach wurde, dass William in der Küche rumorte. Er bereitete das Frühstück vor, er rüstete sich für den Tag. Wenn Anna Glück hatte, waren die Geräte in der Küche noch nicht auf Terror gestellt, wenn Anna, verschlafen, den Morgenmantel unordentlich um sich geschlungen, bei William auftauchte.

Er zog ihr den Gürtel fester: Morgen, Kleines!

Und lobte ihr Gespräch vom Vorabend. Und erschien ihr so souverän wie immer, ein Mann, der wusste, was er tat, ein Mann, der wusste, was ihm gut tat.

Anna brachte sich in Sicherheit, als William die Eieruhr scharf stellte. Er lachte laut hinter ihr her.

Das Paargespräch ging Anna nicht aus dem Sinn. Es gab einen Aspekt daran, der sie nicht losließ. Es war etwas, das sie unmöglich mit William besprechen konnte, es hatte so gar nichts mit ihm zu tun. Wie so vieles?, dachte Anna – und erschrak. Was sie dachte, hätte sie nicht als Satz formulieren können, und vielleicht war Williams Nachdenken über die Suche der Paare nach den *passenden* Partnern der Auslöser dafür gewesen. Anna dachte, dass es ein echter Luxus war, in aller Ruhe nach einem Partner suchen zu können. Vorläufig kühlen Herzens. Sich etwas vorzustellen. Sich etwas zu wünschen: Eigenschaften, Merkmale. Und sie fragte sich, ob es wirklich bestimmte Kennzeichen waren, die Menschen zueinander führten oder beieinander hielten – oder ob es nicht vielmehr Nöte waren, Bedürftigkeiten, Ängste

… Suchte Anna denn wirklich etwas Bestimmtes im anderen, schätzte sie bestimmte Eigenschaften oder Meinungen – oder suchte sie nur etwas, das ihr antwortete? Anna suchte, das wusste sie mittlerweile, nach einer Stimme, die leise und zärtlich auf sie einredete, die etwas zur Ruhe zu bringen wusste, etwas, das jammerte und klagte. War sie denn ein Kind, das gestillt, gewärmt und getröstet werden musste? Und war dieses Kind bereit, für diese Sättigung, für diese Wärme und Sicherheit alles Mögliche in Kauf zu nehmen? Zum Beispiel, einfach gegriffen zu werden wie eine Bonbontüte, die man nach Gebrauch zerdrückt? Der Gedanke war unangenehm, und zwar nicht nur wegen der Bonbontüte. Er war unangenehm, weil Anna wusste, dass es William nicht so ging. William war nicht bedürftig, dachte Anna. Nicht so wie sie jedenfalls. Er suchte ein Gegenüber. William lenkte, vermutlich ohne es zu wollen, den Blick auf das, was niemand gern anschaut, auf etwas Klägliches, Kleines tief innen, das sich in letzter Zeit aber immer öfter meldete, das immer schwerer zu ignorieren war. Früher hatte sie das Charme genannt und Spontaneität. Bei William hieß es Verantwortungslosigkeit. Sprunghaftigkeit. Anna wusste, dass in ihrem Charme auch Feigheit steckte und in ihrer Spontaneität die Weigerung, sich festzulegen – aber auch umgekehrt galt das. Sie war nicht nur feige und sie war keineswegs nur verantwortungslos – aber eines war sie ganz sicher: immer in der Defensive, immer auf der Hut. Und damit immer weniger sie selbst.

Manchmal bekam Anna Angst, wenn sie auf ihr gut geordnetes Leben schaute. Manchmal bekam sie Angst, wenn sie William anschaute. Wann würde er ihr auf die Schliche kommen?

Die Musik, die Anna jetzt brauchte, konnte nicht laut genug sein, und sie musste direkt in den Körper gehen. Anna kaufte sich einen viel zu teuren iPod und die besten Kopfhörer dazu, weil sie das Gefühl hatte, die Musik werde ihr direkt ins Gehirn gepresst. Die Musik verdrängte alles andere. Sie verhinderte, dass sie auf den langen Fahrten zur neuen Arbeit immerfort weinte oder voller Unruhe in den stinkenden Gängen der Regionalbahn auf und ab marschierte, auf und ab, auf und ab. Die Musik kam meistens dagegen an. An den meisten Morgen klappte das. Nur an den üblen nicht.

Die üblen Morgen waren die, an denen William nicht einfach aufgestanden war, um das Frühstück zuzubereiten. Die üblen Morgen waren die, an denen Anna wach wurde, weil etwas nicht stimmte. Wenn Anna es begriff, war es immer schon zu spät. Dann waren diese Hände wieder da. Diese dürren, langen Arme. Diese Finger, die so gepflegt waren, dass man ihrem Besitzer die Arbeit nicht glauben mochte. Selbst jetzt, im Halbdunklen, schimmerten die Nägel. Anna brachte diese Hände nicht mit William zusammen. Nicht mit dem genüsslichen Zigarrenraucher, nicht mit dem übermütigen Flieger. Die Hände, die jetzt nach ihr griffen, waren metallene Greifer, waren Vorrichtungen, waren kalt, funktional, erfüllten ihren Zweck. Die Hände waren an Armen befestigt, auf denen Haare wuchsen, aber auch die Arme gehörten zu keinem Körper, und der Körper hatte kein Gesicht. Er war eine Maschine, ein Apparat, der sie ausgesucht, der sie selektiert hatte. Das war ein böses Wort, es war eine böse Sache. Der Apparat holte Anna unerbittlich aus dem Schlaf, der Apparat pochte auf sein Recht, und er hatte kein Verständnis dafür, wenn Anna sich schlafend stellte oder, am Anfang noch, sagte:

Ach, William, bitte nicht jetzt, du weißt doch, am Morgen …

Der Apparat regte sich nicht auf, er lachte nicht und protestierte nicht, er machte einfach stumm, verbissen weiter, als hätte sie nichts gesagt, als hätte sie keinen Laut von sich gegeben, als gäbe es sie nicht. Der Apparat war auf ein Programm geschaltet, aus diesem Programm gab es kein Entrinnen, man konnte ihn nicht aufhalten, nicht beschleunigen, nicht stoppen, nur sich dreingeben, sich aufgeben, alles geschehen lassen, möglichst passiv, möglichst widerstandslos, dann würde es gehen.

Anfänglich hatte Anna versucht zu handeln, hatte gesagt: nicht gleich! Oder: später. Hatte halbherzig versucht mitzumachen, hatte ihren unwilligen Körper zu überreden versucht, indem sie selbst Hand anlegte hier und da. Hatte sich selbst gut zugeredet und versucht, so etwas wie Lust irgendwo zu entdecken. Anna beschwor Bilder herauf, sie versuchte, sich zu erinnern, an Küsse, an Gesten, von William und auch von anderen. Sie bemühte die anderen, um William zu Willen zu sein. Martin, Lars, Ove – Anna rief sie an wie Hausheilige, sie umstellte sich mit guten Erinnerungen. Ihr Bett war übervoll und blieb leer. Merkte er die Leere denn gar nicht? Merkte er nicht, wie stumm Anna war, wie ergeben? Wie sie träge seine Bewegungen mitmachte, sich unwillig auf die Seite legte, auf den Rücken, wie sie seine Küsse nur lauwarm erwiderte und den Kopf zur Seite drehte, sobald sich eine Gelegenheit ergab? Und dann packte sie wieder die Verzweiflung, und sie dachte: Es kann nicht sein, er ist doch mein Mann! Und packte sein Gesicht und drehte es zu sich herum und presste fast gewaltsam ihren Mund auf seinen und drängte sich an ihn.

Nichts. Stille. Stummheit in ihrem Körper. William machte weiter. Dem Apparat war es egal, ob Anna küsste oder nicht. Ob sie sich entkleidete oder nicht. Ob sie ihn streichelte oder nicht, ob sie atmete oder nicht. Es war nicht einmal ihr Körper, der zählte. Was zählte, waren lediglich die Hauptzugänge. Sie hatten freizuliegen, geputzt und bereit. Der Rest wurde ignoriert. Keine Arme, keine Beine, kein Hals, kein Rücken, keine Hände, keine Füße. Keine Augen, keine Ohren und kein Mund. – Nur Brüste, nur Schoß. Manchmal sah sie sich auf dem Bett liegen wie die ausgeschüttete Tasche eines Installateurs: überall Werkzeuge. Grau, eisern, starr und kalt.

Das waren die Augenblicke des Zorns. Die Augenblicke, in denen Anna es so eilig hatte, ins Bad zu kommen, dass sie William geradezu zur Seite schob, um vor ihm unter die Dusche zu kommen. Da stand sie dann, zitternd, und seifte sich ein. Dabei war die ganze Sache seltsam spurlos. Sie hatten es ja auf kein Kind angelegt, sie würde nicht schwanger werden, denn sie trug schon seit Jahren die Spirale. Noch mehr Metall. Anna geriet ja nicht einmal ins Schwitzen. Im Spiegel sah sie ein schmales, gefasstes Gesicht an – seltsam streng und abweisend. Ein Gesicht, das Anna nicht mochte. Von einer finsteren Gefasstheit.

Manchmal redete Anna mit diesem Gesicht und fragte, was denn los sei. Dann hatte sie die Anstrengung bei William bemerkt, die Panik auch, den Stress hatte sie gerochen, der ihn beherrschte, sobald er nach ihr griff, und sie fragte sich, wozu er sich so anstrengte, was er eigentlich suchte, was er wollte, wenn es denn kein Kind war und wenn nicht sie es war, die er, auf welch ungeschickte Weise auch immer, zu erreichen suchte? Dann sah sie, wie er verkniffen die Augen geschlossen hielt beim Akt, sodass seine gespitzten Kinderlippen manchmal nicht ihre Brust trafen, sondern daneben ins Leere, was er mit einem ungeduldigen Grunzen quittierte und sie zurechtschob, bis es wieder passte. Auch wie ein Kind!, dachte sie dann – auch wie ein Kind, das gesäugt werden will, auch bedürftig, dachte sie, und war nur halb abgestoßen und griff manchmal nach seinem schweren blonden Schädel und hielt ihn und hielt ihn.

William?, fragte sie manchmal, und dann lauter: William?

Aber er antwortete nicht. Und auch hinterher wieder kein Wort.

Draußen liefen die Büsche der Geestlandschaft vorbei. Die Wagen ruckelten, es war noch halbdunkel. Die Männer in den Glasverschlägen hinter Anna schaukelten mit der Bewegung des Zuges. Auch sie hielten die Augen fest geschlossen, so wie William. Auch sie grunzten gelegentlich, rochen, schnarchten. Sie waren genauso gewalttätig und genauso hilflos, und wahrscheinlich träumten auch sie von den Brüsten der Mütter. Anna hielt es nicht aus bei ihnen. Sie stand auf dem Gang und lehnte ihr Gesicht an die schmutzige Scheibe.

Was war aus ihnen geworden? Wie hatte sie es so weit kommen lassen können? Ihre Freundinnen hatten keine Ahnung. Sie glaubten noch immer, dass William und sie sich ergänzten. Der fleißige, rationale William und die ehrgeizige, aber unstete Ana – das war ein interessantes Paar. William wurde von seinen Kollegen bewundert, Anna von ihren Freundinnen beneidet.

Wie er dich unterstützt bei deiner neuen Arbeit!, schwärmte Carola. – Das würden nicht viele Männer tun!

Und das stimmte auch. Den Freunden, die Anna vorher hatte, war ihre Arbeit von Herzen gleichgültig gewesen. Sie interessierten sich nicht für Zahlen, nicht für die Kalkulierbarkeit von Projekten. Mit Lars war Anna gereist. Ihr gesamter, getrennt verlaufender Alltag war darauf ausgerichtet, ihre Reisen zu ermöglichen: Thailand, Vietnam, Indien. Lars, der tagsüber in einem langweiligen Bürolager für den Warennachschub sorgte, schlüpfte abends in seine Jeans und seine bunt bedruckten T-Shirts, die er auf den Märkten von Samarkand und Kuala Lumpur und auf Goa gekauft hatte. Anna liebte das zerschlissene Lederband an seinem Handgelenk, ja sie liebte sogar die kleine, schlecht gestrichelte Tätowierung auf der Schulter, die ihm irgendein Kumpan nach durchkifften Nächten in Nepal aufgezwungen hatte. Stundenlang kuschelten sie zusammen und berieten die nächste große Tour. Kehrten sie zurück, hatten sie wochenlang davon zu erzählen – gar nicht so sehr den anderen, sie erzählten einander. Sie waren ein Weißt-du-noch-Paar, das gelegentlich das Weißt-du-noch durch ein Stell-dir-vor ersetzte. Mit Lars konnte Anna sich alles Mögliche vorstellen, selbst eine richtige Familie, denn obwohl er nicht viel von großen Festlegungen hielt, klappte doch alles mit ihm. Nein, es klappte nicht, es gelang. Mit Lars trafen die Busse pünktlich ein, war das Essen im Flugzeug genießbar, blieben die befürchteten Moskitos aus. Und Spaß im Bett hatten sie auch gehabt – nur Spaß, aber davon immerhin reichlich. Lars war kein Mann der großen Gefühle oder der dramatischen Gesten – so sagte er das. Anna sagte zu Carola: Er ist kein Mann für Entscheidungen. Er ließ sich nötigen. Er ließ Dinge auf sich zukommen. Reisen, Moskitos, Tätowierungen. Das machte seinen Reiz aus, aber auch seine Unberechenbarkeit. Vielleicht hätte Anna deshalb wissen müssen, dass ein Kind für ihn nicht in Frage kam. Es war allerdings zu spät, als sie ihn danach fragte: Anna war bereits schwanger – und Lars schon unterwegs, innerlich. Er hatte bei einer ihrer letzten Reisen eine Studentin kennengelernt. Nichts Ernstes. Ostasienwissenschaften, das passte.

Das mit dem Kind kriegen wir hin, hatte er gesagt.

Hinkriegen, das hieß abtreiben. Anna brauchte ein paar Stunden, bis sie das begriff.

Klar, dass der nächste Mann, mit dem sie es versuchte, das genaue Gegenteil von Lars war: Sören, ein Apfelbauer aus der Gegend. Annas Mutter schlug die Hände über dem Kopf zusammen:

Ap-fel-bau-er! Du! Mit deiner Ausbildung! Willst du den ganzen Tag Boskop und Braeburn in Eimer sortieren?

Warum nicht?, dachte Anna trotzig. Denn an Sören gefiel ihr nicht nur seine kräftige Statur und sein borstiges Haar, sondern auch die Sicherheit, mit der er seinem Beruf nachging, ein Beruf, den schon sein Vater und sein Großvater und dessen Geschwister ausgeübt hatten. Freilich hatte Sören Größeres vor: Zusammen mit ein paar Freunden wollten sie die alten Apfelsorten im *Alten Land* neu beleben, wollten Einheimischen und Fremden die alte, große Sortenvielfalt wiederbringen, wollten biologisch anbauen, Schädlinge auf natürliche Weise bekämpfen und aus den modernen, mickernden Apfelplantagen wieder prächtige Obstwiesen machen …

Wenn Anna von seinem Hof zur Arbeit fuhr, winkte er ihr nach, jeden Morgen, und jeden Morgen stand in ihrem Kofferraum ein kleines Körbchen mit einer Obstauswahl für Anna und die Kollegen. Eigentlich war Sören der einzige Mann, den Anna kannte, der sich wirklich für Obst begeisterte. Der auch im Restaurant, ohne mit der Wimper zu zucken, einen Salat orderte oder einen Gemüseauflauf. Ohne Steak. Und der trotzdem männlich wirkte.

Bei Sören war alles andersherum: Er wollte Kinder. Viele. Am liebsten sofort und auf der Stelle. Die prüfenden Blicke seiner Mutter auf Annas Bauch: Würde die es bringen? Die war doch halb aus der Stadt?

Und diesmal war es Anna, die zögerte, sich zurückzog. Anna kam mit der schnellen Erwartung nicht zurecht. Mit den festen Plänen:

Da schau, auf dem Nachbargrundstück meiner Eltern, da könnten wir was bauen – nicht zu groß natürlich, aber es wäre deins und meins … Da schau, da habe ich einen Van gesehen, das wäre doch das richtige Auto für eine kleine Familie …

Als Sören eines Tages mit einem Ring daherkam, den er ihr mit seinen soliden Apfelbauernhänden an den Finger stecken wollte, floh Anna. Noch heute macht sie einen großen Bogen um den Hof am Obstmarschenweg. Anna, die Flüchtige. Kein

Grund, stolz zu sein. Auf dem Hof parken jetzt immer mehrere Kinderwagen, Bollerwagen, Fahrräder in Miniaturgröße, Tretroller. Sörens Kinder und die der Nachbarn.

Auch Sören hatte sich kaum für Annas Arbeit interessiert. Er war ein Tatmensch, ein Tastmensch. Er konnte und wollte sich keine Arbeit vorstellen, bei der man nichts schmecken und nichts sehen konnte. Filme schaute er sich nicht an – wenn, dann nur solche, die über seine Arbeit informierten. Er begriff nicht, was Anna da tat, aber das machte ihm nichts aus. Anna steuerte ja ihren Teil bei – das bedeutete es, wenn Frauen arbeiteten. Das genügte. Und Anna genügte es auch. Sie war zufrieden damit, dass sie, wenn sie auf seinen Hof einbog, mit einem Mal alles hinter sich lassen konnte. Das konnte sie damals wirklich: *Stade-TV* war einstweilen nicht mehr als Mikes Idee und die erste zurechtgestolperte Reportage, alles war neu und freundlich und offen. Sören gab Apfellikör aus, wenn Mike vorbeikam, und Mike schüttelte sich und bewunderte die neuen, alten Obstbäume. So schlicht.

So schlicht? William entrüstete sich.

So oberflächlich! Die haben gar nicht erkannt, was für ein Potential in dir steckt! Da wärst du lebendig begraben gewesen!

Zunächst war Anna geschmeichelt. Potential! William schien tatsächlich an sie zu glauben. Und er wollte alles wissen. Warum und wieso und weshalb Anna das Studium abgebrochen hatte und wieso sie sich nicht vorstellen mochte, dass es weitergehen könnte mit ihr, viel weiter? William nahm Anna auseinander und setzte sie neu zusammen, und Anna ächzte unter seinen Fragen und besah sich und kannte sich kaum wieder. So klar, so chirurgisch sauber breitete William ihr Wesen vor ihnen aus. Er tadelte sie:

Du hast nichts, aber auch gar nichts aus dir gemacht!

Und er lobte sie:

Das kriegen wir schon hin, wir beide! Wirst sehen: In zwei Jahren erkennst du dich nicht wieder!

So begann er sein neues Projekt. Anna. Oder Ana. Er schien genau zu wissen, was er wollte. Und er schien zu wissen, was Anna brauchte. Es war faszinierend. Und beängstigend zugleich. Manchmal protestierte Anna. Dann gab er nach und lachte und sagte mit weicher Stimme:

Okay, wir wollen dich ja auch nicht überfordern!

Wir. William.

Entsprechend groß war jetzt seine Anteilnahme an dem neuen Job. Zunächst, ob es klappen würde. Wie Anna sich das vorstellte. Wie sich das Ganze darstellte. Wie die Firma aufgebaut war. Er war enttäuscht, dass sie ihm nach dem Vorstellungsgespräch nicht viel hatte sagen können. Nur, dass sie achtzehn Angestellte hatten, zwei *Departments*, eines für *Fiction* und eines für *Nonfiction*, und dass der Produktionsleiter der Spielfilme und TV-Episoden zugleich ihr Vorgesetzter sein würde, während sie die Budgets für den *Nonfiction*-Bereich zu verantworten hätte. An der Firmenspitze: zwei Geschäftsführer, geteilte Verantwortung. Sie hatten sich ähnlich gesehen, ihre Gesten waren nahezu gleich, ihre Namen hatte sich Anna nicht merken können. William schüttelte den Kopf. Anna erzählte weiter: von der Überlegung, ein Kinder-*Department* zusätzlich aufzubauen. William nickte. Das war wohl vernünftig.

Er holte eine Flasche Gewürztraminer aus dem Keller, immer holte jetzt William den Wein, weil Anna den Keller seit der Sache mit der Katze nicht mehr betrat. Es war eine Abmachung, stillschweigend getroffen, dafür akzeptierte sie, dass er die Weine aussuchte. William mochte süffige, blumige Weine, Anna war es inzwischen gleichgültig. Sie tranken, William bestand darauf, ihr zuzuprosten.

Hey, schau mich an dabei!, verlangte er. – Sonst haben wir sieben Jahre schlechten Sex!

Drei sind schon um, dachte Anna.

Eine Firma, die heutzutage noch expandiert!, sagte William nachdenklich. – Schätze, du hast das große Los gezogen!

So fühlte Anna sich auch. Wie jemand, der unverdient einen Gewinn gemacht hat, jemand, der vom Schicksal beschenkt wurde – nicht jemand, der womöglich durch seine Arbeitszeugnisse und eine gute Vorstellung hatte überzeugen können. Anna hatte Glück gehabt – das bedeutete aber auch, dass sie jederzeit wieder ins Unglück stürzen konnte. Es nützte nichts, sich auf sich selbst zu verlassen. Ihr jedenfalls nicht. Wenn Anna weiterkam, dann mit Glück. Wenn sie scheiterte, dann, weil jemand ihre tiefe Unzulänglichkeit durchschaute.

Mit Gottes Hilfe!, hatte Annas Mutter immer geseufzt, wenn schwere Aufgaben zu bewältigen gewesen waren. Ging es gut, dankte man es dem lieben Gott; ging es schief, schlug man sich an die Brust. Jetzt schien ihr aber sogar der liebe Gott sehr weit. Sie hatte keinen Kontakt mehr zu ihm. Zu ihm nicht, zu sich selbst nicht. Verloren unterwegs. Anna fühlte keine Freude an diesem Tag, auch keine Zuversicht. War die Entscheidung, zu der neuen Firma zu wechseln, richtig? Anna wusste es nicht, sie musste sich auf William verlassen, darauf, was er ihr sagte. Das machte sie ihm gegenüber dankbar, aber es entmutigte sie auch. Schon in der ersten Woche in der neuen Firma war das so.

Das kann aber auch mit der weiten Reise zu tun gehabt haben. Die Reise hatte Anna überrascht, erschöpft und zaghaft gemacht. Eine solche Tour nun immer von Montag bis Freitag? William sah das anders:

Ich fahre schließlich auch jeden Tag. Seit zwanzig Jahren. Und mir macht das überhaupt nichts aus!

Anna dachte an seine zitternden Finger, wenn er manchmal nach Hause kam, an den verkrampften Nacken und die zusammengekniffenen Augen, an seine Migräneattacken und den hohen Blutdruck, sagte aber nichts. Alle Männer, mit denen sie zu tun hatte, behaupteten, stundenlanges Autofahren mache ihnen nichts aus. Alle fuhren stundenlang über Land oder die Autobahnen, ließen sich nur mühsam zu Pausen überreden, alle fuhren zu schnell, alle fuhren zu dicht auf, alle beschimpften in rhythmischen Abständen die unfähigen Fahrer in den hässlichen Autos vor ihnen. Es war, als stiegen die Männer nur zu solchen Zwecken in ihre massiven Gefährte ein. Sie wollten gewinnen, sie wollten besiegen, sie wollten eine Schlacht schlagen, die sie notfalls selbst anzettelten, und wenn sie nicht mindestens zwei Engpässe überwunden, einen ganz unwahrscheinlichen Schleichweg gefunden und drei PS-stärkere Autors gnadenlos abgehängt hatten, dann hatte sich die Fahrerei nicht gelohnt, dann hatte sie ihren Zweck verfehlt.

Anna wusste nicht viel über Williams Arbeit. Sie fragte nicht oft danach, und er berichtete nicht gern davon. Aber sie kannte Williams Hin- und Rückwege. Denn davon erzählte er freiwillig. Er war geradezu begierig darauf, sie am täglichen Versagen der anderen teilhaben zu lassen. Wenn er, ermattet von den täglichen Schlachten am Steuer, klein und geduckt nach Hause kam, richteten ihn seine Erzählungen wieder auf.

Stell dir vor … – so begannen diese Erzählungen. Und dann folgten die Tiraden über die wahnsinnigen Linksabbieger, die sich gerade dann zum Abbremsen und Herumfahren entschlossen, wenn er sie überholen wollte, über die zögernden *Sonntagsfahrer*, die neuerdings auch an Wochentagen unsicher direkt hinter ihrem Lenkrad klemmten, über die blonden *Muttis*, die statusbewusst, aber ansonsten unfähig zu allem ihre mächtigen SUVs lenkten. Nein, Heinrich-Wilhelm Hartmann hatte es nicht leicht. Aber er war ein Held. Anna bewunderte ihn, jedenfalls sagte sie das. Und dachte: Warum lässt er es nicht bleiben? Warum bildet er nicht mit zwei, drei anderen Männern aus der Gegend, die dasselbe Ziel haben, eine Fahrgemeinschaft? Anna kannte ja die Antwort: Fahrgemeinschaften waren eine Unmöglichkeit für diese Männer. Eben weil sie zweckmäßig waren. Und vernünftig. Man hatte ihnen Sicherheitsgurte aufgenötigt, Erste-Hilfe-Kästen, Aidshandschuhe, Helme für die Motorräder. Jetzt wollten sie wenigstens einsam bleiben in ihren Wagen, einsam, heroisch – und zornig.

Anna war besorgt gewesen, wenn William früh am Morgen das Haus verließ, in den Augen diesen grimmigen Gesichtsausdruck. Jetzt musste sie früher aufbrechen als er.

Frauen, die früh zur Arbeit aufbrechen, tun dies jedoch mit einer völlig anderen Haltung als Männer, das ist Anna aufgefallen. Frauen ziehen nicht selbstbewusst in eine Schlacht. Sie stehlen sich eher aus den Häusern. Sie gehen gedrückt, eilig, mit schleichenden Schritten, den Kopf gesenkt, und wenn man ihnen begegnet, schauen sie zur Seite, weil ihnen einfällt, dass ihre Augen übermüdet und nicht geschminkt sind. Die Zeichen der Arbeit sind ihnen peinlich, sie sind nicht stolz darauf, dass sie in Lohn und Brot stehen, es ist ihnen vielmehr unangenehm, dass sie so früh unterwegs sein müssen. Es sind womöglich die letzten Reste des Schamgefühls jener Frauen, die vor vierzig Jahren *arbeiten gehen mussten*. Jene hatten es einfach nicht geschafft, hatten keinen Mann abbekommen, oder der Mann vertrank den Wochenlohn. Andere Gründe schienen nicht vorstellbar. Die Gründe von damals waren weg, die Scham war geblieben. Eine sinnlose Scham, eine grundlose Scham, die aber immer noch eine lähmende Wirkung hatte, und Anna empfand sie auch. Warum hatte sie es nicht geschafft, wenigstens einen Job zu ergattern, der es ihr ermöglichte, später aufzustehen? Anna stieg die drei Stufen hoch in den Regionalzug, der nach Bremsbelägen stank und nach zu vielen Menschen. Sie riss sich zusammen und zog die Tür zum nächstbesten Abteil auf. Sie hatte ja Glück gehabt, das durfte sie nicht vergessen.

Es spielte sich ein. Erst war Anna jeden Tag mit dem Auto gefahren – anderthalb Stunden früher als William, der nur bis in den Vorort von Hamburg fahren musste, in dem das Gelände seiner Flugzeugbaufirma wuchs und wuchs. Dann fanden sie, dass dieses Fahren mit den beiden Autos unwirtschaftlich sei, und Anna steuerte das Auto nur noch bis zum Bahnhof nach Stade und stieg dort um in den Regionalexpress. William meinte, sie könne die Fahrzeit nutzen, um Unterlagen aufzuarbeiten, und das gelang ihr auch ganz gut, wenn die Bahnen nicht allzu überfüllt waren. Auf dem Rückweg dasselbe Spiel. Mit dem Bus vom neuen Arbeitsplatz zur Bahn, dann mit der Bahn bis Stade, dann mit dem Auto nach Hause. Manchmal weinte Anna vor Müdigkeit.

Manchmal holte William sie in Stade ab.

Lass dein Auto stehen!, sagte er. Morgen kannst du mit Alice fahren.

Alice, das war eine Nachbarin, die William mochte, weil sie gleich zwei Jobs auf einmal bewältigte: Vormittags arbeitete sie in einem Sonnenstudio, nachmittags kümmerte sie sich um ein kleines Café am Markt.

Lass uns noch ein Glas Wein trinken gehen!, sagte Anna. – Ich freu mich, dass du da bist.

William schaute sie mit einer Mischung aus Amüsiertheit und Unverständnis an:

Wir haben doch Wein zu Hause! Und außerdem: Ich habe jetzt schon genug Zeit verloren. Komm, Rabbit, reiß dich zusammen, nur noch zwanzig Minuten, dann sind wir zu Hause.

Er fuhr, wie er eben fuhr. Und Anna bereute, nicht ihr eigenes Auto mitgenommen zu haben. Sie hatte nichts gegen Alice. Aber es wurde ihr immer wichtiger, ihr Auto dabeizuhaben. Jederzeit weg können. Das war es. Sie dachte nicht darüber nach.

Ist es nicht nett von mir, dass ich dich abhole?, fragte William und grinste sie an.

Sehr nett!, sagte sie.

So bin ich, erwiderte William.

Nach einem halben Jahr war William nicht mehr so nett und verlor auch keine Zeit mehr. Er holte sie nicht mehr ab, und er kam ihr nicht mehr entgegen, wenn sie die Haustür aufschloss. Er stand nicht einmal mehr auf, wenn sie auf ihn zuging, um ihm einen Begrüßungskuss zu geben.

Hallo!, sagte Anna dazu.

Da bist du ja!, sagte er.

Ja.

Wird auch Zeit!

Ja.

Essen steht im Ofen, sagte er.

Danke, sagte Anna.

So bin ich!, sagte er wieder.

Anna hockte allein in der Küche und schob den Auflauf zu heiß in sich hinein. Das trieb ihr die Tränen in die Augen. Sie nahm einen Schluck Wasser. Aus dem Wohnzimmer, wo William saß, dröhnten die Nachrichten. *Dolby Surround* für Flugzeugabstürze und Kursschwankungen. Drunter machte William es nicht. Danke. Immer danke sagen. Anna würgte an ihrem Essen. Danke, auch wenn man lieber geschrien hätte. Danke, auch wenn man lieber den Teller gegen die Wand geworfen hätte. Anna hatte sich einmal umgesehen in der Küche und im Esszimmer, nach einem Zielort sozusagen für Tassen und Schüsseln, und hatte lachen müssen: Es gab ja keinen. Immer noch war alles zugestellt in diesem Haus. Kein freies Plätzchen für Wut. Anna ließ es also. In Wahrheit nicht deswegen natürlich. Sie ließ es überhaupt. Sie war zu erschöpft zum Schreien, zu erschöpft zum Protestieren. Wogegen auch? William fand ja alles normal. William fand, dass Anna nur ein wenig übertrieb. Ein wenig zu sensibel war. Die Dinge ein wenig zu schwer nahm. Zu viel erwartete.

Ich weiß, das hörst du nicht gern, Rabbit, sagte er, aber es ist die reine Wahrheit: Du nimmst die Dinge zu schwer. Und zu persönlich! Entspann dich mal! Immerhin hast du einen Job. Und zwar einen, um den dich viele Leute beneiden würden.

Dagegen ließ sich nichts sagen. Also sagte Anna nichts.

Jede Woche wurde es ein wenig später. Es dauerte jede Woche ein wenig länger bis zum Hallo-das-Essen-steht-im-Ofen. Im Fernsehen dröhnten jetzt nicht mehr die Nachrichten, sondern die Werbespots, die die Spielfilme unterbrechen. Irgendwann kein Hallo mehr, Anna wusste ja, wo das Essen stand, und William winkte nur kurz herüber, die Fernsehzeitung auf dem Schoß. Anna nickte häufig schon am Tisch ein, die Lüftung, die den Ofen kühlte, hatte etwas Beruhigendes, Einschläferndes, ein sanftes Brummen, als ob jemand spräche mit einer gütigen, väterlichen Stimme. Die Katze ließ sich nicht blicken. Anna lachte über sich: Nun hatte sie schon eine Beziehung zu einem Küchengerät! Und wenn schon! Sie gab dem Ofen einen Namen und begrüßte ihn abends:

Hallo, Oskar!

Und dabei kam sie sich niederträchtig vor, so als machte sie sich über William lustig, der sich DVDs auslieh. *Krieg der Sterne. Armageddon. Robocop. Der Herr der Ringe.* Das dauerte. Das gab ihr genug Zeit, das Bad zu benutzen. Das gab ihr sogar meistens genug Zeit einzuschlafen. Einschlafen war wichtig wegen des Aufwachens. Aufwachen war wichtig, weil sie unbedingt vor William aufwachen musste. Aufwachen – und aus dem Bett springen. Aus dem Bett springen – und entkommen. Wenn sie es geschafft hatte, fühlte sie sich aber nicht besser, sondern nur ein wenig erleichtert. Für ein paar Minuten. Bis sie wieder in der Küche saß, wieder allein und sich fragte, wohin das führen sollte. Die Arbeit, die Fluchten und das Schweigen, das zunahm, so sehr, dass man sich schon nach dem Brummen des Backofens sehnte am Abend.

Der Job erwies sich als *die echte Herausforderung*, die Anna nie gesucht hatte. Die neuen Programme, mit denen sie zu tun hatte, waren anspruchsvoll und komplex, sie musste sich in die IT einarbeiten und nebenbei die vielen Projekte kennenlernen, die *Lux-TV* gleichzeitig vorantrieb. *Lux-TV* war erfolgreich, ein Durchstarter der Branche; die Geschäftsführer hatten rechtzeitig erkannt, dass es in Zukunft darauf ankommen würde, nicht bloß Werbefilme für größere Firmen anzubieten, sondern auch gleich Webblogs, interne Videobotschaften, Intranet-Konfigurationen, Twitter-Service – alles aus einer Hand. Komplettangebote also, Datenpflege inklusive. Dafür hatte *Lux-TV* eigens zwei Mitarbeiterinnen eingestellt. Was dieser Service kostete, was die Projekte verlangten, dies auszurechnen war Annas Sache. Es musste für den Kunden gut klingen – nach großer Ersparnis und größter Rationalität –, und es musste ihn auf Dauer an das Unternehmen binden, das dies alles bot. Was würde der Kunde in einem Jahr brauchen, was in zweien, inwiefern konnten sie *Pakete* bieten, für die in einiger Zeit Aktualisierungen und Erweiterungen unausweichlich waren? Was konnten sie jetzt schon anbieten, was bewusst zurückhalten, was kundengenau zuschneiden, entwickeln – und zu welchen Preisen?

Gleichzeitig mussten diese Angebote standardisiert werden,

das war für die Wirtschaftlichkeitsrechnung wichtig – es mussten Schemata entwickelt werden –, dabei sollte jedoch der Eindruck größtmöglicher Individualität erhalten bleiben. Strategisches Denken war gefragt, William-Denken. Natürlich war William begeistert, wenn Anna sich aufraffte und aus der Firma erzählte. Dann schaltete er den Fernseher ab. Dann öffnete er eine Flasche Wein und widmete sich, wie er das nannte, ihren *Themen*.

Das ist doch toll, Kleines! Endlich mal eine richtige Aufgabe!

Und bereitwillig schaute er Annas Unterlagen durch, entdeckte manchen Fehler und entwickelte an den Wochenenden überzeugende Papiere für Anna, Standardvorlagen für ihren Rechner, sodass sie für die einzelnen Kunden rasch Angebote zusammenstellen konnte, indem sie auf die einzelnen Text- und Rechenbausteine zugriff.

Komm her, Kleines, das ist doch ein Kinderspiel für uns! Was hast du denn da wieder angestellt …

Meistens bewies William mehr Geduld als Anna bei ihren *Sitzungen*. Er hatte das bessere Gedächtnis, und er konnte sich die einzelnen Modelle visuell vorstellen. Anna konnte das nicht.

Du hast eine Vorstellungsschwäche, bemerkte er eines Tages überrascht. Du siehst gar nicht vor dir, was wir hier bereden, stimmt's?

Das stimmte. Anna sah gar nichts vor sich. Oder immer nur die Kunden, die etwas von ihr wollten. Oder Plagow, ihren neuen Chef, der immer ein wenig schneller, immer ein wenig scharfsinniger und immer schlagfertiger war als Anna und es genoss, das zu zeigen. Manchmal dachte Anna, er habe sie nur deswegen eingestellt.

Ach Quatsch, sagte William – lass dich von dem nicht provozieren. Männer sind so, lass ihn einfach reden. Und entspann dich vor allem – nichts finden Männer grässlicher als unentspannte Frauen.

William grübelte, wie er Anna helfen könnte. Eines Abends, es war an einem Wochenende, rührte er Anna sehr. Sie war mit Carola im Kino gewesen, irgendein Film, irgendeine Komödie, irgendetwas, das sie für zwei Stunden ablenken würde von alledem. Danach noch zwei Gläser Wein und sich ein bisschen beklagen, und Carolas mitfühlende Stimme und ihr Refrain: Du schaffst das schon. Komm, gerade du hast es nötig. Du wirst es denen schon zeigen.

Annas Dankbarkeit dafür und gleichzeitig das Gefühl, dass Carola nicht verstand. Oder nicht wusste. Weil sie ja nicht wissen konnte. Wie schwach Anna eigentlich war. Wie gefährlich sie alle überschätzten. Dann verabschiedeten sie sich, und als Anna nach Hause kam, saß William im Wohnzimmer, ihren Laptop auf dem Schoß, und machte sein Arbeitsgesicht. Erst war Anna erschrocken: Wieso griff er sich einfach ihr Gerät? Ihr fiel ein, dass es passwortgesichert war, aber keine Frage: William arbeitete daran.

Hallo, Rabbit!, sagte William.

Er klopfte auf die Lehne neben sich.

Was hast du nur für einfache Passwörter! Das ist ja zum Piepen!

Er lachte. Es stimmte. Anna hatte einfach den Namen der Katze eingegeben. Für William ein Kinderspiel. Beschämt setzte sie sich neben ihn. William hatte ihre Angebotsbausteine sortiert und in Extra-Ordner verschoben. Aber: Er hatte sie auch markiert. Zu jedem Baustein gehörten jetzt ein Bild und eine Farbe. Die Bilder waren Fotos, die William selbst gemacht hatte. Fotos von der Piper, vom Haus, von ihrem Flug nach Rügen, ja auch die Katze stand ab sofort für ein Element eines Angebots. Die

Farben waren hierarchisiert: von einfachen, sehr unpräzisen Vorschlägen, die pastellfarben unterlegt waren, bis zu den hochrot umrandeten, vollständig ausgearbeiteten Komplettangeboten.

Wow!, sagte Anna. Das muss dich Stunden gekostet haben!

Sechs, sagte William.

Sechs?, fragte Anna blöde.

Sechs Stunden, Ana!, sagte William und lachte wieder.

Beeindruckend!, sagte Anna, während sie die einzelnen Ordner anschaute. Sie klickte sich durch die Dateien. Es war so schlüssig und in sich so logisch – darauf wäre sie nie gekommen, dachte sie. Aufgeregt zog sie den Laptop näher zu sich heran. Ja, so könnte es gehen …

Willst du dich denn gar nicht bedanken?, fragte William plötzlich mit einer veränderten Stimme. Anna schaute hoch:

Aber William – lass mich doch erst mal schauen! Ich bin doch noch gar nicht durch …

William stand unwillig auf und riss dabei den Laptop am Kabel fast zu Boden. Anna fing ihn im letzten Moment auf. Das war leider wieder typisch gewesen: Sie war nicht schnell genug. Nicht fix genug im Kopf. Sie hatte fasziniert auf die neuen Dateien und die neue Dateiordnung geschaut, aber versäumt, sich rechtzeitig zu bedanken. Ihre Dankesgeschwindigkeit war viel zu niedrig. Anna wusste, dass William das erwartete. Und zwar in einer bestimmten Form und in einer festgelegten Reaktionszeit. Danach abgelieferter Dank galt nichts mehr. Die Zeit abgelaufen. Die Worte schal. Das Lächeln nicht überzeugend.

William, das ist großartig – das hätte ich nie hinbekommen …

Was für ein Blödsinn, sagte William scharf. – Was redest du da?

Nein, im Ernst …

Ach, hör doch auf – oder hör dir lieber mal zu, was du da so redest …

Wieder nicht den richtigen Ton getroffen. Anna war zu langsam. Sie konnte das Wesentliche nicht vom Unwesentlichen unterscheiden. Wieder eine Chance vertan. William war gegangen. Er werkelte laut in der Küche.

Danke, William, danke!

Warum schrie sie jetzt?

Am nächsten Tag zeigte sich selbst Plagow beeindruckt von ihrer neuen Aufstellung der *Paketelemente*.

Wusste ich's doch, Ana, sagte er. – In ihnen steckt eine ganze Menge.

Anna machte eine abwehrende Handbewegung, aber Plagow ließ sich nicht beirren.

Hier, diese Verknüpfung von kleinen, realistischen Elementen mit den einzelnen Elementen – typisch Ana Hartmann. So etwas schaffen auch nur Sie. Bisschen kindlich – aber man kann es sich tatsächlich gut merken …

Er holte Bock heran, Meissner und die anderen, und sie standen um Anna und ihren Rechner herum und fanden das alles großartig. Und auch wieder typisch. Typisch Ana Hartmann. Wochenlang hinter dem Berg zu halten mit ihren Überlegungen und dann, Knall auf Fall, herauszurücken mit der großen Lösung, der *big solution*, wie Plagow das nannte.

Gleich übernehmen und als Standard einstellen, sagte er im Weggehen zum IT-Chef und nickte Anna noch einmal freundlich zu.

Anna blieb allein zurück. Sie waren so sicher gewesen. Sie waren so sicher gewesen, dass sie das schaffen würde. Und sie waren davon überzeugt, dass die Lösung, die William gefunden hatte, ihre, Annas, Lösung war. Anna grübelte. Ihr war unbehaglich zumute. Wenn sie ehrlich war, hätte sie tatsächlich selbst darauf kommen können. Sie war es ja gewesen, die immer bestimmte Formeln mit Gegenständen verknüpft und William damit amüsiert hatte. Es war ihr Ding. Doch, das war es. Und William hatte damit gearbeitet, um ihr zu helfen. Er hatte sich ihr System zu eigen gemacht. Er hatte sich in ihre Haut versetzt. Darum reagierte er so unwillig, wenn sie sich auf die falsche Weise bedankte. Ja, es gab sie, diese falsche Weise. Es ging nicht bloß darum, sich mit dem Dank zu beeilen, weil William erpicht auf Anerkennung war. Es ging auch darum zu begreifen, was er tat. Er half ihr, indem er versuchte, ihr Ding zu machen. Und sie zerstörte diese Bemühung, indem sie einfach behauptete, es sei alles seines gewesen, und sie sei nichts und bringe nichts zuwege. Wenn sie sich kleinmachte, dann machte sie ihn keineswegs groß. Sie machte lediglich sich selbst zum Opfer und ihn zum Retter. William wollte aber kein Retter sein. Sondern ihr Mann. Oder nicht? Anna wurde kalt. Sie wollte ja auch kein Opfer sein. Aber was dann? Williams Frau?

Es gab Lammbraten und Hacksteaks, gegrillten Fisch und Aufläufe aus allem.

William, sagte Anna.

Hm?

Ich hab noch mal nachgedacht, sagte Anna.

William schaute zu ihr hoch und kaute.

Hm?

Wegen der Sache mit den Bausteinen für die Angebote …

Ist gut angekommen, stimmt's?

Ja, aber nicht deswegen …

Sondern?

Er aß mit Appetit. Er sah nicht oder wollte nicht sehen, wie schwer sich Anna tat, wenn sie mit ihm reden wollte. Vielleicht gehört das auch dazu, dachte Anna: dass er es mir nicht leicht machen will. Dass er nicht rücksichtsvoll ist.

Ich weiß jetzt, warum du manchmal so sauer bist, wenn ich mich bedanke.

Ach ja?

William war auf der Hut. Sie waren immer auf der Hut, beide. Anna ließ diesmal nicht locker.

Du kannst es nicht leiden, wenn ich so klein bin, stimmt's?

Stimmt's, stimmt's!

William äffte sie nach.

William, ich …

Merkst du nicht, dass du immer so redest? Immer, immer! Kommst du aus dieser Kleinmädchennummer denn nie raus? Mein Gott, Ana, sei doch mal normal. Sei doch mal unvorsichtig. Sei doch mal du selbst.

Ich hab vergessen, wie das geht, sagte Anna.

William zuckte mit den Schultern.

Sie aßen und aßen. Die Wochenenden vergingen mit Wein und schwerem Essen. Als wollten sie sich ruhigstellen.

Du brauchst das, sagte William bestimmt, wenn er ihr den Teller volllud. Er nahm sich immer ein zweites, manchmal ein drittes Mal. Er sparte nicht mit Rotwein. Wenn er sonntags vom Fliegen zurückkam, plagte ihn erst recht der Hunger. Er stellte die großen Taschen mit der schweren Jacke, der Mütze, dem Werkzeug ab und rief schon im Flur:

Was gibt es denn?

Und Anna dachte: Wie immer von allem zu viel. Aber sie sagte nichts. Das Essen war eine Chance, die Wochenenden zu retten. Unter der Woche wurde es immer schwieriger.

Dann beschwerte er sich, und alles, was sie am Wochenende zusammen erledigt hatten, die Hilfe, die er so bereitwillig geleistet hatte, all das wurde jetzt, in der Rückschau, zur Last. Wie erschöpft er sei, wie mühsam sich alles darstelle – und wenn Anna den Fehler beging, ihn nach dem Grund zu fragen, tippte er ihr mit gespielter Strenge auf die Brust und sagte:

Schon vergessen? Die vielen Beratungsstunden mit dir? Ich könnte ein Vermögen verdienen, wenn ich sie dir in Rechnung stellte. Das ist anstrengend, Rabbit – ich bin ein alter Mann!

Und er lachte übellaunig.

Natürlich hatte Anna ein schlechtes Gewissen. Weil er sich so anstrengte. Anstrengte mit ihr. Mit ihrer Arbeit. Mit dem Haus, an dem fortwährend etwas zu reparieren und instand zu setzen war. Mit dem Garten, der nur darauf zu warten schien, dass sie das Haus verließen, um sofort jedes nur denkbare Unkraut in unwahrscheinlicher Höhe und Dichte auszutreiben. Mit dem Flugzeug, das in letzter Zeit seltsame Eigenheiten entwickelte, dessen Außenhaut sonderbare Risse aufwies, die dringend ausgebessert werden mussten –

Nur wann denn Rabbit, wann denn?

Anstrengend war die Arbeit. Anstrengend war die Freizeit. Es schien, dass überhaupt nur existierte, was anstrengend war. Es war der Stempel auf allem Gültigen: Anstrengend. Alles andere zählte nichts. War nichts wert. Gleichzeitig drückte einen das, was etwas wert war, nieder.

Der Lauf der Welt, sagte William. So ist das nun mal. Alles Arbeit und Mühe!

Und seine Aufgaben? Seine Anstrengungen und seine Pläne? Seit sie gemerkt hatte, wie sehr er gelegentlich versuchte, sich in ihre Haut zu versetzen, ihre Gedanken zu denken, ihre Arbeitsweise zu verstehen, beschäftigte sie das. Und wenn Anna es recht bedachte, wusste sie auch nach ein paar Jahren Ehe nicht genau, was er tat. Er redete wenig darüber.

Ich brauche meinen Feierabend, sagte er.

Ein einziges Mal hatte Anna sich seine Firma genauer angesehen. Sie hatte ihn besuchen wollen, abholen, und hatte gehofft, seine Kollegen kennenzulernen, von denen er so selten erzählte. Aber das erwies sich als schwierig, denn nach dem 11. September waren die Sicherheitsbestimmungen bei den Flugzeugherstellern extrem verschärft worden; selbst William musste regelmäßige Kontrollen über sich ergehen lassen. Am Wochenende, sagte William, am Wochenende sei es leichter, dann sei an den Einlasspunkten nicht so viel los, und er könne eher jemanden mitbringen. Also fuhren sie an einem Wochenende hin, aber Anna bekam nicht viel zu sehen, weil die Fertigungshallen geschlossen waren und weil Williams Arbeitsbereich sich einfach als eine Büroetage erwiesen hatte mit den üblichen langen Gängen, den üblichen Bürowaben rechts und links, und nur der Geruch von Metall und Gummi verriet, dass hier etwas Wirkliches produziert wurde. Genau hier allerdings nicht. William hatte mit den Flugzeugen wenig zu tun. Er reparierte ja nicht, er kontrollierte. Er zeigte Anna die komplexen Rechnersysteme, an denen er und seine beiden Kollegen arbeiteten. Auch hier war alles mehrfach gesichert, waren Eingabecodes und dauernde Sicherheitsfragen zu überwinden. Anna hatte das Gefühl, William war mehr mit der Sicherheit und ihrer Bewältigung beschäftigt als mit seiner eigentlichen Arbeit.

Das ist sehr komplex, sagte William. So auf einmal kannst du das auch gar nicht verstehen. Aber glaub mir, es ist ganz schön anspruchsvoll!

Die Fertigung interessierte Anna mehr. Deshalb hatte sie dann sogar einmal eine Führung mitgemacht – ohne William – und war tief beeindruckt gewesen von den riesigen Hallen, in denen kilometerlange Kabelstränge in die Rümpfe der Flugzeuge geschoben und miteinander verbunden wurden. Sie staunte über die gewaltigen Triebwerke, die Tragflächen, die Reifen, die Anna bei weitem überragten.

Aber verstehen? Verstehen, was William tat? Verstehen, wie das eine mit dem anderen zusammenhing? William sagte, er käme mit den eigentlichen Flugzeugbauern nicht in Kontakt. Und mit den *Vögeln* nur ausnahmsweise. Qualitätsmanagement war ein streng reglementiertes Geschäft. Genau eingeteilt. Austariert. Anna wusste nur, dass jedes Flugzeug in eine bestimmte Zahl von Abschnitten unterteilt war und dass jeder Abschnitt eine Kennziffer zugewiesen bekommen hatte. William arbeitete für *C84*. C für *Communication*. 84 für die Cockpitelektronik. Ein präzise definierter Bereich, eine genau begrenzte Verantwortung. Anna war zunächst ein wenig enttäuscht gewesen, dass William nicht ganze Flugzeuge kontrollierte oder ganze Flugzeugflotten, sondern nur einen kleinen Teil in einem bestimmten Flugzeugtyp überprüfte, aber William lachte über ihre Naivität und sagte:

Rabbit, wie stellst du dir das denn vor?

Und er erklärte ihr, dass ein Flugzeug aus normierten Teilen bestand, musste es ja auch, damit man diese Teile jederzeit und überall nachbestellen konnte – und William überwachte eben einen Teil dieser Teile. Und versuchte, mit der firmeneigenen Entwicklungsabteilung eigene Geräte zu bauen, um von den wenigen Zulieferern, die es weltweit gab, in Zukunft unabhängiger zu werden. Gleichzeitig versuchten die Zulieferer, unersetzbar zu werden, indem sie ihre Teile immer komplizierter zusammensetzten und darauf bestanden, dass sie nur auf eine bestimmte Art und Weise eingesetzt werden konnten. Es war ein Wettbewerb. Es ging um Kompatibilität und Rentabilität, um Transparenz und die richtige technische Performance. Wie Hase und

Igel. Beide Seiten durchschauten es, aber sie machten weiter, immer weiter.

Das klang nun schon ziemlich abstrakt, und bald verlor Anna das Interesse. Im Nachhinein warf sie sich das vor. Sie hat sich nicht wirklich für Williams Job interessiert. Ihr genügte, was es war. Ihr genügte, was er war. Oder was er darstellte. Für sie. Ob es ihn wirklich interessierte, ob es ihn ausfüllte, ängstigte, beflügelte – sie hatte nicht den leisesten Schimmer. William schien das nicht zu stören. Ihm genügte, dass Anna begriff, wie komplex das Ganze war. Reden wollte er eigentlich nicht über seine Arbeit –

Rabbit, wo sollte ich denn da anfangen?

Und wenn sie doch einmal fragte, weil sie das schlechte Gewissen der guten Ehefrau packte, dann wischte er das sorgfältig vorbereitete Interesse mit ein paar ironischen Bemerkungen beiseite:

Ach komm, Ana, willst du von irgendwas ablenken? Das interessiert dich doch nicht wirklich!

Und damit hatte er recht. Das Problem war nur: Ihre Gespräche wurden kürzer. Und sie drehten sich immer um dasselbe. Seit Anna in Norderstedt arbeitete und selten vor acht Uhr abends nach Hause kam, erlebte sie kaum etwas anderes als *Lux-TV*, und es war absehbar, dass Williams gutmütiges Interesse daran irgendwann versiegen würde. Mehr geschah aber nicht. Und William redete nicht. Es wurde stiller bei ihnen zu Hause. Und manchmal freute sie sich fast, wenn William morgens seinen unverzichtbaren *Deutschlandfunk* einschaltete. Wenn der Sport lief, konnten sie sich wenigstens über die politischen Analysen zuvor unterhalten. Genügsam lauschten sie beide den quälend langen Stauberichten, und Anna kamen sie vor wie komisch missglückte Gedichte, vorgetragen von untalentierten Schauspielern oder Sängern. Wenn sie beide am Frühstückstisch saßen, kam keiner von ihnen auf die Idee, den Sender zu wechseln oder auch nur die Lautstärke zu reduzieren bei diesen Straßenballaden. Beide warteten ab, ruhig, jeder auf seine Weise konzentriert, respektvoll lauschend wie einem Kunstwerk in einer fremden Sprache, ganz froh über die seltsame Unterhaltung. War Anna noch im Bad, ertappte sie sich dabei, genau hinzuhören, wie William in der Küche rumorte, wie sie versuchte mitzubekommen, bei welchem Programmteil der *Deutschlandfunk* inzwischen angekommen war – und erst wenn ein Reporterbericht oder ein Interview zu Ende ging, verließ Anna das Badezimmer, setzte sich zu William und fragte, scheinbar beiläufig:

Was war das da eben über den Tarifstreit?

Oder über die amerikanische Außenpolitik. Oder die Klimaerwärmung. In Wirklichkeit interessierte sie das alles überhaupt nicht, aber sie wollte, dass William mit ihr redete. Und er redete ja am liebsten, indem er erklärte. Also stellte sie Fragen, auch dann, wenn sie keine hatte. Stellte sich unwissender, als sie war. Ließ Williams fassungslosen Tadel dazu über sich ergehen. Und war wieder klein und das Opfer und sah, wie Williams Unwillen wuchs. Und mit Williams Unwillen wuchs Annas Unsicherheit und mit ihrer Unsicherheit ihre Unruhe und mit ihrer Unruhe die Notwendigkeit, sie zu stillen, irgendwie, koste es, was es wolle, und dann schleppte sie wieder Tüten ins Haus, heimlich.

In dieser Phase begannen die Kopfschmerzen wieder, für die kein Arzt eine Ursache fand, und auch die seltsame Trockenheit der Haut. Als beutete sie sich selbst aus, als bezahlte sie für ihre panischen Käufe nicht nur mit Geld, sondern mit sich selbst. Die Trockenheit, die anfangs nur lästig war, sich äußerte als ein kleines Brennen in der Kehle, als albernes Jucken in den Gehörgängen, griff auf die Augen über, auf die Schleimhäute. Morgens schmerzten Annas Augen bisweilen so sehr, dass sie sie nicht öffnen konnte. Zwei Finger musste sie zu Hilfe nehmen, um behutsam die Lider auseinanderzuschieben. Wenn Anna vergaß, dass sie die Augen nicht einfach öffnen konnte, und beim Sirren des Weckers die Lider zu heben versuchte, war das, als risse eine Naht entzwei. Dann rannte Anna ins Bad und warf mit beiden Händen Wasser ins Gesicht, in die Augen – aber die Augen reagierten empfindlich auf das Leitungswasser, sie brannten und röteten sich, und alles wurde nur noch schlimmer. Tropfen, Gesichtsbefeuchter, Augenbäder. Was für eine lächerliche, peinliche Krankheit das war! Albern, überflüssig, unklaren Ursprungs. Keine Entzündung, keine Infektion, keine Allergie. So eine Bagatelle zählte überhaupt nicht. Richtige Krankheiten waren natürlich sämtliche Krebsarten, Magengeschwüre, auch noch ein handfester Bluthochdruck – ja selbst ein chronischer Tinnitus wurde noch akzeptiert – aber trockene Augen?!

Du meine Güte, sagte Carola, tätschelte Annas Kopf, musste sich aber ein Grinsen verkneifen, – was du dir alles ausdenkst … Entschuldige! Aber kannst du nicht Rheuma kriegen oder Magenschleimhautentzündung – oder am liebsten gar nichts?

Anna zuckte entschuldigend mit den Schultern.

Ist ja auch nicht so schlimm, weißt du.

Der Schmerz war stärker als das Gefühl der Peinlichkeit, deshalb schaffte es Anna irgendwann zum Arzt. Deshalb bekam die Bagatelle irgendwann einen Namen. Dann, als es so sehr schmerzte, dass Anna sich vor dem Aufwachen zu fürchten begann. Vor dem Aufwachen an sich fürchtete sie sich nun, nicht mehr so sehr vor Williams Liebesversuchen, denn mit denen wurde sie mittlerweile beinahe routiniert fertig: Sie sprang einfach vor ihm aus dem Bett, spielte die muntere Lerche und setzte schon einmal das Teewasser auf, bevor sie im Bad verschwand. Ganz liebenswürdig, ganz unangreifbar. Nein, die neue Furcht war die, buchstäblich die Augen aufzumachen. Und manchmal träumte Anna, sie hielte sie einfach geschlossen. Nichts mehr sehen, das hieße, endlich schmerzfrei zu sein. Und schmerzfrei sein, das schien Anna als der erstrebenswerteste Zustand überhaupt. Geheilt vielleicht nicht, aber auch nicht mehr geplagt von einer lachhaften Bagatelle.

Birger war es, die Anna einmal von Patienten erzählt hatte, die nur noch schmerzfrei gehalten wurden. Von Birger hatte sie die Formulierung. Patienten werden *gehalten* – wie Hühner, hatte Anna gesagt und gelacht. Birger hatte mitgelacht, aber dann war sie auf Anna losgegangen wie eine Catcherin im Ring. So laut wurde sie, dass Birgers Mutter sie bat, nach draußen zu gehen, sie störten die ganze Taufgesellschaft. Die Taufgesellschaft feierte Mikes und Danjas erstes Kind, und Birger ist Mikes Schwester, und Anna fühlte sich wohl bei ihnen und dachte, dass es bei *Lux-TV* niemals Tauffeiern geben würde, und wenn, wäre sie nicht eingeladen.

So standen sie also vor der Tür des Zweimützenrestaurants, und Birger rauchte, und ein paar Meter weiter stand eine andere junge Frau und beobachtete sie aufmerksam, und manchmal kam William nach draußen und winkte, sie sollten wieder hereinkommen, aber sie ignorierten das, bis er ärgerlich umkehrte. William fühlte sich nicht ganz wohl hier, weil ihn Mike mit seinen lockeren Sprüchen gelegentlich irritierte und weil er hartnäckig Will zu ihm sagte:

Will – du stehst doch sonst total auf alles Englische!

Will ist aber amerikanisch und nicht englisch, behauptete William säuerlich, und mehr hatten sich die beiden nicht zu sagen.

Bei der Tauffeier jedenfalls lernte Anna Birger kennen. Und Yvonne. Yvonne ist Birgers Freundin, und Birger ist Yvonnes Ein und Alles und heißt eigentlich Birgit. Anna diskutierte mit Birger, der Krankenschwester, über Schmerzbehandlung, als verstünde sie etwas davon, als sei sie wirklich krank oder medizinisch gebildet, dabei trug sie ihre Sonnenbrille auch aus Eitelkeit und nicht nur, weil ihr die Augen bei allzu großer Helligkeit jetzt auch tagsüber wehtaten, wenn sie nicht alle ein, zwei Stunden ein paar Tropfen in sie träufelte, was sie aber häufig vergaß. Birger kommentierte Annas Sonnenbrille nicht, sie kümmert sich um andere Krankheiten, nicht um kleine Malaisen. Birgers Patienten, das sind meistens Krebspatienten, für die es keine Hoffnung mehr gibt, die aber die letzten Monate ihres Lebens möglichst angenehm verbringen sollen. Angenehm heißt: so oft wie möglich bei Bewusstsein – wenn die Schmerzattacken aber zu heftig werden, sagte Birger, dann gelte es, sie in einen Dämmerzustand zu versetzen, der die grundlegenden Körperfunktionen aufrechterhalte, alles Unangenehme aber weit, weit entfernt erscheinen lasse.

Es sind also die Sterbenskranken, für die das vornehmste Ziel der Mediziner eine schmerzfreie Existenz ist, und Birger tut alles dafür, diesen Zustand bei den Patienten zu erreichen und ihnen den Aufenthalt in der Klinik darüber hinaus so angenehm wie möglich zu gestalten. *Angenehm*, das Wort sprach Birger so aus, dass man sich sofort etwas darunter vorstellen konnte: eine Tasse heißen Kaffee, ein glattgezogenes Bettlaken. Birger hat sich auf Schmerz- und Komapatienten spezialisiert. Anna wurde klar, dass das eine ganz eigene Welt war, von der Birger erzählte. Eine Welt, in der es auf das Minimum ankommt: Eine ruhige Nacht. Eine Dosis, die die Teilnahme am Leben gestattet. Eine zu bewältigende Mahlzeit. Ein gelingender Tag. Die Welt der Kranken war eine enorm reduzierte, aber auch eine überschaubare Welt, und Anna ertappte sich plötzlich dabei, sie zu beneiden. Und schämte sich sofort wieder. Und schaute Birger an, auf deren Hals sich beim Reden rote Flecken abzeichneten, die so ganz eins zu sein schien mit dem, was sie tat. Birger erzählte, wie sie vor ein paar Jahren noch eine einfache Krankenschwester gewesen war, mit kaputtem Rücken und unerfüllbaren Träumen. Inzwischen arbeitete sie als Therapeutin, wies andere an, wie Patienten umzudrehen und zu pflegen waren, und dachte den ganzen Tag über Verbesserungen im Alltag des großen Krankenhauses nach, in dem sie arbeitete.

Anna konnte gar nicht genug hören von Birgers Geschichten, sie bewunderte sie, weil sie etwas so zweifelsfrei Nützliches tat, weil sie keine Angst hatte vor denen, die aus der Normalität kippten, und weil sie ihre Arbeit mit ganzer Seele tat. Mit ganzer Seele. Den Ausdruck hatte Anna seit Kindertagen nicht mehr gehört. Birger redete so.

Der Satz erinnerte Anna an die Dorfschule und den Lehrer mit der Mundharmonika. Vielleicht musste man bei *ganzer Seele* immer an Musik denken. Vielleicht gab es eine Seele überhaupt nur in Verbindung mit Musik? Wann war Anna das letzte Mal in einem Konzert gewesen? Seit wann war sie so pessimistisch? Anna hätte jetzt gern gesummt, aber ihr fiel keine Melodie ein.

Birger rauchte. Sie sah Mike ähnlich – und wieder nicht. Sie machte Pausen beim Reden. Sie ließ Anna Zeit. Das gefiel Anna. Ihr gefiel, dass sie rauchte, und ihr gefiel, dass sie ihr Zeit ließ. Birger, eigentlich Birgit. Als sie sich das nächste Mal trafen, erzählte Birger, wie sie entdeckte, dass sie mehr wollte und mehr konnte als Tabletten verteilen und Patienten waschen.

Das war zu der Zeit, als sie bemerkte, dass sie Frauen mochte. Sie lebte schon lange mit ihrer Freundin Yvonne zusammen, aber plötzlich schauten sich die beiden an, als sähen sie sich zum ersten Mal. Yvonne und Birger mussten nicht viel verändern in ihrem Leben, als sie bemerkten, dass sie anders waren. Sie rückten ihre beiden Betten in der Wohngemeinschaft dicht nebeneinander und kauften zwei passende Nachttischlampen. Seitdem waren die beiden ein Paar. Und Birgit wurde Birger.

Aus Anna war ja auch Ana geworden, dachte Anna und wusste doch: Es war nicht zu vergleichen.

Anna war seltsam stolz, als die beiden Frauen William und sie im Frühjahr darauf zu ihrer Hochzeit einluden. Eine Hochzeit auf dem Land, mit Pferdekutsche und Kostümen: Birger als texanischer Landmann, Yvonne als Westernbraut. Die beiden hatten vor kurzem, ohne je in den USA gewesen zu sein, das Indianische entdeckt. Yvonne aus spirituellen Gründen, wie sie etwas unbeholfen sagte, Birger, weil sie die Klamotten schick fand. Die Eltern weinten, noch immer lachten ein paar Freunde ungläubig. Musste das denn sein? Das wollte auch William, ein wenig ungehalten, wie es schien, wissen. Er hatte grundsätzlich nichts gegen Schwule und Lesben, im Gegenteil, wie er sagte, und Anna grübelte, was das sein könnte, das Gegenteil. William stand etwas unsicher auf der Lesbenhochzeitsparty herum, er hatte keine Aufgabe, er fühlte sich nicht ausgelastet damit, an Annas Seite zu zeigen, dass sie eine der wenigen Heterofrauen war. Eine Hetera, wie Yvonne sagte.

William liebt große Feiern. Er ist ein ausgezeichneter Gastgeber und ein guter Gast. Er liebt es, mit fremden Menschen zu plaudern und Sekt zu schlürfen, und ist stolz, wie rasch er sich jedes Mal einen Überblick über das Buffet zu verschaffen versteht. Keine Garnele entkommt William! Der Satz stammt von William selbst; er spricht bei solchen Gelegenheiten über sich in der dritten Person, als beobachte er sich selbst, er vergisst seine sonstige Abneigung gegen Geschwätz, es ist, als gebe er sich für ein paar Stunden frei.

Bei so einem Buffet vergesse ich mich, sagt er dann und lacht. Er lacht und scherzt und reibt sich den Bauch, wenn er wildfremden Menschen von seinem enormen Appetit berichtet – bevor seine Hand an ihnen vorbei nach den Meeresfrüchten auf dem Buffet greift. Dann beneiden ihn die Frauen um seine Heringsfigur, und die Männer beneiden ihn um die Frauen, die mit ihm plaudern.

Am Anfang ihrer Beziehung hatte Anna es besonders gemocht, mit William zu Partys zu gehen. Sie zeigte sich gern mit ihm. Die Zuneigung der anderen Frauen und ihre Aufmerksamkeit für den stattlichen Mann hatte auch Anna aufmerksamer und weicher und wärmer gemacht, und wenn William das bemerkte, goss er ihr noch ein wenig Sekt nach und noch ein wenig, und dann hatten sie es manchmal eilig gehabt, nach Hause zu kommen, und William hatte Annas Schwips für Sinnlichkeit gehalten und sie seine Eile für Leidenschaft. Dann hatten sie einträchtig beieinander gelegen, hatten über die Kopfschmerzen gelacht, die sie erwarten würden, und waren sich einig gewesen über sich und die anderen und die Welt.

Das war nun schon sehr lange nicht mehr vorgekommen. Keine Party verließen sie mehr frühzeitig oder gar fluchtartig, aber immerhin erholten sie sich doch noch ein wenig von sich selbst. Besonders William lebte auf. Auch wenn die Party nicht ganz nach seinem Geschmack war – so wie diese hier.

Bei Birgers Hochzeit gab es keine Garnelen, sondern dicke Rippe. Und süßen Sekt aus Plastikbechern. Die beiden Frauen hatten sich ein Picknick ausgedacht, und so kauerten sie alle unbequem im feuchten Gras und fröstelten in der nördlichen Mailuft, und Birger und Yvonne sahen schön und fremd aus in ihren Cowboy- und Indianerkostümen.

Seltsame Party, sagte William, müssen wir hier alt werden?

Anna fand es auch seltsam und war doch berührt vom offensichtlichen Glück der beiden.

Was haben die denn voneinander?, fragte William, und Anna dachte: Genau das, genau das ist die Frage.

William sah das mehr pragmatisch:

Immerhin ist die Ehe doch eine Rechtsform und dient immer

noch auch praktischen Zwecken, vor allem der Absicherung möglicher Kinder.

Er hob spaßhaft den Finger:

Das ist ja nun hier nicht gegeben!

Und, als er Annas Gesicht sah:

Trotzdem, klar, eine ganz nette Feier!

William wollte kein Spielverderber sein. Er prostete Birgers Mutter zu – immer schön anschauen, wegen dem Sex! – und zog sie in ein Gespräch. Anna sah, wie Birger und Yvonne tanzten. Und dann Birger und eine andere Frau, und Yvonne und Mike und wieder andere Frauen, fast nur Frauen waren da, selbstbewusste Frauen, die sich die Hosen abklopften, bevor sie auf die Tanzfläche gingen, die meisten hielten sich fest an den Händen.

Was haben die voneinander?, fragte Anna sich noch einmal – was, was nicht auch zwischen Männern und Frauen möglich oder unmöglich ist, und Anna dachte an die Hindernisse, die Lesbenpaare immer noch zu überwinden haben, an das Gerede und die weinenden Mütter und die Kolleginnen im Krankenhaus, die plötzlich meinen, man wollte ihnen an die Wäsche. Das hatte Birger erzählt, nicht ohne Empörung. Und dann merkte Anna plötzlich: Ja, das ist es. Genau das. Sie haben nichts davon. Jedenfalls nicht auf den ersten Blick. Sie treffen nur auf Widerstände und bohrende Fragen – und sie müssen sich auf eine bestimmte Art und Weise sehr sicher sein, sonst lässt sich so etwas nicht tragen. Andererseits können sie auch sicherer sein – sicherer, dass sie sich selbst meinen, und nicht – eine etablierte Lebensform. Über wen dachte Anna hier eigentlich nach? Seit wann war sie so unglücklich, dass sie alles nur noch in Beziehung zu sich selbst betrachten konnte? Denn darin besteht doch das wahre Unglück: nicht mehr von sich selbst absehen zu können. Aber wer konnte das schon – sich selbst vergessen? Waren das nicht nur die Kinder? Waren sie denn zum Unglück verurteilt, einfach weil sie die Schlinge, die sie sich selbst um den Hals legten, immer enger zogen mit den Jahren?

Herrgott, Anna wusste, dass sie nicht zur Philosophin taugte. Ihre Gedanken hatten noch nie weitergeführt als immer nur im Kreis, immer nur im Kreis.

Ist das eine neue Art Tanz?, fragte William, der Anna langsam Pirouetten drehen sah.

Hast du was? Alles in Ordnung?

Glaubst du, dass wir mit den Jahren zwangsläufig immer unglücklicher werden?, fragte ihn Anna. – Weil wir uns immer nur um uns selber drehen?

Du bestimmt!

William lachte.

Komm, sei keine Spaßbremse! Ich bin doch nur deinetwegen mitgekommen.

Keine Frage – er wollte sie nicht ernst nehmen. Und er hatte wahrscheinlich recht; dies war nicht der Ort für solche Gedanken. Anna zog ihn zur Tanzfläche.

Schon besser, sagte William. – Aber du hättest meinetwegen keine Pirouetten üben müssen.

Die Tanzfläche war eigentlich keine Tanzfläche, sondern ein abgeteiltes Stück Wiese, und nach einer Weile war das Gras so festgestampft und dünngetreten, dass der schwere Marschboden darunter zum Vorschein kam, und nach noch einer Weile presste sich das hervor, was immer war: Schlamm und Modder und reine Feuchtigkeit. William zog eine Grimasse und krempelte sich die Hosenbeine hoch, machte aber weiter.

Wenn ich schon mal dabei bin … Komm, Ana, nicht schlapp machen …

Anna zog Schuhe und Strümpfe aus.

Hinter der Wiese floss träge die Este vorbei, ein Flüsschen eher als ein Fluss, das den Beginn der Zweiten Meile markiert, und Birgers Eltern hatten sich unter einem Ort, der Königreich heißt, sicher etwas Prächtigeres vorgestellt als die paar zusammengewürfelten Häuser, die sich in die triefenden Wiesen duckten. Obwohl die Elbe ganz nah war, ahnte man nichts von ihr, ahnte nichts von der Schifffahrt und der Weite, von der Ruhe und dem Silberglanz des großen Flusses. Hier war alles klein und gedrungen und stumpf. Hier lebten bescheidene Menschen, solche, die ihre Träume begraben hatten und füreinander sorgten. Solche, die sparten, auch wenn sie nicht mehr wussten, wofür. Solche, die die Angebotstage im Discounter wussten und die billigsten Tankstellen im Umkreis. Sie verbrachten ihre Tage im Auto, die Menschen hier, denn von der Zweiten Meile aus war es überallhin weit, sie verbrachten ihre Tage im Auto und beim Studieren von Prospekten, und an den Wochenenden, da häckselten sie und mähten mit den Nachbarn den Rasen.

Und ausgerechnet hier eine solche Party! Immerhin hatte die Gemeinde erlaubt, dass ein paar *Tipis* aufgestellt wurden, hatte die Standesbeamtin, ohne mit der Wimper zu zucken, zwei Frauen getraut. Frauen, die jetzt feierten, Bierflaschen in der Hand, und die doch ähnlich still waren wie die Landschaft. Es war seltsam: Anna und William hörten die Tänzerinnen neben sich kaum, vielleicht verstärkte das den Eindruck von Unwirklichkeit. Kein Stampfen, kein Klappern von Absätzen, kein Quietschen der Sohlen beim Drehen. Dabei war die Musik nicht sehr laut, eigentlich zu leise für eine solche Gelegenheit, und die Tänzerinnen hörten geradezu aufmerksam hin, sie lauschten, als könnte ihnen der Bluesrock etwas mitteilen, eine Botschaft für den weiteren Lebensweg. Man hörte die Schritte der Tanzenden nicht, eher ein unbestimmtes Sich-Bewegen, ein Rascheln von Kleidung, das aber auch das Rauschen des Windes hätte sein können, ein Atmen, das aber auch als Rascheln der Bäume vorstellbar war, und so war es, als sei die ganze Gesellschaft weit entfernt, eine Distanz lag zwischen den Feiernden und ihnen, zwischen den Fröhlichen und William und Anna, so wie zwischen dem Land der Zweiten Meile und der Elbe und dem Meer. Sie waren erst stehen geblieben, ohne es zu bemerken, und waren dann ein wenig abseits gegangen. William hatte seine linke Hand in der Hosentasche vergraben, und als Anna nach ihr tastete, wandte er sich ab. Die Munterkeit hatte nur für ein paar Songs gehalten. Und plötzlich nahm Anna wahr, dass auch William einsam war. So einsam, dass er eine Faust ballte in der Tasche, so sehr, dass es ihm offenbar wehtat, wenn sie ihn berührte. Sie erschrak und schob den Gedanken beiseite.

Es war zu der Zeit, als sich zwischen William und Anna etwas derart zu verschieben begann, dass man es nicht länger ignorieren konnte. Sie waren nie *ein schönes Paar* gewesen. Jedenfalls fand Anna das. Sie waren nie von romantischen Gefühlen überwältigt worden. Jedenfalls meinte das William, der Überwältigung sowieso für suspekt und für ein Markenzeichen Hollywoods hielt, auf jeden Fall für nichts Solides. Aber solide, das waren sie. Ein Paar, das sich recht spät gefunden und bei klarem Bewusstsein füreinander entschieden hatte. Wenn in den 60er-Jahren eine offene Beziehung das Ideal gewesen war, so verkörperten Anna und William vielleicht ein Wunschbild, das der Jetztzeit entsprach: eine erwachsene Beziehung. Sie waren, das dachte Anna selbst dann noch, als die ersten Schwierigkeiten auftauchten, immerhin ein gutes Team. Sie trauten weder dem Überschwang noch dem Glück. Aber sie trauten ihrer Erfahrung, ihrer Entschlossenheit und, ja, auch ihrer Intelligenz. Und genau das wendete sich jetzt gegen sie. Gegen ihre Erfahrung setzten sie keine Träume, gegen die Entschlossenheit keine Nachgiebigkeit, gegen ihren Scharfsinn war kein Kraut gewachsen.

Sie waren, so denkt Anna heute, erbarmungslos. Ihre Sinne wurden geradezu unnatürlich geschärft, gewetzt wurden sie, ganz blank und kalt wurde Annas Blick. Annas Blick aus schmerzenden Augen. *Sjögren-Syndrom.* Die Bagatelle, die Anna plagte, hatte mittlerweile einen Namen. Vielleicht achtete Anna jetzt noch genauer auf das, was sie sah, weil das Sehen sie etwas kostete. Beobachtungen waren nicht umsonst zu haben. Anna tropfte alle zwei Stunden eine salzhaltige Flüssigkeit in ihre Augen, blinzelte, drehte die Pupillen nach oben und unten, links und rechts, alles verschwamm und wurde gespült in dieser weichen, lauen Flüssigkeit, und sie nahm für ein paar Sekunden eine Auszeit vom Tag, aber wenn sie den Kopf senkte und wieder sah, dann sah sie mit einem Mal nichts als Risse: die Risse in den anderen Beziehungen, die Heuchelei und die teuer erkaufte Anpassung und die Erstarrung. Denn Anpassung war es doch? Und aus der Anpassung wuchs die Erstarrung.

Vor allem sah Anna die Frauen. Anna sah die bezahlten Frauen. Frauen, die sich hatten kaufen lassen wie sie selbst. Da gab es die Frauen, die es merkten und sich aufgaben, es gab die Frauen, die sich verausgabten, um sich abzulenken, es gab die, die sagten, dass sie mit sich kämpften, und die mit kämpfen meinten, sich zu arrangieren. Es gab die, die zugaben, sich zu arrangieren, die aber die Kampfpose nicht mehr loswurden von morgens bis abends. Anna sah toughe Frauen, erwachsene. Sie sah die anderen, die zurückgeflüchtet waren in ihre Mädchenrolle, süße Frauen, die mit den offenen Mündern und dem steten Staunen im Gesicht – dem Staunen darüber, dass sie noch nicht der Blitz getroffen hatte angesichts ihrer eigenen Unehrlichkeit. Diese Frauen waren häufig blond, oder sie waren es geworden, und seit einiger Zeit war es schick zu zeigen, dass das Blond nicht echt war, indem man die dunklen Ansätze nicht gleich wieder überfärbte – ja, man sollte ruhig sehen, dass es Arbeit war, so attraktiv zu sein! –, und sie trugen alle dieselben kleinen Kostümchen und führten dieselben teuren Clutches mit sich und brauchten immer viel Lärm und Bewegung um sich, Kinder, wenn es sein musste, auch mehrere, und die Kinder anderer Clutchesträgerinnen, die sie bereitwillig in ihren SUVs umherchauffierten, von der Nachhilfe zu den Tennisstunden und von den Tennisstunden zum Cricket, damit bloß kein Halten wäre, kein Innehalten, ihr System wäre sonst augenblicklich unter der Stille zusammengebrochen. Und Männer sah Anna, die einfach nur dicker und lauter und zynischer wurden. Je mehr die Frauen mit ihrem Leben herumfuchtelten, desto unbeweglicher wurden die Männer. *Er steht wie ein Mann!* wurde für Anna zu einer bedrohlichen Redewendung. Und gegen die Unbeweglichkeit der noch nicht einmal alten männlichen Körper redeten die weiblichen Stimmen an, mit seltsam gepressten Froschstimmen. Ein einziges Quaken zog sich durch die Beziehungen. Manchmal antwortete überraschend ein dumpfes Unken: Dann regte sich sprachlich ein Mann. So kam es Anna damals vor, als sie begann, mit der gezielten Beobachtung zu leben – und mit der Verachtung, mit der Verachtung für das Mannfrauspiel und mit der Verachtung für sich selbst. Gewiss, die Verachtung für sie selbst war älter, aber das wusste Anna damals nicht. Sie dachte, die Verachtung käme von William, und von William rührte ihr ganzes Unglück. Insofern war auch Anna eine von denen, die es sich leichtmachten.

Bei Birgers und Yvonnes seltsamer Landhochzeit hatte Anna versucht, sich vorzustellen, wie es mit einer Frau wäre. Im Bett, zum Beispiel. Aber sie kam in ihrer Fantasie nie über das Küssen hinaus. Frauen, eine schöne Kussvorstellung. Anna mochte Frauenmünder. Trotz der Quakerei. Sie mochte gepflegte, geschminkte, umsorgte Lippen. Frauenmünder sind um so vieles schöner als die Münder von Männern. Vielleicht, weil Frauen mehr sprechen. Vielleicht, weil Frauen geübt sind, die Lippen hierhin und dahin zu biegen, damit die Farbe des Lippenstifts jede Rille und jede Unebenheit füllt? Männer wissen meist gar nicht, dass sie Lippen besitzen. Sie haben Schlünde – Schlünde, in die sie Dinge einführen, Nahrungsmittel, Getränke, die Zungen williger Frauen. Die Lippen sind unwichtig. Es sind Rachenbegrenzungen. Im Alter sehen sie aus wie Nähte. Schlecht genäht und verzerrt.

Also schaute Anna die Münder der Frauen an. Auch Birgers und Yvonnes. Gerade und fest der Birgermund, wütend nach unten weisend der von Yvonne. Anna kannte nicht viele Frauenpaare – nein, sie waren die Einzigen. Würden sie dem Schicksal der meisten Mann-Frau-Paare, die Anna kannte, entgehen? Anna glaubte nicht, dass sie es besser machen würden als die anderen Paare, nur weil sie Frauen waren mit schöneren Mündern. Sie würden es vermutlich nicht einmal anders machen. Aber vielleicht doch ein wenig anders, weil sie sich füreinander hatten durchsetzen müssen, weil sie sich auf eine andere Weise hatten suchen und finden müssen und weil sie ihre Entscheidung etwas gekostet hatte.

Sie hatten Anna gerührt, wie sie, gleich groß und beide mit langen, lockigen Haaren, nebeneinander standen und lächelten: zwei robuste ländliche Engel in Wildwestkostümen, während der Wind drehte, Südwind aufkam und binnen kürzester Zeit Regen brachte über die Geest.

Hauptsache, es gibt ein bisschen mehr Liebe in der Welt, sagte Anna zu William, endlich die Frage beantwortend, die er schon lange vergessen hatte.

Ob Mann und Frau oder Frau und Frau oder Mann und Ziege – ist doch egal!, sagte Anna also, ermuntert vom Sekt. – Hauptsache, ein bisschen mehr Liebe in der Welt!

William nahm die Linke, die eben noch geballt gewesen war, aus der Hosentasche und tippte Anna leicht an die Stirn und lachte. Anna lachte zurück. In letzter Zeit war es ihr immer öfter peinlich, wenn sie Sachen sagte, die ihr nahegingen. Es fühlte sich unpassend an. Nahsein fühlte sich unpassend an. Jedenfalls bei William. Es war nicht nur unpassend, es tat auch weh, nicht nur in den Augen.

So fing das an. Einstweilen nur ein kleiner Stich, aber der Schmerz wuchs. Er keimte in Anna, sie konnte ihn spüren, jedes Mal ein bisschen stärker, wenn sie den Abstand zwischen sich und William wahrnahm. Am Ende war es so, dass sie sich hätte krümmen können vor Schmerzen und dass sie sich hätte krümmen können vor Lächerlichkeit. Was war denn schon mit ihnen los außer einer ganz normalen Entfremdung?! Am Ende war es so, dass ihr der Körper einen Strich durch die Rechnung machte. Es nützte nichts, dass sie sich gut zuredete: Du hast gewusst, worauf du dich einlässt. William ist ein guter Typ, du hast auch deine Fehler, und vergiss nicht: Du brauchst ihn.

Es nützte auch nichts, als die Mahnungen, mit denen sie sich selbst traktierte, im Ton schärfer wurden: Stell dich nicht so an. Millionen Frauen schaffen das, also warum nicht du auch? Meinst du, dass es besser wird, wenn du nur heulst? Wenn du jetzt nicht lernst, wie das geht, eine lebenslange Beziehung, dann lernst du es nie.

Wie eine Bank, deren Mitarbeiter ahnen, dass der Kunde demnächst insolvent werden könnte, schaffte sie es dann wieder, sich selbst gegenüber einen versöhnlicheren, quasi-therapeutischen Ton anzuschlagen: Das wird schon wieder. Schau mal, der letzte Urlaub war doch ganz schön! Schlaf dich erst mal aus, dann wird alles wieder gut. Anna redete sich zu, wie sich Freundinnen zureden, die sich immer nur gegenseitig bestätigen, die sich immerzu verstehen, die sich ausschließlich bestärken, beschwichtigen und beruhigen.

Nach den Augen reagierte die Haut. Es war Birger, die Rat wusste. Sie sagte nicht, dass es nicht so schlimm sei. Sie hielt Anna nicht vor, dass ihre Beschwerden keine organische Ursache hatten. Birger hatte gelernt, jeden Schmerz ernstzunehmen, gerade weil sie den Schmerz in allen seinen Facetten kannte. Sie fuhr Anna mit ihrer großen Hand durch die Haare, als Anna kläglich anmerkte, ihre Probleme seien nichts, ein Witz gegen die Sorgen und Ängste der anderen, der wirklich Kranken. Anna sagte, sie sei überempfindlich, sie sei undankbar, und sie wisse das. Birger antwortete darauf, indem sie Anna durch die Haare fuhr und Salben aufschrieb, Salben, die helfen würden. Salben und Tee.

Natürlich: Gegen die Scham richtet das nichts aus. Gegen die Scham kommt nichts an. Die Salben aber kühlten wenigstens die Haut, und die Tees aus fremdartigen Kräutern verbreiteten einen Duft von Behandlung und Sorgsamkeit in der Wohnung. Sie verbreiteten die Zuversicht, dass man sich helfen konnte. Dass man auf die Beine kommen konnte, irgendwie. Ein ungewohnter Geruch, beißend, scharf und ein wenig bitter.

Die Tees aufzubrühen dauerte eine Weile. Man musste die Mischung selbst herstellen, Tasse und Kanne vorwärmen, das kochende Wasser über die Kräuter gießen und den Sud gelegentlich umrühren. Dann musste man warten. Dann schämte Anna sich wieder. Weil sie so schwach war. Weil sie nicht zurechtkam und keinen Ausweg fand. Weil sie sich so weit gebracht hatte. Weil sie so viel Zeit auf sich selbst verwand, während überall die Arbeit wartete. Irgendwann verstand Anna, dass es die Scham selbst war, die ihr den Ausweg verstellte. Die Scham ist eine Falle!, schrieb Anna auf einen Zettel. Ohne die Scham wäre es nicht so weit gekommen.

Weißt du noch, warum wir geheiratet haben?, fragte William eines Tages ganz überraschend.

Aus Scham. Hätte Anna antworten müssen. Ich habe mich geschämt, William, deshalb habe ich dich geheiratet. Aber so etwas sagt man nicht. Nicht einmal sich selbst. Und es brauchte lange, bis Anna es vor sich selbst zugeben konnte, bis sie selbst sah, sehen konnte, was damals geschehen war, genauer: was sie geschehen ließ. So lange, bis es kein Zurück mehr gab oder keines mehr vorstellbar war.

Und Anna dachte zurück an jene erste Nacht, die so viele Missverständnisse provoziert hatte, sie erinnerte sich an ihre Verstörtheit und das Gefühl der Verantwortung, das sie empfunden hatte, für William, den großen, großartigen William, der sich als so unzureichender Liebhaber entpuppt hatte und den sie deshalb glaubte schützen zu müssen. Verstörung und Verantwortung übernehmen, das gehörte doch zusammen? Und was war noch gewesen? Wieder und wieder ließ Anna diese Nacht Revue passieren, weil ihr klar war, dass sie etwas Entscheidendes enthielt, einen Schlüssel, eine Art Code. Anna gestand sich ein, dass ihr sein Unvermögen auch ein Gefühl von Macht gegeben hatte. Sie wusste etwas, das sonst keiner wusste. Und wenn er sich ihr gegenüber aufspielen würde, gäbe es etwas, das sie nicht einmal aussprechen müssten, das aber gegenwärtig wäre zwischen ihnen, jederzeit. Er hatte sich schwach gezeigt, deshalb fühlte sie sich vorübergehend stark. Die alte, ungute Paarbalance. Vielleicht protestierte sie deshalb auch nicht, als Carola bemerkte, sie habe nun wohl *endlich den Richtigen* gefunden. Damals irritierte Anna nur das *endlich*, nicht der *Richtige*.

Natürlich gelang es ihr später nicht mehr so leicht, die Nacht mit William zu rekonstruieren, die Bilder ließen sich nicht wieder herholen, nur Fetzen, kleine Ausschnitte, und manchmal brühte Anna eine große Tasse mit Kräutertee und trank sie sehr heiß im Dunkeln und versuchte sich zu erinnern. Sie dachte an die Peinlichkeit und die umständlichen Versuche der ersten Nacht, sie dachte aber auch daran, wie sie schließlich nebeneinander gelegen hatten, sie dachte daran, wie sie im Halbschlaf seinen Fuß unter ihrem Fuß gespürt hatte, ihre Zehen waren den Spann seines Fußes entlanggefahren, hin und her, her und hin. Sie hatte gespürt, wie er gelächelt hatte im Schlaf. Dann hatte er seinen Fuß unter ihren geschoben, sanft, aber mit Bestimmtheit. Sein Fuß hatte ihre Fußsohle gestützt. So ruhte ihr Fuß auf seinem Fuß, wie eine Statue auf einem Sockel ruht, und mit diesem Gefühl war sie eingeschlafen.

Anna mag ja Füße. Sie ist geradezu auf Füße fixiert. Das war schon so, als sie noch ein Kind war. Ihre Patentante hatte wunderbare Füße, vornehme Füße. Vielleicht kam Anna die ganze Person auch nur deshalb so distinguiert vor, weil sie diese, wie Anna fand, adeligen Füße hatte. So vornehm waren ihre Füße, dass sie im Auto extra ein Paar Schuhe stehen hatte, damit sie bei der anstrengenden Tätigkeit des Fahrens geschützt würden. *Autofahrerschuhe* waren das – sie hießen tatsächlich so – aus weichem, braunem Leder, die Oberseite geflochten, die Nähte weiß gesteppt. So lernte Anna das Wort *Slipper* kennen und lernte, dass es Schuhe zum Fahren und Schuhe zum Gehen gab, darüber hinaus gab es noch Pumps und Trotteurs und mörderisch hohe Stilettos, die die Patentante *Stehrümchen* nannte und deren nadelspitze Absätze metallisch glänzten. Alles musste genau passend sein für diese vornehmen Füße, die nur sehr gelegentlich aus den teuren Schuhen schlüpften. Dann streifte Annas Tante auch die durchsichtigen Strümpfe ab, und Anna bewunderte das feine Geäst der blauen Adern an den Seiten, da, wo das zarte Fleisch in die rosigen Fersen überging, innen wie außen ein Adergeflecht, ein Adernetz, als würden die Füße davon gehalten.

Anna saß neben ihrer Tante auf dem zerschlissenen Teppich und fuhr mit ihren Fingern an den Fußseiten entlang, was die Tante lächelnd duldete, und versuchte, die Adern zu zählen oder ein Muster, ein System darin zu erkennen. Anna dachte, dass alle wirklichen Damen blaue Adern auf den Füßen haben müssten und verachtete jahrelang die, die keine hatten. Annas eigene Füße untersuchte sie jeden Abend auf Spuren solcher Vornehmheit, aber mitunter vergaß sie das auch, vergaß überhaupt, sich um Füße und Hände zu kümmern, und dann schimpfte die Mutter, weil sie wieder einmal Sand und winzige Steinchen im Bett fand, denn Anna war ihrer Wäsche entkommen. Mit ihren Füßen konnte Anna barfuß über die Stoppelfelder laufen, und das war beinahe so gut wie fliegen. Anna hatte Dorffüße, breite, zufriedene Kinderfüße mit pummeligen, weißen Zehen, und die hat sie immer noch. Und wenn sie sie – nur sehr gelegentlich – badete und hinterher eincremte, dann dachte sie unweigerlich an ihre Tante und daran, wie sie ihr einen Begriff von Vornehmheit beigebracht hatte, ohne es zu wissen. Das war so geblieben: die Gedanken an die Tante und dass sie Füße mit Behagen verband, mit Wohlfühlen, ja: mit Glück.

Als sie William wenige Wochen nach ihrer seltsamen Liebesnacht das erste Mal in seinem Haus besuchte und sie einen Spaziergang machten, weit über den Deich bis zur Elbe, da packte Anna diese Fußlust wieder, denn es war ein warmer, aber keineswegs heißer Sommer, es war ein Juni, wie man ihn sich wünscht, mit genug Sonne und barmherzigen Regentagen, und der Deich unter Annas Schuhsohlen fühlte sich seidig und nachgiebig an. Anna schlüpfte schon aus ihren Schuhen und bückte sich nach den Strümpfen, da hielt sie inne, weil William nach ihrer Hand griff und meinte, das lohne sich nicht. Denn kaum vierhundert Meter weiter sei die Deichkrone bereits asphaltiert, da sei

Schluss mit weichem Wiesenweg und warmer Erde, und Anna hielt erschrocken inne und fühlte sich ertappt und ein wenig voreilig wie so oft. Sie gingen dann anständig nebeneinander, wie zwei erwachsene Menschen das eben tun, die flanieren, und erst nach einer Viertelstunde fiel Anna auf, dass vierhundert Meter barfuß gehen oder nicht einen gelungenen Sonntag von einem anderen durchaus unterscheiden kann. Aber da waren sie schon vorbei, da hatten sie schon das Schiffswrack passiert, um das sich kein Mensch kümmerte, und den armen, alten *Ewer*, einen vormals imposanten Lastensegler, den man für einen Euro hätte kaufen können. Sie hatten den Essigbaum bewundert, der mit seinen rostbraunen, kräftigen Dolden das weiß getünchte Haus des alten Fährmanns schmückte, und sie hatten die Töle von Wiechmanns vertrieben, einen schwarzweißen Kläffer, der Katzen und Kinder jagte und in fremde Vorgärten schiss aus schierer Boshaftigkeit. So erklärte es William und lachte mit, als Anna losprustete, ein wenig erstaunt, wie es schien, aber bereitwillig.

Du bist schön, wenn du lachst, sagte William.

Anna nahm sich vor, ein anderes Mal barfuß zu gehen, ohne William eben, und schaffte das – wie sie es auch schaffte, sich den Deich herunterkollern zu lassen, so wie es Kinder tun, und wie sie es schaffte, das Kreischen der Möwen zu imitieren, bis ein ganzer Schwarm, der eben noch im Begriff war, Richtung Geest abzudrehen, kehrtmachte, um neugierig zu dem vermeintlichen Artgenossen zurückzukehren.

Das Seltsame war nur, dass Anna eben schon am Anfang dachte: Dies und jenes werde ich tun, wenn ich allein bin.

Kaum dass sie mit William zusammen war, verschob sie alle möglichen Dinge, die sie angenehm fand, auf die Zeiten ohne ihn.

Und gleichzeitig war sie sicher, dass sie wiederkommen würde. Nicht nur wiederkommen, sondern bleiben. Nein, auch Williams Sicherheit spielte eine Rolle, sie hatte etwas Entwaffnendes. William schien in jedem Augenblick zu wissen, wie es weiterginge, und Anna wurde passiv und nachgiebig in seiner Gegenwart, langsamer als sonst, und wenn sie eine Frage stellen wollte, wusste er die Antwort schon, bevor Anna die Frage ausgesprochen hatte. Es machte ein wenig müde, und es machte ein wenig bequem, und das nannte Anna für sich selbst irgendwann: Behaglichkeit. William nannte es Ankommen. Es war klar, es lief alles darauf hinaus, es gab ja nichts, was wirklich dagegen sprach. So redete Anna sich zu. Und verschob das Barfußgehen auf ihr Alleinsein. Das Limonadetrinken mit Strohhalm. Das Kämmen des alten Hundes zusammen mit Nina, dem Nachbarsmädchen. Und was verschob William? Anna wusste es nicht, das musste sie zugeben. Sie kümmerte sich nicht um William, obwohl sie sich fortwährend mit ihm beschäftigte. Dass so etwas funktionierte!

Denn tatsächlich funktionierte es eine Weile ganz gut. Es ging ihnen nicht schlecht mit dieser Teilung. Das merkte Anna, als sie bei William eingezogen war und sich an das Leben auf dem Land zu gewöhnen versuchte.

Die Katze maunzte ein paar Wochen kläglich, dann stellte sie sich auf das neue Leben ein, auch wenn sie nach wie vor lieber im Haus blieb.

Siehst du, sie kann das auch, dachte Anna – sie gewöhnt sich. Und sie gewöhnte sich. Daran, dass mit William alles anders lief. Anders als gedacht. Anders, als der Deich und die alten Bäume zu sagen schienen, das Gekreisch der Austernfischer, der schräge Chorgesang der Gänse. Mit William schrie man nicht den Gänsen hinterher. Mit William ging man nicht barfuß. Mit William legte man sich nicht bäuchlings auf den Anleger, ließ den nackten Arm ins Wasser baumeln und angelte träge nach kleinen Fischen. Obwohl William dies alles schön fand. Und davon sprach. Aber wenn er davon sprach, schien er von einem anderen Leben zu sprechen, vielleicht von etwas, das er verschoben hatte? Aber auf wann?

Jetzt, vorläufig, in diesem Leben, schaute man mit William, ob keiner der Arbeiter etwas hatte liegen lassen im Gras. Mit William lernte man, die Sense zu führen und die Bäume zu beschneiden. Von William lernte man, die Wiese kritisch zu taxieren und die Festigkeit der Pflaumen zu prüfen. Mit William lernte man, dass immer etwas zu tun war … Undenkbar, mit ihm in das hüfthohe Gras zu stürzen und sich zu lieben. Als Anna es ihm einmal vorschlug, lachte er wieder sein himmelhohes William-weiß-Bescheid-Lachen und sagte:

Auf was für Ideen du kommst!?

Und Anna lachte mit und hatte für Minuten vergessen, dass Tausende von Menschen auf solche Ideen kommen und dass es nicht zufällig Hunderte von Liedern darüber gibt, wie man sich im Gras liebt, gute Lieder und schlechte.

Viel mehr schlechte, sagte Carola, als Anna ihr davon erzählte:

Ja, ich glaube, je schöner eine Sache ist, desto übler sind die Lieder darüber.

Interessant!, sagte Anna, dachte aber mehr an die Liebe im Gras als an die Qualität der Lieder.

Und?, fragte Carola – so wie ich dich kenne, wirst du's nicht noch mal versuchen.

Was?, fragte Anna.

Na ja, William ins Wiesengras zu zerren.

Anna schüttelte den Kopf.

Und siehst du, das ist falsch!, rief Carola aus. So bist du! Du bist so – hemmungsschnell. Ja, genau, das ist es. Du gibst zu schnell auf. Männern ist nicht so leicht beizukommen. Die sind stur! Stur – oder weg.

Sie lachten beide. Anna gelobte Besserung. Tatsächlich wurde die Liebe im Gras danach zur fixen Idee, ermutigt von Carola und von der eigenen Verzagtheit packte Anna William bei einem der nächsten Spaziergänge einfach beim Gürtel und versuchte, ihn den Deich hinunterzuschubsen, aber William stand wie ein Baum und lachte nur über Annas Bemühungen, wollte aber auch nicht mit ihr rangeln und kämpfen, wollte einfach nur weitergehen und plaudern und den Abend genießen.

Ganz normal, Rabbit, ja? Keine Experimente! Einfach nur spazierengehen; schaffst du das?

Sie waren allein mit den müden Rufen der Möwen und den letzten umherkurvenden Schwalben, und Anna hörte ihren Atem nach ihrem missglückten Angriff unpassend laut und keuchend.

Du bist ein großes Kind!, sagte William. Aber genau dafür liebe ich dich.

Ich bin eine Frau, dachte Anna trotzig, aber das begreifst du nicht.

Trotzdem war etwas dran an der Sache mit dem Kind. Anna war, was einige Dinge in ihrem Leben betraf, tatsächlich ein Kind geblieben. Sie war ihren Kinderlieben treu. Deiche zum Beispiel, so hat Anna immer schon gedacht, sind etwas für Kinder, zum Rennen und Radeln, zum Hinunterkugeln und Purzelbäumeschlagen. Das Land zwischen Hamburg und Cuxhaven – ein einziges Kinderpurzelspielparadies! Das sagte Anna auch William. Der runzelte die Stirn.

Für den Schutz des Landes sind die Deiche unentbehrlich, sagte er ernst. Immer noch! Der Großteil des Alten Landes liegt nur wenig über Null.

Das wusste Anna natürlich. Jeder hier wusste das. William wiederholte beim Abendspaziergang Schulstoff aus der dritten

Klasse, und doch fühlte Anna sich beschämt – und war wütend. Anna war nicht nur *hemmungsschnell*, wie Carola gesagt hatte, sondern auch noch schamschnell, jederzeit schambereit, schamgefügig. Diesmal schämte sie sich, weil sie so albern war – und weil er glaubte, sie wüsste nicht einmal, wozu Deiche gut sind. Hatte Anna sich so schlecht verkauft, dass er sie für vollkommen dämlich und ungebildet hielt? Begriff er nicht, dass ihre Kindlichkeit auch ein Spiel war, eine Einladung zum Mitspielen?

William erriet ihre Gedanken zwar nicht, sah aber ihren Unmut. Unmut bei anderen, das war für William kein Zeichen zum Einlenken. Unmut hieß, dass die anderen noch nicht verstanden hatten, dass sie überzeugt werden mussten.

Du bist halt eine Stadtpflanze, sagte er. Dieser ganze landwirtschaftliche Kram interessiert dich eigentlich nicht …

Aber … protestierte sie lahm.

Geographie – null, fuhr William unbarmherzig fort. – Du weißt ja nicht mal, welcher Fluss wo in den nächstgrößeren mündet. Staaten der USA – Fehlanzeige. Ich mach dir keinen Vorwurf draus – es interessiert dich einfach nicht. Nur musst du dich dann nicht wundern, wenn ich dir solche Sachen erzähle.

Er betrachtete ihr Gesicht von der Seite.

Aber kritisieren darf man dich ja nicht, sagte er. – Dann bist du gleich wieder beleidigt. Weil ich dein Spiel kaputtmache. Ich spiele aber nun mal nicht gern.

Ich bin nicht beleidigt!

Wie oft hatte Anna diesen Satz in den letzten Wochen wiederholt. Sie hasste es, wenn sie sich so verteidigte. Und wenn sie sich verteidigte, hörte sie nicht zu. Also merkte sie gar nicht, wie schnell sie wieder über etwas anderes zu reden begann. Über etwas Drittes, etwas außerhalb von ihr liegendes, am besten etwas Handfestes, Konkretes. Das würde William eher gefallen.

Der Lühedeich, sagte sie also eilfertig, – aber der Lühedeich!

Überhaupt die inneren Deiche! Die sind doch nicht mehr so wichtig. Die können wir doch Spieldeiche nennen – nur für uns!

William ging nicht darauf ein. Er schüttelte den Kopf und erklärte, wie die hereinkommende Welle Jahr für Jahr höher würde, weil der Hamburger Senat die Elbe immer weiter vertiefen ließ. Also wurden auch die inneren Deiche wieder wichtiger. Und der Außendeich sowieso. Die Entwicklung machte ihm Sorgen. Und schon war William wieder bei seinen Themen, und Anna war einerseits froh, weil das Gefühl der Beschämung in ihr abklingen konnte, und andererseits wusste sie, dass dies eine Gelegenheit gewesen wäre, über das andere zu sprechen: über sie beide. Und wie oft sie aneinander vorbeiredeten. Wie selten sie sich liebten. Und schon gar nicht im Gras. Was William sagte, merkte sie sich nicht. Nur seine Kritik. Und dass er sie zurückgewiesen hatte, hier, am Deich.

Anna holte das nach, mit dem Gras und dem Lieben, weil sie nicht für immer das Wort Deich mit Abwehr verbinden wollte – sie holte es nach, aber nicht mit William. Und wie immer, wenn man etwas nachholt, wenn man sich etwas gönnt, war mehr Kopf als Bauch beteiligt, es war eine absichtsvolle Affäre, Betrügen mit Vorsatz, und der Mann wusste das und gab sich wenig Mühe, es zu kaschieren.

Volker war Filmautor, einer von denen, die erfolgreich sind und selbst nicht wissen, warum. Ohne Ehrgeiz eigentlich und ohne Ziel. Das hätte sympathisch sein können, wenn man nicht das Gefühl gehabt hätte, dass Volker nicht nur sich selbst gering schätzte, sondern auch seine Umgebung. Wenn er sich eine Zigarette anzündete, blies er einem den Rauch ins Gesicht, wenn er eine Tür öffnete, dann nur für sich allein, wenn man auf einem Waldweg spazieren ging, drückte er mit seinem Körper die Zweige zur Seite, achtete aber nicht darauf, ob sie den Nachfolgenden streiften. Er ging vor Anna her und sah gut aus, und für einen Augenblick fragte sich Anna, ob das reichte.

Sie gingen durch den westlich von Hamburg gelegenen Forst, eilig, suchend, nicht wie Spaziergänger, sondern wie Leute, die etwas verloren haben.

Haben wir ja auch, dachte Anna schadenfroh, irgendwo auf diesem vermeintlichen Spaziergang war sie ihnen schon abhanden gekommen, die Leichtigkeit, die Lust. Sie blieben von Zeit zu Zeit stehen, um sich zu küssen, aber Anna musste daran denken, das zu tun, es musste eingerichtet werden, und dann hielt sie den voranstürmenden Volker am Ärmel fest und sagte ironisch:

Hey, Süßer, weswegen sind wir noch mal hergekommen?!

Dabei verlockte Volker durchaus zum Küssen, sein Mund war es ja gewesen, der Anna überhaupt auf die Idee gebracht hatte, ein Mund, verschwenderisch üppig und schön geschwungen, ganz und gar ungewöhnlich für einen Mann – aber auch Volker fing mit diesem Mund nichts an. Er redete meist Unsinn, belangloses Zeug, und Mike musste aus seinen Filmtexten immer wieder viel Text streichen, *Füllmasse*, wie er das verächtlich nannte. Bestand nicht Volkers Leben hauptsächlich aus Füllmasse? Er hatte irgendwo eine Freundin, er besaß, so erinnerte sie sich, sogar irgendein Haus, aber das war alles seltsam gleichgültig oder uninteressant, und genau mit dieser Gleichgültigkeit hatte Volker sie provoziert.

Da lagen sie nun, auf der kleinen Lichtung, die sie endlich gefunden hatte und die umgeben war von gefällten Bäumen, von achtlos zusammengeschobenem Unterholz. Die Wiese war eher buckelig und hart, und sie mussten aufpassen, nicht zwischen Brennnesseln zu geraten. Volker schob Anna seine Jacke unter den Kopf. War das jetzt das, was sie gesucht hatte? Anna beobachtete ihre weißen Beine, die rechts und links neben Volkers Rücken in den Himmel ragten. Sie bewegten sich in Volkers Rhythmus, und das sah so aus, als würde Anna gegen den Himmel anstrampeln, gegen das Leere, Weiße da oben. Volker packte sie und warf sie herum, und dann landeten sie doch zwischen Nesseln oder Ameisen, denn als sie sich erhoben, waren beide voller roter Flecken und kleiner Bisse. Sie pflückten sich gegenseitig Halme und Krumen vom Gesäß. Anna wischte sich die Oberschenkel mit einem Huflattichblatt ab, und Volker fragte:

Machst du das öfter?

Und Anna wusste, wenn sie jetzt ja sagen würde, würde er sie umarmen und zu Boden reißen, und die ganze Sache würde von vorn losgehen, denn solche Männer können sich Frauen nicht anders vorstellen als Eisbrocken oder Schlampen, und in welche Kategorie Anna gehörte, das war noch nicht entschieden.

Anna sagte also ja, damit wenigstens ein bisschen Außersichsein dabei wäre, ein bisschen Überschwang und Geschrei, und tatsächlich klappte es diesmal schon besser, und sie ließen nicht locker, bis sie beide schweißüberströmt und erschöpft nebeneinander lagen. Volker kramte, ohne die Augen zu öffnen, nach seinen Zigaretten. Anna wartete darauf, dass ein Reh auftauchte.

Riecht ein bisschen komisch hier, findest du nicht?, fragte Volker. Er hatte recht. Als sie pflichtschuldig die Gegend noch ein wenig erkundeten, gelangten sie sofort an den Saum des kleinen Waldes und sahen die Felder. Bauern waren dabei, Dünger zu streuen, mit großen Traktoren verteilten sie den Mist ringsumher.

Na großartig, sagte Volker.

Als sie auf dem Heimweg noch einmal anhielten, um einen Kaffee zu trinken und unauffällig letzte Spuren zu beseitigen, wussten sie bereits, dass sie kein Problem miteinander haben würden. Nur die Ameisenbisse juckten ein paar Tage.

Carola hielt nichts von ihrer halbherzigen Liaison:

Das ist doch nichts, sagte sie. – Zeitverschwendung.

Tatsächlich: Es war nichts. Und genau das war es ja gleichzeitig: Nichts. Vollkommen gleichgültig. Das war doch etwas: nichts. Der einzige Weg, um gegen die Scham anzukommen. Eine alles umfassende, alles umschließende Gleichgültigkeit. So weit kam sie mit William nie.

Sie trafen sich noch ein paar Mal, Volker und Anna. Zwischen ihnen herrschte eine Art von vergnügtem Missverständnis. Er hielt ihre Gleichgültigkeit für Freimut. Ihre Passivität für Raffinesse. Er war leicht zu beeindrucken, wie alle Fernsehleute. Er war begeistert, auf welche Spiele und Experimente sie sich einließ. Er kritisierte sie nicht, weil er sich nicht für sie interessierte, und er bestätigte sie, weil das schneller zum Ziel führte. Anna ahnte das, dachte aber nicht weiter darüber nach.

Wir kommen auf unsere Kosten!, sagte Volker einmal anerkennend.

Und Anna dachte, dass dies eigentlich ein Satz war, der zu William gepasst hätte, aber so sprach William nie, wenn es um Liebe ging oder um Sex. Er sprach überhaupt nicht, wenn sie im Bett lagen.

Seit ihrer ersten schwierigen Nacht hatten sie anscheinend ein stillschweigendes Abkommen getroffen: Sie machten es sich möglichst einfach. Sich, also ihm. Sie lagen immer im Ehebett. Sie lagen immer auf seiner Seite. Sie lagen immer aufeinander. Er oben, Anna unten. Wenn es nach Anna ging. Sie oben, er unten. Wenn es nach ihm ging. Sich darauf zu einigen, löste die einzige Form von Hin und Her aus, die man hätte für leidenschaftlich halten können. Stumm, sehnsüchtig, entschlossen: Komm her, nein du, gib nach, nein, du! Schon vorher löschten sie das Licht. Meistens griff William nach dem Schalter an der Nachttischlampe. Auch das war ein Zeichen. Es war ein Ritual, wie die Liebe überhaupt ein Ritual war. Liebesspiel – bei Anna und William war es Liebesernst. Es sollte sie miteinander verbinden. Stattdessen entfernte es sie voneinander. Anna schaute morgens im Spiegel in ihr müdes Gesicht. Müde war sie – und stumpf. Die Haut wurde immer trockener. Die Haare hätten lange schon geschnitten werden müssen, die Fingernägel auch. Die einfachsten Dinge begannen Anna anzustrengen. William bemerkte das, und es gefiel ihm nicht.

Andere schaffen in derselben Zeit das Dreifache!, sagte er.

In welcher Zeit? In der Liebeszeit?

Anna wurde bitter, und sie wurde böse. William fürchtete ihre scharfen Bemerkungen. Sie kamen aus Anna hervorgeschossen wie Messer. Wie Messer ohne Griffe allerdings, denn sie verletzte sich auch immerzu selbst. Innehalten jedoch konnte sie nicht. Schon William zu sehen machte sie wütend. Ihn nicht zu sehen, verzweifelt. Daran änderte auch Volker nichts, später auch kein Rainer und kein Simon. Sie alle vertrieben nur für einen Augenblick die Scham, für die Dauer einer Umarmung gelang gelegentlich das Vergessen.

Wann hatte das angefangen, dieses Sich-Schämen für andere? Anna erinnerte sich an ihren ersten Freund, einen Jungen, der jahrelang in der Schule einfach ihr bester Freund gewesen war und daher nicht in Frage kam. In Frage kamen die älteren Jungen. In die verliebte man sich, und je weniger sie die Vierzehnjährigen beachteten, desto großartiger fanden sie sie. Sven besuchte dieselbe Klasse, in die Anna ging. Er war schmal und ein, zwei Jahre lang sogar kleiner als Anna. Dann merkte Anna beim Sportunterricht, dass er sie mittlerweile überragte. Er ließ seine Haare länger wachsen, spielte ausgezeichnet Basketball und malte die besten Bilder im Kunstunterricht. Sie freundeten sich an. Sie redeten über Picasso und die Neuen Wilden. Er besuchte

Anna zu Hause, und sie redeten sich ins Paris der vierziger Jahre hinein, träumten sich an die Cote d'Azur, an eine Tafel mit Picasso. Sven hatte einen kubanischen Maler entdeckt, halb afrikanischer, halb chinesischer Herkunft, und schwärmte von den Bildern, die voller Blut und Wurzeln und seltsamer, großäugiger Wesen waren.

Als würde man das Innere eines Menschen nach außen stülpen!

Und Anna bewunderte seine Klugheit.

Dann kam jener Abend, an dem sie wieder einmal lange spazieren gegangen waren. Ein Wolkenbruch hatte sie überrascht, und Anna nahm Sven mit nach Hause, damit er sich trocknen konnte, bevor er mit seinem Rad in die Vorstadt fahren würde, nach Hause. Sie reichte ihm ein großes Handtuch, bedeutete ihm, leise zu sein, um die Mutter nicht zu wecken, und dann brühte sie einen Tee auf und schob Sven in ihr Zimmer. Sie saßen da wie Beduinen mit ihren riesigen Handtüchern um die Schultern. Sven hockte wie immer im Sessel, rührte in seinem Tee, die langen Haare fielen ihm ins Gesicht. Anna kauerte ihm gegenüber auf der Couch. Anna sah, wie seine Zähne klapperten vor Kälte.

Komm her, sagte Anna und tippte mit der flachen Hand auf die Couch. Komm zu mir!

Mit dem, was nun geschah, hatte sie nicht gerechnet:

Sven sprang auf, legte sich neben Anna und begann sofort, sie heftig zu küssen. Es war ihr unangenehm. Es war ihr peinlich. Seine Küsse waren ungeschickt und feucht, einzelne Haarsträhnen gerieten in ihren Mund. Sven hatte sie missverstanden. Sie wollte nur, dass sie näher zusammenrückten, nicht, dass sie – ja was? Worauf lief das hier hinaus? Anna überlegte fieberhaft, während Sven ihr schon den Pullover über den Kopf zog. Anna schämte sich, sie schämte sich schon im Voraus für Sven, wenn sie ihm sagen würde, dass das alles nicht so gemeint war, dass er sich bitte wieder hinsetzen und seinen Tee trinken und ihr bester Freund bleiben sollte. Er küsste ihre Brust. Es war sinnlos. Wahrscheinlich sollte alles so sein.

Morgens um vier schlich der Junge aus der Wohnung, und Anna hatte einen Freund. Jedenfalls sah er das so, und Anna konnte ihm nicht widersprechen. Er war ihr ja lieb! Und es wäre ihm unsagbar unangenehm gewesen. Außerdem: Was war sie denn für eine, die sich mit einem Jungen einließ, um dann hinterher zu sagen: Es war nicht so gemeint? Sie blieben zusammen. Immerhin zwei Jahre.

Vielleicht fing die Scham aber auch früher an. Mit einem anderen Mann. Damit, dass Anna ihren Vater aus der Kneipe holen musste. Das war, nachdem sie ihr Haus verloren hatten. Erst das Haus, dann die Arbeit. Erst ein Umzug, dann noch ein Umzug. Sie saßen fest. Sie saßen fest und froren, und Anna lernte ein neues Gefühl kennen: Angst. Angst vor der Schule, Angst vor den unbedarften Fragen der Mitschüler – und das Bedürfnis zu fliehen. Nachdem ihre Eltern ihr Rollschuhe geschenkt hatten zum Geburtstag im Mai, gab es kein Halten mehr: Anna fuhr mit den Rollschuhen, so weit sie nur konnte, und mehr als einmal fing eine Polizeistreife sie am Stadtrand ein. Und jedes Mal, wenn sie fragten, wo sie wohnte, und Anna folgsam die Adresse nannte, sagte ein Polizist:

Dann bringen wir dich jetzt mal nach Hause!

Und Anna hoffte jedes Mal, sie führen nicht zur engen Wohnung in der heruntergekommenen Gegend ihrer Eltern, sondern fort, weit fort über die Autobahn, die für Anna der Inbegriff der Freiheit war, und dann noch weiter, wo es keine Autobahn mehr gab, bis in das Dorf, aus dem Anna kam.

Ihre Mutter machte kein großes Aufsehen, wenn Anna wieder einmal auf diese Weise abgeliefert wurde. Sie hörte sich die Predigten der Polizisten an, stimmte allem zu und schloss die Tür hinter ihnen. Anna kann sich nicht erinnern, dass sie gescholten worden wäre. Annas Mutter redete überhaupt nicht über Annas Fluchten. Sie nahm ihr auch nicht die Rollschuhe weg. Anna wusste aber, dass sie ihr dafür etwas zurückgeben musste. Nichts war umsonst, auch nicht bei Müttern, so viel hatte sie schon begriffen.

Manchmal schrieb sie es sogar auf: Anna – ausgerissen. Und machte einen Strich dahinter oder zwei. Dagegen setzte sie ihre *guten Taten*: Geschirr abgewaschen, keine dummen Fragen gestellt. Und manchmal notierte sie auch die schlechten Taten ihrer Mutter. So lernte Anna das Aufrechnen.

Abends sagte die Mutter manchmal:

Kind, ich brauch' dich!

Und machte ihr Sorgengesicht und hielt Anna den Wohnungsschlüssel hin. Dann wusste Anna: Es ist wieder so weit. Ihr Vater kam nicht nach Hause, und die Mutter vermutete ihn in einer der Kneipen, die die Ecken ihres Viertels markierten wie Torhäuser. Wer hier wohnte, musste sie passieren. Wer hier wohnte, musste sich mit ihnen auskennen. Annas Mutter kannte sich nicht aus. Sie rümpfte die Nase, wenn sie sonntags nach der Kirche an den offenen Eingängen vorbeiliefen und es nach Zigarettenrauch und Bier roch und man das Krakeelen alter Männer hörte. Dann zog sie Anna eilig weiter. Jetzt schickte sie sie hin. Anna sollte ihren Vater holen.

Anna brauchte immer unendlich lange für die wenigen Meter. Sie brauchte lange, weil sie sich überwinden musste, die Kneipe zu betreten. Je länger sie sich vor dem Eingang herumdrückte, umso schlimmer wurde es. Sie versuchte, einen Blick durch die gelben und rosafarbenen kleinen Scheiben zu erhaschen, aber natürlich war das sinnlos. Manche Menschen finden Butzenscheiben gemütlich, Anna hasste sie. Versteckfenster nannte sie sie. Manchmal torkelte jemand durch die Tür nach draußen, und Anna erschrak und hoffte doch jedes Mal, es wäre ihr Vater, auch wenn dieser Jemand groß und kräftig war und eine laute Stimme hatte. Annas Vater war schmächtig und schmal, und seine Stimme wurde mit jedem Bier leiser. Meistens fand Anna ihn allein an einem Tisch, in sein Bier starrend oder mit dem Fingernagel Ritzen in den Bierdeckel zeichnend. Sieben, acht Striche waren auf dem Bierdeckel. Den Deckel hatte Anna an sich zu nehmen, zu der Bedienung zu gehen und zu sagen:

Machen Sie bitte die Rechnung fertig!

Und meistens amüsierten sich die Kellnerinnen, die in ihrer Erinnerung alle blondiert waren, über Annas bestimmten Ton und machten ihre Scherze, während sie auf den schmalen, kleinen Papierblöcken Bier und Schnaps zusammenzählten. Dann kam der schwierigste Teil: Anna musste ihren Vater überreden, ihr das Geld zu geben. Meistens protestierte er und sagte mit weinerlicher Stimme:

Ach, komm, nur ein Bier noch! Das tut mir gut, weißt du!

Und Anna hasste seine Stimme, weil er sonst nie so mit ihr sprach. Es war ein Ton, den sie nicht von ihm kannte, es war ein Ton, den er bisweilen ihrer Mutter gegenüber anschlug: Ach, komm! – und der meist dazu führte, dass sie ihn in seine Kammer schickte. Anna konnte ihn nirgendwo hin schicken, Anna konnte nur seinen Arm nehmen und sagen:

Bitte, Papa …, und meistens ließ er sich irgendwann erweichen, je öfter sie Papa sagte, umso besser, und dann konnten sie endlich gehen.

Wichtig war, dass Anna dabei niemanden anschaute, die Kellnerin nicht, die *ciao, bello* zu ihrem Vater sagte, und die anderen Gäste schon gar nicht. Sie beobachteten sie, die anderen

Gäste, das heißt, sie beobachteten Anna, das spürte sie genau. Sie beobachteten sie, weil sie selbst in ihrem Biernebel wahrnahmen, dass Anna nicht hierhergehörte, ein kleines Mädchen sollte nicht hier sein, und das spürte Anna wie sie und schämte sich für ihre Eltern. Anna schämte sich, weil sie sie nötigten hierherzukommen, sie schämte sich, weil sie es nicht alleine schafften, sie schämte sich für ihren schwankenden Vater, der nun zu allem Elend auch noch zu weinen anfing und sie beschwor, nichts zu verraten.

Was verraten? Ihn? Die vielen Biere und die Kurzen in ihren stämmigen milchweißen Gläsern? Oder die Kellnerin, der er manchmal im Scherz die Schleife der Schürze aufzog, wenn sie sich am Nachbartisch zu den Gästen beugte? Anna verriet nichts. Anna verriet ihn nie. Anna hielt immer zu denen, die sie beschämten. Denn das waren doch die, die sie liebten?

Nachts träumte Anna. Sie träumte so laut, dass die Mutter in ihr Zimmer kam, ihr die Hand auf die Schulter legte und ihren Namen sagte. Wenn Anna endlich hochschreckte, hatte sie ihn schon so oft gerufen, dass er nicht mehr liebevoll klang, sondern nur noch ungeduldig:

Anna! An-na! Kind!

Dann träumte Anna von dem Dorf, in dem sie zuvor gelebt hatten. Dort hatte es auch eine Dorfkneipe gegeben, auch dort hatten die Männer getrunken. Aber sie waren für sich geblieben, niemals hätte sich eine Frau zu ihnen gesetzt oder gar ein Kind vorgeschickt. Es gab so etwas wie eine eigene Zone für Kinder in dieser Dorfkneipe: Vorn, gleich am Eingang, wo sich die frische Luft von draußen mit dem Geruch von Zigarrenstumpen und feuchten Bierfilzen, von nassen Lappen und alten Körpern mischte, vorn am Eingang stand der Kicker, und dort wurden die Kinder geduldet, ja mehr noch: Dort räumten die Erwachsenen ihren Platz, wenn die Kinder auftauchten. Damals tauchten Kinder auf. Sie mussten sich nicht verabreden, es war selbstverständlich, wann gegessen wurde, wann der Vater den Mittagsschlaf am Sonntag beendet hatte, wann sie sie endlich ließen, die Erwachsenen. Es war, als verlören sie irgendwann das Interesse an ihrem Nachwuchs. Die Väter hatten samstags das Auto gewaschen und dabei so getan, als bedürften sie ihrer Hilfe, die Mütter hatten sich mit Kuchenbacken und dem Vorbereiten des Sonntagsbratens aufgehalten, und auch dabei waren die Kinder scheinbar vonnöten, mussten probieren und durften rühren und halb zur Hand gehen, halb zur Last fallen. Aber irgendwann, am Samstagnachmittag, manchmal, zu ihrem Leidwesen allerdings auch erst am Sonntag nach der Suppe, dem schweren Braten und dem Pudding, verloren die Erwachsenen sie angenehm aus den Augen. Entweder trotteten sie unbemerkt neben ihren Vätern, die dringend etwas zur Verdauung brauchten, zur Schenke, oder sie machten sich selbständig, schlenderten scheinbar ziellos in den Gärten und auf den Höfen umher, um schließlich unweigerlich, zu einer bestimmten Zeit, in einer bestimmten Stimmung, in der Schenke zu landen. An manchen Tagen trauten sie sich freilich nicht hinein, dann waren Lärm und Rauch, die von drinnen herausdrangen, schon allzu dicht und gewalttätig. Aber dann konnte es auch wieder geschehen, dass die Wirtin sie nach drinnen rief, das war, wenn der *Wurstmaxe* da war, ein Vertreter für Fleischwaren aus der Stadt, dem nicht einmal der Sonntag heilig war, für die Kinder der Inbegriff der Verheißung und der Großstadt. *Wurstmaxe* hatte es niemals eilig, und er mochte die Kinder. Wenn er mit der Wirtin und ihrem Mann, den sie niemals reden hörten, handelseinig geworden war, setzte er sich an den großen runden Stammtisch. *Wurstmaxe* unterhielt sie immer mit demselben Spiel: Er zauberte aus seinen Aktenkoffern kleine Tücher, Zahnstocher und Bindfaden hervor, dann legte er ein Dutzend bleicher Bockwürste bereit – Frankfurter, Kinder, das sind Frankfurter, und diese gertenschlanken, das sind die Wiener! – und begann, seine *Wurstpuppen* zu bauen. Wurstarme und -beine wurden durch Fäden miteinander verbunden, ein paar Tücher ergaben ein Kleid, große Scheiben das kugelrunde Gesicht, das mit einem Zahnstocher befestigt wurde. Ein Kopftuch darüber – und schon war die Dorfschöne fertig.

Anna lernte neue Wörter vom *Wurstmaxe – Dorfschöne* und *gertenschlank*, und stellte sich die Frauen in Wien als hochaufgeschossene Dorfschönheiten mit Kopftüchern vor. •

In der Schenke war kein Platz für Scham. Wenn einer betrunken vom Stuhl zu kippen drohte, warf ihn die Wirtin hinaus, und einer der anderen Gäste fühlte sich sofort zuständig und achtete darauf, dass er heil nach Hause kam. Es gab ja nur zwei Straßen. Aber meistens sagte die Wirtin vorher:

Es ist genug.

Und niemand hätte sich ihren Worten widersetzt. Sie war eine Autorität, wie der Pfarrer und der Bürgermeister, der natürlich gleichzeitig der größte Bauer im Ort war. Nur um eines beneidete Anna die Erwachsenen: um ihre Kegelbahn. Die gehörte zur Schenke, war aber durch einen eigenen Eingang über den Hof zu erreichen. Zutritt für Kinder: absolut verboten. Anna drängelte und quengelte so lange, bis ihr der Vater ein eigenes Kegelspiel schenkte, ein Dutzend gelber und roter Plastikpinguine, die man mit leichten Kugeln zum Umkippen zu bringen versuchte. Anna mochte die Pinguine jedoch nicht umwerfen; sie sahen freundlich aus mit ihren Plastikkulleraugen, die in den Gesichtern rollten, wenn man die Figuren bewegte. Sie spielte mit ihnen, wie man mit Puppen spielt. Ihrem Lieblingspinguin – einem roten, von dem sie behauptete, er habe ein schöneres Gesicht als seine Kumpane – strickte sie sogar einmal einen

Schal, mit Hilfe der Strickliesl, einem hölzernen Gerät für Kinder, die ansonsten unfähig blieben zum Handarbeiten, so wie Anna. Die Strickliesel war eine Art Holzpüppchen in Kinderhandgröße, mit einer Bohrung entlang der Mittelachse. In den bemalten Kopf der Strickliesel waren fünf oder sechs Nägel eingeschlagen, und um diese Nägel herum legte man die Wolle. Immer abwechselnd von außen und innen, von außen und innen. Mit einer Häkelnadel ging es am besten. So entstanden aus den Wollresten der Mütter kleine bunte Wollwürste. Das ganze Dorf schien eine Zeitlang voller Wollwürste; sie tyrannisierten mit ihnen die Katzen und die Ferkel, die jungen Hunde des Bürgermeisters – und Anna einen Plastikpinguin.

Einmal, sie wohnten schon in der Stadt, hörte Anna ein seltsames Geräusch aus der Kammer. Die Kammer war finster, sie hatte kein Fenster, und die Mutter schickte den Vater gelegentlich dorthin, warum, wusste Anna nicht. Der Vater fügte sich dann, schloss die Tür hinter sich, und Anna wusste, dass er nur auf dem Bett sitzen oder liegen konnte, denn mehr Platz gab es nicht in dem engen Raum.

Das Geräusch beunruhigte Anna, es klang seltsam, abgehackt, ein Schnüffeln und Schniefen wie das eines eingesperrten Tieres. Anna stellte sich vor, dass ihre Eltern ihr endlich doch den ersehnten Hund gekauft hätten, zögerte eine Weile, fasste sich schließlich ein Herz und riss die Tür auf. Das helle Licht aus dem Flur fiel in die Kammer, auf das Bett. Dort lag der Vater, in seinem grauen Anzug, zusammengekrümmt, und hielt einen der Plastikpinguine in seinen Armen. Er weinte. Er bemerkte Anna offenbar gar nicht, oder es war ihm gleichgültig, dass sie ihn sah.

Eine Woche später eröffneten ihr die Eltern, dass sie sich trennen würden. Anna schenkte ihrem Vater die Pinguine, auch den roten, der immer noch die bunte kleine Schalwurst um den Hals trug.

Viel später hat Anna ihren Vater dann öfter so gleichgültig gesehen, zuletzt, als er schon schwer krank war und ratlos in seinem Sessel saß, zusammengesunken, stumm.

So fand sie ihn eines Tages, als seine Haushaltshilfe sie angerufen hatte, um mit sich überschlagender Stimme ins Telefon zu schreien:

Ich mache das nicht länger mit! Das ist keinem Menschen zuzumuten!

Anna raste hin, zur Wohnung des Vaters, nestelte mit nervösen Fingern nach dem Schlüssel, den sie so gut wie nie benutzte, klingelte, wartete vergebens, schloss endlich die Tür auf und ging leise ins Wohnzimmer. Es herrschte eine eigenartige Stille in der Wohnung. Der Vater saß wie immer in seinem Lieblingssessel, er war allein, die Haushaltshilfe hatte Annas Kommen nicht abgewartet. Auf dem Tisch vor ihm ein Haufen sinnloser Notizen, Bestellungen, Rechnungen, die kein Mensch mehr verstand. Er saß stumm, er schaute sie nicht an, und Anna bemerkte endlich den penetranten Gestank im Zimmer: Annas Vater saß in seinem eigenen Kot.

Schließlich hob er den Kopf:

Es ist noch Cola im Kühlschrank, sagte er.

Das war es, was sie sich von der Beziehung zu William versprochen hatte: die Befreiung von der Scham. William würde sie nie bloßstellen, dachte Anna. Seine Härte, seine tadellose Haltung, seine Reserviertheit, das war der Preis dafür, dass man sich jederzeit in die Augen schauen konnte. Was sie nicht bedachte, war, dass sie die Scham ja suchte, dass sie nicht eher ruhen würde, bis auch William sie beschämte – einfach, weil es ein Gefühl der Nähe war, das sie kannte, weil Nähe und Beschämung für Anna zusammengehörten. Davon sollte William sie befreien – und auch wieder nicht. Das war die Falle.

Zum Advent schrieb die Mutter eine Karte, eine Kunstpostkarte, auf der Adam und Eva abgebildet waren: Adam, der ein Feld pflügt, und Eva, wie sie selbstvergessen einen Apfel bewundert, beide nackt. Zum ersten Mal fiel Anna auf, dass auch diese beiden sich schämten. Sie merkten, dass sie nackt waren, und sie schämten sich, so erinnerte sie sich jedenfalls an die Bibelgeschichte. Sie dachte daran, wie sie sich vor William ausgezogen hatte, wie sie versucht hatte, ihn im Licht des Projektors zu verführen, und das heiße, schmerzhafte und vertraute Gefühl stieg wieder in Anna hoch. Da hatte sie versucht, ihre Abmachung zu durchbrechen, das wurde ihr jetzt klar. Beides ging nicht: nackt sein und unbeschämt.

Anna hielt die Karte lange in der Hand. Vielleicht würde ihr ausgerechnet eine kleine Postkarte helfen. Vielleicht würde William, wenn sie sie ihm zeigte und ihm erklärte, was ihr durch den Kopf ging, begreifen, dass Anna sich Gedanken machte, dass sie sich wirklich Mühe gab, ihre Probleme zu lösen. Sie gab sich doch Mühe, nicht wahr? Allmählich rechtfertigte sie sich nicht nur vor William, sondern auch vor sich selbst, aber diesen Gedanken streifte sie schnell ab, so zufrieden war sie plötzlich – das gute Kind, das sich etwas einfallen ließ. Sie nahm die Postkarte und legte sie auf Williams Nachttisch, mit einer Kerze davor – damit die Karte nicht umfiel und auch, weil es so schöner aussah.

Dann wartete sie auf William. Sie war aufgeregt. Sie dachte, sie hätte einen Weg gefunden, wie sie miteinander reden konnten. Kunst und reden, das ging gut. Das war schon damals, mit Sven, gut gegangen. Anna würde William sagen, dass ihr wohl bewusst war, wie sie von seiner Art zu leben profitierte. Sie würde ihm sagen, dass sie seine Art, so willkommen sie ihr einerseits war, nicht genug zu schätzen gewusst hatte. Sie hatte an ihm herumgemäkelt und -kritisiert, wie es die vielen Ehefrauen tun, die Vorlagen für Filmkomödien sind. Aber sie wollte etwas verändern, sie wollte ihm näherkommen, auch wenn das hieß, dass man nackt dastand und beschämt. Sie war bereit dazu, sie merkte, wie ihr vor Eifer und gutem Willen die Nase zu laufen begann. Um sich abzulenken, begann Anna zu putzen, backte noch einen Kuchen, wischte herum, putzte sich immer wieder die Nase. William kam spät. Sie hörte sein Trampeln im Flur.

Hallo?

Er kam zu ihr, beladen mit Taschen und Tüten. Er kam vom Flugplatz, hatte mit Peter, einem Freund, an der Maschine geschraubt.

Er beugte sich zu ihr herunter, um ihr einen Kuss zu geben, und redete dabei weiter.

Der Kuss traf nicht. William wollte ihre Lippen küssen, traf aber ins Leere neben Annas Wange – und merkte es nicht.

Wieso konnte diese Kleinigkeit sie so sehr entmutigen? Wieso dachte Anna sofort: Ja, so ist das, die Ehemänner erreichen ihre Frauen nicht einmal mehr mit einem Kuss … – Und wieso packte sie ihn nicht einfach bei den Aufschlägen seiner Jacke und küsste ihn selbst?

Anna wagte es nicht. Anna war zaghaft. Sie war gefangen. Und vielleicht hatte sie schon aufgegeben. Vielleicht suchte sie nur noch nach einer Bestätigung? Wofür? Dafür, dass es keinen Sinn hatte? Und was war, wenn es wirklich vorbei war, wenn ihre Beziehung, die noch kein einziges, anständiges Jubiläum gefeiert hatte, doch schon am Ende wäre? Dieser Gedanke machte Anna solche Angst, dass sie schlotterte. Sie wollte nicht ohne William leben. Sie wollte nicht einmal den Gedanken denken. Was war mit ihr los? Hatte sie nicht vorher Jahre allein gelebt? Zufrieden, wenn auch nicht glücklich? Aber war nicht jeder Zustand besser als der jetzige?

Als William im Bad war, räumte sie schweigend die Postkarte und die Kerze fort. Er hatte nur einen flüchtigen Blick darauf geworfen, als er ins Schlafzimmer kam, um seine Sachen im Kleiderschrank zu verstauen.

Sieht plötzlich so katholisch bei uns aus, hatte William nur, mit einem flüchtigen Blick darauf, gesagt. – Wie ein kleiner Hausaltar.

Auf ihrem eigenen Nachttisch fand Anna wieder einmal einen kleinen Haufen von Münzen – Kleingeld, das William aus ihren Jacken- und Hosentaschen geklaubt und ihr stumm hingelegt hatte.

Nachts schlich Anna zum Kühlschrank, öffnete ihn und freute sich an der Kühle. Die Katze strich um ihre Beine, hoffte auf einen Käsezipfel. Anna hatte im Bett gelegen und geschwitzt, obwohl es doch Winter war und William wie immer darauf bestand, bei offenen Fenstern zu schlafen. Er schlief und schnarchte, Anna lag wach und schwitzte. Das Licht im Kühlschrank flackerte. Anna entdeckte ein Glas mit Bockwürsten, dachte an das Dorf und den *Wurstmaxe* und musste weinen.

Ab Anfang Dezember ist selbst in einer aufstrebenden Filmfirma nicht viel zu tun. Ablagen auflösen, Rechnungseingänge überprüfen, Konten durchsehen. Anna war allein, weil sie viel aufzuholen hatte, und versuchte, nicht an William zu denken, der es unreif und peinlich fand, dass sie nicht in der Lage war, ein paar Tage ordentlich und gelassen freizunehmen, um Weihnachtseinkäufe in Ruhe zu erledigen oder einmal so schöne und sinnlose Dinge zu tun wie Kekse zu backen. Jetzt war die Zeit für solche Dinge! Mit schlechtem Gewissen bestellte Anna das Gebäck, das William so sehr liebte und das er von zu Hause gewöhnt war, bei einem Delikatessenhändler im Internet. Natürlich flog die Maskerade auf, weil William die Verpackungen, die Anna eilig zusammengefaltet und, wie sie glaubte, gut versteckt hatte, sofort fand.

Das wird immer schlimmer mit dir, sagte er. – Du musst dich besser organisieren! Das kann doch nicht der Sinn der Sache sein, dass du bei diesem Halsabschneider in München bestellst! Haben wir es denn so dicke? Mach lieber mal ein paar Tage frei, dann hast du auch Zeit fürs Backen. Stattdessen verbreitest du immer noch mehr Hektik …

Er hatte Anna zur Erholung zwingen und einige Tage auf Sylt für sie beide buchen wollen, aber Anna hatte mit dem Hinweis auf Arbeit abgelehnt. Er hatte recht: Etwas lief schief. Weihnachten hatte ihr dann den Rest gegeben. Nicht ihr eigentlich – ihrem Konto. Sie hatte William endlich etwas Besonderes schenken wollen, sie wollte ihm zeigen, dass sie es ernst meinte nach wie vor, dass sie eine gute Ehefrau sein wollte, auch wenn sich dieser Satz aus Annas Mund inzwischen anhörte wie Trommeln auf trockenem Holz. Es war ihr Pech, dass sie zu dem sündteuren Kaschmirpullover auch gleich noch den passenden Schal entdeckte, dass sie bei einem traditionellen Kartenverkäufer den neuesten Satz Flugkarten Westeuropa entdeckte und einen wunderschönen Globus in einer Mahagoniaufhängung dazu. Als William die Geschenke auspackte, sorgsam wie immer, um das Papier nicht zu beschädigen, das er anschließend glättete, zusammenfaltete und in einer Schublade für das nächste Jahr verstaute, beugte sie sich zu ihm und küsste ihn in den Nacken. Er ließ es geschehen. Es war Weihnachten. Die Geschenke freuten ihn sehr.

Wochenlang allerdings würde sie nun keinen Besuch mehr bei ihrer Bank wagen. Die Post ließ sie ungeöffnet. Ich warte bis zum nächsten Jahr, dachte Anna, dann ist auch das Gehalt da. Anna sah Williams Gesicht vor sich, als er den Globus aufgebaut und am richtigen Platz in seinem Arbeitszimmer gleich noch einen Spot installiert hatte, der die Weltschau in ein beinahe dramatisches Licht tauchte. William hatte zufrieden gewirkt, besser gelaunt als sonst, wenn er bei handwerklichen Arbeiten war, er hatte sich nach Anna, die im Türrahmen stand und ihn beobachtete, umgesehen und ihr zugelächelt. War dieses Gesicht nicht alle Unruhe wert? Hatte sich das nicht gelohnt?

Ein ungemütlicher Gedanke schlich sich später dann doch in ihren Kopf: William war gerührt gewesen, ganz sicher – aber war Rührung nicht so ziemlich das Gegenteil von Liebe? War man nicht gerührt beim Anblick von hilflosen Kindern, von jungen Seehunden, die nach ihren Müttern jammerten und die im Fernsehen zu Spendenaufrufen benutzt wurden? Sah William Anna hilflos? Jammernd? Als putzigen Heuler? Oder war das doch Liebe, und Anna zweifelte nur wieder einmal an allem und jedem, an sich selbst?

Bei der Arbeit versuchte Anna, sich zu konzentrieren, versuchte, sich abzulenken, hatte die irrwitzige Hoffnung, dass durch die Mehrarbeit das sichere Minus auf dem Konto schwinden würde wie durch Magie. Hatte sie das nicht von William gelernt, dass durch Arbeit alles gut würde? Dass man sich nur genug anstrengen musste, damit alles wieder ins Lot käme? Am liebsten hätte sie William gepackt und geschüttelt und ihn angefleht: Bitte sag mir, dass alles wieder gut wird! Doch ein Heuler, sie klammerte sich daran. Sie arbeitete noch mehr, rechnete und prüfte, sie fuhr schon am ersten Weihnachtstag wieder in die Firma, und am nächsten Tag war sie vollkommen erschöpft. William holte sie am frühen Nachmittag ab.

Siehst nicht gut aus, Kleines, sagte er und fuhr ihr durch die Haare.

Er lenkte den Wagen nicht nach Hause, sondern nach Hamburg, auf die Autobahn.

Wohin fährst du?, fragte Anna.

Endlich merkst du's, sagte er. Ich habe mir schon Sorgen um deinen Geisteszustand gemacht.

Aber wohin …?

Warts ab, sagte William, du wirst es nicht bereuen.

Die Maschine nach Athen hob drei Stunden später ab. William hatte alles vorbereitet: Flüge und ein Hotel gebucht, ihren Koffer gepackt, den Pass dabei, natürlich auch schon vor Wochen bei Annas Chef um Urlaub gebeten. Man kannte sich. Man hatte Stillschweigen verabredet.

Vor ein paar Wochen habe ich diesen Flug noch richtig günstig bekommen!

Williams praktisches Gerede täuschte Anna diesmal nicht. Es störte sie nicht einmal. Anna war überwältigt. Sie hatte schon wieder Lust zu weinen. Sie war dankbar. Sie war sicher, dass William mit seinem vernünftigen Gerede nur von seiner Großzügigkeit ablenken wollte. Er wollte Anna eben nicht beschämen. Er kannte sie ja. Also tat er so, als wäre es etwas völlig Normales, seine Frau mit einer Reise nach Griechenland zu überraschen. Wieder dieses Gefühl der Rührung, diesmal auf Annas Seite. Sie hatte William unterschätzt. Er war doch romantisch, so wie er es immer behauptet hatte. Sie hatte ihm unrecht getan. Anna griff nach seinem Arm, streichelte ihn.

Niemals wäre ich auf eine so schöne Idee gekommen, sagte Anna.

Quatsch, sagte William.

An Bord der Maschine tranken sie einen schweren Rotwein, einen Samos, um sich einzustimmen, wie William das nannte:

Das tut dir gut. Gegen die Aufregung, sagte William, und Anna legte ihren Kopf an seine Schulter.

Habe ich da ein Danke gehört?

Williams fordernder Spott kam ihr sanfter vor als sonst.

In Athen war alles vorbereitet. Das Hotel lag in der historischen Altstadt, mit einem Blick auf die Akropolis, wenn man sich nach rechts aus dem Fenster lehnte. Das Zimmer war eher eine Suite, mit einem kleinen Kamin, dicken Ledersesseln davor und ein paar Büchern auf einem Sims.

Na bitte!, sagte William.

Er blühte auf. Er liebte die Stadt, die er seit Studententagen kannte. Ursprünglich hatte er im Sommer hierher gewollt, mit dem eigenen Flugzeug, aber die griechische Bürokratie war ihm zufolge so undurchschaubar wie eh und je gewesen. William hatte Anna nichts davon erzählt, wochenlang hatte er Pläne geschmiedet, die *Cherokee*, die sonst im Hangar überwinterte, besonders sorgfältig gewartet, Plätze für Zwischenlandungen gesucht, schließlich vom Plan, selbst zu fliegen, Abstand genommen, Preise und Kategorien der Tourismusunternehmen verglichen, gemailt, telefoniert und endlich gebucht. Natürlich wäre es noch schöner gewesen, auch den Silvestertag hier zu verbringen, aber dann wären sie wieder in die griechische Hauptsaison gerutscht, erläuterte William. So waren die Preise gerade noch hinnehmbar. Anna fragte nicht, was die Tickets gekostet hatten, was das Hotel. Sie schaute es auch nicht nach.

Nachts in dem riesigen weichen Bett mit den sich sofort verwickelnden weißen Laken kuschelte Anna sich an ihn. Sie legte einen Arm um ihn, sie küsste ihn. Er lachte leise.

Siehst du, sagte er. Geht doch!

Ich zeige dir mein Athen!

Mit diesem Satz weckte William sie. Er schaffte es sogar, einen Kaffee für Anna aufzutreiben, so stark und schwarz, dass er Herzklopfen machte.

Das ist die Aufregung, sagte William. – Warte nur!

Sie erkundeten die Stadt. Das heißt: Anna erkundete, sie versuchte, sich zu orientieren, während William nach ein paar prüfenden Blicken in den Stadtplan nur nickte und sagte:

Mhm, ja klar, logisch, das kenne ich …, – Anna den Plan überließ, aber energisch drauflosmarschierte. Die Orte auf dem Plan waren in griechischen Buchstaben geschrieben. An der Rezeption hatte es beides gegeben, eine englische und eine griechische Ausgabe, aber William hatte sofort nach der griechischen gegriffen und zu Anna gesagt:

Das lernst du ganz schnell, dauert einen Tag, dann hast du's, und dann fällt dir auch die Orientierung mit den Straßennamen leichter …

Aber von Orientierung konnte keine Rede sein. Anna folgte mit dem Zeigefinger den Buchstaben auf der Karte, entzifferte ein *Delta* und ein *Alfa*, aber da war William schon voraus, winkte sie mit dem Regenschirm ungeduldig zu sich, und sie faltete den Plan ungeschickt zusammen und eilte ihm nach.

Ein erster Stadtspaziergang, ein Staunen über die Pracht und den Mischmasch der Epochen. Der Regen hörte nach ein paar Stunden auf. Das lernte Anna hier am ersten Tag: den schnellen Wechsel. Nichts in Athen hatte Bestand – oder anders: Alles, was Bestand hatte, war Stein. Die Steine in dieser Stadt atmeten tatsächlich so etwas wie Ewigkeit – aber der Rest war flüchtig, war Übergang, Verfall, Improvisation, nicht wichtig. Ein Vorüberhuschen, ein hastiges Winken. Nie hatte Anna so viele Menschen abwinken sehen, nie so viel kurzes, lautes Auflachen gehört. Eine Stadt im Stakkato. Anna konzentrierte sich auf die Umgebung, auf die Bauten, die William ihr erklärte. Sie nahm das Funkeln wahr, das Funkeln der Wintersonne auf den noch feuchten weißen Fassaden, den Glanz. Und auch die Straßen glänzten, die Bürgersteige funkelten trotz des Schmutzes, man musste aufpassen, nicht auszurutschen. William stürmte voraus, und für eine Weile fühlte sie sich sicher hinter ihm. Sie hatte das

Gefühl, sie flögen, sie hatte das Gefühl, sie rannten. Es war seine Stadt, und sie eroberten sie in seinem Tempo.

Warte, William – so warte doch!

Er lachte freundlich über ihre Verwirrung und über ihr Unvermögen, die verschiedenen Baustile zu unterscheiden. Die Anlage dort drüben, auf der anderen Straßenseite – die Fassade in einem sanften Braun, aus dem bläulich das Glas der Fenster leuchtete, gefiel ihr ebenso gut wie der in frischem Gelb getünchte Palast – Anna fand alles majestätisch und gleichzeitig leicht, elegant und freundlich. Dass das eine importierter sozialistischer Zuckerbäckerstil war und das andere reinstes 19. Jahrhundert – was kümmerte es sie? William wirkte jünger, wenn er erklärte, schwungvoller und heiterer als sonst. Seine Stirn glättete sich, und Anna hatte Lust, nach seiner warmen, trockenen Hand zu greifen.

Anna mochte die Märkte, die vielen kleinen Plätze, die Menschen, die sich hingebungsvoll ihren Beschäftigungen widmeten. Es gab eine Gasse der Tischler und eine der Metzger, alles hier hatte seinen Platz.

Am späteren Vormittag allerdings füllte sich die Stadt allmählich zum Platzen, ein allgemeines Schieben und Rufen und Drängen machte sich breit, und das stete Hupen der Autofahrer verschwamm zu einem giftig aufschwappenden Klangbrei. Der Himmel bewölkte sich, und der Glanz wich einem Grau, so dicht, dass man es schier mit den Händen greifen konnte. Eine Stadt in einem uralten, schäbigen Flanellmantel, jetzt sah man, woran es überall fehlte, jetzt sah man die Risse in den Fassaden, die tiefen Löcher in den Straßen und die gefährlich absinkenden Dächer. Athen war abhängig vom Licht, durstig nach Licht, an Regentagen verloren und arm.

Anna lehnte an einer der steinernen Mauern. Sie roch den

Duft von gerösteten Kastanien, den Rauch von Zigaretten, Wacholderduft inmitten des Stadtgeruchs aus Abgasen, Menschen in feuchten Wollmänteln und dem Abrieb von zu schnell fahren Waggons auf Straßenbahnschienen. Ja, Anna verstand, dass man diese Stadt mochte. Aber sie erfuhr auch, wie sehr sie erschöpfte.

William hatte seine neue Kamera dabei. Er hatte immer schon gern fotografiert, aber erst, seit er mit Anna zusammen war, machte ihm die Sache richtigen Spaß. Er fotografierte Anna, und sie musste zugeben, dass sie niemals besser ausgesehen hatte als auf Williams Fotos. Im Lauf der Zeit hatte William aber zunehmend Freude an anderen Motiven gefunden, an Architektur vor allem.

Die wehrt sich nicht immerzu und schneidet Grimassen!, behauptete er im Scherz, aber in Wahrheit gefiel ihm die Linie, das Spiel von Licht und Schatten, die Mehrperspektive. Er konnte ein Gebäude von etlichen Seiten fotografieren. Und allmählich ersetzten die Fotografien die Dinge, die er früher von Reisen mitgebracht hatte. Keine Andenken mehr. Nur Fotos. Anna mochte das. Nicht deshalb, weil das Haus nicht noch weiter angefüllt wurde und sie deshalb keinen weiteren Streit bekamen. Anna mochte, wie William fotografierte. Sie mochte seinen genauen Blick auf die Dinge. Er ermüdete nie und sagte jedes Mal begeistert:

Es sieht von jeder Seite anders aus. Es gibt nicht nur schwarz und weiß!

In Athen war Anna froh über die neue Panasonic und die neuen Objektive. Auch darüber, dass William vieles erst noch ausprobieren musste. Aber irgendwann gingen sie dann doch weiter, denn William hatte ja ein Ziel. Die ersten Spaziergänge, so William, sollten der historischen Orientierung dienen.

Gehen wir zur Akropolis?, fragte Anna. Sie hatte vom Hotelzimmerfenster aus so imposant ausgesehen – und außerdem war sie das einzige Bauwerk, nach dem sie mit Namen fragen konnte.

Das wäre ein bisschen viel für den Anfang, bestimmte William. – Lass mich mal machen! Ich zeige dir die wichtigsten Punkte, und morgen können wir dann die Akropolis erobern.

Die wichtigsten Punkte. Der *Monastiraki-Platz*, der alte Flohmarkt, dann die *Athinas* hinunter, vorbei an den Gebäuden der *Varvakeios Agora* – reinstes Art Nouveau – vorbei an dem Geruch von Fleisch und Fisch und Blut, vorbei an emsigen, schleppenden, laufenden Menschen. In einem Hinterhof entdeckte Anna ein kleines Haus, fast eine Hütte. Ganz in Weiß getüncht, konnte sie nicht mehr als zwei, höchstens drei Zimmer bergen. Es war ein altes Gebäude, gewiss mehr als hundertfünfzig Jahre alt, aber das war es nicht, was Anna anzog. Was sie anzog, war vielmehr, dass hier alles stimmte. Die Maße, die Proportionen. Die Hütte strömte etwas aus, eine Ruhe, eine Gefasstheit, die stumm machte. Anna griff nach Williams Hand.

Mehr braucht man eigentlich auch nicht, stimmt's?, sagte sie zu William, der schon wieder den Stadtplan studierte; er hatte einen Blick auf das kleine Haus geworfen und *hübsch* gebrummt.

Mehr braucht man nicht?, fragte er jetzt zurück. – Du meinst, du würdest nicht mehr brauchen? Dann können wir ja hier auschecken, und wir ziehen in ein CVJM-Hotel – wie fändest du das?

Nein, ich meine – so grundsätzlich! Wäre es nicht faszinierend auszuprobieren, mit wie wenig man auskommen kann, wenn es wirklich darauf ankommt?

Nur zu!

William hatte keine Lust, ernsthaft zu argumentieren: Das

kann meinem Konto nur gut tun!, witzelte er. – Das möchte ich mal erleben, du ohne Badezimmer und so …

Er hätte noch weitergeredet, wenn sich nicht ein deutsches Paar an ihn gewandt hätte: Ob er ihnen, da er sich doch offenbar gut auskenne, eine Tour zu Fuß empfehlen könne – nicht zu lang, aber auch nicht zu kurz?

William war in seinem Element. Er schlug nicht nur gleich zwei etwa gleich lange Touren vor, er erklärte auch bereitwillig, woher sein Wissen kam – von seinem Studium in Athen, damals in den Achtzigern.

Anna staunte. William hatte in Athen studiert?

Na klar, sagte William, du weißt doch, dass Antike immer meine Leidenschaft war.

Abends, bei Rotwein und Lammkeule mit Kartoffeln in einem Zitrone-Oregano-Sud, fragte Anna nach. Sie wusste, dass William Flugzeugbau studiert hatte – und ein paar Semester Jura im Nebenfach. Aber Griechisch?

Das war im Rahmen meines *Studium Generale*, sagte William mit der gewohnten Förmlichkeit. – Vergiss nicht, dass ich ein altsprachliches Gymnasium besucht habe, und, man kann sagen, auch mit einigem Erfolg. Ich wollte das Griechische nicht verlernen, und ich dachte und denke, dass die Verbindung von Europa und Asien nur über die Levante gelingen könnte. Ich habe ja eine Zeitlang erwogen, Jura zum Hauptfach zu machen. Internationales Recht. Damals schwer im Kommen. Und Griechenland als Brückenkopf. Geopolitisch hochinteressant!

Er redete sich warm. Er schwärmte von Griechenland, von der Gastfreundschaft der Menschen, vom *levantinischen Schlendrian*, von beeindruckenden Theaterbesuchen, von der Musik. Als Anna ihm Wein nachschenken wollte, geriet sie mit dem pelzgesäumten Rand ihres Jacketts über die Kerzenflamme. Sofort flammte der Pelz auf. Anna war vor Schreck wie gelähmt –

aber William löschte den Brand kaltblütig mit einem Glas Wasser, schlug die zu Asche gewordenen Fussel beiseite und tröstete sie:

Ist gar nicht so schlimm, schau mal.

Tatsächlich war bloß ein winziger Teil des Besatzes versengt, man sah es nur, wenn man sehr genau hinschaute. Es war William gewesen, der ihr die elfenbeinfarbene Jacke mit den koketten Schößchen und den goldenen Schnallen vor ein paar Monaten gekauft hatte. Sie selbst hätte sich so ein auffälliges Stück niemals ausgesucht, und es hatte ein Vermögen gekostet. Aber William hatte es sich nicht nehmen lassen, ihr die Jacke zum sechsten Hochzeitstag zu schenken – das heißt, er schenkte sie ihr eine Woche nach dem Hochzeitstag, denn das richtige Datum war ihm entfallen:

Du hast eigentlich Pech mit mir!, scherzte er. – Wäre ich ein anständiger russischer Ehemann, müsste ich dir einen Pelz schenken … Und dann vergesse ich auch noch den Tag! Schöner Ehemann! Aber ich dachte, es ist eine nette Ergänzung zu deinem Hochzeitsensemble, so 'ne Art Anbaumöbel …

Jetzt lenkte er von dem kleinen Missgeschick ab: Komm schon, trink einen Schluck – es ist gar nichts passiert!

Anna staunte über seinen Großmut und verfluchte sich für ihr Ungeschick. William beruhigte sie, er lenkte sie ab, indem er weiter von Griechenland erzählte, so als sei es ein fernes Land und nicht, als säßen sie mittendrin. Später musste Anna Ouzo mit ihm trinken, Ouzo vor dem Kaminfeuer, das er souverän entzündete und in das sie beide schauten, als stünde in den Flammen etwas geschrieben für sie.

William lachte, als Anna ihm das erzählte: Da steht geschrieben: Gute Nacht, ihr Lieben, es reicht für heute!

Warum war Anna immer so ernst? Auch damit haderte sie.

Es sollte Monate dauern, bis Anna durch einen Zufall herausfand, wie es sich wirklich mit Williams Auslandsstudium verhalten hatte. Sie hätte gleich stutzig werden sollen, sagte sie sich später, denn Jura und Griechenland, kaum zehn Jahre nach dem Ende der Diktatur und nur ein Jahr nach dem EU-Beitritt, das vertrug sich kaum miteinander, abgesehen davon, dass William Ingenieur werden wollte und Jura nur ein paar Semester studiert hatte, um sich auch in geschäftlichen Fragen auszukennen. Anna kam der Sache auf die Spur, als sie überlegte, eine Überraschungsparty zu Williams Geburtstag zu organisieren, und in alten Fotoalben kramte. Anna wusste, dass William das nicht mochte, *in der Vergangenheit wühlen*, aber wie sonst sollte sie an genügend alte Freunde und Bekannte kommen, denn sosehr sie auch grübelte – ihr fielen einfach nicht genug Menschen ein, die ihr Wohnzimmer hätten füllen können. Kannte Anna sie nur nicht – oder gab es sie nicht? Es war ein seltsamer Widerspruch: William, der auf Partys und im Urlaub fremde Menschen mit seinem Charme und seiner Weltläufigkeit sofort für sich gewann, war zu Hause ein Einzelgänger, jedenfalls schien es so. Anna überlegte, ob er Kollegen namentlich genannt hatte, aber ihr fielen kaum Namen ein. Bettina, die Sekretärin, und Peter, der Fliegerfreund, dazu Tim, der Trauzeuge. Also wartete Anna ein Wochenende ab, an dem William mit Peter unterwegs war, und machte sich in aller Ruhe über die vergilbenden Fotobände her. Und tatsächlich: Das Album über den Griechenlandaufenthalt war leicht zu finden, denn stilisierte antike Tempel schmückten den Einband. *Athen, 1982* hatte William daraufgeschrieben, natürlich mit griechischen Buchstaben. So viel konnte Anna mittlerweile entziffern. William, stellte Anna fest, war 1982 tatsächlich dort gewesen – vom 2. bis zum 18. Juli. Ein Ferienaufenthalt. Ein Studentenaustausch. Fächerübergreifend. Weil es eine Partnerschaft seiner Universität mit einer der Athener Hochschulen gab. Eine Handvoll deutscher Studenten hatte

Athen besucht, eine noch kleinere Handvoll von Griechen war im darauffolgenden Frühjahr zu Besuch nach Deutschland gekommen. Das war der *Studienaufenthalt*.

Nun dachte Anna zurück an Athen, an ihren sicheren, gut gelaunten, kundigen William, der mühelos mit seinem Altgriechisch drauflosredete und sich lachend von den Einheimischen ins Neugriechische korrigieren ließ. William, der mit den Kaffeehausbesitzern, den *Kafetzis*, sofort über Gott und die Welt redete, der auf dem Fleischmarkt unerschrocken die aufgehängten Lammhälften inspizierte und in der Garküche in Piräus einen Eintopf aus seltsam ausschauenden Innereien gegessen hatte, neugierig, selbstsicher. Er hatte diese Art von Aufschneiderei doch überhaupt nicht nötig? Warum machte er das?

Ihr fielen die zahlreichen Jobs ein, die William angeblich gehabt hatte – nein, nicht einmal von *Jobs* redete er, sondern von *ausgeübten Berufen!* Anna hatte schon damals gedacht, dass ein Beruf immer dann ein solcher genannt werden konnte, wenn man ihn auch *ausgeübt* hatte, sie hatte die hochtrabende Bezeichnung noch nie verstanden, und sich geärgert, dass sie Teil eines unerklärlichen Imponiergehabes war. Ihr war klar, dass William nicht wirklich Imker gewesen sein konnte – noch dazu in einem palästinensischen Dorf –, und wenn man die Jahre nachrechnete, kam man ziemlich rasch darauf, dass ihr vermeintlicher Imker zum fraglichen Zeitpunkt gerade siebzehn Jahre alt gewesen war, ein Schüler also, auf Friedensmission auf der Westbank. Aber was war mit William als Automechaniker? William als Schlussredakteur bei einer Frauenzeitschrift? Anna stellte ihn nicht einmal zur Rede, so absurd kam ihr der Gedanke vor, dass ausgerechnet ihr souveräner, selbstbewusster Mann ein – Angeber sein sollte. Alles in Anna wehrte sich schon gegen das Wort in Verbindung mit ihm. Und wenn er es denn war – warum machte er das? Es war Anna geradezu körperlich unangenehm, darüber nachzudenken. Es war, als hätte sie William bei einer unanständigen Tat erwischt. Oder bei etwas ganz und gar Peinlichem. Sie musste ihn vor ihrem Gefühl verteidigen! Sie musste augenblicklich an etwas denken, was das Bild des ganzen Mannes in ihrem Kopf wiederherstellte. Schnell! Athen! Ja, das war es. Wie sie durch Athen gebummelt waren. Nein, nicht gebummelt – gezogen. Anna sah sich neben William durch die Straßen wandern, sie sah, wie sie wieder und wieder den *Syntagma-Platz* überqueren, die *Panepistimiou* und die *Stadiou*, sie sah sich selbst an jeder Ecke stehen bleiben und immer wieder stehen bleiben, um entzückt die Fassaden der Kirchen, der Paläste und den bröckelnden Marmor zu betrachten. Sie hörte William lachen, als sie ausgerechnet den *Aerides*, den *Turm der Winde*, in ihr Herz schloss – nicht die bedeutende *Agora*, nicht den *Parthenon*, nein, der Turm mit seinen Abbildungen der acht Windarten nahm Anna gefangen.

Pass auf, gleich lässt irgendein Rapunzel sein Haar herunter, sagte William. War doch klar, dass du es wieder mit Märchen hast!

Anna sah sich, von William geführt, in einigen byzantinischen Kirchen, die er ihr als *Gegengift* verordnet hatte, und sie erinnerte sich, wie sie ihren Ärger über seine Erziehungsversuche vergaß, als sie beide in einer der kleinen Kirchen von einem Gottesdienst überrascht wurden, der eigentlich nichts anderes war als die stete, feierliche Prozession unzähliger bärtiger Männer, wahrscheinlich allesamt Geistliche, vor denen die Frauen in den Kopftüchern fortwährend knicksten. Sie sah sich wie betäubt vom Anblick der vielen Kerzen, vom Weihrauch, vom Gesang der Menschen, die Kathedrale verlassen, dunkel war es geworden, und sie suchten ein Restaurant, das ihnen der Hotelier empfohlen hatte. Sie sah sich mit klopfendem Herzen und weichen Knien versuchen, die viel befahrenen Straßen zu überqueren. Niemals riss der Strom der Autos ab, ihre Scheinwerfer blendeten, sie fuhren allesamt viel zu schnell und nahmen keine Rücksicht auf die Unebenheit der Fahrbahn, auf die Straßenbahnen, auf Fußgänger wie Anna und William …

Da war William schon vorausgegangen, er hatte nicht auf Anna gewartet, er war, ehe sie sich versah, schon bis zur Mitte der achtspurigen Straße vorgedrungen und scherte sich nicht darum, dass ihn viele Autofahrer aufgebracht anhupten.

Nun komm schon her!

Er winkte ihr zu.

Sie setzte einen Fuß auf die Fahrbahn – ein Hupen. Erschrocken zog sie den Fuß wieder zurück.

Meine Güte, Ana, nun mach doch nicht so einen Aufstand! Du musst einfach losgehen, das ist hier so …

Anna versuchte es erneut. Wieder Hupen, wieder Rückzug. William hatte inzwischen die andere Straßenseite erreicht. Schließlich stürzte sich Anna einfach in den Verkehr, lief Zickzack, wurde in der Mitte beinahe erfasst von vorbeijagenden Wagen, ihr Herz rebellierte gegen ihren Kopf, der sie vorwärts befahl, los, geh schon, noch fünf Schritte, noch vier … Anna musste sich an der steinernen Balustrade einer Brücke festhalten, als sie die andere Seite erreicht hatte. William war einfach weitergegangen.

Nach dieser Sache wurde das zu einem Problem zwischen ihnen: die Straßen. Anna begann, die Kreuzungen zu fürchten. William machte es Spaß, sich im Athener Verkehr zu bewegen. Er ignorierte die gelegentlich vorkommenden Ampeln, die ebenso gelegentlich von den Autofahrern respektiert wurden. Er ging. Er eilte nicht einmal. Und niemals griff er nach Annas Hand oder nach ihrem Arm. Niemals wartete er auf sie.

Du bist doch kein Kind!, sagte er, als sie ihn einmal, zaghaft, darauf ansprach.

Nein, aber vielleicht können wir uns darauf einigen, dass ich für die Dauer einer Straßenüberquerung eins bin?

Nun sei nicht albern. Das schaffst du doch!

Anna schaffte es nicht. Sie fürchtete sich und schwitzte. Sie wurde hysterisch und schrie. Klaglos ließ sie sich von den Rolltreppen an der U-Bahn in die Tiefe ziehen. Alles war besser, als in diesen Straßen zurechtkommen zu müssen. Die Notwendigkeit, sie zu überqueren, überschattete allmählich alles.

Das ist typisch für dich, sagte William, als Anna abends im Restaurant über die Verhältnisse klagte. – Du siehst immer nur das Negative. Du hältst dich geradezu daran fest. Wir sehen jeden Tag tausend schöne Dinge – und du redest abends vom Auspuffgestank und der Rücksichtslosigkeit der Autofahrer!

Das stimmte und stimmte nicht. Denn nicht die Autofahrer waren in Wahrheit Annas Problem. Nicht die aggressiven Chauffeure der teuren Limousinen, nicht die hin und her hetzenden Athener, nicht die scheinbar blinden und tauben Lenker der städtischen Linienbusse. William war ihr Problem. Dass er nicht zuhörte. Oder dass sie sich nicht verständlich machen konnte. Dass er immer mehr seiner Wege zog und dass sie immer mehr zurückblieb. So kam es ihr vor.

Von der Bar des *Hilton* aus hatte man einen fantastischen Blick über die Stadt. Aber selbst die *Portokalopita*, der köstliche Orangenkuchen, machte Anna traurig.

Am vierten und fünften Tag hatte sich das eingespielt: William ging voraus, Anna versuchte hinterherzukommen. Meistens wartete er am nächsten Platz. Er sagte nichts, Anna sagte nichts. Sie erwartete, dass er wartete. Er erwartete, dass sie aufholte. Beide fanden, dass der andere zu viel verlangte. Beide fanden, dass sie nicht verstanden würden. Bald verloren sie sich und manchmal fanden sie sich wieder, für eine sehr kleine Weile. Und diese Form des gemeinsamen Gehens und getrennten Gehens behielten sie auch bei, als sie einen ganzen Tag in den Museen verbrachten. Vom *Nationalmuseum* ging es zum *Archäologischen Nationalmuseum*. Anna zwang sich, sich einzureden, dass sie eben einen eigenen Rhythmus hätte. Was hatte William schon von ihrer Vorliebe für die Porträts eleganter Damen, was von ihrem befremdeten Entzücken über die abgebildeten Schoßhündchen, die welken Blumen in kristallenen Vasen? Er verstand ohnehin nicht, warum sie sich in Athen über französische Maler freuen konnte. Dafür musste sie am *Archäologischen Nationalmuseum* lange auf ihn warten. Die vielen Torsi und Heldenköpfe, die so nüchtern präsentiert wurden, als ginge es um eine klinische Schau, machten Anna müde. Am Ausgang trafen sie sich wieder. Anna wollte sich nicht lumpen lassen und schenkte William den schweren Katalog der Ausstellung – mit griechischem und englischem Text, abends blätterten sie gemeinsam darin, erschöpft von der Stadt und der versuchten Gemeinsamkeit.

Am nächsten Tag, ihrem letzten in der Stadt, lag die Wolke, der *Nefos*, über der Stadt: Der Smog ließ selbst den strahlendsten Marmor grau verblassen, machte husten, machte die Fußgänger noch kopfloser und die Autofahrer aggressiv. Der Bankautomat an der *Ermou* rückte kein Geld mehr heraus, und Anna merkte, dass sie eine Erkältung bekam. William winkte ab, als sie ihn nach den homöopathischen Tropfen fragte, die sie sonst immer einpackte, wenn sie verreisten.

Das ist jetzt eh zu spät! Komm, wir trinken lieber noch etwas zum Abschied!

Anna tat ihm den Gefallen, obwohl ihr mittlerweile der Hals erbärmlich wehtat. Schlucken kostete große Überwindung, und statt Wein hätte sie auch Diesel trinken können. Nachts wachte sie mit hämmernden Kopfschmerzen auf. Ihr Körper glühte. Anna tastete sich im Dunkeln ins Badezimmer, schloss erst die Tür, machte dann das Licht an – und stellte fest, dass sie ihr geschwollenes Gesicht im Spiegel nur durch einen nebligen Schleier wahrnahm. Dass sie geduscht hatten, war aber Stunden her! Anna hielt die Hände unter das lauwarme Wasser im Waschbecken und widerstand der Versuchung zu trinken. Trübsinnig kehrte sie zurück ins Bett.

William … Mir ist so elend …

Er schlang seinen Arm um Anna: Kleiner Ofen! Schlaf.

Am frühen Morgen klingelte der Wecker. Anna mochte nicht frühstücken, jetzt lief auch die Nase, und die Kopfschmerzen waren unerträglich. William hatte im Nu gepackt und wartete. Im Flugzeug hätte Anna beinahe geweint; Start und Landung verursachten stechende Schmerzen in den Ohren. William starrte sie an, als sie einem Taxi winken wollte.

Bist du verrückt? Wir haben doch weiß Gott schon genug Geld ausgegeben!

William, sagte Anna, bitte begreif endlich: Ich kann nicht mehr! Ich kann wirklich nicht mehr!

William nahm ihren Koffer: Nun gib schon her. Da vorne kommt der Bus.

Zweimal umsteigen bis zum Parkplatz in der City, den William ausgesucht hatte, weil er wesentlich preiswerter als der am Flughafen war. Endlich: Williams große Limousine. Anna war selten so erleichtert auf die Lederpolster gesunken. Das Gesicht bedeckte sie mit einer Hand: Das helle Winterlicht konnte sie kaum ertragen.

William lenkte den Wagen auf die Autobahn, durch den Elbtunnel, aus der Stadt hinaus. Als sie bei seinem Flugzeugbauer vorbeikamen, bog er ab. Anna hielt das Ganze für einen Scherz und sagte mühsam:

… ist nicht dein Ernst! Willst du mir jetzt zeigen, dass du genauso arbeitssüchtig bist wie ich?

Und als er nicht antwortete:

… William, bitte …

William hielt beim Kontrollposten. Unwillig bequemte sich der Mann aus seinem Glasbau.

Ich will nur ein paar Unterlagen zusammensuchen und eine Datei ausdrucken, okay? Dann kann ich mich morgen und übermorgen ein bisschen einfummeln …

… William, bitte …

Annas Stimme klang jetzt richtig unangenehm. Schrill, laut und brüchig dabei.

William, ich kann nicht mehr! Verstehst Du: ICH KANN NICHT MEHR!

Der Pförtner sah sie entgeistert an.

William ließ sie unbeeindruckt schluchzen, fuhr die Scheibe hinab, zeigte seinen Ausweis.

Der gilt aber nicht für die Dame, sagte der Pförtner.

Die Dame ist meine Frau, erwiderte William.

Anna war verblüfft, wie leicht William nachgab, als der Pförtner den Kopf schüttelte: Nein, kein Reinkommen für die Dame. Herr Doktor Hartmann könne natürlich, jederzeit, selbst heute am Silvestertag …

Dann wartest du hier halt ein bisschen, bestimmte William.

Der Pförtner ließ Anna nach ein paar Minuten in sein Glashäuschen eintreten. Dort saß sie auf einem Stuhl, und die Schalttafel des Pförtners kam näher und entfernte sich, kam näher und entfernte sich … Dass ihr die ganze Zeit die Tränen übers Gesicht liefen, merkte sie, als sie wieder einmal nach einem Taschentuch kramte: Ihre Jacke war nass. Der Pförtner beobachtete seine Monitore, wandte ihr den Rücken zu und schwieg.

William war ärgerlich, als sie endlich nach Hause fuhren.

Dass du immer einen solchen Aufstand machen musst wegen dem bisschen Erkältung! Herrgott, du könntest ein wenig mehr

Verständnis für meinen Beruf zeigen, schließlich habe ich mir fünf Tage Zeit genommen …

Anna legte noch eine Wolldecke auf ihr Federbett. Es würde eine Weile dauern, bis die Fußbodenheizung das Haus angewärmt hätte. Sie kroch unter den Deckenstapel, und mit einem gebieterischen Satz sprang die Katze auf ihre Füße. William brachte ihr einen Tee, aber das bekam sie schon nicht mehr mit.

Dabei blieb es, für zehn Tage. Eine richtige Grippe hatte Anna erwischt. Drei Tage blieb das Fieber über vierzig Grad, drei Tage brachte ihr William drei Mal am Tag Tee und ein wenig Obst, das Anna aber nicht anrührte, drei Tage lang brachte William das Obst drei Mal am Tag wieder nach unten. Drei Tage lang wich die Katze nur von Annas Bett, um einen schnellen Gang nach draußen zu machen.

Am vierten Tag ging es etwas besser. Die Medikamente, die der Hausarzt mitgebracht hatte, schlugen an, und Anna konnte ihre Umgebung wieder ohne Schleier wahrnehmen. Sie schleppte sich in die Küche, um eine Brühe heiß zu machen. William hörte sie in seinem Arbeitszimmer rumoren. Da entdeckte Anna den Poststapel. Obenauf lag ein Brief vom Finanzamt, geöffnet. Der Brief war an Anna Hartmann gerichtet. Als sie danach greifen wollte, stand William plötzlich hinter ihr.

Tja, böse Sache! Er nahm ihr den Brief aus der Hand.

Er enthielt Forderungen aus vergangenen Jahren, eine immense Summe, die Anna nachzuzahlen hatte. Die Behörden aber hatten sich längst selbst bedient: Sie hatten Annas Konto leergeräumt. Deshalb hatte der Automat in Athen kein Geld mehr herausgegeben! Anna brannten die Augen.

Ich verstehe nicht, wie dir so etwas passieren kann! Die drohen dir mit Gehaltspfändung!

William war laut. Annas Stimme zitterte erbärmlich:

Ich verstehe es auch nicht …

Du verstehst es auch nicht?! Ana, das kann nicht dein Ernst sein! Du musst doch über deine finanziellen Verhältnisse Bescheid wissen! Was heißt das, du verstehst das nicht? Du benimmst dich wie ein kleines Kind …

Es zischte. Die Brühe auf dem Herd kochte über. William fluchte und sprang zum Herd. Anna drehte sich um und ging zurück ins Bett, den Bescheid des Finanzamts in der Hand. William brüllte hinter ihr her:

Du gehst jetzt nicht! Du kommst sofort zurück! Ich habe dieses Chaos satt …

Anna schloss ihre Zimmertür und überlegte, sie zu verriegeln, ließ es dann aber. Die Katze hatte sich unter dem Bett verkrochen und ließ sich nicht blicken. Anna setzte sich auf die Bettkante, starr, stumm und blieb lange so, ohne zu denken, den Kopf leer, die Füße eiskalt.

Als William ihr abends den üblichen Tee brachte, lag ein sorgsam gefaltetes Papier neben der Kanne auf dem Tablett.

Was ist das?

Sieh selbst, sagte William. Das erklärt sich von allein.

Er verließ das Zimmer.

Anna faltete das Papier auseinander. Es war mit dem PC geschrieben: eine Aufstellung. Zwei Seiten lang. Anna verstand nicht gleich. Links eine ganze Reihe von Posten, rechts Zahlen. Sie verschwammen vor ihren Augen. Konnte das sein?

Anna las:

Romeo and Julieta Humidor 1800 Euro.

Eine eiserne Topor-Lampe 2250 Euro.

Das war die Hängelampe im Wohnzimmer, mit den stilisierten goldenen Herbstblättern, die sie in einem Auktionshaus entdeckt hatte.

Thonet Werksdesign Beistelltisch, Chrom (B 97) 1500 Euro.

Das war der Tisch, der nun im Arbeitszimmer neben Williams Sessel stand. Und da war auch der Sessel aufgelistet:

Pierre Paulins Butterfly-Sessel F 675, 1760 Euro.

Niemals hätte William, der Solide, diesen Sessel, dessen schwarz-weiße Musterung eher an ein Kuhfell als an einen Kohlweißling denken ließ, ohne Anna gekauft. Aber er war begeistert gewesen von der Wirkung dieses Einzelstücks. Das waren die teuren Anschaffungen gewesen, aber die Liste war noch länger:

ALPINA Wandfarbe weiß, 8 Eimer à 12 Euro.

Wandhaken Gregor, 50er Set, 56 Euro

Linsenkopf-Dinschrauben DIN 7504 M, Pkg. 21,90 Euro

Bohrschrauben mit Rippensenkkopf und Raumflügel A 2, Edelstahl Pkg. 54,99 Euro

16 qm Laminat Nordic Pike à 39,95 Euro

Dazu Raufaserrollen *(zwölf Stück)*, Sechskanthohlschrauben, Blindnieten, Laminatkleber, Abschlussleisten

Weiter:

Gartengerät: *Gardena Combisystem Fächerbesen, Bügelsäge, Geräteleiste, Werkzeugkiste …*

Außerdem:

Kellerzubehör: *Weinregal Saint Simon, Vorratsdrahtgestell M41*

Schuhschrank Gregor, Spiegelset M56B-3, Garderobenständer »Du und ich« …

Und ganz unten, auf der zweiten Seite, stand die Summe:
32.498,72 Euro.
Unterschrieben: *William.*

Anna begann zu zittern. Sie las die Liste noch einmal. Was wollte ihr William damit sagen? Anna verfluchte ihren schweren Kopf, ihre Weigerung zu verstehen, was doch ganz offensichtlich war: Ihr Mann hatte ihr eine Rechnung geschickt. Eine Rechnung über ihr gemeinsames Leben.

Was soll das?

Anna hatte all ihren Mut zusammengenommen, hatte sich angezogen, weil sie sich im Schlafanzug nicht nur krank, sondern auch schwach fühlte, hatte die Haare gebürstet und das Gesicht gepudert und war zu William gegangen, der Fernsehen schaute – nein, es war eine DVD. Eine aus der Reihe, die er am liebsten schaute: *Let's Fly*. Eine Anleitung von den Anfängen des Fliegens bis zur Fluglehrerausbildung. Neben William lag sein Notizblock, daran klemmte ein Kugelschreiber, davor stand ein Glas Whiskey.

Was soll was?, fragte er zurück, ohne den Blick vom Bildschirm zu wenden.

Das hier!

Anna warf die beiden Blätter heftiger auf den Tisch, als sie gewollt hatte. Eines landete auf dem Whiskeyglas, schwebte fast darauf. Wie eine der Papierschwalben, die sie als Jugendliche gebastelt hatten und die sie bevorzugt im Unterricht in einem unbeobachteten Moment nach vorn warfen. Diese Lust an der Störung, daran, dazwischenzugehen!

William nahm das Blatt ohne besondere Eile von seinem Glas, schaute auf die Seitenzahl, legte es ordentlich hinter das andere Blatt, drückte auf die Stop-Taste der Fernbedienung und sah Anna endlich an, fast amüsiert, wie es schien:

Was soll das schon sein? Eine Rechnung. Ich habe mir erlaubt, dir eine Rechnung zu schreiben.

Eine Rechnung – wofür?, fragte Anna zurück.

Ich denke, das ist offensichtlich. Es sind die Ausgaben, die ich hatte, seit wir zusammen sind.

Warum machst du so etwas?

Ich denke, auch das ist offensichtlich, sagte William. – Ich hatte den Wunsch, dir etwas klarzumachen, was dir offensichtlich nicht bewusst ist. Nämlich, dass mich das Zusammenleben mit dir viel Geld kostet. Du nimmst solche Sachen zu leicht.

Wie kommst du darauf?

Anna bemühte sich, nicht zu schreien, aber sie hatte weder ihre Stimme noch den Rest des Körpers unter Kontrolle.

William zog ein Blatt Papier unter seinem Notizblick hervor:

Deswegen komme ich darauf, nicht zuletzt deswegen!

Er hatte eine Kopie des Briefs vom Finanzamt gemacht.

Anna begann zu weinen, so heftig, dass es sie nicht auf den Beinen hielt. Sie sackte einfach zu Boden, neben Williams Sessel, beeilte sich aber, davon wegzukommen und krabbelte ungeschickt ein paar Meter. Kann man gleichzeitig hasserfüllt, verzweifelt und verzagt sein?

Ana, sagte William, es wäre an der Zeit, dass du dich zusammennimmst.

Wie kannst du so etwas tun?! Jetzt, wo ich gerade sowieso total verzweifelt und am Ende bin …

William starrte sie an, ausdruckslos, wie ihr schien. Er ließ sie heulen. Anna war nicht sicher, dass er versuchte, ihren gestammelten Sätzen zu folgen.

Es wurde höchste Zeit, sagte er schließlich. – Ich habe Angst bekommen. Du zerstörst alles!

Angst. Das Wort ließ Anna aufhorchen. Ungewöhnlich bei William. Aber sie konnte sich dabei nicht aufhalten. Sie wusste, dass sie hier weg musste. Auf der Stelle. Sie schlich aus dem Wohnzimmer, sie kroch mehr, als dass sie ging. Sie wollte packen, ausziehen, es ihm zeigen. Aber: Wohin? Und mit welchen Mitteln? Sie wählte Carolas Nummer, aber Carola ging nicht ans Telefon. Nach einigem Zögern versuchte sie es bei Mike. Nichts. Die Katze beobachtete sie, nervös. Sie spürte, dass etwas nicht in Ordnung war. Dass etwas grundsätzlich anders war. Wen konnte Anna noch anrufen? Volker? Auf keinen Fall. Sven? Unmöglich ....

Anna erinnerte sich ungern an Anrufe, die sie bei früheren Geliebten gemacht hatte. Alle Frauen erinnern sich ungern. Späte Anrufe, unkontrollierte Anrufe, meist ist eine Menge Alkohol und eine Menge Verzweiflung im Spiel. Noch während Anna die Nummern wählte, war es ihr gelungen, sich etwas vorzumachen: Ich will mal hören, wie es XY geht ... Sobald sich XY oder Z dann aber meldeten, brach die Traurigkeit und Verlassenheit über sie herein, und sie heulte, ermuntert von Wein und Zigaretten, hemmungslos in den Hörer. Nicht nur, dass sie alles Mögliche erzählte, was sie besser für sich behalten hätte, nicht nur, dass sie XY oder Z am anderen Ende der Leitung auf die Nerven ging oder, schlimmer noch, Mitleid erregte – das eigentlich Fatale war, dass man mit solchen Anrufen die Trennungsentscheidung aus der Vergangenheit widerrief. In gewisser Weise jedenfalls. Für männliche Ohren jedenfalls: Sie ruft mich an. Sie kommt nicht ohne mich aus. Jetzt heult sie. Also bereut sie's.

Wenn Anna bedachte, wie schwer ihr einst die Trennungen von Sven, Bernd und anderen Freunden gefallen waren, wusste sie, dass sie sich nicht so leichtfertig widersprechen durfte. Aber sie konnte sich nicht einmal überwinden, Birger anzurufen. Die Sache war einfach zu peinlich, als dass sie sie jemandem hätte erklären können. Auch jetzt war es so, dass sie einerseits verzagt und wütend war – andererseits schämte sie sich – für William. Mein Mann schickt mir eine Rechnung – wie konnte man das Freunden erklären? Anna konnte sich denken, was ihre Freunde dazu gesagt hätten. Was sie zu ihm gesagt hätten. Und was sie ihr nicht sagen würden, um sie zu schonen. Es war genau das, was Anna sich verbot. Und das konnte sie auch von anderen nicht ertragen. Wie hatte sie sich bloß in diese Situation gebracht?

Wieder saß sie auf ihrem Bett, dann ließ sie sich langsam herabrutschen, auf den Fußboden, die Beine ausgestreckt und steif, die Arme schlaff neben sich, eine leere Hülle, stumm, kalt. Um Hilfe schreien oder sich umbringen? Ein kindlicher Wunsch stieg in Anna auf: Dass sie der Blitz treffen möge. Oder dass, im Gegenteil, eine gute Fee auftauchte. Als Anna wieder weinen musste, hörte sie sich zu ihrer eigenen Überraschung immer wieder ein Wort hervorschluchzen: Mama. Mama. Anna schlang die Arme um ihre Knie, zog die Decke zu sich herunter und wartete auf den Schlaf.

Am nächsten Morgen fand Anna die beiden Blätter, mit Heftklammern zusammengehalten, vor ihrer Zimmertür. Sie steckte sie in die Tasche. William war schon fort, zur Arbeit. Anna riss sich zusammen. Die Aussicht, ins Büro zu fahren, war plötzlich verlockend. Aber sie war spät dran. Mittags, als die anderen in die Pause gegangen waren, nahm sie sich die Blätter noch einmal vor, mit einer vor sich selbst gespielten Ruhe, als seien es irgendwelche Papiere von irgendeinem Institut, das eine unverbindliche Frage an sie richtete.

Der *Humidor*. Ihr wurde heiß. Ja, das war kein Ruhmesblatt

gewesen! Anna hatte ihn William schenken wollen, für seine Sammlung von *Montecristos*, aber dann war ihr das Geld ausgegangen. Sie hatte die erste von drei Raten bezahlen können, aber nicht den Rest. Sie dachte: Nächste Woche habe ich das Geld, und wagte nicht, dem gutmütigen Zigarrenhändler Bescheid zu sagen, der ihr die Kiste nach der Anzahlung mitgegeben hatte:

Aber wir kennen uns doch, Frau Hartmann!

Irgendwann war es allerdings auch dem geduldigen Herrn Wiechern zu viel geworden, und er hatte William auf die säumige Kundin angesprochen. William hatte die verbleibende Summe bar bezahlt, Anna aber nichts davon gesagt. Als Anna Wochen später mit schlechtem Gewissen in Herrn Wiecherns Tabakwarenladen auftauchte, war der verwundert:

Aber Frau Hartmann, alles ist gut, das hat Ihr Mann doch längst beglichen ...

Anna fühlte sich doppelt gedemütigt. Gedemütigt von Williams Großzügigkeit, seinem Schweigen. Gedemütigt, weil sie dankbar sein musste.

William hatte den Gesamtpreis der Zigarrenvitrine notiert – bezahlt hatte er aber nur zwei Drittel. Es widerstrebte Anna, das zu notieren, aber wenn sie es nicht tat, würde sie es wieder vergessen. Anna vergaß Schulden. Sie vergaß auch Guthaben. Und sie wusste, dass es in Zukunft genau darum gehen würde: um saubere Rechnungen. Was sie damals nicht wusste: Für sie waren saubere Rechnungen das Ende von Beziehungen, für William bedeuteten sie einen Anfang.

Anna machte weiter. Nachdem sie den ersten Schock überwunden hatte, machte sie sich daran, die Zahlen zu differenzieren: Gewiss, William hatte einige ihrer teureren Möbel bezahlt – aber darüber waren sie sich einig gewesen. Er hatte einfach viel mehr Geld als Anna – und hatte an den schönen Stücken, die sie ihm zeigte, genau soviel Freude wie Anna. Er hatte das Geld,

Anna den Geschmack. So hatte er es formuliert, und Anna hatte es als Lob für sich verstanden – und auch als Entlastung.

Am nächsten Tag fasste Anna sich ein Herz und sprach ihn an:

Du, diese Liste …

Ja?

Es gibt etwas, das ich nicht verstehe.

Ja?

Er kam Anna nicht entgegen. Er sagte nicht: Es war nicht so gemeint. Oder: Ist mir passiert. Oder: Lass uns darüber reden. Also fuhr Anna fort:

Ich verstehe nicht, warum du die Kosten für die Renovierung aufgeschrieben hast …

Er explodierte. Er schrie Anna ganz plötzlich an:

Wie, das verstehst du nicht?!? Das steht da schwarz auf weiß! Wochenlang habe ich hier geschuftet und den ganzen Krempel auch noch allein angeschleppt …

William, das hast du aber doch nicht meinetwegen getan. Das hast du deinetwegen oder meinetwegen für uns getan, aber das Haus hätte es sowieso dringend nötig gehabt …

Das habe ich allein für dich getan! Nur für dich! Allein hätte ich das nie gemacht! Ich habe hier glücklich und in Freuden gelebt, bis du gekommen bist. Mit dem Haus war alles in Ordnung, ich habe nie etwas vermisst. Nie! Dir, dir war ja alles nicht gut genug …

Anna dachte an die abgetretenen Teppichböden mit den undefinierbaren Flecken. Sie dachte an die Tapeten, deren Ränder sich längst abgelöst, an die Fensterrahmen, die seit vielen Jahren nicht gestrichen worden waren und an denen der Zigarrenrauch gelblichgrau klebte. Sie dachte an die zerkratzten Paneele und die niemals ausgetauschten Wasserhähne, an die Türgriffe in der Küche, an denen man unweigerlich kleben geblieben war, an die stinkende Waschmaschine im Keller. In der Tat: Das war ihr nicht gut genug gewesen. Aber das hatte sie nicht sagen können. Frauen hatten bescheiden zu sein oder wenigstens noch genügsam. Und wenn sie schon nicht mehr genügsam waren, dann hatten sie einen praktischen Verstand oder einen Sinn für Ästhetik und bewunderten die Männer dafür, dass diese taten, was sie, die Frauen, wollten. Nämlich alles ändern. Keinen Stein auf dem anderen lassen. Also erinnerte Anna daran, mit wie viel Schwung William seinerzeit darangegangen war zu renovieren.

Ich dachte, sagte Anna und merkte zum ersten Mal, wie lahm das klang, – ich dachte, es macht dir Spaß …

Spaß? Mir? Ich habe hier gerackert, jeden verdammten Tag meines Urlaubs, während du dich abends gnädig nach meinem Befinden erkundigt hast …

Das stimmte. Anna hatte noch in ihrer eigenen Wohnung gelebt, und sie hatte tagsüber gearbeitet, während William lange angesparten Urlaub für die Renovierung nutzte. Sie hatte ihn jeden Abend angerufen, weil er sich nicht durch einen kleinen vorbeigebrachten Imbiss von seiner Arbeit ablenken lassen wollte. Sie hatte ihn immer wieder gefragt, ob er nicht Hilfe in Anspruch nehmen wollte. Es gab günstige Arbeiter in der Gegend. Aber er hatte das mit dem Hinweis auf das Geld abgelehnt, selbst als Anna vorschlug, dass sie einen Mann für ihn anheuern könnte, war er hart geblieben:

Das ist meine Sache, lass man …

Jetzt war es nicht mehr seine Sache. Er war nicht damit fertig geworden, dass er sich ausgenutzt vorgekommen war. Er dachte, dass er mit der Zeit darüber hinwegkommen würde, aber Anna hatte genau das falsche Stichwort gegeben. *Spaß*. William fühlte sich offenbar verhöhnt. Spaß war ein ungeschickter Begriff. Es gab keinen *Spaß* und schon gar keinen *Spaß bei der Arbeit. Spaß bei der Arbeit* hieß, dass man nicht mit dem nötigen Ernst bei der Sache war, dass man nicht konzentriert genug war. *Spaß* hieß, dass Anna seine Arbeit nicht ernst nahm, dass sie ihn nicht ernst nahm. *Spaß* war ein Nebenbeiwort, und William fühlte sich als Nebenbeimann. Einer, mit dem man seine Zeit vertändelte.

Nein, *vertändeln* war kein William-Wort. Das war ein Mutterwort. Ausgesprochen, wenn Anna wieder einmal auf dem Weg von der Schule nach Hause getrödelt oder mit dem Nachbarshund gespielt hatte. Als Frage formuliert, wenn die Note in der Mathematikarbeit mal wieder schlechter als erwartet ausgefallen war.

William hatte weitergeredet. Von den maßlosen Anforderungen, die Anna gestellt hatte. Davon, dass er immer versucht hatte, ihr alles recht zu machen, und sie das nie gewürdigt habe. Dass sie ihn benutzt habe, von Anfang an.

Du hast dich hier bequem eingerichtet! Du bist hier eingezogen, und das war's …

William, ich übernehme einen Teil der Kosten, ich überweise dir jeden Monat einen Mietbeitrag …

Ach, das ist doch lächerlich. Hast du dich je nach den wahren Kosten erkundigt? Hast du dich je für die Kosten der Heizung, für die Strompreise, für die Entsorgung interessiert? Als ich letztes Jahr Öl gekauft habe, ja, da hast du scharf die Luft eingesogen und gesagt: Huch, das ist aber teuer …

Er äffte sie nach.

Es stimmte. Anna hatte sich um diese Art Kosten nie gekümmert. Weil es sein Haus war. Weil ihr die Art, wie er es unterhielt, ein Rätsel war. Anfangs hatte Anna halbherzig versucht, sich einzumischen. Sie hatte versucht, mit ihm über die Heizung zu reden, weil sie die alte Fußbodenheizung zu teuer fand – und unpraktisch obendrein. Niemand außer William selbst durchschaute das System und konnte mit der Steuerung umgehen, und auch William verbrachte nach ihren Urlauben regelmäßig etliche Stunden im Heizungskeller, um die unwillige Pumpe wieder in Gang zu setzen. Anna war stolz darauf, dass sie sich informierte, sie brachte Prospekte von moderneren Heizungssystemen von ihren Erkundungsstreifzügen mit. Gerade waren Holzpellets im Kommen, in der Umgebung gab es bereits erste Händler, die sich darauf spezialisierten. William hatte abgewunken, nein, das sei nichts, höchstens zusätzlich, aber eigentlich unwirtschaftlich – und im Grunde auch schon überholt. Er hatte nichts gelten lassen.

Also hatte Anna es aufgegeben, ziemlich rasch. Und hatte festgestellt, dass es so auch viel bequemer war: Er kümmerte sich um das Haus und alles damit verbundene Praktische, sie hörte sich seine Geschichten darüber an und bewunderte ihn in Maßen dafür. Er vertrug viel Bewunderung, er merkte nicht, dass Anna dabei gelegentlich ironisch wurde, immer hat Anna sich darüber gewundert, wie viel Lob und Preis Männer brauchen, wie unterschiedslos sie Bewunderung annehmen, gleichgültig, von wem sie kommt, sie muss nur auf die richtige Art vorgebracht werden – nicht partnerschaftlich und deshalb vielleicht an der einen oder anderen Stelle relativiert, sondern ganz einfach: absolut und von unten nach oben.

Anna übte sich also in Bewunderung, sie merkte, dass das gar nicht so schwer war. Am einfachsten war es, Sätze aus den Telenovelas zu variieren oder Zitate aus den Vorabendserien, die *Lux-TV* neuerdings produzierte: Schatz, das ist wirklich großartig! Schatz, das hätte ich nie fertiggebracht! Es war albern und würdelos, aber dafür hatte man seine Ruhe. Es klang auswendig gelernt – aber besser überhaupt gelernt als einen Haufen Ärger am Hals. So sagte das Carola, die nichts dabei fand, den Männern das zu geben, was sie brauchten.

Mein Gott, Anna, das kostet doch nicht viel!

Anna begriff: Ein System, das offenbar immer noch funktionierte. Weltweit. Die Vorabendserie, die in einem norddeutschen Kaff spielte und etwas mit Heimat und Rüben und großäugigen Frauen mit Karpfenmündern und tatkräftigen Männern zu tun hatte, war ein riesiger Quotenerfolg. Im 21. Jahrhundert!

Anna mischte sich nicht mehr ein, sie machte keine eigenen Vorschläge, sie hieß alles gut, was William unternahm. Das Gutheißen war im Laufe der Zeit zu einer schlecht kaschierten Gleichgültigkeit geworden. Die Gewohnheit leierte aus, machte müde.

Aber so ging der Deal zwischen Ehemännern und -frauen, dachte Anna bitter: Er macht, sie bewundert. Er zahlt, damit sie in Maßen selbständig sein kann. Sie ist selbständig, damit er stolz auf sie sein kann. Er bestimmt, sie hat es warm und bequem. Bis die Männer die Nase voll haben. Oder bis die Frau den Vertrag nicht mehr erfüllen kann. So wie Anna. Die versagte. Die nicht genug hatte bekommen können. Die nicht mehr mitspielte. Das verstand William nicht. Das konnte Anna sogar in ihrem größten Elend verstehen. Es war nur nicht der Moment, es zu sagen. Der Moment ehrlich zu sein, war verpasst.

Am nächsten Tag fing Anna an, die Immobilienangebote im Internet zu studieren. Heimlich, im Büro, damit sie niemand sah und als unglückliche Ehefrau erkannte. Warum empfand Anna diesen Zustand noch immer als Schande? Als Peinlichkeit, obwohl sie so klar sah wie schon lange nicht mehr? Noch immer fand Anna, dass sie eigentlich durchhalten musste. Wenn sie nicht durchhielt, wenn sie den Vertrag einseitig aufkündigte, dann hieß das: Sie schaffte es nicht, sie strengte sich nicht genug an, sie versagte. So sehr hatte sie Williams Regeln mittlerweile verinnerlicht. Nach Wohnungen schaute sie trotzdem. Billig mussten sie sein – und möglichst im Norden von Hamburg liegen, in der Nähe der Firma. Ihre Firma? War das hier denn ihre Firma? Plötzlich packte sie heftiges Heimweh nach Mike.

Nee!, sagte Mike am Telefon. Dass du dich mal meldest! What's up?

Sie trafen sich wie früher, im Steakhaus, und Mike bestellte wie früher ein *Rumpsteak American Style*, schön durch und erst mal zwei Bier – für sich allein. Anfangs störte es Anna, dass Tine dabei war, aber sie freute sich auch, sie zu sehen. Immer noch strahlte Tine eine große Ruhe aus, etwas Weiches, Weißes. Anna war sicher, dass sie roch wie ein sauberes Baby. Tine umarmte Anna nach der Begrüßung, als sie längst saßen, noch einmal.

Mensch, Ana, so lange nicht gesehen …

Für einen Augenblick verschwand Anna in ihren weichen Armen und dem dicken Busen. Tatsächlich, ein Babygeruch. Mike grinste. Die beiden ließen Anna Zeit. Warteten, bis sie ihre Nudeln mit Käsesauce bestellt, die Apfelschorle halb ausgetrunken hatte. Sie plauderten. Erzählten von *Stade-TV*. Es hatte sich nicht viel verändert. Mike hatte alle seine alten Auftraggeber halten können. Machte jetzt auch Filme für den Tourismusverband in Cuxhaven.

Bald baggern wir Sylt an, sagte Tine stolz. Da ist richtig was drin!

Lass man, sagte Mike beschwichtigend. Immer mit der Ruhe.

Aber tatsächlich bereiteten sie etwas vor.

Ronny hat ein Bombendrehbuch geschrieben, sagte Mike. – Wir drehen einfach, ohne Auftrag. Wir machen einen richtig guten Piloten, und den präsentieren wir dann bei der nächsten Tourimesse den Leuten aus List. Wollen doch mal sehen.

Sie erzählten von dem zehnmütigen Film, als wäre es ein abendfüllender Millionen-Thriller. Anna hatte plötzlich gar keine Lust mehr, von sich zu reden. Sie hatte Lust, den beiden den ganzen Abend zuzuhören, ein Bad zu nehmen in ihrer Genügsamkeit und Wärme.

Wir können ja hinterher noch zu Brownie gehen, sagte Mike,

der zu spüren schien, dass Anna das Reden noch schwerer fiel als sonst.

Brownie, das war eine neue Bar in Stade, geführt von einem zigarrenbraunen Barman aus der Karibik. Und mit dem auffälligen Mann hinter dem Tresen hatten der Laden und sein Chef ihren Spitznamen weg, auch wenn die Bar eigentlich *Charlie's Club* hieß.

Wir sind Rassisten, kicherte Tine. Ganz schlimme Rassisten! Aber der Typ ist niedlich.

Na ja, sagte Mike.

Anna begann dann doch noch zu erzählen, bevor sie die Kneipe wechselten. Als Mike in seiner Hosentasche kramte und wie üblich eine Menge von zerknüllten Scheinen und Kleingeld hervorkramte, sagte sie unvermittelt:

Mike, würdest du deiner Freundin eine Rechnung schicken?

Mike lachte: Klar, wenn das beim Finanzamt helfen würde. Sie als meine Angestellte oder so … Aber lass man, das wär mir zu kompliziert. Kennst mich ja.

Er schaute Anna ins Gesicht.

Wieso? Was ist los, Anna? Hey, alte Unke?

Er griff tatsächlich nach ihrer Hand.

Und schon begann Anna zu weinen. Mike ließ erschrocken Annas Hand wieder los, als könnte er damit den Tränenfluss wieder stoppen. Anna erzählte die ganze Geschichte, in Satzfetzen zunächst, dann beruhigte sie sich, fasste zusammen. Unterbrochen wurden sie nur von der Wirtin, die Mike die Rechnung brachte, unterbrochen vom kurzen Hin und Her mit Mänteln und Schals, als sie sich auf den Weg in die Bar machten. Tine, die die ganze Zeit über wie erstarrt zugehört hatte, hakte sich bei Anna ein.

Er hat dir eine Rechnung über euer Zusammenleben geschickt, ja? Ich habe das richtig verstanden?

Ja, sagte Anna und merkte, dass sie es selbst völlig unglaubwürdig fand, was sie da erzählte.

Es ist aber nicht so einfach, wie ihr denkt! William hat tatsächlich viel mehr bezahlt als ich. Er hat …

Du musst da raus, unterbrach Tine nüchtern. – So schnell wie möglich.

Anna hatte sie noch nie so zornig gesehen. Plötzlich kam sie ihr größer vor als sonst.

Wenn mir ein Typ eine Rechnung präsentieren würde – egal für was –, flöge er sofort achtkantig aus.

Es ist sein Haus, sagte Anna kläglich.

Darum geht's doch jetzt nicht! – Tine ließ nicht locker. – Wenn er dir eine Rechnung schickt, heißt das, dass er glaubt, er hätte mit dir eine Rechnung offen. Er will dir etwas heimzahlen, eindeutig! In einer Beziehung ist es doch klar, dass immer einer mehr Geld hat als der andere. Ist doch so! Habt ihr kein gemeinsames Konto für Haushaltsführung und so'n Quatsch?

Hatten sie nicht. Das hatte William abgelehnt, weil er es sauberer fand, alles getrennt zu halten.

Tine schüttelte den Kopf.

Klingt vielleicht komisch, sagte sie, – aber ich finde, dass das ein ganz wichtiger Vertrauensschritt ist, sein Geld zusammenzuschmeißen. Wenn man sich nicht mal das traut, kannst du den Rest vergessen!

Sie geriet ein bisschen außer Atem, als sie die Salzgasse zum Markt hinaufgingen. Mike folgte ihnen, vorläufig stumm. Tine fuhr fort:

Naja, ist jetzt vielleicht ein bisschen hart formuliert, aber ist doch so: Geld ist immer noch ein Tabu. Vielleicht eines der letzten? Kannst sagen, dass du's mit Männern und mit Frauen treibst, kannst die abartigsten Eso-Sachen machen – aber bei Geld werden alle nervös. Bei mir ist das so'n richtiger Test: Legt er da die Karten auf den Tisch – oder nicht? Du hast ihm doch gesagt, dass du weniger Geld hast als er, oder?

Anna nickte.

Und wenn du mit Geld anders umgehst als er – dann müsst ihr euch eben streiten. Man streitet immer. Bis man einen Weg gefunden hat. Du kommst nicht drumrum, dich auseinanderzusetzen.

Das merkte Anna ja nun.

Mike zündete sich eine Zigarette an, rauchte heftig, schwieg vorläufig.

Sie kehrten bei *Brownie* ein. Mike warf die angefangene Zigarette in einen Blumenkübel. Wieder so ein Laden, dachte Anna. Braune Ledersofas, auf denen man eher lag als saß, eine Videoprojektion an der Wand, die einen Strand irgendwo auf den Bahamas zeigte, Stehlampen mit giraffenlangen Hälsen, Loungemusik. Die gemäßigte Karibik würde sie den ganzen Abend umspülen. Und in einem Jahr wäre der Laden pleite. Zu groß, zu anspruchsvoll. Der Laden hatte mit der Gegend nichts zu tun. Er war ein Fremdkörper, den das Alte Land bald wieder abstoßen würde. Viel war hier nicht möglich. Die Altländer beharrten mit großer Energie auf dem, was sie kannten und guthießen. Eigentlich schade, denn die Sofas erwiesen sich als bequem, die Drinks waren gut gemixt und eiskalt. Ein *Mojito* für Tine, zwei Bier für Mike, *Piña Colada* für Anna. Ihr Hunger auf Süßes war durch nichts zu stillen.

Tine war enttäuscht: Der angekündigt sehenswerte Chef war nicht da, eine junge Brünette mit Pferdeschwanz hatte die Getränke gebracht.

Ich würde eine Gegenrechnung aufmachen, sagte Tine plötzlich, schaute Anna an, und ein zarter Hauch von Pfefferminze und Rum kam ihr entgegen.

Ehrlich, ich würde ihm auch eine Rechnung schicken! Du hattest doch auch Ausgaben!

Anna starrte sie an. Weil sie den Gedanken ungeheuerlich fand – und weil sie ihn auch schon gehabt hatte.

Das kann ich doch nicht machen, sagte Anna unsicher.

Doch, kannst du. Eine hübsche Excel-Tabelle fertigst du ihm an. Oder, ach was, handgeschrieben auf kariertem Papier. Anders kapiert er es nicht.

Will er das Geld denn tatsächlich wiederhaben?

Jetzt mischte sich Mike endlich ein.

Klar!, sagte Tine. Alter Geizhals. Solche Typen kenne ich!

Sie machte eine wegwerfende Handbewegung.

Nein, im Ernst – bist du sicher, dass es ihm um das Geld geht?, beharrte Mike.

Keine Ahnung. – Anna zuckte die Schultern. Um was denn sonst?

Na ja … – Mike überlegte. Tine hat ja recht: Er denkt, er hat mit dir noch eine Rechnung offen. Du hast also etwas nicht bezahlt. Anders gesagt: Du bist ihm etwas schuldig geblieben. Das muss gar nicht unbedingt die Kohle sein.

Sondern? Tine klang jetzt ungehalten.

Tine, lass man … sagte Mike. Ich weiß, dass du auch so deine Erfahrungen mit Geld und Typen hast!

Nun lass mal meine Beziehungen aus dem Spiel!

Sie kabbelten sich eine Weile. Tine bestand darauf, dass Anna eine Gegenrechnung aufstellen sollte. Haarklein sollte sie ihm aufschreiben, was sie investiert hatte, jawohl – haarklein.

Anna sagte Tine nicht, dass sie überhaupt keinen Überblick über ihre Ausgaben hatte, schon lange nicht mehr. Sie sagte ihr nicht, dass sie befürchtete, ihr Beitrag zum gemeinsamen Leben sei ohnedies lächerlich. Mike fand Tines Vorschlag furchtbar.

Das machst du nicht! Damit begibst du dich auf sein Niveau.

Na und? Das hat er auch nicht besser verdient.

Die Diskussion wurde lauter. Es stellte sich heraus, dass Tine um den Unterhalt für sich und ihr Kind hatte kämpfen müssen – unterstützt, ja angefeuert von Mike und Ronny, die ihr nicht nur einen Anwalt empfohlen, sondern sie auch immer wieder ermutigt hatten, nicht aufzugeben. Damals hatte Mike dafür plädiert, um Geld zu kämpfen, damals hatte Tine ihren Freund, der nicht zahlen wollte, verteidigt – und sie tat es auch jetzt noch.

Der Niels hat eben nicht viel Kohle, rief Tine irgendwann dazwischen. – Aber er hat ja dann doch gezahlt.

Interessant, sagte Mike. – Du rätst Anna, die Harte zu spielen, bist aber selber mit deinen Typen butterweich.

Weil es ihr peinlich ist, sagte Anna.

Peinlich? Geld? Mike lachte.

Nein, nicht Geld, sagte Anna. – Oder doch – vielleicht auch das Geld. Aber Niels ist ihr peinlich. Oder dass sie mit ihm nicht allein klargekommen ist.

Und ja, doch, auch das Geld ist mir peinlich, räumte Tine nun ein. – Das ist ein blödes Thema.

Ist es nicht, sagte Mike. – Ist es nur für euch Frauen. Es ist immer dasselbe mit euch: Erst beschwert ihr euch über die Typen oder über das fehlende Geld oder beides – aber wenn man dann anfängt, die Lage ruhig und sachlich zu analysieren, dreht ihr völlig ab. Dann ist das mit dem Geld plötzlich nicht mehr so schlimm, und die Typen sind plötzlich wieder super und erste Sahne, und ihr verteidigt dieselben Kerle, die ihr eben noch zum Mond schießen wolltet!

Ach komm, sagte Tine, so schlimm sind wir nun auch wieder nicht…

Mike redete sich in Fahrt:

Wisst ihr, an wen ihr mich erinnert? An die armen Türkenbräute, die erst im Frauenhaus unterkriechen, um nach ein paar Wochen, wenn die blauen Flecken verheilt sind, doch wieder zu ihren Mackern zurückzukehren – bis sie irgendwann totgeschlagen werden.

Das kannst du doch wohl nicht vergleichen!, rief Tine. – Außerdem sind das nicht nur Türkenbräute im Frauenhaus. Denk das bloß nicht!

Stimmt, sagte Mike. – Aber es geht darum, dass ihr nicht redet. Ihr lasst nicht zu, dass man das ruhig und analytisch angeht.

Weil es peinlich ist, sagte Anna. – Hab ich eben schon mal gesagt.

Die beiden starrten sie an.

Peinlich?

Ja, es ist peinlich. Geld ist peinlich. Noch viel peinlicher als Sex oder Kranksein.

Glaub ich nicht, sagte Mike. – Ich meine: Ich glaub schon, dass das irgendwie peinlich ist. Aber doch nur, weil ihr nicht erwachsen sein wollt!

Tine wäre am liebsten handgreiflich geworden, das sah man ihr an.

Was? Wir – nicht erwachsen? Hör mal, ich ziehe ein Kind alleine groß, ich arbeite gleichzeitig, kümmere mich um meine alten Eltern – und du sagst, ich will nicht erwachsen sein?!

Nein, nicht du. Nicht du persönlich. Ihr Frauen. Jetzt ihr beiden Frauen, wie ihr da vor mir sitzt. Ich finde es komplett unerwachsen zu jammern – aber die Lage dann nicht anzugehen. Ihr geratet in ein Schlamassel, ihr schreit Hilfe – aber wenn man dann anfängt, nüchtern zu schauen, wie es gehen könnte, macht ihr dicht. Heult lieber. Tut so, als ob euch die Dinge zustoßen, als ob sie vom Himmel fallen, und ihr seid komplett unschuldig. Liebe kleine Mädchen in rosa Kleidern. Auch für Geld könnt ihr rein gar nichts. Das ist auch einfach so plötzlich da – oder nicht.

Wenn es nicht da ist, hat es euch ein böser Onkel weggenommen. Darum redet ihr ja normalerweise auch lieber mit euren Freundinnen als mit Männern, weil die Freundinnen immer nur tutti-tutti machen und euch bedauern. Erstaunlich, dass du mich überhaupt sehen wolltest, Anna!

Das war eine lange Rede gewesen. Anna schluckte.

Ich habe euch vermisst, sagte sie.

Die beiden schwiegen. Sie tranken. Sie brauchten eine Pause. Nach einer Weile nahm Tine das Gespräch wieder auf:

Ein Gutes hat ja diese Scheißsituation: Wir reden. Wir reden, wie wir noch nie geredet haben.

Das liegt an Ana, sagte Mike. – Ana redet jetzt. Da ist sie ganz wie ein Mann.

Wie bitte? – Tine und Anna lachten.

Ja! Erst wenn einem die Scheiße bis zum Hals steht – nein, noch später! –, fangen wir an, über uns selbst nachzudenken. Ich meine Nachdenken im Sinne von laut Nachdenken. Man kann geradezu eine Regel daraus machen: Je besser ein Mann über sich reden kann, umso größer die Scheiße, in der er steckt. Ist also eine ziemlich doppeldeutige Sache, wenn mir eine Frau sagt, sie kann mit ihrem Kerl so supergut reden, finde ich.

Sie lachten wieder.

Du meinst: Vorsicht vor Männern, die reden?

Vorsicht vor Männern, denen ihr Elend geläufig ist!

Wow!, sagte Tine. – Das muss ich mir aufschreiben! Geläufig! war irgendwas in deinem Bier drin?

Mike war in Form. Die Regel hatte etwas für sich. William konnte nicht gut reden. Nicht über sich. Nicht über Gefühle. Er *steckte* eben auch nicht *in der Scheiße*.

Männer fühlen sich leicht ausgenutzt, sagte Mike plötzlich. – Das geht mir nicht anders. Ich weiß, dass Ronja ihren Teil zu unserer Beziehung beiträgt. Herrgott – Beziehung, was für ein bescheuertes Wort!

Selber schuld, wenn du nicht heiratest!, warf Tine ein.

Schlechte Vorbilder! – Mike grinste zu Anna herüber.

– Also, mal wieder im Ernst: Logisch ist Ronja genauso bei der Sache wie ich, bei unserer Sache. Aber es ist – irgendwie so komisch, so undurchschaubar. Ich hocke den ganzen Tag in der Firma, und sie – gut, sie kümmert sich um die Kinder, sie macht echt rum, und manchmal schafft sie es sogar noch, den einen oder anderen Auftrag anzunehmen. Wahrscheinlich arbeitet sie sogar mehr als ich. Aber das ist alles so schwer messbar …

Alter Kontrollfreak!, sagte Tine, hörte aber weiter zu.

Was ich aber dauernd zu spüren bekomme, fuhr Mike fort – das sind ihre Ansprüche. An mich. Und das ist ganz leicht zu beschreiben: Es ist immer ein bisschen zu viel!

Armer Mike!, spottete Tine.

Nein, im Ernst, nun lass mal … Das Hotel im Urlaub: ein Sternchen zu viel. Der Urlaub überhaupt: ein bisschen zu früh für meinen Geschmack und dann eine Woche zu lang. Nach einem Kind: noch ein Kind. Nach einer Wohnung: die nächstgrößere. Und immer so weiter. Ihr Frauen denkt immer, das müsste alles immer so weitergehen. Automatisch, sozusagen. Da denkst du als Mann doch irgendwann, man wäre so eine Art Maschine, und die ganze Liebe der Frau soll bloß die Maschine am Laufen halten. Da wirst du doch misstrauisch!

Wie soll es denn sonst gehen?, fragte Anna.

Okay, muss ja auch, gab Mike zu. – Schon wegen der Kinder. Und andererseits will ich mich auch gar nicht beschweren: Das mit den Kiddies ist in Ordnung; ich möchte keinen Tag mit ihnen missen …

Und wie ist das, wenn man keine Kinder hat?, fragte Anna. Was für eine Maschine muss man dann am Laufen halten? Warum gibt man dann nicht auf, sondern macht, im Gegenteil, immer weiter …

Die beiden starrten sie an:

Stimmt, ihr habt ja keine Kinder … Komisch, tja, dann … könnte ich mir inzwischen gar nicht mehr vorstellen ohne die Kleinen …, sagte Mike. – Kann ich noch zwei Bier haben?

Auf jeden Fall bist du viel freier in deinen Entscheidungen, sagte Tine, nun schon mit schwerer Zunge. Aber mehr weiß ich auch nicht. Nur, dass du dich entscheiden musst.

Kommste nicht drumrum, sagte Mike.

Na danke, sagte Anna.

Vielleicht ist so 'ne Beziehung ohne Kinder mehr so eine Art Projekt, sagte Mike. – Genau, du musst es so sehen wie einen Film, der noch nicht fertig ist. Eben ein Projekt.

Klingt ganz schön kalt, warf Tine ein.

Fühlt sich auch so an, sagte Anna.

Die Bedienung brachte neue Getränke.

Wenn du ihm die Rechnung vor den Latz knallst, sagte Tine, – dann erübrigt sich das vielleicht mit deiner Entscheidung.

Wieso?, fragte Mike.

Na, weil er sie dann rausschmeißt, sagte Tine, zu Mike gewandt. – Mein Gott, Mike, glaubst du, dass so einer sich das gefallen lässt?

Der alte Will, sagte Mike. Ein richtiger Grashalmaufrichter. Hab ich mir doch gleich gedacht.

Er lachte.

Schlaumeier!, sagte Tine.

Prost!, sagte Mike.

Eine Entscheidung. Bisher war Anna überhaupt nicht auf die Idee gekommen, dass womöglich sie es war, die eine Entscheidung treffen musste. Nein: treffen konnte. Sie hatte es ja auch schon beinahe verlernt, sie hatte es sich beinahe schon ausgetrieben. Das fiel ihr in der nächsten Nacht auf. Immer noch teilten sie das Schlafzimmer, Anna und ihr Mann, immer noch galt dasselbe Ritual wie zum Beginn der Beziehung, zu Beginn des Projekts, wie Anna jetzt ironisch dachte: Er deckte den Frühstückstisch, Anna beeilte sich, ins Bad zu kommen und schnell einzuschlafen oder wenigstens einen möglichst schläfrigen Eindruck zu machen, wenn William, nach Bad und Zähneputzen, das Schlafzimmer betrat. Dann schaltete er die Nachttischlampe auf seiner Seite ein, drehte den Schirm zur Seite, damit er Anna nicht blendete, und las. Oder tat, als läse er. Und Anna tat, als schliefe sie. So hielten sie es beide. Sie taten beide immer mehr, als ob.

Seltsam war neuerdings nur das Verhalten der Katze. Nachdem sie sich so lange vor William gefürchtet hatte, bestand sie nun seit einigen Wochen darauf, nachts im Schlafzimmer zu sein. Mal lag sie auf Annas Bettseite, ganz an das hölzerne Fußteil des Bettes gedrückt, mal lag sie vor dem Bett, zusammengerollt, stumm, und Anna ließ ihre rechte Hand aus dem Bett zu Boden sinken, tastete mit den Fingern nach ihrem Kopf und streichelte sie. Wenn sie Glück hatten, sagte William nichts dazu, hatte er jedoch schlechte Laune oder fand, es sei wieder einmal ein Abend für Prinzipien, beförderte er die Katze nach draußen. Meist genügte es, dass er schwungvoll aufstand und ihren Namen rief – dann rannte sie schon davon, manchmal aber verkroch sie sich auch unter dem Bett, dann versuchte er sie zu verscheuchen und machte Sch-Sch-Geräusche, angelte mit dem Arm nach ihr – und ließ sich von Annas Protest nicht abhalten. Es machte Anna wütend, und es machte ihn lächerlich, aber es war nicht darüber zu reden mit ihm. Neuerdings hatte er zu einer alten Methode gefunden, die Katze fernzuhalten: Er schloss die Tür. Das half jedoch wenig, denn die Katze, mit wiedererlangtem Selbstvertrauen, begehrte erst laut miauend Einlass, und wenn das nichts half, setzte sie ihre Krallen am Türrahmen ein.

William, sagte Anna, als er wieder einmal die Tür hinter sich geschlossen hatte, – lass doch bitte die Tür auf.

Die Katze stört mich.

Aber sie ist doch ganz leise, und sie ist auch nur auf meiner Seite.

Darum geht es nicht. Ich mag keine Tiere im Schlafzimmer.

Außerdem stört es mich, wenn die Tür geschlossen ist, sagte Anna.

Und mich stört, wenn sie offen ist!

William rief das geradezu triumphierend.

Warum?, fragte Anna, ehrlich verblüfft. Das war ihr früher nie aufgefallen. Tatsächlich machte William, bevor sie ins Bett gingen, stets einen Rundgang durchs ganze Haus, drehte jeden Schlüssel um, schloss jedes Fenster, schaltete Telefone in den Sparmodus und den Bewegungsmelder der Außenbeleuchtung ein. Aber die Schlafzimmertür? Die war früher mal offen, mal geschlossen gewesen.

William, sagte Anna und bemühte sich um einen heiteren Ton, – es kann nicht sein, dass zwei erwachsene Menschen sich darum streiten, ob die Schlafzimmertür offen oder geschlossen …

Er unterbrach sie:

Eben.

Wie?

Ich streite nicht, sagte er. – Du streitest!

Bitte? – Nun wurde Annas Stimme doch schärfer.

Ich argumentiere ganz vernünftig, sagte William. Ich will, dass die Tür geschlossen bleibt.

Und ich will, dass sie offen bleibt, erwiderte Anna, und hörte wieder den Trotz in ihrer Stimme. – Und außerdem: Nachts stehe ich häufig auf, und die Tür knarzt so erbärmlich …

Du kannst dich ja mal bemühen, sie leise zu öffnen, sagte William.

Das tue ich bereits!, sagte Anna, nun wieder mit ihrer Erwachsenenstimme.

Gut, sagte William, dann sind wir uns ja einig. Ich arbeite viel, und ich brauche meinen Schlaf. Und du wirst dir Mühe geben.

Das war der Moment, in dem Anna sich plötzlich vorstellen konnte, dass Menschen einander ermorden, die einmal geglaubt haben, sich zu lieben. Wieder und wieder ließ sie die sinnlosen und kindischen Sätze in sich aufsteigen, drehte und wendete sie. Sie stritten darüber, ob eine Tür geöffnet oder geschlossen werden sollte. Sie stritten über Eierkocher und Teebeutel und die Art und Weise, wie man Schuhe zu putzen hatte. Sie stritten über die richtige Methode einzuparken, Wasser zu kochen und über die Hausreinigung sowieso. Sie stritten über Formen und Mengen, über Zahlen und Begriffe. Sie ließen nichts aus. Sie bissen sich fest. Sie konnten nicht loslassen. Es war, als seien sie in einen Wettstreit getreten, wer der Unnachgiebigere sei, wer den anderen häufiger mit Unannehmlichkeiten überraschen, ihn bloßstellen oder brüskieren könnte. Anna wand sich geradezu, wenn sie an eine andere Auseinandersetzung dachte, die nur wenige Tage zurücklag:

Abends hatte William plötzlich angefangen, im Bad herumzukramen. Er ließ die Tür offenstehen und war so laut, dass seine Absicht mehr als deutlich war: Er räumte auf – und wollte, dass Anna es bemerkte. Grimmig beobachtete Anna ihn. Seit Monaten war es ihre Aufgabe, das Haus zu putzen. Unwillig hatte sie sich damit abgefunden, dass William der Putzfrau gekündigt hatte – auch mein Geld ist endlich, Rabbit, so eine Ehe kostet viel Geld! –, und seither kämpfte Anna mit dem Haus und seinen hauswirtschaftlichen Tücken: mit den elektrischen Fensterhebern und der seltsamen Heizung, die heißes Wasser nur zu bestimmten Zeiten lieferte, sie ekelte sich vor den abgegriffenen und niemals gereinigten Putzeimern und rätselte immer noch über das amerikanische Staubsaugersystem, bei dem man in jedem Zimmer eine Art Einfüllstutzen für den Staubsauger finden musste, während ein einziger, riesiger Behälter im Keller den gesamten weggesaugten Staub sammelte. Das System war störungsanfällig und hätte dringend einmal gewartet werden müssen, die Saugleistung ließ zu wünschen übrig, und meist nahm Anna heimlich den akkugetriebenen Tischstaubsauger, um die Teppiche vom Dreck zu befreien. Das war mühsam und langwierig, und Anna hasste sich, wenn sie auf Knien durch das Haus robbte. Aber nun wollte William offenbar zeigen, dass er mit anpackte. Und Anna ärgerte sich – und ärgerte sich noch mehr, weil sie sich ärgerte. Warum gelang es ihr nicht, Williams plötzlichen Fleiß positiv zu sehen? Früher hätte sie darüber gelacht. Geräuschvoll wischte William im Bad herum. Endlich hielt Anna es nicht mehr aus. Sie wollte etwas Lockeres sagen, etwas Zwangloses, einen Scherz machen, der gleichzeitig durchblicken ließ, dass sie sein System durchschaut hatte, so etwas wie: Gut, du hast gewonnen, du bist der beste Ehemann von allen, aber nun tu mir den Gefallen und trink ein Bier mit mir und gib Ruhe … – da erstarrte Anna in der Badezimmertür:

William kniete vor dem Badezimmereimer. Er hielt den Deckel mit einer Hand geöffnet, und mit der anderen schaufelte er den Dreck aus dem im Eimer klemmenden Müllbeutel: Benutzte Wattepads, Reinigungstücher, Stäbchen und abscheulichen Unrat – alles beförderte seine große Hand in einen anderen Eimer.

Anna schüttelte es.

Was tust du da?, fragte Anna mit schriller, viel zu lauter Stimme.

Das siehst du doch! Ich leere den Badezimmereimer.

William – das ist doch ekelhaft …

Wieso – den Beutel kann man doch weiterbenutzen! Du würdest natürlich einen neuen nehmen. Die schiere Verschwendung …

Er kramte weiter. Schmierige Tücher kamen zum Vorschein. Anna flüchtete. Warum tat er sich das an? Was war das für ein Auswuchs von Geiz? Und, noch befremdlicher: Was war das für eine kranke, sonderbare Intimität? Anna rannte geradezu zum Kühlschrank, öffnete ihn, genoss die Kühle, die ihr entgegenschlug, und angelte nach der Weinflasche. Raus mit dem Korken! Einen großen Schluck nahm sie, direkt aus der Flasche. William beobachtete sie vom Türrahmen aus mit starrem Gesicht, den großen Eimer in der Hand. Anna lief an ihm vorbei.

Anna war unruhig am nächsten Morgen, konnte nicht stillsitzen beim Frühstück. William kommentierte es nicht. Er war in die Zeitung vertieft; das Radio lief trotzdem. Vor der Küchentür stand der übervolle Mülleimer, in den er auch noch die Abfälle aus dem Arbeitszimmer und die Küchenabfälle gepresst hatte. Anna wagte nicht zu bemerken, dass es stank. Anna sagte nichts und fragte nichts. Sie hoffte nur, dass es vorbeiginge. Alles hier. Für immer.

Als sie im Büro ihre Handtasche öffnete, lag darin der schwarzgelbe Backpinsel, den sie vor ein paar Monaten in einem Designladen gekauft hatte, weil sie vorgehabt hatte, einen Kuchen zu backen: Der Backpinsel war aus Kunststoff, aber absolut hitzebeständig, und die gelben Borsten über dem schwarzen Griff machten das alberne Ding zu einem fröhlichen Küchenutensil.

Aus dem Kuchenbacken war nichts geworden, aber Anna freute sich, wenn sie den Backpinsel in der Schublade mit den Utensilien sah. Nur: Wie um alles in der Welt war er in ihre Handtasche geraten? Offensichtlich hatte sie ihn eingesteckt – aber warum? Anna zwang sich, ehrlich zu sich selbst zu sein. Es sah so aus, als hätte sie als Erstes den Backpinsel in Sicherheit gebracht.

Carola lachte Tränen, als Anna ihr bei ihrem nächsten Treffen den Backpinsel unter die Nase hielt und, kleinlaut zuerst, erzählte.

Das ist zu komisch, Anna. Ich wusste ja schon immer, dass du etwas sonderbar bist …

Carola hörte nicht auf zu lachen, als Anna weitererzählte: von ihrer Schatzkiste. Mittlerweile hortete sie zwei Flaschen Glasreiniger, eine Geflügelschere, zwei Windlichte, diverse Seifen, einen Korkenzieher und ein Feuerzeug in einer alten Weinkiste, die sie in ihrem Aktenschrank im Büro eingeschlossen hatte.

Korkenzieher? Fensterabzieher? Seife? Bist du noch bei Trost?

Carola lachte und lachte.

Das sind doch lauter Sachen, die du dir im Notfall wiederkaufen kannst! Lass lieber die Kreditkarte mitgehen – oder sichere deinen Fahrzeugbrief. Und sag mal, warum hast du eigentlich das Gefühl, dass er dir was wegnehmen will? Den Eindruck macht er eigentlich gar nicht.

Carola verteidigte William nur noch halbherzig. Anna vermutete, nicht, weil sie auf ihrer Seite stand – nicht wirklich, nicht innerlich – aber es war ihr zu anstrengend geworden, immer Williams Partei zu ergreifen. Und bei einer Trennung wäre sie sowieso zu Annas Freunden gerechnet worden. So war Carola – pragmatisch bis ins Mark. Anna durchschaute das jetzt. Aber sie beneidete Carola immer noch darum. Auch William hielt Carola für eine tüchtige Person. Tüchtig, das war höchstes William-Lob.

Willst du denn wirklich ausziehen?, fragte Carola plötzlich.

Anna erschrak. Daran hatte sie noch gar nicht gedacht. Nicht so konkret jedenfalls. Obwohl sie Immobilienanzeigen las. Aber das doch nur zur Beruhigung? Anna stellte sich Anna-ohne-William vor. Das dauerte. Sie schaffte es nicht gleich. Nicht, weil es immerhin acht Jahre gewesen waren, sondern vielmehr, weil sofort die Angst in ihr hochkroch. Sofort sah Anna sich als Bündel unter einer Brücke liegen. Betteln um Geld, um Zahlungsaufschub, um ein Bier, um Zuneigung. Sie würde das Leben ohne William nicht bewältigen können. Nicht mehr. Sie hatte es auch vorher in Wahrheit nicht bewältigt. Sie hatte nur Glück gehabt. Wenn sie jetzt aber William verließe, dann würde das Leben kein Pardon mehr kennen. Dann schlüge es zu, bei der erstbesten Gelegenheit, und dann wäre Anna am Ende. Auf der Straße. Hilflos, mittellos und allein …

Was bist du denn so blass?, fragte Carola. – So schlimm?

Nein, nein, sagte Anna zerfahren.

Es dauerte, bis Anna sich einfach auf einem Stuhl in einer x-beliebigen Wohnung mit einer aufgeschlagenen Zeitung auf dem Schoß sehen konnte. Sie zwang sich, sich dieses Bild vorzustellen. Sessel und Zeitung. Oder Zeitung und Sessel und Katze. Mehr nicht. Und allmählich gelang ihr die Vorstellung. Vielleicht half, dass sie nun öfter genauso dasaß. Mit dem aufgeschlagenen Immobilienteil der Zeitung. Mit den Stellenanzeigen. Anna begann tatsächlich zu suchen. Sie durchforstete das Internet, sie ließ sich als Wohnungssuchende bei zwei Portalen registrieren und kümmerte sich wenig um Anonymität. Sie ließ sich sogar per Mail benachrichtigen, wenn der Computer etwas Passendes für sie ausgesucht hatte. Wenn Anna nicht verzagt war, forderte sie das Schicksal geradezu heraus. Nachdem Anna einmal aktiv geworden war, schwankte sie zwischen Übermut und Kleinmut. Sie merkte das, konnte es aber nicht ändern.

Plagow fand sie unausgeglichen, machte Bemerkungen, tauchte manchmal unerwartet hinter ihr auf, wenn sie während der Arbeitszeit im Netz surfte. Es war ihr egal. Oder sie war ohnehin verzweifelt. Wenn Anna nicht Wohnungsanzeigen las, notierte sie. Sie notierte Zahlen. Private Zahlen. Sie hasste es, und sie hasste sich, aber sie stellte endlich die Gegenrechnung zu Williams Rechnung auf. Anna arbeitete an einer Lebensrechnung: Von Hand schnörkelte sie sogar eine Überschrift darüber: Mein Leben mit William. Das war wieder das kleine Mädchen, aber immerhin durchschaute sie jetzt den Mechanismus. Sollte das kleine Mädchen in ihr doch schnörkeln – die erwachsene Anna machte eine Bilanz. Am Anfang wollte der erwachsenen Anna allerdings nichts einfallen. Tischdecken hatte sie gekauft, na gut. Und das Tafelsilber, in der Tat. Darauf war er so scharf gewesen. Ach richtig, und die Stereoanlage. Und ja, auch die Vorhänge. Posten um Posten kam dazu, und nach ein paar Wochen hatte Anna ihre Bilanz. Williams Summe von 32.498, 72 Euro war ihre entgegenzusetzen: 17.490,00 Euro. Mehr als die Hälfte, immerhin. Seltsamerweise fühlte Anna sich gut, als sie ihre Rechnung betrachtete. War sie schon genauso geworden wie er? Und was hieß das, dass sie sich davor fürchtete, so zu sein? War er so verachtenswert für sie – oder fürchtete sie sich, genauso offen egoistisch zu sein, auf ihre Rechte zu pochen, statt sie sich wie bisher zu erschleichen? Es war immer noch undenkbar zu sagen: Ich will. Und: Ich brauche.

Leider zitterten Annas Hände, als sie William ihr Blatt mit der Kostenaufstellung auf den noch leeren Teller legte. Es roch nach angebranntem Toast und Spiegeleiern. William hatte nicht auf Anna gewartet. Er warf einen flüchtigen Blick auf das Blatt, legte es dann zur Seite.

Was soll das?, fragte er scharf.

Das siehst du, sagte Anna, möglichst ruhig.

Nein – was soll das?!? Er war keineswegs ruhig, das merkte Anna. Gefahr war im Verzug. Sie musste auf der Hut sein, sagte ihr eine innere Stimme. Am besten sofort den Rückzug antreten. Bevor es zu spät wäre.

Plötzlich schämte sie sich. Darüber, dass sie es ihm mit gleicher Münze heimzuzahlen versuchte. Darüber, dass das nötig zu sein schien. Eigentlich wollte sie jetzt etwas Beschwichtigendes sagen.

William, sagte Anna, – bitte …

Setz dich und iss was, sagte William.

Er fischte das Brot aus dem Toaster und reichte ihr eine der Scheiben.

Anna merkte, dass sie sich mit beiden Händen an ihrem Teller festhielt.

William, sagte Anna. – Ich will jetzt nichts essen. Ich habe es nur genauso gemacht wie du. Ich habe auch eine Kostenaufstellung gemacht. Denn ich habe ebenfalls in unser Leben investiert, wie du es ausdrücken würdest, mehr sogar, als ich dachte, und mir scheint, dass du das nicht siehst …

Weiter kam Anna nicht. Er sprang auf. Er brüllte. Anna konnte sich später an seine Sätze nicht erinnern, nur an einzelne Wörter: Unverschämtheit. Dreist. Unglaublich. Untersteh dich. Wörter, die man an ein kleines Mädchen richtet.

Sie prallten an Anna ab.

Er verließ die Wohnung.

In seiner Tasse dampfte noch der Tee.

Später brachte Anna den versilberten Brieföffner in Sicherheit.

Ein paar Tage ging es gut. Aber ungefähr eine Woche später merkte Anna es: Sie bekam den Mund nicht mehr auf. Buchstäblich nicht. Sie merkte es, als sie zum ersten Mal ein Makler zurückrief, um einen Termin für eine Wohnungsbesichtigung zu vereinbaren. Irgendetwas sperrte sich in Annas Mund, so als hätte sie sich beim Gähnen leicht den Kiefer verrenkt. Sie gab nichts weiter darauf, nannte mit Mühe ein paar mögliche Daten und vergaß gleich wieder das seltsame Gefühl. Dann verschlimmerte sich die Sache. Anna hatte immer schon einen kleinen Kiefer gehabt. Als Kind hatte man ihr die hinteren Backenzähne gezogen deswegen, und auf das Erscheinen der Weisheitszähne wartete der Zahnarzt nur, um sie sogleich zu entfernen, alle vier. Anna lachte manchmal darüber, wie perfekt Pflaumen oder kleinere Apfelviertel genau in die Gaumenhöhlung passten.

Jetzt machten Apfelviertel schon Schwierigkeiten. Sie passten nicht mehr. Die äußere glatte Wölbung mit der Schale schmiegte sich zwar perfekt unter den Gaumen, aber die Spitzen der Frucht stachen jetzt in das Zahnfleisch. Immer hatte Anna Apfelviertel in der Mitte noch einmal geteilt und dann so einen Bissen im Mund untergebracht, das Gefühl genossen, wie der Apfelbissen den Gaumen ausfüllte, und mehr daran gelutscht und gesogen, den Apfel eher mit der Zunge als mit den Zähnen bearbeitet, bis das Stück matschig und leer war und achtlos heruntergeschluckt wurde. Aber nun war das nicht mehr möglich. Es ergab sich die absurde Situation, dass Anna sich vergeblich bemühte, den Bissen, den sie in der gewohnten Art in den Mund geschoben hatte, zu zerteilen oder wenigstens zu verschieben – der Bissen klemmte in der Gaumenhöhle fest, die Spitzen stachen ins Fleisch und trieben ihr die Tränen in die Augen, aber sie bekam das Stück auch nicht mehr heraus! Endlich griff sie mit zwei Fingern in die Mundhöhle und riss das Stück heraus. Wie gut, dass sie niemand beobachtete! Nach den Äpfeln ging es auch nicht mehr mit den Pfirsichen, mit den Birnen. Ich werde irgendwann nur noch weiche Früchte essen können, dachte Anna, wie eine alte Frau nur noch kleine Früchte: Pflaumen,

Himbeeren, sorgsam zerteilte Kiwis und natürlich Bananen, bei deren Genuss sie sich schon immer klein und kränklich gefühlt hatte. Und manchmal beschlich sie eine Furcht, die so lächerlich war, dass sie sie sich kaum eingestand: Wie wäre es, wenn es nicht dabei bliebe, nie mehr unbeschwert in eine Frucht zu beißen, große Stücke daraus herauszureißen, die grüne, rote, blaue Beute mit vollen Backen zu kauen, wie, wenn sich ihr Mund überhaupt schließen würde? Wenn dies hier nur der Anfang wäre? Wenn sie, sozusagen, zuwüchse – von innen? Nachts lag Anna wach. Vielleicht lag sie längst in ihrem eigenen Grab. Vielleicht war der Mund der Sargdeckel, der sich schloss.

Birger lachte nicht. Sie sagte:

Du gehst jetzt sofort zu deinem Zahnarzt, obwohl ich nicht sicher bin, dass der dir helfen kann. Aber er kann dich ja weiterschicken, zu einem Kieferfachmann oder so.

Der Zahnarzt verzog keine Miene. Untersuchte. Röntgte. Schickte weiter. Der Kieferorthopäde nickte.

Es lag am Kiefer. Der Kiefer verspannte sich, wurde hart, so hart, dass er beim gewaltsamen Versuch, ihn zu weiten, sogar brechen könnte. So etwas kam gelegentlich vor, hatte aber keine erkennbaren physischen Ursachen.

Nicht zuständig!, rief der Arzt, und Anna tat gut, dass er unpathetisch und nüchtern an die Sache heranging. – Sie müssen zu einem anderen Arzt gehen. Gibt doch heutzutage Rat für alles Mögliche. Therapien und so weiter. Schauen Sie mal ins Branchenbuch, oder rufen Sie bei Ihrer Kasse an …

Tagsüber suchte Anna weiter nach Wohnungen, schaute im Netz nach den entsprechenden Angeboten, raffte sich aber selten auf, die Makler anzurufen. Reden strengte an, mehr, als es je angestrengt hatte. Abends schaute sie neuerdings fern, neuerdings sogar mit William. Es war ein stillschweigendes Abkommen, auch das: Sie stritten nicht mehr, sie redeten überhaupt nur das Notwendigste miteinander, aber sie trafen sich jetzt abends vor dem Fernseher. Voller Neid betrachtete Anna da die Geliebte des amerikanischen Präsidenten. Eine der Geliebten oder der früheren Geliebten. Dass diese Frau den Präsidenten erpresst hatte, ihn zu stürzen versucht hatte, interessierte Anna nicht. Sie sah nur den Mund, diesen unverschämt großen Mund, diesen Mund, der für alles gerüstet war. Sie betrachtete diese Scheunentor-Schnute, mit dem die Frau alles Mögliche an dem Mann verübt hatte und die ihr alles erlaubte. Ihr fiel die Prostituierte ein, die es dem berühmten britischen Schauspieler auf einem Parkplatz besorgt hatte. Sie dachte an *Deep Throat*. Ein Pornoklassiker. Plötzlich hatte Anna Lust, ihn zu sehen. Wie William schauen würde, wenn sie ihn einfach auslieh und in den DVD-Player schob? Anna interessierte sich für Münder. Münder und Schlünde. Die Frauen, an die sie dachte, die Frauen, mit denen das Fernsehen sie konfrontierte, hatten riesige Münder, um alles Mögliche zu schlucken. Anna allerdings hätte sich ein Riesenmaul gewünscht, um alles Mögliche auszukotzen, um Dinge von sich zu geben, um zu reden – nein, um zu brüllen, zu krakeelen und zu schreien. Aber das gelang ihr nicht. Stattdessen verschloss sie sich. Anna spürte geradezu, wie sie kleiner wurde, mandelförmig. Sie hatte Albträume vom Verblassen und Verschwinden.

Aber dann fand sie die Wohnung. Und reiste nach Navarra und traf ihre Entscheidung und brachte die drei Wörter über die Lippen, die alles änderten, die alles öffneten: Ich ziehe aus.

Die dritte Meile

Anna ist mondsüchtig. Ihr kann nichts passieren. So war es auch, als sie mit dem Mietvertrag in der Tasche über den Köhlbrand nach Hause fuhr. Der Köhlbrand, so heißt der Abschnitt der Elbe, der durch den Hafen Richtung Blankenese und Glückstadt und Brunsbüttel fließt. Darüber führt die Köhlbrandbrücke. Drei Kilometer über den Fluss, von Altenwerder nach Steinwerder, vom Eingang des Freihafens an der Autobahn in Waltershof, bis zum Gleis- und Straßengewirr in Neuhof. Von dort geht es weiter zur neuen Welt aus Glas und Beton der Hafencity und zu den Backsteinhäusern der alten Speicherstadt. Hier wuchten sich die schweren Sattelschlepper die Auffahrt zur Brücke hinauf, dicht an dicht, hier wuseln die Pkw der immerzu eiligen Pendler, auf der Suche nach Lücken zwischen den Lastern aus Polen und Russland und Spanien. In der Mittagszeit kommt alles zum Erliegen. Erst stockt der Verkehr, dann steht er. Aber es wird nicht still. Die Lkw-Fahrer denken nicht daran, ihre Motoren auszuschalten, und das stete Brummen der Vierzigtonner bringt die Brücke zum Vibrieren. Wenn man sich die Hand auf den Bauch legt, kann man es spüren. Mit der Hand auf dem Bauch spürt man die Geschäftigkeit der Stadt.

Weht der Wind aus Ost oder Nordost, riecht es nach gebratenem Hähnchen, findet Anna – das kommt von der Ölmühle, die direkt neben der Köhlbrandbrücke ihre Abluft in den Himmel bläst. Manche sagen, es stinkt. Anna mag den Geruch nach Raps und nach Tätigkeit. Unter ihr, fünfzig Meter unter den Lkw und den kleinen Autos und den Motorrädern, schieben sich die Containerschiffe ins Hafenbecken, manchmal eine Yacht, immer öfter ein Kreuzfahrtschiff, sie sind mit ihren grellen Aufschriften auf den Schornsteinen auf Seelenfang. Immer hat Anna diese Brücke geliebt, die Eleganz der tragenden Stahlseile, achtundachtzig sind es, bis zu zehn Zentimeter dick, die doch filigrane Fächer bilden. Die Pylone, die die Brücke begrenzen, in ihrem schmucklosen Beton. Die eleganten Auf- und Abschwünge der Fahrbahnen.

Gebaut wurde die Köhlbrandbrücke vor vierzig Jahren, man merkt ihr die Aufbruchstimmung an, die Zuversicht. Es ist eine Brücke für eine große Stadt. Eine Brücke für eine erhebende Stadt. Die dritte Meile, sie endet hier.

Anna lässt das Seitenfenster herunter und schnuppert, aber nachts riecht es nicht nach verbranntem Raps und nach Abgasen. Nachts dringt nur schwach ein bisschen Hafenfäulnis hier herauf, ein kaum wahrnehmbarer Beizgeruch von der Verbrennungsanlage dort drüben, ein Stadtgeruch. Anna ist durch den Freihafen gekommen und hat die Auffahrt in Neuhof genommen, und jetzt, als sie auf der großen Betonplatte die Brücke hinauffährt, ist es, als führe sie direkt in den Mond: Am südwestlichen Himmel hängt der Vollmond, bleich und geädert – so riesig, dass er die stählerne Brücke mit ihren Seilen und Platten, die Autos, die jetzt um zwei Uhr in der Nacht noch unterwegs sind, und ihre wenigen Fahrer ohne Weiteres verschlingen könnte. Wenn, ja wenn der Mond ein Maul hätte! Der kriegt das Maul auch nicht auf!, denkt Anna und nickt ihm zu. Aber sie – sie hatte das Maul am Ende doch aufgekriegt. Sie würde in Zukunft ganze Äpfel verschlingen. Mit Stumpf und Stiel.

Sie hatte die Wohnung bekommen. Die Wohnung. Und sie hatte gesagt, was sie wollte, und war dabei geblieben.

Anna drehte das Radio lauter. Sie sang. So bekam sie ihr immer noch gehemmtes Maul am besten auf. And I still haven't found what I'm looking for, and I still haven't fo-hound what

I'm looking for. Köhlbrandbrückenmusik. Automusik. Wenn ein Lied ausgespielt hat, wenn schon lange kein Hahn mehr danach kräht, wenn die Popwelle schon weiterschwappt und neue Hits heranspült, dann verwandeln sich manche Songs in Automusik. Nur noch gut für lange Nächte im Wagen. Aber dafür richtig gut. U2 und Mark Knopfler. Die alten Sachen von Meat Loaf und Fleetwood Mac. Die schon alt waren, als sie für Anna noch neu waren. Wie lange war das her. Wie lange hatte Anna nicht mehr gesungen!

Die Wohnung hatte Anna über das Internet gefunden. Ein Makler im blankpolierten Anzug und mit Schnabelschuhen unter den engen Hosenbeinen hatte darauf bestanden, ihr die Hand zu geben – ihr und den dreißig anderen Bewerbern, die sich hinter ihm hinauf in den fünften Stock des Hauses drängten. Sie mussten warten vor der Tür. Immer nur eine Handvoll Bewerber wurde eingelassen. Zwei kleine Zimmer, ein telefonzellenkleines Bad. Und ein Wintergarten, rundherum verglast. Groß, offen und geschützt – mit einem Blick über den Park und hinüber zur Sternwarte. Das war es. Anna drehte sich zu dem Makler um, der gerade von zwei Studentinnen ausgefragt wurde.

Das ist es, sagte Anna. – Vielen Dank. Ich nehme die Wohnung.

Der Mann zog eine Augenbraue hoch, wandte sich aber von den Studentinnen zu ihr um. Er winkelte einen Fuß an, sodass die Spitze des Schnabelschuhs nach oben zeigte, wie ein Wasservogel, der gleich losplärren würde. Aber der Makler plärrte nicht, er schnarrte:

Und warum, glauben Sie, würde ich ausgerechnet Ihnen die Wohnung geben?

Weil es passt, sagte Anna. Und weil es ein Notfall ist.

Nicht einmal die beiden Studentinnen lachten. Der Maklerschnabel senkte sich. Anna bekam die zu teure und zu kleine

Wohnung, die aussah, als sei jemand überhastet ausgezogen, mit großer Wut. Aber sie hatte den alten Holzfußboden gesehen. Das kleine Rosenmuster in der Stuckdecke. Und die Weite, den Blick. Nicht einmal, dass sie am nächsten Tag verreisen würde, war ein Problem gewesen:

Navarra? Spanien? Es gibt Hotels, und Hotels haben Faxgeräte!

Der Makler sagte, vielleicht wollte sie noch ein, zwei Tage überlegen. Es gebe noch ein paar Details. Anna sagte:

Wir hören voneinander. Ich glaube, es passt.

Von der Wohnung aus war Anna zum Hafen gefahren. Hatte sich auf eine Brücke gestellt, von der aus man die riesige Baustelle überblickte. Irgendwann, in ein paar Jahren vielleicht, würden hier die Kreuzfahrtschiffe anlegen. Irgendwann würden hier wohlhabende Menschen aus aller Welt leben, manchmal jedenfalls, wenn sie nicht ihre *Mansions* und *Fincas* an anderen Orten besuchen oder mit den Schiffen unterwegs sein würden. Der Zirkus des Reichtums, er würde hier gastieren, sichtbar für alle, zu bewundern für alle. Im Alten Land hatten sie sich gewundert über die Begeisterung, die seit ein paar Jahren ausgebrochen war, wann immer sich eines der Kreuzfahrtschiffe angekündigt hatte. Hässliche, zu große schwimmende Häuser mit zu vielen Balkonen, die sich mühsam und gewalttätig vorwärtsschoben, so mussten die neuen Schiffe jedem vorkommen, der etwas von Schiffen verstand. Aber seit die größte der neuen Generation, die *Queen Mary II*, hier festgemacht hatte, verfiel das ganze vernünftige Umland in einen Rausch, sobald eines der Riesenschiffe auftauchte: Früh am Tag, selbst im Morgengrauen, säumten die Menschen zu Zehntausenden die Deiche. Um was zu tun? Um zu winken. Als kehrte mit den gelangweilten Millionären auf den Schiffen, den greisen Asiaten und Amerikanern das Außergewöhnliche und der Reichtum bei ihnen ein. Kinder durften der Schule fernbleiben, Firmenchefs verlängerten die Mittagspause ihrer Angestellten. Und das alles würde noch zunehmen, würde nur leichter zu organisieren und zu steuern sein, wenn, ja, wenn der neue Terminal fertig würde. Im Augenblick stand Anna vor Baukränen und Gruben, vor aufwirbelndem Staub.

Anna muss lange im Hafen herumgewandert sein. Sie weiß, dass sie irgendwann ein Bier bestellte und dann noch eines, und dass sie Tintenfischringe mit den Fingern aß, Tintenfischringe, die trieften, die in zu viel Fett gebacken worden waren und in zu viel Paniermasse. Eine Kreuzung aus Schnitzel und Calamaris, das brachte Anna zum Lachen. Als es dunkel wurde, streunte sie noch immer herum, betrunken von der neuen Freiheit, betrunken von dem Gefühl, dass sie bald immer hierhergehen könnte, hierhin oder dorthin, dass sie Calamaris mit Knoblauchsauce essen, sich auf Baustellen herumtreiben könnte – und niemandem würde Rechenschaft ablegen müssen. Niemand würde fragen, niemandem würde sie Rede und Antwort stehen. Sie würde allein sein. Allein, weil sie es so wollte. Sie rief Carola an:

Wann geht unser Flug nach Pamplona?

Anna erschrak, als Carola die Uhrzeit nannte, ließ sich aber trotzdem noch Zeit.

Wo bist du denn?, hatte Carola gefragt.

Keine Ahnung, hatte Anna gesagt. – Da, wo's schön ist.

Und dann Navarra. Die Städte, das Graue und das Gelbe, die Wandertage mit Carola, die nicht viel sagte zu Annas Entschluss, aber stumm und hilfsbereit ihren Rucksack schleppte, wenn Anna nicht mehr konnte. Die abends, ebenso stumm, die Faxe für Anna entgegennahm, weil *die Details* des Mietvertrags sich als viele Seiten Papier mit viel Kleingedrucktem entpuppten, jetzt, da auch der Vermieter noch einmal nachgedacht hatte. So schrieb der Makler, *mit besten Grüßen*. Carola, die nachts ihre Hand hielt, wenn sie weinte, Carola, die nach drei Tagen sämtliche spanischen Brandysorten zu unterscheiden verstand, Carola, die sich mit Anna fürchtete, als sie dann, endlich, den Anruf bei William hinter sich brachte. Ich ziehe aus.

Die Rückreise dann. Der überraschend freundliche William. Der zunächst so tat, als bliebe alles beim Alten. Bis Anna ihm, ein paar Tage nach der Rückkehr, den Mietvertrag auf den Tisch legte. Stumm. Stumm nahm er die Blätter, sah sie flüchtig durch, schaute Anna prüfend an. Anna hielt dem Blick stand.

So weit sind wir also?

Ja, so weit sind wir, sagte Anna. – Ich bin so weit. Ich ziehe aus. Sagte ich doch schon.

Wie dumm von ihr! Fehlte nur, dass sie anmerkte: Du erinnerst dich doch? Das verkniff sie sich gerade noch. Die Spannung war mit Händen zu greifen.

William reagierte nicht. Der Satz hatte auch beim zweiten Mal diese Wirkung. Auf William, auf Anna. Da war er wieder, der Satz-wie-ein-Kloß, der Satz, an dem Anna wochenlang fast erstickt wäre. Wie schwer es war, merkte sie erst, als sie ihn aussprach. Am Telefon und nun direkt. Anna hörte dem Satz nach. Gar nichts Besonderes. Kein Bühnensatz. Aber besser, wenn der, der gemeint ist, auch tatsächlich da ist. Man muss denjenigen sehen, für den der Satz bestimmt ist, dann fällt es leichter, sich selbst zu glauben. Ich gehe. Ich ziehe aus. Ich verlasse dich. Schluss mit dem Theater. Schneewittchen spuckt die vergiftete Apfelspalte wieder aus. Sie hat das Maul wieder frei. Sie spricht. Sie ist ein bisschen von Sinnen. Anna riss sich zusammen, sonst hätte sie gejubelt, so befreit fühlte sie sich plötzlich.

Bist du ganz sicher?

William war vorsichtig. Er wurde nicht laut, er hatte seine Stimme nicht gewetzt. Auf seiner Stirn traten Schweißperlen hervor, das wunderte Anna. Eine blonde Haarsträhne fiel sogleich darüber. William schwieg wieder lange, sagte dann so etwas wie *Hm, hm*. Schließlich fragte er, wann es losgehen würde.

In drei Monaten, sagte Anna. – Frühestens. Vorher wird renoviert.

Aha, sagte er. Und dann, dass er nach dem Telefonat nicht mehr mit einer Korrektur ihrer Entscheidung gerechnet habe. Nein, nicht wirklich.

Ich kenne dich ja.

Ja?, fragte Anna.

Sie fand nicht, dass sie etwas zu korrigieren hatte.

Zwei Tage später war es dann William, der Anna überraschte. Er rief sie im Büro an, am späten Nachmittag. William hatte das Haus vermietet. Buchstäblich über Nacht. Bei der günstigen Lage zur Werft und zum Hafen war es kein Problem gewesen, interessierte Mieter zu finden. Zwei waren schon da gewesen, der Ingenieur aus dem Sauerland, der bisher immer gependelt war, hatte bereits zugesagt und freute sich, dass er endlich seine Familie nachholen konnte. Weil demnächst Schulbeginn war und der Junge in die erste Klasse kommen würde, das Mädchen hingegen auf ein Gymnasium, eilte die Sache. Zum nächsten Ersten, sagte William, müsste das Ganze über die Bühne gehen.

Anna sagte nicht, dass sie die Formulierung mehr als treffend fand: über die Bühne gehen, denn gerade kehrten sie tatsächlich zu ihrem Bühnenverhalten zurück. So ein Klipp-klapp-Stück, Tür auf, Tür zu, und gerade hatte wieder einer mit einer Tür geknallt, dass die gesamte Kulisse wackelte. Ging es hier um Pointen? Anna fragte vernünftig:

Und du? Wo gehst du hin?

In eine Wohnung. Was denkst du?

William wirkte völlig ungerührt. Er hatte gegenüber der Firma ein Penthouse gefunden. Klein, chic, nicht ganz billig, aber ideal gelegen. Und teilmöbliert, weil der Besitzer, ein Controller-Kollege aus der D17, für zwei Jahre nach Toulouse gehen würde. Mindestens zwei Jahre. Nächste Woche konnte es losgehen.

Und ich?, fragte Anna entgeistert. – Du weißt doch, dass meine Wohnung noch lange nicht bezugsfertig ist?

Und du und ich. Und ich und du. Klipp-klapp, der leer scheppernde Dialog. Klapp-klipp.

Weißt du, das ist nun mal ausnahmsweise ganz allein dein Problem, hörte Anna William sagen. – Das hättest du dir eher überlegen müssen! Aber das scheint ja ohnehin dein Problem zu sein – dass du solche gravierenden Entscheidungen völlig unüberlegt triffst …

William, sagte Anna, – geht es hier darum, sich gegenseitig zu übertrumpfen? Ich habe dich mit meiner Entscheidung …

Weiter kam sie nicht.

… Mit deiner Entscheidung?!? Ja, da hast du recht. Es war deine einsame Entscheidung. Und jetzt treffe ich meine. Denn wenn du keine Rücksicht auf mich nimmst, nehme ich auch keine mehr auf dich. Du hast mir deine Entscheidung am Telefon mitgeteilt, hast du das vergessen? Jetzt bin ich an der Reihe. Merk dir das.

Böses Kind, dachte Anna. Und: Nichts wird sich ändern.

Aber da täuschte sie sich wiederum. Plötzlich kam ihr gemeinsames Leben zu einem völligen Stillstand. Wie ein Karussell, dem am späten Abend der Saft abgedreht wird. Es blinkt noch ein paar Mal, und dann ist Schluss. Merkwürdigerweise begann aber danach eine Phase des Redens. Es wurde viel geredet, hektisch geredet, unbedingt wollten sie plötzlich miteinander sprechen. Und gleichzeitig gab es plötzlich nichts Wichtigeres mehr als zu reden, und Anna beeilte sich zum ersten Mal seit Jahren, frühzeitig nach Hause zu kommen, und traf dort auf

William, der neuerdings nicht mehr daran dachte, Überstunden zu machen.

Was ich dir schon immer sagen wollte.

Warum hast du mir früher nie gesagt.

Bist du sicher, dass es zu spät ist.

Jetzt kamen die Sätze heraus. Weil der wichtigste Satz heraus war. Der eine wichtige Satz zog alle anderen Sätze an einer langen Kette hinter sich her. Die Angst war fort. Die Angst, etwas Falsches zu sagen. Also sagten sie plötzlich alles. Oder doch vieles. Und vieles sagten sie auch mehrfach. Sie wiederholten manche Sätze, weil sie noch ungeübt waren im Aussprechen dieser direkten Wörter.

Brauchen. Ausnutzen. Krank machen. Allein lassen. Enttäuschen. Immer wieder enttäuschen. An diese Wörter erinnert sich Anna, auch an die verschiedenen Tonfälle. Wozu wurden die Sätze gesagt? Sich daran zu erinnern fällt Anna schon schwerer. Sollte sie bleiben? Oder sollte sie gehen? Ihr kommt es im Nachhinein so vor, als ob William beides gewollt hätte, manchmal sogar gleichzeitig. Aber war das denn nicht ein himmelweiter Unterschied? Ja. Und nein. Denn in gewisser Weise wäre für William beides gleich schockierend gewesen. Seine Ana handelte. Ana entschied. Und zwar, ohne ihn zu fragen und ohne auf seine Zustimmung aus zu sein. Ana stellte die Spielregeln auf den Kopf. Nein: Ana zerstörte das Spiel. Das war schlimm. Aber auch gut. William war ehrlich genug, das zuzugeben.

Ich bewundere deinen Mut, sagte William. – Aber ich bin dir auch böse, sehr ernsthaft böse. Das wird bleiben, das ist nicht wieder gutzumachen.

Und ein anderes Mal sagte er:

Das hat noch nie jemand mit mir gemacht!

Und Anna wunderte sich über die Anerkennung, die in seinen Worten mitschwang.

Er sagte aber auch:

Du bist dabei, mich zu verlassen. Mich böswillig zu verlassen.

Solche Sätze wogen schwer. An den Sätzen hing ein Gewicht, das Anna unter Wasser zog. Diese Sätze machten sie kurzatmig. Solche Sätze machten, dass Anna nach Luft schnappte, statt zu reden. Ihre Sätze klangen wie Japser. Anna sagte:

Nein, ich verlasse dich nicht. Ich ziehe aus.

Sie sagte:

Vielleicht ist das unsere letzte Chance.

Sie sagte:

Vielleicht finden wir auf diese Weise einen neuen Weg. Einen Weg zueinander!

Sie sagte: Schatz. Sie sagte: Lieber Mann.

Sie hätte alles gesagt, um wieder zu Atem zu kommen. Beschwichtigungsversuche waren nicht an William gerichtet, sondern an sie selbst. Sie wusste nun, dass das immer so gewesen war. Sie hatte immer sich gemeint, gerade dann, wenn sie sich besonders um William zu bemühen schien. Sie versuchte, die Japser zu unterlassen. Sie versuchte, bei ihren Sätzen zu bleiben. William machte es ihr nicht leicht, aber warum sollte er auch?

An Williams Schulter. Auf Williams Schoß. Mit nassen, mit trockenen, mit wütenden Gesichtern. Das hatte sie von ihren Sätzen. Sie hatte von ihren Sätzen, dass sie den Schmerz darin spürte. Den Schmerz, den sie sich zufügte – und den Schmerz, den sie William zufügte. Auch William weinte manchmal. Noch nie hatte Anna ihn weinen sehen. Er ließ es zu, dass sie ihn umarmte, und beide weinten noch mehr, weil sie wussten, dass das nichts ändern würde. Manchmal war Anna verwirrt. Dann glaubte sie, nicht sie, sondern William habe ausziehen wollen. Ausziehen, sich ausziehen, die Wörter liegen so nah beieinander.

Den Mietvertrag musste Anna im Beisein des Vermieters persönlich unterzeichnen. Der Vermieter, ein konservativer Kaufmann, bestand darauf. Ihr Besuch in seinem Büro, zusammen mit dem Makler. Ein Gefühl, so ähnlich wie auf dem Standesamt. Sie sprechen vor. Sie werden vorgelassen. Sie klopfen sich den Staub von der Kleidung. Der Makler seltsamerweise ebenso nervös wie Anna. Anna immer noch mit dem Gefühl der Unwirklichkeit. Eine halbe Stunde zuvor hatte sie noch William angerufen, auf dem Handy. Die alte Panik hatte sich breitgemacht. Er war bei der Arbeit, ausnahmsweise hatte er einmal in einer der Fertigungshallen zu tun. Anna hörte im Hintergrund Maschinengeräusche, Tüchtigkeitsklänge, geschäftiges Hin und Her.

William, sagte Anna – du kannst mich noch daran hindern …

Ich hab zu tun!, sagte er.

William, sagte Anna, – ich kann es noch lassen.

Was?

Du weißt doch, der Mietvertrag …

Ach was!, sagte William – das ist doch nicht wahr!

Sie legten beide auf.

Der Vermieter war ein vierschrötiger Mann, der, während er seinen eigenen Mietvertrag noch einmal vorlas, als hätte er ihn zum ersten Mal vor sich, fortwährend sein nussbraunes Toupet auf dem Kopf herumdrehte. Als stellte er damit einen Radiosender ein, dachte Anna.

Alles verstanden?, fragte er nach einer halben Stunde.

Sein Büro roch nach Staub und Akten. Seine Angestellten – lauter Frauen um die fünfzig – trugen weiße Kittel. Ein kleiner schwarzer Pudel wuselte um den massiven Eichentisch, an dem sie saßen. Er auf der einen Seite, der Makler und Anna ihm gegenüber. Sie tranken lauwarmes Wasser mit Ingwer.

Im Mietvertrag stand, dass Tiere nicht erlaubt waren. Anna brachte die Katze ins Spiel. Sie stotterte, sie verhedderte sich in ihren Sätzen. So schlecht war sie darin, ihre Interessen einfach und klar vorzubringen! Die Katze wurde namentlich in den Mietvertrag aufgenommen: Mieterin Anna Hartmann und Katze Selma. Vielen Dank. Dann herzlich willkommen.

Auf dem Gehweg vor dem Büro des Vermieters gab sie dem Makler die Hand:

Entschuldigen Sie, dass ich so umständlich war, sagte Anna. – Sie müssen verstehen, vielleicht haben Sie längst gemerkt, dass das hier eine Trennungsgeschichte ist. Es ist mir ein bisschen unangenehm …

Der Makler lächelte.

Natürlich habe ich das gemerkt, Frau Hartmann!, sagte er. – Aber ich habe es schon seit drei Monaten gewusst: Da habe ich nämlich Ihrem Mann eine Wohnung gezeigt.

Carola kam und half packen. Anna packte doppelt: Einmal für den Umzug, den ein von William angeheuertes Unternehmen auf die Beine stellen würde, einmal für den Übergang, bis die Wohnung fertig sein würde. Einmal beinahe alles, was ihr gehörte, für die neue Wohnung, einmal das, was sie in den nächsten acht oder neun Wochen brauchen würde, für die provisorische Unterkunft der nächsten Zeit.

Das Provisorium war eine Obstscheune. Sie gehörte Tines Eltern.

Hier bleibst du schön frisch!, sagte Tine lachend, als sie ihr zum ersten Mal die Tür aufschloss. – Du wirst erst einmal lüften müssen. Riecht noch ganz schön nach den Äppeln!

Die Äppel, das waren *Elstar* und *Boskop* gewesen, dazu die *Bürgermeisterbirne* und die *Schöne Marie*. Tines betagte Mutter zählte die Obstsorten auf.

Und nun ich!, sagte Anna, und Tines Mutter lachte, ein bisschen verlegen. Sie mochte nicht fragen, welche Umstände Anna hierhergebracht hatten, aber denken konnte sie es sich. Tine zog sie fort.

Bin gleich wieder bei dir!

Tines Eltern hatten ihre Obstscheune vor ein paar Jahren umgebaut, um sie als Ferienhaus zu vermieten, aber die Touristen blieben aus, weil das Grundstück nah an der Durchgangsstraße nach Hamburg und zum Ausgang des Alten Landes hin lag, am Ausgang der Dritten Meile. Man hörte das Rauschen der Autobahnauffahrt, man sah vom rückwärtigen Fenster die Türme der Verbrennungsanlage im Hafen. Anna war das egal.

Sie ließ ein paar Kisten fallen, sie deponierte ein paar Koffer. Es war Sommer, aber es hatte viel geregnet. Der Apfelgeruch würde nie aus diesem Häuschen weichen, obwohl ein Kachelofen in der Ecke sich redliche Mühe gab, dagegen anzurußen. Tine kam zurück und packte mit an.

Sie beseitigten Spinnen und Schaben, entdeckten Mäusereste. Aufgeregt streifte die Katze umher.

Anna spürte, dass sie hier schlafen können würde. Nur noch einmal kehrte sie zurück ins Haus, noch einmal zurück zu den Hartmanns. So dachte sie: zu den Hartmanns. Als seien das fremde Leute. Und nicht sie und William.

Das Haus sah aus, als hätte jemand mit Riesenhänden in die Räume gegriffen und dieses und jenes herausgeholt, es wirkte gerupft, zugig, geschleift, man sah, wie alt die Tapeten, wie zerschlissen die Teppiche waren.

Noch einmal lagen sie nebeneinander im Ehebett, reglos, schlaflos, in einem großen Schweigen.

Der eigentliche Umzug kam ein paar Tage später. Vierschrötige, tätowierte Kerle schleppten das Hab und Gut aus dem Haus.

Hab und Gut? Anna war auf gefährliche Weise gleichgültig, was ihr zugeordnet wurde, was William. Ja, es war ihre Habe, aber es war nicht gut. Es war eine Last, etwas, das bewegt, das bewältigt werden musste. Schon am frühen Morgen war sie todmüde, arbeitete unkonzentriert, arbeitete ineffizient. William beobachtete sie mit der alten Schärfe. Ein Tag war für ihn reserviert, der in sein Penthouse ziehen würde, teilmöbliert, mit einer rundum laufenden Dachterrasse und vielen praktischen Einbauschränken. Am Flugplatz hatte er zusätzlich einen Schuppen gemietet, für die Flugutensilien. Alles war bestens vorbereitet, alles verlief planmäßig. Dennoch brauchten die Männer allein zwei Tage für William, für das *Hab und Gut*, das mit gelben Zetteln markiert war, ein W darauf, W wie William. Dann kamen die Möbel und die Kisten ohne Zettel an die Reihe. Fluchend schleppten die Männer alles in den fünften Stock, das Bett, die Bücherkisten, den PC, die Stereoanlage mit den Surround-Lautsprechern, die Küchengerätschaften. Anna trug das alte Sauerkrautfass. Es war einer der heißesten Tage des Jahres, der Schweiß lief den Männern in Strömen die Gesichter hinab, aber immer, wenn sie die Treppen wieder hinuntergingen, rannten sie. Sie hatten es eilig. Sie schienen auf der Flucht wie Anna. Die Männer schauten Anna nicht an. Sie stellten keine Fragen. Sie aßen Annas Käsebrötchen, tranken Cola und Wasser und schwiegen dazu. Trennungen waren für sie das Normalste, der Ausnahmezustand war ihr Geschäft.

Wenn Anna etwas wissen wollte, hielt sie sich an den Vorarbeiter, einen alten, abgemagerten Kerl, der etwas von einem Indianer hatte. Er war der einzige, den man mit ein paar Tassen schwarzen Kaffees zum Reden bringen konnte.

Ist nur blöd, wenn Kinder im Spiel sind, sagte der Vorarbeiter, – seien Sie froh, dass Sie keine haben!

Wie seltsam, sich damit zu trösten, dass man etwas Gutes nicht hat, dachte Anna. Und: Fallen Kinder auch unter *Hab und Gut*?

Der Vorarbeiter erzählte von der Trennung eines Bankdirektors von seiner Frau – nein, eigentlich hatte sich die Frau getrennt, denn es seien ja immer die Frauen, die gingen, fand der Vorarbeiter. Also die Frau habe gehen wollen, aber einträchtig sei man das Haus abgeschritten – Bankdirektor, Frau und Vorarbeiter – und habe beschlossen, was zusammen mit der Frau und dem Hund ausziehen würde und was nicht. Am verabredeten Tag seien sie zu fünft angerückt, mit dem großen Sattelschlepper für den Umzug, aber die Haustür habe sich erst nach langem Klingeln geöffnet. Im Türrahmen sei der Bankdirektor erschienen, mit angelegter Knarre, und habe gelallt, dass hier niemand auszöge, nicht lebendig jedenfalls.

Und dann?, fragte Anna fassungslos.

Na dann, sagte der Vorarbeiter, der die kleine Pause genoss, – dann haben wir gemacht, was wir in solchen Fällen immer tun: Ich hab den Mann um die Schulter genommen und gesagt: Ist ja auch wirklich eine Schweinerei, was die Frauen so mit uns machen … – und habe ihn unauffällig in den Garten gelotst. In der Zwischenzeit haben die anderen ausgeräumt.

Und als er es gemerkt hat?, fragte Anna weiter.

Der hat nichts mehr gemerkt, sagte der Vorarbeiter. – Ich hab natürlich fleißig weiter Whiskey reingeschüttet in den Mann.

Er erzählte vom Notfalltelefon, das der Chef eingerichtet habe. Da riefen dann Frauen an – immer nur Frauen –, die sofort ausziehen wollten oder mussten.

Sofort – verstehen Sie? Sofort!

Für diesen Fall hatte die Firma einen Notdienst eingerichtet. Die Männer wurden per Handy benachrichtigt, und eine Stunde nach dem Anruf konnte es losgehen. Das waren die heulenden Frauen, die vor ihren prügelnden Männern flohen, die Frauen, die von den Männern vor die Tür gesetzt wurden, die Frauen, die ihr Hab und Gut vor den nachrückenden jüngeren Frauen retten wollten.

Da war es wieder, das *Hab und Gut*.

Sie schauen so erschrocken, junge Frau!, sagte der Vorarbeiter. – Ich will dann man weitermachen! Genug Döntjes erzählt.

Nach weiteren zwei Stunden breitete sich der Geruch von Anspannung aus und Ermüdung. Vor dem Haus war ein kleiner, verwahrloster Platz, darauf standen ein paar Plastikstühle, zerbeulte Metalltische. Dort machten die Möbelpacker Rast, Flaschen mit Mineralwasser in der Hand, stumm, wütend über die Hitze. Der Vorarbeiter redete, die anderen nickten.

Ein Rabe beobachtete sie. Nein, kein Rabe: Ein Mann mit so schwarzen Haaren, dass Anna unwillkürlich an Rabenfedern denken musste. Der Mann trug eine korrekte schwarze Hose und ein weißes Hemd. Der Mann hatte kohlschwarze Augen und olivfarbene Haut.

Eine Suppe?, fragte er.

Anna hatte bis dahin nicht bemerkt, dass zu den verbeulten Tischen und den Stühlen ein Imbiss gehörte. Die Möbelpacker blockierten die Terrasse des *Sushi-Imbisses*, der Kelmend gehörte. Kelmend, aus Afghanistan. Er lachte über Annas verdutztes Gesicht.

Sushi – und Afghanistan?

Warum nicht?, fragte Kelmend.

Die Männer wollten lieber halbe Hähnchen vom Grill um die Ecke, aber Anna bestellte eine scharfe Suppe bei Kelmend, der auch die Männer mit den Hähnchen auf seinen Stühlen sitzen ließ und ihnen *Singha-Bier* servierte und Anna noch einen Spinatsalat mit Sesam, den die Männer mit angeekelten Gesichtern betrachteten. Sie arbeiteten weiter; als Anna sich einmal am Umzugswagen zu schaffen machte, fiel ihr eine verwahrlost aussehende Frau mit langen, fettigen Haaren auf, die mit Kelmend redete. Kelmend – der erste Nachbar mit einem Namen.

Die Frau mit den langen, fettigen Haaren fasste mit an. Sie bestand darauf, sosehr die Möbelpacker auch protestierten. Aber keine Frage: Die Alte war stark, ungewöhnlich stark für eine Frau. Sie trug rote Schuhe unter ausgebeulten braunen Hosen und eine Brille mit Gläsern, so dick wie Glasbausteine. Anna dachte: So eine hätten wir als Kinder auf dem Dorf immer gehänselt, so eine hatte schon bei Achtjährigen keine Chance mehr. Frau Wolters lebte hier im Haus, seit mehr als dreißig Jahren. Anfangs war sie die Hausmeisterin gewesen – oder die Frau des Hausmeisters, das verstand Anna nicht so genau. Sie war jedenfalls geachtet von allen. Dann kamen die Schlaganfälle. Mit fünfzig! Sie schwitzte. Sie schwitzte noch mehr als die Möbelpacker. Ihre Hose rutschte derart, dass sie die Kisten, die sie wie die Möbelpacker auf den Schultern trug, zwischen den Stockwerken immer wieder absetzen musste, um die Hose nach oben zu ziehen. Schaffte sie das nicht rechtzeitig, sah man einen erstaunlich weißen, glatten Po, der eher zu einem Kind als zu einer Alkoholikerin gepasst hätte. Frau Wolters, der zweite Name, den Anna erfuhr. Stolz darauf, etwas herausgefunden zu haben, berichtete ihr der Vorarbeiter, dass die alte Frau in der Mansarde über ihr hauste. Ein ausgebauter Dachboden? Davon hatte der Makler nichts erzählt. Nein, nicht komplett ausgebaut. Nur ein Zimmer ausgebaut. Eben für den ehemaligen Hausmeister. Oder seine Frau.

Sie machten weiter, bis es dunkel wurde, tranken bei Kelmend ein letztes *Singha*. Dann fuhr William in seinem Wagen vor. Der Wagen war neu; er hatte ihn letzte Woche gekauft. Ein BMW *der neuen Generation*. William schaute so ungläubig, als begriffe er erst jetzt, was geschehen war. Sie zählten den Männern das Geld auf die Hand, abwechselnd. Eine brüderlich geteilte Trennung.

Du stehst in meiner Einfahrt!, sagte Kelmend zu William und räumte die leeren Bierflaschen ab. – Wir schließen jetzt.

Anna schlief in der neuen Wohnung, auf einer Matratze, umstellt von Möbeln und Kisten. Die waren alle in die Zimmermitte gerückt – morgen kämen die Handwerker. Sie würden um die Sachen herum renovieren müssen. Unpraktisch, aber es ging nicht anders, weil Anna das gemeinsame Haus so schnell hatte räumen müssen. Nein, nicht das gemeinsame Haus.

Mein Haus, sagte William.

Mein Haus, mein Auto, mein Frühstück, meine Tasse Tee. Und: Meine Frau. Das sagte er jetzt wahrscheinlich nicht mehr. Oder, ganz korrekt, bis zur Scheidung.

Anna erschrak: Dachte sie schon an Scheidung?

Sie tastete sich an den Sachen vorbei in die Küche, trank warmen Apfelsaft aus dem Tetrapack. Sie legte einen Arm auf die mannshoch gestapelten Kisten. Zu Hause. Schmutzig, verschachtelt. Zu Hause.

Am nächsten Morgen klingelten als Erstes die Installateure. Das Bad, das keines war, musste erst einmal beseitigt werden.

Das kloppen wir Ihnen im Nu raus!, sagten die Männer.

Anna floh. Sie floh ins Büro und versuchte zu arbeiten. Sie widerstand der Versuchung, William anzurufen. Sie stopfte sich mit Keksen voll. Was war das für ein SAP-Pojekt, das ihr Kollege an sie weitergegeben hatte? Die Tabellen sagten ihr gar nichts. Aus den Anmerkungen des Kollegen wurde sie nicht schlau. Er bezog sich auf ein Meeting. Anna konnte sich nicht erinnern. Sie blätterte in ihrem Terminkalender – doch, daran hatte sie teilgenommen, kein Zweifel. Warum konnte sie sich nicht erinnern?

Der Vermieter rief an: Das Waschbecken, das Anna ausgesucht hatte, könne erst in drei Monaten geliefert werden. Ob sie sich so lange aus einem Eimer …? Noch konnte Anna über so etwas lachen. Ihr Kollege steckte den Kopf zur Tür herein, fragte nach dem Projekt, redete in das Telefonat hinein. Täuschte Anna sich oder hätte er das vor einigen Wochen noch nicht gewagt?

Abends um halb neun kehrte Anna zurück aufs Land, in die Obstscheune von Tines Eltern. Sie hatte in der Wohnung vorbeischauen wollen, aber die Möglichkeit, einfach auf die Autobahn zu fahren und den Tag hinter sich zu lassen, war zu verlockend. Die Katze beschwerte sich. Im Häuschen war es kühl und roch feucht. Anna warf den Ofen an, fütterte die Katze, machte kein Licht, als aus der Dämmerung schnell Dunkelheit wurde. Ihre Hand in der Kekstüte fand die Schokoladenröllchen blind.

Später wurde die Katze unruhig.

Hast du Termine?, fragte Anna und erschrak über ihre eigene Stimme. Es war still hier. Man hörte die Vögel, die Abschied nahmen vom Tag. Man hörte von fern das Rauschen der Autobahn, die abnehmende Geschäftigkeit der Stadt. Dann das Knacksen im Unterholz, das Rascheln im Gebüsch. Als vergewisserten sich die Tiere erst einmal, dass die Menschen in ihren Häusern blieben, bevor ihre Zeit begann: Die Zeit zwischen elf Uhr nachts und fünf Uhr morgens. Dann würde die Katze zurückkehren, erschöpft von der Jagd nach Mäusen und vielleicht auch von Auseinandersetzungen mit anderen Katzen, sie würde einen Napf mit Wasser halb leersaufen und sich umstandslos auf die Seite werfen. Anna schloss die Tür hinter ihr. Seltsam, hier wollte die Katze auf die Jagd gehen, während sie in Hartmanns Haus … Hartmanns Haus. Anna schluckte. Sie war zu müde, das Bett zu beziehen, legte sich stattdessen auf das durchgesessene Sofa und zog eine Wolldecke über sich. Im Ofen glomm das Feuer. Es würde die Nacht über reichen.

Gegen fünf Uhr ein Scharren an der Tür: Tatsächlich, die heimkehrende Katze. Wortlos ließ Anna sie ein, legte sich wieder hin. Eine Stunde später stand sie auf. Es war kalt im Häuschen, jetzt, Anfang Juli. Der Ofen war ausgegangen, am Abend würde sie die Asche herausholen müssen. Das Bad war klamm und wenig einladend. Anna duschte trotzdem. Leider hatte sie vergessen, ein Handtuch auf den Ofen zu legen, so war auch das Handtuch klamm. Anna trank einen Kaffee im Stehen.

Ein Kaffee. Mein Kaffee. Ein Handtuch, mein Handtuch. Ein Ofen, mein Ofen. Anna dachte an William und wie sicher er war, dass ihm die Welt gehörte.

Bei *Lux-TV* platzte Anna in eine Konferenz. Hatte sie sie vergessen? Nein, ein Blick ins Outlook-System zeigte es: Anna war nicht eingeladen gewesen. Frau Brenschen, die neue Controllerin, stand in der Tür. Sie fragte nach einigen Unterlagen, für die GFs, die Geschäftsführer. Sie eilte zurück in die Sitzung. Anna nutzte die Zeit dazu, ihren Schreibtisch aufzuräumen. Einen Überblick zu gewinnen schaffte sie freilich schon lange nicht mehr.

Nachmittags entschuldigte sie sich, fuhr in der Wohnung vorbei – und fand ein Desaster vor. Die Installateure hatten alle Armaturen und die Kachelwände aus dem Bad geschlagen, hatten aber versäumt, die Türen und Fenster abzuhängen. Zentimeterdick bedeckte weißlicher Staub die Dielenböden, die Kisten und Möbel. Es sah aus, als sei ein feiner Ascheregen niedergegangen. Geruch von Mörtel und Kalk hing in der Luft, jeder Schritt knirschte. Fassungslos tastete Anna sich vor. Wie sollte sie jemals diesen Schmutz loswerden? Sie zerrte das Mobiltelefon heraus. Es war ausgeschaltet. Beim Einschalten blinkte es: drei neue Nachrichten. Die Firma. Anna ignorierte die Nachrichten und wählte die Nummer des Installateurs. Nur ein Anrufbeantworter. Anna legte auf.

Ana, wo bist du?, fragte der Anrufer auf der Mailbox. – Wir warten hier auf dich.

Die Nachricht war ein zweites Mal aufgesprochen worden, dringlicher. Hatte die Sekretärin denn ihre Nachricht nicht weitergegeben?

Doch, habe ich, sagte sie knapp, als Anna fünf Minuten später anrief. – Aber die Herren sagten, das reichte ihnen nicht. Sie wollten selbst mit Ihnen sprechen.

Die Herren! So redete sie. So redete man in der Firma. Plötzlich vermisste Anna Mike und Tine und die anderen von *Stade-TV* so sehr, dass es schmerzte. Anstelle *der Herren* rief sie Mike an.

Okay, um acht, sagte Mike.

Sie trafen sich im Steakhouse, und Mike wollte es diesmal blutig, sehr blutig, – wenn ihr das hinkriegt.

Er hatte nicht einmal sein erstes Bier ausgetrunken, als er schon wusste, weswegen Anna hier war.

Anna, du willst zurück, stimmt's?! Du willst mich fragen, ob du wieder bei uns arbeiten kannst, richtig?

Ja, richtig. Stimmte. Anna wollte zurück. Sie wollte wieder in einer kleinen Firma arbeiten, in der sie wissen würde, für welches Projekt sie gerade rechnete und plante. Eine Firma, in der die Filme einen Inhalt und die Auftraggeber ein Gesicht hatten. Sie wollte wissen, was für Filme zu welchen Bedingungen entstanden; dann konnte sie projektieren und planen, dann konnte sie das Beste herausholen, was herauszuholen war, dann konnte sie …

Das geht nicht, sagte Mike ohne Umschweife. – Ich kann dir gleich sagen, dass das nicht funktioniert.

Er wartete auf Annas Reaktion. Er trank sein zweites Bier.

Anna fühlte sich, als hätte jemand eine Tür vor ihrer Nase zugeschlagen.

Bist du mir böse?, fragte Anna und wusste im selben Moment, dass sie Unsinn redete. – Bist du mir böse, weil ich gekündigt habe?

Mike lachte.

Böse? Klar waren wir böse. Böse und, schlimmer noch, irgendwie beleidigt. So müttermäßig. Aber dann ist mir klar geworden, dass du so handeln musstest. Wir passten einfach nicht mehr in dein Leben. *Stade-TV!* Ist ja auch nix Dolles. Und du wolltest was Dolles!

Anna wollte widersprechen, wollte *Stade-TV* loben, wollte sagen, dass die Firma etwas ungemein Menschliches hatte, dass es dort eine Möglichkeit der Arbeit war, die sehr selten geworden war, eine Arbeit, die auf jeden Fall …

Mike winkte ab. Er wusste selbst, was seine Firma wert war. Und er wusste, was sie Anna bedeutet hatte.

Du wolltest Veränderung nach all den Jahren, sagte er. – Und du hast sie bekommen. Nur vielleicht nicht so, wie du dir das vorgestellt hast. Also musst du wieder was verändern. Dazu hast du keine Lust. Und vielleicht bist du auch ein bisschen kaputt, hast keine Kraft mehr. Dann mach langsam! Immer hübsch eine Stellschraube nach der anderen! Aber zurück? Das ist keine Lösung – für dich nicht und für uns auch nicht.

Vielleicht war das der Augenblick, in dem Anna zum ersten Mal begriff, dass ihr Handeln Konsequenzen hatte. Wirkliche Konsequenzen. Dass eine Entscheidung viele andere nach sich zog. Dass es unmöglich war, das alles von vornherein zu bedenken, dass es aber gut war, sich darauf einzustellen. Vielleicht war das der Augenblick, in dem Anna einsah, dass ihr Leben jetzt stattfand. Nicht später. Dass sie nicht irgendwann einmal, in ein paar Jahren, etwas beginnen könnte. Dass es losgehen würde, sobald. Dass es anfinge, wenn. Nein, es war jetzt. Es war in vollem Gange. Und es lief entsprechend den Entscheidungen, die sie getroffen hatte. Anna hatte viele Entscheidungen getroffen. Jahrelang vor allem solche, die keine waren. Entscheidung durch Vertagung, nannte William das spöttisch. Entscheidung durch Ausweichen. Durch Wegträumen. Durch absichtsvolles Beiseitelassen und vorgestellte Hilflosigkeit. Bei *Stade-TV* hatte Anna gekündigt. Es war schon fast eine richtige eigene Entscheidung gewesen, auch wenn William sie stark beeinflusst hatte. Aber dass sie da weg musste, das hatte sie auch selbst gespürt. Und nun kämpfte sie mit den Konsequenzen. Mit der Unbehaustheit. Mit dem Unbehütetsein. Das hatte ja andere Gründe. Anna wusste es. Mike weigerte sich, ihre Entscheidung als ungültig zu betrachten. Er nahm sie also ernster, als sie sich selbst nahm. Anna, dachte sie, Anna wird erwachsen!

Danke, Mike, sagte Anna. Du hast vollkommen recht. Mir wird schon was einfallen.

Da bin ich ganz sicher, sagte Mike.

Er lachte. Er kramte nach dem Geld in seiner Hosentasche. Vor der Tür umarmten sie sich.

Auf der Straße, die am Deich entlangführte, schaltete Anna wieder das Radio ein. Sie sang die Popsongs mit, sie genoss die Lichterketten längs der Elbe und den Geruch nach Wasser und Raps.

Die Katze wartete vor dem Häuschen. Anna war zu müde, um den Ofen zu heizen. Stattdessen beschloss sie, endlich das Bett zu beziehen. Die Möbelpacker hatten es ja gleich aufgebaut, das Bettzeug lag darauf. Anna hob die Decken an und zog das Bett am Kopfteil ein Stück aus der Nische – da gab es nach. Der eiserne Rahmen krachte auf Annas Handgelenk. Es blutete. Anna schrie auf. Nachdem sie sich gefangen und mühsam das Handgelenk verbunden hatte, sah sie, was passiert war: Die Packer hatten den Rahmen einfach auf den vier Füßen des Bettes abgestellt, das Ganze aber nicht verschraubt. Jetzt bildete das

Bett eine schiefe Ebene. Erbittert trat Anna auch die zwei übrig gebliebenen Füße zur Seite. Jetzt würde sie auf einer Art Kiste schlafen. Wenn sie schlafen könnte! Die Hand pochte und klopfte. Es war schwierig, sich auszuziehen. Als sie ins Bad ging, um sich die Zähne zu putzen, huschten Insekten über den Boden. In einer Ecke lag Mäusekot. Das war zu viel: Anna brach in Tränen aus und weinte lange und laut und vollkommen hemmungslos.

So vergingen die nächsten Wochen: Zwischen den Desastern, die die Handwerker anrichteten, den Ansprüchen von *Lux-TV*, den Fahrten früh am Morgen und spät am Abend. Anna sieht sich um sieben Uhr in der Früh, verabredet mit Arbeitern beim Sanitärmarkt. Sie sieht sich feilschen mit Parkettlegern und hört sich betteln bei den Elektrikern. Sie weiß, dass sie Hilfe bekam von einem jungen, stachelhaarigen Polen, den die anderen Arbeiter hassten und der doch der Einzige war, der immer pünktlich zur Stelle war, freundlich und kundig. Sie sieht sich Möbel schieben und Tapeten kleben und tragen und tragen und putzen und putzen. Sie sieht sich Farbreste in der Firmentoilette beseitigen. Sie sieht sich auf den Fliesenleger warten, wieder morgens um sieben auf dem Parkplatz des Baumarktes, und erbittert mit ihm streiten, während Scheine auf der Ladefläche seines Pickups hin und her gereicht werden. Anna sieht sich Eimer, Schachteln mit Schrauben, Dübeln, Leisten tragen. Tragen, immer wieder tragen. Und räumen, immer wieder räumen. Platz für Arbeiten an den Wänden. Platz für Arbeiten an den Decken. Die Fußböden freiräumen! Und die Stadtwerke kommen! Anna steht verschämt beim Einwohnermeldeamt, den Zettel mit der Besuchernummer noch in der Hand: 662, morgens um acht.

Ja, Ihr Mann hat Sie hier schon gemeldet.

Wie??

Als dauerhaft getrennt lebend.

Da war er ihr wieder einmal zuvorgekommen. *Dauerhaft getrennt.* Das war wie dauerhaft zerrissen. War zerrissen nicht immer dauerhaft? Und getrennt? Es tat weh.

Abends saß Anna im Häuschen, hatte die Ofenklappe halb geöffnet und starrte ins Feuer. Du hast es so gewollt. Du kämpfst nur wieder mit den Konsequenzen. Anna, du kämpfst mit diesem zweiten Erwachsenensein. Und wieder da: die Scham. Diesmal über die eigene Lebensverspätung. Aber auch: ein kleines Lachen. Über sich selbst. Und über dieses seltsame Leben, das es einer über Vierzigjährigen verzieh, die spät eingetroffen war. Anna öffnete eine Flasche Chardonnay. Sie spendierte der Katze ein wenig Leber.

Vier Wochen später explodierte der Ofen. Das heißt, er explodierte nicht wirklich, aber er spie auf einmal alles aus, was er an Ruß und Glut und Ascheresten in sich trug. Er spie es durch die Ritze in der Ofentür und durch die Abzugsklappe. Er spie es durch den Schornstein nach draußen, wo die Abluft aber sogleich wieder nach unten sank, weil sie zu viele Schwebestoffe enthielt. Im Nu füllte sich das Häuschen mit Rauch. Anna schrie und rannte herum und riss Türen und Fenster auf, aber es war sinnlos: Alles, alles, alles war sofort von einer schwärzlichen, fettigen, stinkenden Rußschicht bedeckt, der Qualm drückte sich in alle Ecken, in die Schränke, Kommoden und Regale.

Das Häuschen kotzt mich aus!, rief Anna ins Telefon, – es will mich nicht mehr.

Und Carola sagte:

Ach du liebe Zeit!

Und lachte.

Der Pole kam und mit ihm Carola, die in ihrem gelben Jeanshemd wieder gerberahaft aussah und sehr, sehr reinlich. Pawel und Carola verstanden sich offenbar prächtig. Sie lachten die ganze Zeit über Pawels schlecht erzählte Polen- und Carolas weitschweifige Ostfriesenwitze. Auf der Schwelle des Häuschens blieb Carola wie angewurzelt stehen:

Das hat Gesicht!

Anna hatte versucht, die gröbsten Schäden zu beseitigen, hatte alle Möbel, den Boden und sogar die Wände und Decken feucht abgewischt – zunächst mit Seifenlauge, dann mit schärferen Mitteln. Es hatte wenig geholfen. Der Rauch war überall eingedrungen, er hatte alle Gegenstände gebeizt mit seinem scharfen Geruch, und zu spät hatte Anna gemerkt, dass auch alle Kleider davon durchtränkt waren. Den Waschsalon in Harburg hatte sie nur einmal erreicht, hatte die gesamte Unterwäsche und ein paar Blusen durch den Schnellwaschgang gejagt, dann hatte sie wieder zur Arbeit fahren müssen, die halb trockene Wäsche im Kofferraum. Abends hatte sie im Häuschen an dem kleinen Herd gestanden und hatte sich dabei ertappt, wie sie Socken im großen Suppentopf auf kleiner Flamme auskochte. Das Waschpulver schäumte und stieg im Topf. Eigentlich glaubte sie, die Schäden einigermaßen beseitigt zu haben, aber Pawels und Carolas Mienen sagten etwas anderes.

Du meine Güte!, rief Carola jetzt und umarmte Anna: – Ich glaube beinahe, du riechst auch noch ein wenig streng! Geräuchert.

Anna zog sie an den Haaren. Die Haare waren länger geworden, immer noch glatt und glänzend wie Lauchzwiebelstengel, aber – lang und damit weiblich. Das meinte jedenfalls Jan, Carolas neuer Freund.

Ein Saab-Fahrer, was willst du erwarten!

So ironisch hatte sie sich zunächst über ihn geäußert und über das, was dieser Jan unter einer Frau oder einer Freundin verstand. Und Annas dickköpfige Carola – sie passte sich an. Sofort und ohne jeden Widerstand.

Diese eilfertige Anpassung, dachte Anna, das ist unsere Spezialität. Wege ebnen. Hindernisse aus dem Weg räumen, noch bevor der andere sie überhaupt wahrgenommen hat, glätten, harmonisieren, recht machen. Und das später bereuen. Kluge Erklärungen dafür finden, intelligente Lösungen. Die Kindheit, das Elternhaus, die Ausnahmesituation. Seine Kindheit natürlich, sein Elternhaus, seine Ausnahmesituation. Wir sind uns aller logischen Gründe bewusst und werfen sie genauso bewusst und leichthin über Bord. Die eigene Lebenserfahrung hilft immer, nur hier nicht. Der gesunde Menschenverstand zählt, nur bei ihm nicht. Notfalls Brüste vergrößern, Hintern straffen und Konten überziehen. Und hinterher werden wir krank. Weil wir es nicht mehr aushalten, nicht mehr wir selber zu sein. Dazu sind wir zu alt und haben zu viel gearbeitet. Aber immer noch haben wir das Wissen darüber, was erwartet wird, das Wissen darüber, was opportun ist, was gut ankommt und zum Erfolg führen wird. Nur, was wir selbst wollen, das wissen wir nicht. Wir hatten keine Zeit, uns darum zu kümmern. Wir versäumen unsere Träume. Weil wir die der anderen bedienen. Weil wir zur Verfügung stehen, nach wie vor. Gute Mädchen, brave Kinder, die bereitwillig dafür bezahlen, nicht erwachsen zu sein.

Anna verschränkte die Arme vor der Brust:

Dann stinke ich halt!, sagte sie, hoffentlich nicht allzu ernst. – Ich finde ja sowieso, die Sache hier stinkt zum Himmel!

Carola lachte. Pawel probierte den neuen Satz aus:

… stinkt zum Himmel …

Die beiden fackelten nicht lange. Sie fingen an, Annas Sachen einzupacken, mit mehr Schwung als Sachverstand. Die Wäsche zwischen die Bücher, die Socken um das Geschirr herumgestopft. Pawels Lieferwagen war bald bis unters Dach vollgeräumt. Abschied vom einfachen Leben. Der spuckende Ofen hatte es ihr leichtgemacht.

Tines Mutter kam, um Auf Wiedersehen zu sagen. Sie sah, genauso rosig und rund, wie zwei Tines aus, wie ihre Tochter, nur dicker und bunter und lauter. Laufen konnte sie kaum noch.

Dann mach's man gut, Töchting!, sagte sie. – Und lass dich nicht wieder unterkriegen von die Mannsbilders!

Sie nickte kurz, dann drehte sie sich um und stapfte davon. Daran hatte Anna sich nie gewöhnt im Alten Land: an die Berührungslosigkeit der Menschen. Sie strecken ihre Hand nur aus, um Geschäfte abzuschließen. Sie umarmen einander nicht, außer bei offiziellen Anlässen, und auch dann tun das nur die Hauptpersonen, die Brautleute, die Trauernden, die Eltern des Täuflings. Sie gießen kein Glas ein, und sie nehmen keinen Mantel ab. Sie bieten kein Pausenbrot, und sie schieben keinen Sessel hin. Sie schenken sich nichts. Sie kennen kein Willkommen.

Anna war hier nicht zu Hause, und trotzdem fiel ihr der Abschied schwer. Es war ja ein Abschied für immer, das wusste Anna. Sie ließ etwas hinter sich, sie ließ etwas zurück. Abschiede von Illusionen sind immer schmerzhaft, denn es sind Abschiede von Vorstellungen über sich selbst. Ana, die gute Ehefrau, würde verschwinden. Aber auch Williams Ana war verschwunden – Ana, die Kindfrau, die verhuschte, die ihn um seine Ruhe und sein Geld brachte. Von der neuen Anna, die gleichzeitig die alte, die ganz alte Anna war, wusste Anna selbst nicht viel.

Carola machte sich im Häuschen zu schaffen, Pawel zündete sich eine Zigarette an. Sie ließen ihr Zeit. Anna schlenderte unschlüssig zum Deich, ging hinauf, durch das feuchte Gras, in dem noch ein paar Bienen wimmelten. Auf der anderen Deichseite war das Gras nicht gemäht. Hier würden bald die Schafe ihre Arbeit verrichten. Anna sah den alten Pflaumenbaum, der unter der Last seiner Früchte zur Seite gekippt war, aber weiterhin trug. Sie sah die verrottenden Brombeerbüsche, halb erstickt unter der Last von Gestrüpp, und hörte es darin rascheln: Amseln und Mäuse machten sich zu schaffen. Anna schaute auf die Elbe, soweit es das Unterholz rechts und links zuließ, entdeckte aber kein Schiff. Von fern das Rauschen der Autobahn, so als preschten jeden Augenblick ein paar Wagen über das graue, kabbelige Wasser. Südwind. Es würde bald regnen. Dann hörte Anna die Gänse. Immer übten hier die Gänse für ihren großen Flug. Und wieder formierten sie sich über ihren Köpfen. Anna schaute nach oben: ein scharf gezeichnetes V von einigen Dutzend Kanadagänsen. Sie schrien, es war, als riefen sie sich Kommandos zu, oder als einigten sie sich ein letztes Mal über die Route, als riefen sie sich die Schnittmuster zu, die sie in den Himmel ritzten mit ihren großen, braunen Schwingen. Sie waren die einzigen Vögel, die ihre Flüge nutzten, um sich zu verständigen.

Plötzlich roch es neben ihr nach Zigarettenrauch:

Frau Anna, sagte Pawel, wird Zeit, dass wir fahren.

Spät am Abend lag Anna im Bett, zum ersten Mal in ihrem Bett in der neuen Wohnung. Sie war unruhig. Am schwersten war es ihr gefallen, die Katze zurückzulassen. Die Katze, die doch sogar namentlich im Mietvertrag erwähnt wurde. Aber die Katze hatte entschieden. Sie hatte sich ein neues Zuhause gesucht. Nie hatte Anna die Katze selbstbewusster und wacher gesehen als bei der alten Obstscheune. Tine und ihre Mutter würden sich um Selma kümmern, es schien, als freute sich die alte Frau Dierksen sogar darüber. Anna aber vermisste die Katze. Das vertraute Kratzen an der Tür. Das nächtliche Umherschnurren. Hier nahm sie nun andere Geräusche wahr. Sie lauschte. Hier und da ein entferntes Scharren, ein Sich-Bewegen. Das Haus war um 1900 gebaut, ein wenig verwahrlost, aber solide. Anna starrte im Halbdunkel der

Großstadt auf den Rosenstuck, der selbst jetzt noch zu erkennen war. Es musste einmal prächtig hier gewesen sein, das Haus repräsentativ, die Wohnungen noch größer, ihre Bewohner frei und selbstbewusst. Hamburg war berühmt gewesen für seine selbstbewussten Bürger und Kaufleute. Noch heute konnte es fatal sein, mit den falschen Schuhen zu einem Termin zu erscheinen, noch heute war es wichtig, in welchem der vielen Stadtteile man wohnte. Annas Stadtteil war in Ordnung. Keiner der besseren, keiner, den man im Gespräch beiläufig erwähnte, um zu punkten, aber auch keiner, den man verschwieg. Anna stand auf, zog sich den Bademantel über, betrat den Wintergarten. Über den Bäumen des Stadtparks blinkten zwei rote Lämpchen: die Lampen des Planetariums. Von dort aus konnte man professionell in die Sterne blicken. Vor allem wegen dieser Aussicht hatte Anna die Wohnung gemietet, und weil sie in einem fünften Stock lag – über ihr wohnte hier niemand. Da hörte sie es rumoren, ein Fenster wurde geöffnet und gekippt: Anna hatte vergessen, dass in der Mansarde auf dem Dachboden die Alte mit den dicken Brillengläsern hauste. Anna zog sich in die Wohnung zurück. Wieder versuchte sie einzuschlafen. Sie wälzte sich im Bett herum, versuchte, nicht an die Katze zu denken, die um diese Zeit zum Spielen aufgelegt war und sie sicher abgelenkt hätte. Abgelenkt – von was? Anna fand es seltsam, hier allein zu liegen – allein und ohne auf jemanden zu warten. Im Häuschen war sie abends nach der langen Fahrerei viel zu erschöpft gewesen, um noch nachzudenken. Meist war sie sofort in einen wolkigen, tiefen Schlaf gefallen, bis sie nach ein paar Stunden der Wecker unbarmherzig nach draußen trieb. Nun war es anders. Nun musste sie sich um nichts mehr kümmern außer um sich selbst. Das machte sie unruhig. Anna setzte sich im Bett auf, schlang die Arme um sich, versuchte, sich ein bisschen zu wiegen. Nicht weinen!

Da hörte sie es. Von oben. Zunächst sehr weit entfernt und kaum zu verstehen, aber wenn man sich anstrengte, konnte man sogar hören, was die alte Frau über ihr da sang:

Guten Abend, gute Nacht, von Engeln bewacht …

Das Faktotum über ihr sang. Die Frau mit den dicken Brillengläsern sang sich selbst in den Schlaf.

Ein paar Tage später fand Anna die erste Post im Briefkasten. Sie hatte noch Urlaub, um weiter auszupacken und zu räumen, hatte sich vom Bäcker nebenan ein paar Mohnbrötchen geholt – und verblüfft festgestellt, dass die Post hier früher dran war als im Alten Land, deutlich früher. Alles ging hier schneller vor sich, hier hatten die Menschen keine Zeit zu verlieren. Auf der Straße brummten schon die Busse vorbei, die Lieferwagen, die Kombis der Handwerker. Hastig schloss Anna die Haustür hinter sich.

Zwei der Briefe sahen amtlich aus, einer scheinbar ohne Absender, der andere von einer Anwaltskanzlei. Anna riss sie auf, während sie einen zweiten Tee aufsetzte. Der Anwalt teilte ihr mit, dass ihr Mann die Scheidung eingereicht hatte. Der zweite Brief kam von *Lux-TV* und enthielt eine Kündigung, *aus betriebsbedingten Gründen*. Controlling und Produktionsleitung würden zusammengefasst, beides läge zukünftig in einer Hand. Man bedauerte. Man bot Anna die sofortige Freistellung an. Unterlagen wurden erbeten, Rücksprachen, Stellungnahmen. Anna wusste: Es geht los. Schonzeit vorbei. Sie hatte sich um sich selbst zu kümmern. Sie hatte eine Menge zu tun.

Es gingen ein paar Monate ins Land, bis Anna es schaffte, sich mit William zu treffen. Er sah gut aus, noch schlanker womöglich, Annas Mutter, die die gesamte Entwicklung kopfschüttelnd begleitet hatte, hätte ihn vielleicht drahtig genannt, und Anna fand, dass das auch passte. William hatte sie zum Spanier eingeladen, ausgerechnet in ein navarresisches Lokal, in dem es Spanferkel gab, das er liebte, und Wildschweinragout, das Anna mochte.

Sie aßen schweigend, wie Leute, die sich sehr lange kennen und die Muße haben, beieinander zu sitzen, und Anna beobachtete seine langen Wimpern, die allmählich grau wurden, und sah seine langen, trockenen Hände, deren Druck ihr einmal so lieb gewesen war. William hatte sie treffen wollen, um *die leidigen Details* zu klären, und beide hatten sich zunächst dafür entschuldigt, dass sie die Trauringe nicht mehr trugen.

Geschwollene Gelenke, sagte Anna – die viele Arbeit in der neuen Wohnung.

Wenn du wüsstest, was ich alles zu tun habe, entgegnetet William erwartungsgemäß. – So ein Stress! Ich hab glatt fünf Kilo abgenommen, da passt der Ring nicht mehr. Neulich hätte ich ihn fast mit den Handschuhen abgestreift.

Die Handschuhe. Er flog also noch.

Aber natürlich, sagte William, erstaunt über ihre Frage. – Warum denn auch nicht?

Es hatte sich nicht viel verändert in seinem Leben. Er wohnte jetzt in dem Penthouse, um das ihn seine Kollegen beneideten. Auch in seinem Unternehmen hatte man Abteilungen zusammengefasst, wurden *Synergien genutzt*. William fand das in Ordnung. Er spielte ja mit. In seiner Freizeit traf er sich nun öfters mit dem Chef von *BT 45* – du erinnerst dich? – und sie spielten Tennis. An den Wochenenden ging es auf den Flugplatz, manchmal zum Golfen. William zählte die Jahre bis zur Pensionierung, und er wusste, was ihn dann erwartete – in Zahlen ausgedrückt.

Man will ja vorbereitet sein!, sagte er.

Warum Anna an diesem Abend das Hochzeitskostüm trug? Sie weiß es nicht. Carola, der sie hinterher von diesem Abend erzählte, kritisierte sie dafür:

Entweder du wolltest ihm wehtun – das ist unter deinem Niveau, sagte sie streng. – Oder du wolltest dir wehtun – dann kriegst du Ärger mit mir.

Carola kritisierte Anna. Das fiel Anna auf. Auch ihre Beziehung veränderte sich, wurde unruhiger, fühlte sich ungewohnt an. Anna wollte William nicht wehtun. Vielleicht wollte sie, dass sich ein Kreis schloss. Vielleicht wollte sie einfach, dass er es noch einmal sah. Dass er Anna noch einmal als seine Frau sah. Vielleicht spürte er das.

Jedenfalls gab ihr William zum Abschied einen Kuss, den ersten seit sehr langer Zeit.

Pass auf dich auf, Rabbit!, sagte er. – So blöd das klingt: Nächstes Mal sehen wir uns ja vor Gericht!

So viel geredet wie an diesem Abend hatte Anna schon lange nicht mehr. Der Zeit des Redens, als sie aus dem gemeinsamen Haus ausgezogen war, war eine Zeit des Schweigens gefolgt:

Zwei Mohnbrötchen, bitte!

Wo haben Sie den Earl-Grey-Tee gelagert?

Wann ist der Beratungstermin für Arbeitssuchende?

Das war es. Mehr redete Anna für gewöhnlich nicht. Ein Schweigen breitete sich um sie aus, das warm und angenehm war. Häufig ging Anna nicht einmal ans Telefon, ließ den Anrufbeantworter eingeschaltet und überlegte sehr lange, bei wem sie sich zurückmelden wollte und bei wem nicht. Auch die Anrufe wurden weniger. Selbst das Klingeln kam ihr leiser vor. Alles rückte ein Stück von ihr weg.

Pass auf, Kleines!, sagte Carola eines Tages zu ihr. – Pass auf, dass du nicht depressiv wirst.

Ich bin nicht depressiv!, sagte Anna, plötzlich auffahrend. – Ich bin nur traurig. Nein – ich trauere.

Herrje, sagte Carola, ein wenig ungeduldig, – es ist doch keiner gestorben! Und du hast es auch so gewollt.

Anna begriff, dass diese Zeiten nicht vorgesehen waren: Traurige Zeiten. Man durfte krank sein, kränklich, neurotisch oder depressiv. Trauern durfte man nicht. Anna erinnerte sich an ihre Tante, die bewunderte Tante mit den eleganten Schuhen, und an die vollkommene Haltung, die sie bewahrt hatte, nachdem ihr Mann – Annas Onkel Friedbert – gestorben war. Niemand hatte Friedbert besonders beachtet, er war einfach der Mann der Tante gewesen, und irgendwann war dieser unwichtige, unbeachtete Mann einfach gestorben. Und Annas Tante war zusammengebrochen. Sie war in sich zusammengesackt, weggekippt, ohnmächtig, stumm weinend. Aber schon bei der Beerdigung hatte sie wieder, wie alle erwartet hatten, ruhig und gefasst dagestanden, sie war eine schöne Witwe gewesen, aufrecht und ernst, und alle hatten sich an ihrer Trauer aufrichten können. Es war eine Trauer, die man gern anschaute, es war eine Trauer, die einen nicht berührte, und schon gar nicht griff diese Trauer an.

Annas Trauer war anders. Sie war ja keine Witwe, sie hatte nicht einmal ein Recht zu trauern, hatte sie ihren Mann doch, wie er selbst über seinen Anwalt hatte mitteilen lassen, *böswillig verlassen*. Aber können Böswillige nicht trauern? Dürfen Verlassende nicht weinen? Anna konnte sich ihr Verhalten ohnehin nicht aussuchen, nicht mehr, ihre Beschlüsse trugen sie nicht einmal von der Wohnungstür bis auf die Straße. Anna weinte einfach, und sie schwieg. Sie schrieb ein paar Zeilen auf, nur für sich selbst, und manchmal redete sie mit der Katze, die nicht mehr da war, und dann ging sie rasch ins Kino, um unter Menschen zu sein und sich zu vergewissern, dass sie noch nicht misstrauisch von der Seite angeschaut wurde. Allzu oft konnte sie sich das Kino nicht leisten, das Arbeitslosengeld reichte nicht weit. Anna besuchte Orientierungskurse, ließ sich beraten. Sie roch den Schnapsgeruch der Beraterin bei der Agentur für Arbeit und hörte ihr Flüstern:

Denken Sie ja nicht, ich wüsste nicht, wie das ist! Ich war vorher genau in Ihrer Situation! Viele von uns.

Anna ließ zu, dass der Bäcker ihr Nachbarschaftsrabatt gewährte, und bürstete ihre Kleider in der Morgenfeuchtigkeit aus. Sie entdeckte den Stadtpark im Morgengrauen, wo es jetzt im Spätherbst wieder Gänse gab, sie plusterten sich auf im verbrauchten, nassen Gras und schlugen Alarm, wenn sich die Jogger näherten mit ihren immer noch kurzen, bunten Hosen.

Und dann war der Abend mit William gekommen, und Anna hatte ein letztes Mal das Hochzeitskostüm getragen – abgesteckt im Rücken, denn die Jacke war erbärmlich weit geworden. Nach dem Abschied war sie in ihr Auto gestiegen, das sie sich bald nicht mehr würde leisten können, und fuhr ziellos umher, scheinbar ziellos, denn irgendwann merkte Anna, dass sie unterwegs zum Freihafen war, zur Zollgrenze, zur Köhlbrandbrücke. Es hatte zu nieseln begonnen, und, als ließen sich die Autofahrer vom Regen beeindrucken, war kein Mensch unterwegs. Als Anna die Auffahrt zur Brücke nahm, zögerte sie. Sie wusste, dass sie etwas vorhatte, aber was? Die Lichter der Brücke verschwammen im Dunst. Anna fuhr langsam, kaum mehr als Schrittgeschwindigkeit. Noch vor dem Scheitelpunkt der Brücke hielt sie an. Hier gab es keinen Standstreifen, was sie da tat, war nicht ganz ungefährlich – aber plötzlich wusste Anna, was sie wollte. Sie zerrte und zupfte an sich herum. Sie schälte sich aus dem Mantel und öffnete den Reißverschluss des Rockes. In einem hohen Bogen warf sie erst den Rock, dann die Jacke über die Brüstung der Brücke, sie warf die Kleider hoch in die Luft. Sie würden in der Elbe landen, sechzig Meter unter ihr. Die Kleider flogen. Anna brüllte hinter ihnen her:

Flieg! Flieg!

Kaum hatte sie losgelassen, kaum hatte sie geschrieen, bekam sie einen Schrecken: Was, wenn die Sachen gar nicht im Fluss landeten, sondern auf dem Führerhaus eines Binnenschiffes? Was, wenn ein Unglück geschähe und sie schuld wäre? Anna schaute nach unten: Da trudelte die Jacke, den Rock sah sie schon nicht mehr. Ihr Herz schlug heftig, und doch musste sie lachen. Sie lernte fliegen. Schnell schlüpfte sie in den Mantel, öffnete die Wagentür, ließ sich auf den Fahrersitz fallen. Geschafft, sie hatte es geschafft.

Zu Hause warf sie den Mantel auf einen Sessel und schaltete die Stereoanlage ein. Sie tanzte und weinte und tanzte, bis das Faktotum mit einem Besenstiel auf den Boden klopfte.

Es wurde ruhiger in Annas Leben, obwohl es an Fahrt aufnahm. Wie ein Schiff, das Ballast abgeworfen hat, so kam Anna sich vor: leichter, beweglicher, mit weniger Angst vor unruhigem Wasser. Die Termine bei der Arbeitsagentur strukturierten die Wochen, die Kurse bei der Handelskammer. Nicht, dass man ihr bei der Arbeitsagentur etwas angeboten hätte. Es gab offenbar nichts zu tun für Frauen wie Anna. Immer saßen dort Frauen in den Warteräumen herum – Frauen mittleren Alters, einige Mittfünfzigerinnen, auch ganz junge Frauen, die ihre weichen Bäuche unter fadenscheinigen Pullovern sehen ließen, manchmal ein Piercing im Nabel, manchmal ein Tattoo. War nicht überall zu lesen, dass die Wirtschaftskrise an den Frauen vorbeiginge? Dass es eine Krise der Industrie sei und nicht des Dienstleistungssektors? Und trotzdem saßen sie überall. Und warteten. Vielleicht lag es aber auch daran, dass die Männer, die warteten, selten ruhig sitzen blieben. Sie grüßten kaum, sie nahmen ein paar Prospekte aus den bereitstehenden Regalen, setzten sich kurz, blätterten, sprangen wieder auf, starrten auf ihre nagelneuen Handys, als erwarteten sie den erlösenden Anruf, rannten die Gänge entlang, kehrten zurück. Selbst hier mussten sie ihre

Reviere abstecken. Die jungen Türken hockten immer zusammen und redeten, die anderen, denen man ihre Herkunft aus arabischen Ländern ansah, blieben stumm und wandten den Frauen niemals ihre Gesichter zu. Sie trugen enge Muschelkettchen und spitze Schuhe unter weiten Hosen. Anna vermutete, diese Spitzbeschuhten waren der Grund dafür, dass unten am Eingang kompakte Kerle standen, auch in spitzen Schuhen, aber breiter in den Schultern, auf deren dunklen Hemden weiß das Wort *Security* stand. Beim ersten Mal hatte Anna lachen müssen – *Security* – sie war schon wieder in Sicherheit! Ihr Lachen verstanden die Typen jedoch falsch – oder vielleicht verstanden sie es auch richtig –, jedenfalls nahmen sie es zum Anlass, den Ausweis und die schriftliche Einladung der Agentur zu kontrollieren. Das durften sie. Sie durften eine Menge, aber diese Erlaubnis deuteten sie meist nur an. Das reichte. Sie waren die organisierte Drohgebärde eines ansonsten ziemlich menschlichen Systems: Wir können auch anders.

Anders gekonnt hätten sie, wenn irgendjemand – ein Spitzbeschuhter oder einfach nur ein ratloser Familienvater, der sich und die Seinen von Hartz IV nicht mehr durchbringen konnte – *total ausflippte* –, denn das allerwichtigste war hier wie überall im Land, dass es reibungslos funktionierte. Glatte Abläufe, saubere Vorgänge, mehr verlangte der Staat nicht. Jemand, der dabei half, dass es so bliebe, konnte mit Zuwendungen rechnen. Jemand, der das System torpedierte oder ins Stocken brachte, wurde ermahnt oder gemaßregelt, bis er sich wieder einfügte.

Das war die Aufgabe der Sachbearbeiter. Die Sachbearbeiter bearbeiteten die Sachen, mehr nicht. Sie legten Profile an. Sie zeigten, wie mit der Website umzugehen war. Sie unterschrieben Vereinbarungen und ließen unterschreiben. Sie hielten die Leute beschäftigt und ließen sie selten spüren, dass sie kontrolliert wurden.

Einige der Frauen, so begriff Anna bald, richteten sich hier geradezu häuslich ein. Sie hatten das System durchschaut. Sie würden pünktlich wiederkommen und Anträge ausfüllen und Papiere unterschreiben, so deuteten sie an, wenn, ja wenn man sie ansonsten in Ruhe ließe. Da war die Herstellerin von Schutzumschlägen für Glückwunschkarten – eine eigene Sparte der Industrie, wie Anna lernte. Das Geschäft, so erzählte sie, war gut gelaufen.

Sehr gut sogar!, sagte sie und erwartete, dass Anna sie lobte.

Aber dann war ihr alles zu viel geworden.

Zu viel?

Ja, zu viel. So hatte sie sich das nicht vorgestellt.

Sie war Geschäftsführerin, trug Verantwortung, verhandelte die Preise für die Rohstoffe ebenso, wie sie die Auslastung der Maschinen kontrollierte.

Toller Job, sagte Anna. – Haben Sie das gelernt?

Die Frau nickte, dieses Lob wollte sie aber nicht hören. Sie hatte gekündigt, einfach so, irgendwann. Sie hatte ihre Anteile verkauft. Sie hatte sich krankschreiben lassen und sich noch eine Kur genehmigt. Und dann noch eine. Und jetzt, sagte sie, stehe ihr die Arbeitsagentur auf den Füßen.

Stellen Sie sich vor, sagte sie, die wollen, dass ich voll arbeite! Fünf Tage in der Woche! Nein, das schaffe ich nicht.

Anna schaute die Frau mit den gefärbten roten Haaren an, den fleischigen Fingern, den dreifach lackierten Fingernägeln. Anna wusste, dass sie sich durchsetzen würde, sie wusste, dass keine Sachbearbeiterin gegen die Entschlossenheit dieses Phlegmas ankommen würde: Ich schaffe das nicht. Mir ist das zu viel.

Da war die *Relocation-Managerin*, die niemanden mehr zum *Relocaten* hatte, weil die großen Firmen, die bislang ihre gehätschelten ausländischen Spezialisten direkt nach ihrem Eintreffen aus China oder Indien in die Hände solcher Dienstleistungsagenturen gegeben hatten, sich jetzt lieber selbst darum kümmerten, den neuen Angestellten eine Wohnung, ihren Kindern einen Hortplatz, den Frauen Sprachkurse zu verschaffen. Aber konnte die Relocation-Spezialistin nicht mehrere europäische Sprachen fließend in Wort und Schrift? Verstand sie nicht etwas von Organisation, von Buchführung sogar, ja selbst vom Immobiliengeschäft?

Ich bin so ausgelaugt, sagte die schlanke Brünette im Businesskostüm. – Jetzt schaue ich mir erst mal in Ruhe an, was die hier zu bieten haben. Wer weiß, vielleicht mache ich noch mal was ganz anderes. Aber nie wieder so ein Stress!

Der Stress war eine Dreitagewoche gewesen. Ja, ein Leben auf Abruf. Ja, sie hatte ihre Kunden bisweilen aus Singapur oder Tokio abholen, sich dort einen Einblick in ihre Lebensumstände verschaffen müssen.

Anna staunte.

Anna traf einige solcher Frauen. Eigentlich erfolgreiche Frauen. Qualifizierte Fachleute. Frauen, die es geschafft hatten, nur, um dann auszusteigen. Frauen, die ausstiegen, weil ein Mann einstieg. Frauen, die aufhörten, weil sie heirateten. Frauen, die aufgaben, weil es sich nicht lohnte. Nie ließen sie sich in diesen Phasen beraten. Immer trafen sie ihre Entscheidungen allein. Immer arbeiteten andere mit den Folgen. Schämten sie sich? Hatten sie Angst, dass andere ihnen ihre Entscheidungen ausredeten? Und warum so schnell, so unüberlegt, warum warfen sie so panisch das Leben hin, das sie sich gerade aufgebaut hatten? Die Schutzumschlagsfrau mit den weichen Fingern hatte eine Menge Geld verloren bei ihrem Verkauf – es kümmerte sie nicht. Die junge, die ihren Job aufgegeben hatte, als ihr Mann in der Autofirma aufstieg, hatte seitdem Stress zu Hause.

Das gibt sich wieder, sagte sie nur.

Es war, als spielten die Frauen immer nur eine Weile mit. Solange es nicht allzu ernst wurde. Solange man sie nicht beim Wort nahm. Sie spielten das Leben. Sie probierten es wie ein neues Kleid. So als gebe es unendlich viele Kleider und unendlich viele Leben. Anna grübelte, woher diese Verweigerung der Verantwortung kam. Und noch etwas war auffallend: Alle diese Frauen hatten keine Kinder. Anna ja auch nicht. Als könnte man sich die Verweigerung der Verantwortung leisten, weil keine Kleinen zu versorgen waren. Oder als bekämen sie keine Kinder, weil sie auch keine Verantwortung wollten. Das war ein hässlicher Gedanke, einer, den hässliche Vertreter vorgestriger Parteien für ihre Zwecke nutzten. War er deswegen falsch? Solange diese Frauen keine Kinder hatten, nahmen sie das Leben nicht wirklich ernst. Sie blieben die Mädchen, die Mädels, die muntere Truppe, sie glaubten, jederzeit zu Status und Gebaren der Mittzwanzigerinnen zurückkehren zu können: alle Optionen offen. Plötzlich kam Anna das ziemlich lächerlich vor. Sie erinnerte sich an Filme, in denen es die Figur der *komischen Alten* gab. Peinliche, meist dürre und unansehnliche Frauen, die entweder den berühmten *Drachen* gaben oder als weltfremde, ältliche Feen durch die Welt schwebten. Jetzt waren die komischen Alten jünger geworden, sie waren Mitte dreißig bis Mitte vierzig. Sie quetschten sich in Designerjeans mit Kindergrößen, saßen *Latte Macchiato* trinkend in Kaffeebars herum und jammerten nach ein bisschen Sicherheit – welchen Spottnamen würde man für sie finden?

Mütter kamen gar nicht auf solche Ideen. Anna begriff, warum manche Personalchefs sie lieber einstellten.

Beim nächsten Besuch in der Agentur setzte sie sich abseits von den anderen, blätterte in den Unterlagen, wollte der Sachbearbeiterin glauben, die sagte:

Ich weiß es, Sie schaffen das! Glauben Sie mir!

Anna schickte ein paar Bewerbungen los, zunächst halbherzig. Sie las die Anzeigenbeilagen der Zeitungen, die dünner wurden von Woche zu Woche. Sie sortierte sorgfältig die Unterlagen zu Hause. Sie redete mit der Beraterin der Bank. Das Geld wurde knapp, aber allmählich gewann Anna den Überblick. Sie kannte sich aus in ihrem Leben. Sie wusste Bescheid. Noch nie hätte sie das über sich selbst sagen können. Ja, sie packte sich selber beim Schlafittchen.

Und dann rief William an. Seine Stimme am Telefon klang verändert, obwohl sie diese angestrengte Aufgeräumtheit hörte, die sie so gut kannte. Er lud sie ein – nein, nicht in ein Restaurant, sondern in seine Wohnung. Warum, wieso? Er verriet es nicht, er machte ein Geheimnis daraus und sagte:

Warte es nur ab, Rabbit! Ich habe eine Überraschung für dich!

Überraschungen – das war nun wirklich etwas, das es schon seit einiger Zeit nicht mehr gab; in Annas Leben war eine gewisse Berechenbarkeit eingekehrt, und Anna wusste, dass sie ihr gut tat. Trotzdem spürte sie ein leises Kribbeln, wie ein Kind, dem man ein Geschenk ankündigt. Und tatsächlich war es ja auch kurz vor Weihnachten! Also besorgte sie am nächsten Tag ein Geschenk für William – den Herrenduft einer alteingesessenen britischen Firma, der ihr Budget überstieg, zog sich abends sorgfältig um und machte sich auf den Weg über die Elbe. Seltsam, dass sie mehrfach fragen musste, um Williams Haus zu finden! Schon von der Straße aus sah sie, dass William die umlaufende Terrasse des Penthouse festlich beleuchtet hatte. Er würde doch nicht etwa eine Party geben? Nach Feiern war Anna nicht zumute und erst recht nicht nach fremden Menschen. Sie zögerte, dann drückte sie auf die Klingel.

Ja-ha?, fragte William.

Anna ärgerte sich: Sie war auf die Minute pünktlich. Wer außer ihr sollte jetzt klingeln? Oder war es am Ende doch eine

Party? Vor der Wohnungstür mit dem polierten Messingschild wartete sie erneut: Nein, keine Stimmengeräusche von drinnen. Wieder musste sie klingeln. Und wartete wieder eine ganze Weile. Ein Schloss wurde geöffnet, noch eines. Endlich öffnete William. Er strahlte sie an. Eine blonde Haarsträhne fiel ihm ins Gesicht.

Gut, Rabbit!, sagte er. – Komm rein! Du hättest keine Minute eher kommen dürfen. Ich habe gerade alles fertig.

Die Wohnung war die erwartete Pracht. Teppiche, in denen man tief einsank, Designerleuchten, schwere antike Möbel aus China, dazwischen Chrom und Glas. Ein Fernseher von Kinoausmaßen. Eine *Highend-Anlage*. An den Wänden sorgfältig gerahmt Williams Architekturfotos in edlen Abzügen. Schwarzweiß-Fotos, allesamt, aber eigentlich Graufotos, dachte Anna. Lauter Dinge in feinen Grauabstufungen. Sie prägten die Wohnung. In den Glasrahmen der Fotos flackerte es. Kerzenlicht. Es spiegelte sich überall. Überall brannten Kerzen. In Kandelabern und auf silbernen Lüstern, in gläsernen Haltern und schwimmend in flachen Schalen. Selbst in den kugelrunden Buchsbäumen auf der Terrasse hatte William Lichtpunkte befestigt.

Was ist denn hier los?, fragte Anna dumm. – Feiern wir Weihnachten im Voraus?

Wart's ab, Rabbit!, sagte William und half ihr aus dem Mantel. – Ein kleiner Schampus?

Seine Munterkeit wirkte gespielt, die hatte er immer parat gehabt, sie stand ihm zur Verfügung wie eine höfliche Floskel. Aber täuschte sich Anna, oder war William doch ein wenig aufgeregt? Durch die Wohnung zog ein Bratenduft von Rosmarin und etwas Pfeffrigem.

Ich habe mir erlaubt, ein Lamm in den Ofen zu schieben. Magst du doch noch, oder?

Er wirkte geradezu beflissen. Zum Lammbraten mit Joghurtsoße und Minze gab es Püree und glasierte Karotten, aber William wartete noch bis zum Dessert – einem warmen englischen Pudding, den sie in Calvados ertränkten –, bis er mit der Sprache herausrückte. Und selbst dann machte er sich erst umständlich an seinem gusseisernen Kaminofen zu schaffen, zündete sich eine Montecristo an und betrachtete Anna eine Weile.

Tja, im Ernst, Rabbit, ich weiß zur Abwechslung mal nicht, wie ich anfangen soll!

Er schaute sie erwartungsvoll an, so als wüsste Anna die Lösung.

Anna zuckte die Achseln. Was sollte sie sagen. Sie tat ihm den Gefallen und riet:

Ist es denn was Angenehmes?

Natürlich ist es was Angenehmes!, jauchzte William dankbar. Anna hatte ihm das Stichwort geliefert. Wie früher.

Du wirst staunen, *wie* angenehm.

Jetzt sprang er auf, ließ seine Zigarre einfach auf dem Tisch liegen und kehrte mit einem Packen Unterlagen zurück.

Da!

Er warf ihr die Papiere hin.

Prospekte. Unterlagen. Fotos. Eine Kaufoption. Anna sah die Fotos großer hügeliger Felsen an einem offenbar eiskalten Meer. Einen Vulkan dahinter. Wohngebäude wie Spielzeughäuser, locker an den Fuß eines Hügels geworfen. Ein Haus, weiß getüncht wie die anderen, mit grünen, verschlossenen Läden. Eine lachende, weißhaarige Dame davor. Das Haus von der Seeseite her. Das Haus vom Hügel aus. Dann das Haus von innen. Behagliche Räume. Blau gestrichener Holzfußboden. Eine geräumige Küche mit einem riesigen amerikanischen Herd. Ein Wohnzimmer mit einem Kamin. Eine geschwungene Treppe nach oben. Weitere Räume. Anna blätterte ratlos.

Heimaey!, jauchzte William wieder. – Auf den Westmännerinseln. Villa Anna heißt es, stell dir vor: Ein Haus für dich! Es heißt schon wie du!

Er lachte. William hatte ein Haus entdeckt. Ein Haus in Island. Auf der einzigen bewohnten Insel unter den Westmännerinseln. Ein Vulkanausbruch hatte die Gegend vor mehr als dreißig Jahren verwüstet, danach waren viele nicht zurückgekehrt. Dabei war die Insel jetzt schöner denn je, und war die Geschichte mit dem Ascheregen und dem neuerlichen Aufbau nicht wunderbar, war sie nicht hochsymbolisch? Ein Haus für Anna. Ein früherer Kollege, längst im Ruhestand, hatte William darauf gebracht: Die Immobilienpreise in Island waren durch die Wirtschaftskrise dramatisch gesunken. Dort zu leben war sehr einfach und sehr angenehm. Und Sigrun, die alte Dame, der das Haus gehörte, musste verkaufen, weil ihr häufige Arztbesuche ein Leben so weit draußen unmöglich machten. Sie verkaufte nicht gern, aber William hatte sie besucht, und die beiden waren sich *im Prinzip* einig geworden. Allmählich verstand Anna:

William wollte dieses Haus kaufen. Aber nicht für sich.

Das ist für dich, Rabbit!, sagte William feierlich. – Also eigentlich ist es schon für uns. Aber ich muss ja noch arbeiten, noch ein paar Jahre jedenfalls. Aber du – du könntest schon mal vorfahren. Du könntest alles hier hinter dir lassen und da einziehen. Du könntest alles vergessen und das einfach nur genießen. Und mich – sagte er verschwörerisch – mich müsstest du einstweilen auch nicht allzu oft ertragen, denn ich käme ja nur in den Ferien. Einen Flugplatz gibt es da übrigens auch, ich habe schon mit den Jungs gesprochen! Fliegen ist da was ganz Normales, weil es auch gar nicht so viele Straßen gibt. Vielleicht solltest du auch den Flugschein machen? Und später, ja, später wüssten wir dann, ob wir es doch miteinander aushalten, und könnten da in Ruhe alt werden … Wie findest du das?

Anna betrachtete das Haus. Sie betrachtete William, von dem

sie wahrscheinlich in ein paar Monaten geschieden würde. Sie betrachtete sein Gesicht, das vor Eifer gerötet war, das Gesicht eines kleinen Jungen, der ein überraschend großes Geschenk machen kann. Er war so stolz auf sich. Er war so stolz auf seinen Einfall und auf seine Möglichkeiten. In dieser Nacht schlief Anna zum letzten Mal mit William. Das heißt: Sie versuchte es ein letztes Mal. Sie umarmte ihn fest, sie hielt ihn und streichelte ihn nach Kräften und dachte an den komfortablen Kühlschrank in Island, in den er sie sperren wollte. Eine Frau, frisch und kühl gehalten mitten im nördlichen Atlantik. Seine Frau. In Sicherheit gebracht und haltbar gemacht. Er war ein Ehemann, wie ihn sich viele wünschten. Er meinte es gut. Und er war der Romantiker von ihnen beiden.

Seine Wohnung verließ Anna lange, bevor es hell wurde. Das Feuer im Kamin war nur noch ein schwaches Glimmen. Draußen empfing sie die Stadt mit ihrem morgendlichen, ungestümen Toben. Anna nahm die U-Bahn nach Hause.

Zwei Mohnbrötchen, sagte sie zum Bäcker. Eines davon legte sie dem Faktotum vor die Tür. Wieder zu Hause!

Es dauerte noch eine ganze Weile, bis Anna einen neuen Job fand: Ein Meinungsforschungsinstitut stellte sie ein. Fürs Erste stand Anna in der Fußgängerzone herum und befragte Leute, aber man hatte ihr in Aussicht gestellt, bald zu den *Auswertern* zu wechseln, dann, so sagten sie, hätte Anna es *warm und trocken* in einem richtigen Büro. Es machte Anna aber nichts aus, in der Kälte herumzustehen und fremde Menschen anzusprechen, es störte sie nicht, dass sie es vorläufig nicht warm und trocken hatte, sondern sie genoss das Alleinsein und dass es innerhalb eines bestimmten Rahmens ihre Entscheidung war, wen sie ansprach, wen sie für geeignet hielt, wer in ihren Augen ein geeigneter Kandidat war. Anna interessierten fremde Meinungen, es interessierte sie, wo die Menschen sie ihre Kreuzchen machen ließen, und wahrscheinlich spürten das die Passanten: Nach einer kurzen Schulung und einer Woche Einarbeitungszeit war Anna bald diejenige, die die meisten ausgefüllten Bogen auf dem Klemmbrett in die Zentrale trug. Abends kam Anna durchgefroren nach Hause, machte sich eine Tütensuppe warm und hörte Musik. Seit vielen Jahren hatte Anna nicht mehr so viel Musik gehört. Im Sommer ging sie dazu über, sich ganz altmodisch am Waschbecken mit einer teuren Seife zu waschen, das Wasser eiskalt, sie ließ sich Zeit beim Waschen und Zähneputzen und manchmal betrachtete sie den Turm der alten Sternwarte durch das Fenster des Wintergartens, wie er rot blinkte und ruhig dastand, bevor sie sich ins Bett legte, zufrieden. Selten war es später als zehn Uhr. Manchmal, wenn Anna nach Hause kam, traf sie das Faktotum vorm Haus, im Gespräch mit dem Sushimann oder allein, mit einem Besen in der Hand. Einmal, es war schon nach Mitternacht, stand die Alte in dem großen, betonbegrenzten Beet vor dem Eingang, bis zu den Knöcheln in der weichen Erde und vereinzelte die Blumen. Der Frühlingswind hatte die Samen alle in eine Ecke des Beetes geweht, jetzt war es höchste Zeit, sich zu kümmern.

Anna

Nun ist es wieder Herbst, die beste Zeit zu trauern und die beste Zeit, damit aufzuhören. Es wird schon früh dunkel, und die Heizung klopft gegen die Kälte an. Lange habe ich überlegt, welche Zeitung ich abonnieren könnte. Eine neue Zeitung ist wie ein neues Kleid, man muss genau überlegen, welche man wählt; mit so einem Abo stattet man sich aus mit Wissen und Einfällen für länger. Ich habe mich für eine große, altmodische Wochenzeitung entschieden. Die breite ich abends, auf dem Bett sitzend, um mich herum aus und genieße es, die Seiten auseinanderzufalten wie einen weiten Rock. Ich mag es, unentschlossen zu blättern, zu genießen, dass ich eine Wahl habe, dass es Angebote gibt, an Wissen, an fremden Erfahrungen. Wenn ich keine Lust mehr habe zu lesen, lege ich die Zeitung auf das alte Sauerkrautfass, das umgedreht neben dem Bett steht und mir als Nachttisch dient. Manchmal denke ich, bald werde ich nicht mehr besitzen als dieses Sauerkrautfass, und dann muss ich lachen: Wenn das die Summe meines Lebens sein soll? Manchmal rühre ich die Zeitung nicht an. Dann versuche ich, ein Buch zu lesen oder eine ganze Stunde lang der Erzählerstimme im Radio zuzuhören. Diese Stimmen im Radio – morgens aufgeregtes Geplapper, abends einzelne, oft sonore Stimmen. Sie klingen wie die Stimme eines gutmütigen Arztes, und ich frage mich, ob die Leute in den Sendern das wissen und deshalb abends die Älteren mit den vom Leben vertieften Stimmen ans Mikrofon lassen, diskrete Therapeuten für kränkliche Menschen. Die Möglichkeit, dass es so wäre, erheitert mich. Ja, ich lache laut auf, wenn ich darüber nachdenke. Mit der Scham ist es vorbei, einstweilen. Gestern Abend, als ich einfach so dalag und spürte, wie mir allmählich warm wurde, hörte ich das Faktotum wieder einmal singen. Das Faktotum sang *O du fröhliche*.

Da wusste ich, dass viel Zeit vergangen war.